rororo

Die Geschichte zweier Familien, über Jahrzehnte verflochten durch einen Kunstraub im besetzten Frankreich, durch skrupellosen Mord, durch Liebe und Betrug. Nach der Wiedervereinigung der beiden deutschen Staaten findet Marie im alten Gutshaus der Familie bei Halberstadt das Tagebuch der Großmutter, Briefe und Fotos. Die Aufzeichnungen geben Rätsel auf. Marie beschließt, den Spuren zu folgen.
«Eine Seltenheit im deutschen Unterhaltungsroman. Gratulation!» (Klaus Harpprecht)

Cornelia Rimpau, geboren 1947, studierte Germanistik und Geschichte in Göttingen und München. Sie wurde bekannt durch ihre erfolgreiche Familiengeschichte «Die Saalbergs» (rororo 23043). Cornelia Rimpau lebt mit ihrer Familie in Niedersachsen.

Cornelia Rimpau

Der amerikanische Offizier

Roman

Rowohlt Taschenbuch Verlag

Veröffentlicht im Rowohlt Taschenbuch Verlag
GmbH, Reinbek bei Hamburg, März 2003

Umschlaggestaltung any.way, Cathrin Günther
(Foto: Getty Images)
Druck und Bindung Clausen & Bosse, Leck
Printed in Germany
ISBN 3 499 23359 2

Die Schreibweise entspricht den Regeln
der neuen Rechtschreibung.

Für meine Eltern

Die Ruine

Ich bin immer knapp bei Kasse, werde nach Spalten, Absätzen und Worten bezahlt. Was ich hier gerade mache, kann ich mir angesichts meines Kontostandes nicht leisten. Der tendiert gegen Null, dabei ist die Monatsmitte noch nicht erreicht. Ich müsste schreiben, um über die Runden zu kommen.

Stattdessen steige ich in einer lausigen Ruine des neuen Bundeslandes Sachsen-Anhalt einem Phantom unserer Familie nach, recherchiere auf eigene Kosten, stehle mir die Zeit. Drei Jahre sind seit der deutschen Wiedervereinigung schon vergangen, und ich bin jetzt erst an diesen Ort gefahren. Donnerstag ist heute, der 11. Februar 1993.

Irgendwo – so hört sich eine konkrete Ortsbeschreibung meiner Schwester Alma an –, irgendwo also muss der Schmuck meiner Großmutter versteckt sein. Er ist nie gestohlen worden, so viel meinen wir zu wissen.

Tagelang habe ich dieses Haus durchsucht. Seine abgebrannten Türme und verrußten Mauern, seine modrigen Remisen und muffigen Stuben. Meine Hände gleiten über bröckelnden Lehmputz, verkohlte Efeustämme und rauen Sandstein, ziehen an feuchten Tapetenresten und verstaubten Gardinen. Die Fenster sind blind vor Dreck; wenn man sie aufstößt, schreckt man Falter auf, lehmfarben und entkräftet; kleine Spinnen verschwinden hastig, tote Bienen, gekrümmt, vertrocknet, kleben im Rahmen.

Stockwerke unter mir liegt ein verwüsteter Platz. Ein Rondell ist dort gewesen. Gestrüpp steht im zugeschütteten Teich. Jemand hat Autoreifen liegen lassen, Farbeimer vergammeln im modrigen Laub. Dazu gehören wahrscheinlich die froschgrünen Deckel, die weit verstreut unter den Bäumen herumliegen, als hätten Kinder damit Frisbee gespielt. Der Baumbestand dieses Parks war berühmt, aber mit meinen dendrologischen Kenntnissen ist es nicht weit her, und dann wird es heikel, Bäume im Februar bestimmen zu wollen. Kahle Zweige von Eschen kann ich ausmachen, die schaukeln wie verdorrte Krakenarme am Stamm. Birken entdecke ich, aber das kann jeder. Kastanienbäume erkenne ich an ihren hellbraunen Knospen. Hunderte von ihnen ragen prall in den Himmel, phallische Miniaturen. Feuchte Kälte zieht durch das Giebelfenster des Dachbodens. Im Osten wartet Schnee.

Ein Hauch von verbranntem Fett dringt zu mir hoch. Frittengestank gehört zur neuen Wirklichkeit dieses Schlosses, das ich nur aus einem alten Fotoalbum unserer Familie kenne. «Ewaldsleben» steht auf seinem dunkelblauen Ledereinband in goldener Kursivschrift. Im Wintergarten meiner Großmutter ist seit vielen Jahren eine Kneipe. Auch jetzt noch nach dem großen Brand von 1990.

Unten fahren Autos auf den Platz. Range Rover, Mercedes, BMW. Saubere Limousinen, dunkel lackiert; vorsichtig umfahren sie die lehmigen Pfützen.

Ewaldsleben soll verkauft werden. Jeden Nachmittag um 15 Uhr führt der Gastwirt Kaufinteressenten aus dem Westen durch das marode Gebäude. Mich lässt er inzwischen allein herumlaufen. Nur während der Führungen soll ich mich nicht blicken lassen. Anderen Besuchern verbietet er Einzelgänge. Es ist zu gefährlich.

Nach der Wende ist das Schloss vollständig leer geräumt und renoviert worden. Der Gastwirt erzählt immer wieder davon. An dem Tag, an dem es fertig gestellt worden war, brannte es ab. Klebstoff unter den Dachschindeln hatte sich selbst entzündet. Die Remisen sind geblieben und der Ostflügel, aber das Löschwasser sitzt in den Decken und Mauern.

«Wasser arbeitet und erledigt alles, was noch übrig ist. Uns inklusive.» Das hat der Gastwirt vorgestern gesagt, bevor er mich herumführte; dass es hier schlechtweg nichts mehr zu suchen oder zu finden gebe, sagte er auch noch. Eine Currywurst will er mir ausgeben, wenn ich ihm das Gegenteil beweise.

Heute habe ich endlich etwas gefunden, habe darüber die Zeit vergessen und den Schlüssel zum Turm nicht verabredungsgemäß um 14.30 Uhr bei ihm abgegeben.

Unten steigen die ersten Interessenten aus ihren Wagen, der Gastwirt kommt schon auf den Platz, und hier oben auf dem Dachboden stehe ich mit einem verrußten, alten Heft in der Hand und seinem Schlüsselbund in der Tasche.

Im trüben Nachmittagslicht am Giebelfenster habe ich das Heft aufgeschlagen und den Namen meiner Großmutter gelesen. Die Seiten sind vom Ruß verklebt; nur die letzte Seite öffnet sich, datiert vom 18. Oktober 1945.

Dort steht, dass Gedanken sie gefangen halten und sinnlos im Kreis treiben, als sei sie angekettet in einem lichtlosen Turm. Weiter hat sie geschrieben, ihr Kind sei gestürzt, habe geschrien und geblutet, sie habe versucht zu helfen und zu trösten, aber ohne Kraft. Dann folgt noch ein letzter Absatz:

«Draußen warten gelbe Blätter auf die Sonne hinter dem Nebel. Sie werden wieder leuchten; nicht stumpf bleiben wie ich. Unter welken Blättern tragen die Kastanien Knospen für den nächsten Frühling, aber ich bin leer. Wenn die Trauer von mir abgefallen ist, wird nichts mehr sein.»

Eine Woche danach kam meine Großmutter ums Leben.

Sie hieß Marie wie ich.

Fotos zeigen ein zartes, unregelmäßiges Gesicht, strahlende Augen, nachdenklich und lachend. Eine schmale Gestalt, biegsam, leichtfüßig. Im Hintergrund ist häufig die Fassade oder ein Zimmer dieses Hauses zu sehen, in dem ich achtundvierzig Jahre nach ihrem Tod herumirre. Die letzten Zeilen in dem schwarzen Wachstuchheft passen nicht zu dem Bild, das ich mir von ihr gemacht habe, aber unzweifelhaft hat sie die Sätze geschrieben. Alma hat mir alte Briefe von ihr gezeigt, und ich erkenne die ebenmäßige, fließende Handschrift, mit schmaler Feder in preußischblauer Tinte geschrieben. Ihr letzter Satz hat mich erschreckt, die haltlose Traurigkeit darin ist mir so nah, als würde sie im staubigen Schmutz dieses Dachbodens glimmen wie schlecht erstickte Glut.

Was ist damals mit ihr passiert? Das würde ich gerne herausbekommen.

Anstatt hinunterzulaufen und den Schlüsselbund abzugeben, beobachte ich einen der ankommenden Wagen, weil mich interessiert, wer aussteigen wird. Es ist ein dunkelgrüner BMW mit Düsseldorfer Nummer, der hier schon vorgestern und gestern während der Nachmittagsbesichtigung gestanden hat. In den vergangenen zwei Nächten habe ich ihn auch auf dem Hotelparkplatz in Halberstadt gesehen. Es ist ein Leihwagen. Die Avis-Mappe lag auf dem Rücksitz. D-RW 756. Ich habe ein gutes Erinnerungsvermögen, registriere fast automatisch Zahlenkombinationen, Texte, Bewegungsabläufe und Figurenkonstellationen. Unwichtige Dinge kann ich oft nur mit Mühe aus meinem Gedächtnis löschen. Diese BMW-Nummer geht mir möglicherweise deshalb nicht aus dem Kopf, weil ich gerne wissen würde, wer sich so ein dickes Auto leiht, nach Sachsen-Anhalt fährt, tagelang in einem Halberstädter Hotel absteigt, nur um an drei aufeinander folgenden Nachmittagen eine Immobilie zu inspizieren, zu deren Beurteilung alle anderen Interessenten maximal zwei Stunden brauchen. Spätestens dann muss ein normal intelligenter Mensch meiner Meinung nach folgenden Sachverhalt begriffen haben: Im Angebot sind 320 Hektar hochwertiges, gut arrondiertes Ackerland, das dazugehörende Schloss und diverse Wirtschaftsgebäude sind reif für die Abrissbirne.

Der Fahrer des Leihwagens ist dunkelhaarig. Sein Alter ist aus fünfzehn Meter Höhe schwer zu bestimmen. Auf Anfang dreißig würde ich ihn schätzen. Er trägt einen hellen Rollkragenpullover und Bluejeans, vom Rücksitz nimmt er eine dunkle Jacke, tastet sie ab, legt sie wieder zurück. Seine Bewegungen sind energisch. Aus der Jeans zieht er ein Notizbuch, blättert kurz, trägt etwas ein, dabei blickt er unvermutet zum Giebel hoch. Ich bin etwas zu spät vom Fenster zurückgetreten, glaube, dass er mich gesehen hat. Aber auch von meinem verborgenen Standpunkt aus kann ich gut beobachten, wie der Gastwirt leicht gebeugt in seiner schluffigen Gehweise auf den Jeansträger zugeht, um ihn händeschüttelnd zu begrüßen. Sie sind gleich groß, denke ich. Der Gastwirt maß 1,79 Meter, als er noch einen geraden Rücken hatte. Das hat er mir erzählt, als wir unter einem niedrigen Stützbalken der Wendeltreppe durchtauchen mussten. Er hat aber eine Glatze, während das Haar des Jeansträgers dicht wirkt. Also misst der circa 1,77 Meter, keinen Zentimeter mehr.

Was hat er hier bloß zu suchen?

Ich laufe aus sentimentalen Gründen in dieser Ruine herum. Mich hat Alma geschickt.

Seit der Wende, seit dem November 1989, bemüht sie sich erfolglos um Ewaldsleben. Auf dem Papier ist es unser Erbe, aber nur da. Alma kämpft darum. Mir war Ewaldsleben bis jetzt nie wichtig. Ich erinnere mich nicht wie Alma an unsere Mutter und schon gar nicht mehr an deren Erinnerungen, die wohl immer wieder um diesen Ort kreisten, von dem sie siebenjährig im November 1945 vertrieben worden ist, verwaist und allein.

Als ich neun Jahre alt war, verunglückten auch meine Eltern tödlich; aber ich hatte Alma.

Der Autounfall geschah an einem Sommermorgen in Südfrankreich, im Mai 1977. Ich saß auf der Rückbank und erinnere mich daran, dass meine Eltern lauter als sonst miteinander sprachen, was mich störte, weil ich lesen wollte. Sie waren Kunst- und Antiquitätenhändler, führten eine kleine Galerie für Landschaftsmalerei des 19. Jahrhunderts in Köln, und an diesem Morgen stritten sie sich um den Aluminiumkoffer, der neben mir auf dem Sitz lag. Darin verpackt war ein Bild von Corot, das mein Vater zu einem Käufer in Usez bringen wollte. Er war sehr verärgert darüber, dass meine Mutter den Koffer nicht in den Kofferraum gelegt hatte, wo er für Bildtransporte aus versicherungstechnischen Gründen einen Safe hatte einbauen lassen, der hundertprozentig gegen Unfall, Diebstahl und Brand versichert war.

Meine Mutter verteidigte sich; sie sagte, für die paar Kilometer lohne sich das umständliche Aus- und Einpacken der anderen Gepäckstücke nicht, sei engstirnige Vorsicht, unangebrachte Skepsis. Im Gegenzug analysierte mein Vater die Kohärenz sich aufdrängender Begriffe wie Nachlässigkeit, Nonchalance und Faulheit. Schließlich lenkten sie ein, ich hörte erleichtert, dass sie wieder lachten, und spürte, dass sie sich entspannt zurücklehnten.

«Es ist so schön hier oben», sagte meine Mutter. «Marie, hör auf zu lesen und sieh aus dem Fenster. Du fährst durch die schönste Gegend Frankreichs und liest. Da unten liegt der Pont du Gard.»

Ich las die Nibelungensage. Hagen verfolgte gerade Siegfried; er zielte, und ich hoffte verzweifelt, dass er das Zeichen an Siegfrieds Schulter nicht treffen würde.

«Marie!»

Widerwillig sah ich aus dem Fenster auf die Landschaft im Morgenlicht: die dunkel bewaldeten Hügel der Garrigue, das weite überwucherte Flussbett, die archaische Brücke über dem schmalen Wasserlauf, in dem sich maiblau der Himmel spiegelte.

«Seit einer halben Stunde fährt wieder ein roter Wagen hinter uns her», sagte mein Vater. «Es kam mir gestern schon merkwürdig vor.»

«Es gibt einfach zu viele rote Wagen», sagte meine Mutter. «Das ist alles.»

Drei Kurven unter uns sah ich das Auto fahren und meldete: «Es ist ein 525er BMW IX mit französischem Nummernschild.»

«Was kleine Mädchen heute so alles wissen», sagte mein Vater in einem Ton, der nichts Gutes erwarten ließ. Trotz des schönen Maimorgens, so ging es wie befürchtet weiter, trotz moderner Aufgeschlossenheit den unterschiedlichsten Menschen gegenüber müsse er zum wiederholten Male klarstellen, dass er nichts von meinem Umgang mit diesem Mario halte. Mario war ein Freund vom Schulhof, auf den ich stolz war, der mir außer der Fähigkeit, Autotypen auseinander halten zu können, auch höchst Unerwünschtes beibrachte, wie Spielautomaten bedienen, fettes, kölsches Platt sprechen und fragwürdige Witze erzählen.

Ich beobachtete den roten BMW und dachte, dass ich viel lieber in Köln geblieben wäre. Mein Vater wollte mich aber nicht vierzehn Tage lang aus den Augen lassen, das wusste ich genau. Während anderer Reisen hatte Alma mich gehütet, diesmal war sie auf ihrer eigenen Hochzeitsreise. Die Mutter meiner besten Freundin war krank, und zu unserer gemütlichen Haushaltshilfe, Frau Linneberg, sollte ich nicht mehr, weil die mit ihrem Sohn in der Küche Vorabendschnulzen sah, dabei Pfannkuchen buk und verschlang.

Der rote BMW holte zügig auf, war doch größer, als ich angenommen hatte. Eher ein 730er-I-Modell, aber das sagte ich lieber nicht laut. Ich wollte mir meine Freunde nicht madig machen lassen, zu denen auch Frau Linnebergs Sohn gehörte. Er und der verpönte Mario beschützten mich auf dem Schulhof und straften jeden ab, der versuchte, mich zu verspotten, weil ich so winzig war für mein Alter. Beide rauchten heftig, obwohl sie erst elf Jahre alt waren, fuhren auf vierspurigen Straßen Skateboard, kannten unsägliche Schimpfworte und wurden manchmal von der Polizei nach Haus gebracht. Seitdem meine Eltern das alles herausbekommen hatten, wurden meine Besuche bei Linnebergs massiv eingeschränkt.

Der rote BMW lag jetzt ganz dicht hinter uns.

«Unangenehm, wie dicht der auffährt», sagte mein Vater. «Ich halte und packe das Bild in den Kofferraum. Ich bin dann beruhigt, und dieser Kraftprotz kann endlich vorbei.»

«Fahr noch ein bisschen weiter», schlug meine Mutter vor. «Jetzt kommt uns gerade jemand entgegen. Wir blockieren die Straße, wenn wir hier halten.»

Die folgenden Sekunden sind mir noch jetzt gegenwärtig: erschrockene Rufe, jähe Geschwindigkeit, ein scharfer Ruck zur linken Seite, der wilde Schrei meiner Mutter.

Was dann geschah, hat sich in meinem Unterbewusstsein vergraben wie ein Maulwurf. Albträume schüttelten mich jahrelang. Aus meinen Schreien und Worten entnahm Alma, dass ich nach dem Aufprall noch bei Bewusstsein gewesen und den Diebstahl des Koffers erlebt haben musste. Ich konnte mich aber an nichts erinnern. Eine Zeit lang schleppte sie mich von einem Psychotherapeuten zum nächsten, und alle Therapien habe ich brav über mich ergehen lassen. Leider ohne Erfolg.

Der Dachboden des alten Hauses in Ewaldsleben ist jetzt in Sonnenlicht gebadet. Draußen fallen Sonnenstrahlen durch dichte Zweige, malen Kringel auf den polierten Autodächern, auf der kantigen Glatze des Gastwirts und in der Schlaglochpfütze neben ihm. Er hat inzwischen sechs Interessenten vor sich auf dem Platz versammelt. Fünf grüne Mäntel und eine Bluejeans stehen vor silberfarbenem Jogginganzug. In der Haltung eines verärgerten Fußballtrainers kündigt der Gastwirt den Ablauf der bevorstehenden Gebäudebesichtigung an. Nur der Daumen seiner rechten Hand bewegt sich, und die Köpfe der Herren wenden sich folgsam nach links in Richtung der Remisen, streifen dabei türkis angestrichene Autoreifen-Blumenkübel und verharren auf der Balkonmauer der Remisenwohnung. Ich habe das offizielle Besichtigungsprogramm zweimal absolviert und weiß, dass der Gastwirt jetzt ganz ausführlich vorrechnet, wie absurd teuer diese unnötige Mauer von der Treuhand restauriert worden sei, derweil tragende Wände des Schlosses vom Regen durchnässt und vom Schimmel befallen würden.

Anschließend drehen sich die Köpfe der Besichtigungstruppe wieder nach rechts, der Gastwirt deutet auf das eingefallene Torhaus, ohne sich selbst umzuwenden, dann setzt sein wegweisender Daumen die Männer in Bewegung. Alle gehen auf die Haustreppe zu, die direkt unter mir liegt. Nur der Jeansträger geht zurück zu seinem Wagen, öffnet die Beifahrertür, hat eine Kamera in den Händen und macht ein Polaroid, das er sich behutsam in die Hand gleiten lässt. Nicht die überdimensionierte Balkonmauer hat er fotografiert, auch nicht das eingestürzte Torhaus, sondern den Wohnflügel, er hat genau genommen den Giebel angepeilt, hinter dessen Fenster ich seitlich stehe. Das Foto legt er ins Handschuhfach, die Kamera nimmt er mit und geht zurück zu der Gruppe, die vor der Haustreppe auf ihn wartet. Während er ohne das leiseste Zeichen von Beschleunigung auf die Wartenden zugeht, sagt er etwas zu ihnen, lacht, und alle lachen, sogar der Gastwirt. Dieses selbstsichere, ansteckende Lachen lässt mich ihn noch aufmerksamer betrachten. In mir wächst das Gefühl, auf der Hut sein zu müssen, was aber nichts heißen muss. Das Gefühl kenne ich seit dem Unfall, es wohnt in mir, steigt und fällt wie die Quecksilbersäule in einem Fieberthermometer.

Im Bezirkskrankenhaus von Avignon hat Alma mich damals gefunden, in einem schmalen, mit weißen Tüchern verhängten Raum. Mir war verboten, ins Licht zu sehen, mich aufzusetzen, mich zur Seite zu drehen. Wenn ich nicht heimlich las, schaute ich auf einen großen Wasserflecken an der Zimmerdecke, studierte sein dunkles Zentrum und erkannte unterschiedlich alte, sich überlagernde Flecken, ihre weiten Ausbuchtungen und bräunlichen Verfärbungen. Ich sah Löcher, die sich im weiß aufgeblühten Putz wie schneebekränzte Krater öffneten. Vor meinen Augen wurden mäandernde Wasserränder zu gewaltigen Strömen, die sich trennten und wieder vereinten, die mir Höhen, Tiefen, Licht und Schatten in einer wilden bergigen Landschaft vorgaukelten. Schaumbedeckte Wellen schlugen gegen ihre steilen Küsten, Wolkengebirge türmten sich über dunklen Seen, Wäldern und Schluchten, durch die ich Siegfried und Kriemhild reiten ließ, ohne dass ihnen ein Leid geschah.

Natürlich durfte ich nicht lesen, vertiefte mich aber in die Nibelungensage, sobald die Schwestern oder Ärzte aus dem Zimmer waren, hörte erst auf, wenn meine Arme lahm wurden oder wenn ich ein Geräusch an der Doppeltür hörte. Das Buch war bei mir gewesen, als die Sanitäter mich aus dem Auto herausgeholt hatten, also gaben sie es mir mit. Ich lebte in der Sage und versteckte mich dort vor meiner Angst.

Bis dahin war ich mit normalen Kinderängsten vertraut gewesen: Angst vor Spinnen, Angst im Dunkeln.

Einschlafen wollte ich nie, und manchmal hatte ich einfach eine Spinne erfunden, um abends in das Wohnzimmer meiner Eltern zu dürfen. An der Art, mit der meine Mutter ihre Adlernase hob, mein Vater mich lachend ansah und auf den Schoß nahm, merkte ich sofort, dass sie mich durchschaut hatten. Aber ich durfte immer bleiben. Dann saß ich in eine rote Steppjacke gehüllt zwischen hellen Kissen, Zeitungen und Auktionskatalogen. Das Sofa war so tief, dass meine Fersen nur knapp über die Sitzkante hinausreichten; ganz dicht saß ich bei meiner Mutter, erst redeten wir, und dann sah ich die Bilder in meinem jeweiligen Lieblingskatalog an, bis sie mich zurück ins Bett schickten. Oft war ich schon vorher eingeschlafen.

Auf diesem hellen Sofa hat meine Mutter mir am Abend vor der Fahrt nach Frankreich ein paar französische Sätze beigebracht. Ich saß auf der breiten Sofarücklehne hinter ihr und durfte viele kleine Zöpfe in ihre Haare flechten: «Wo ist das Klo, bitte?» – «Wie viel Uhr ist es, bitte?»

Sie hatte dickes, blondes, lockiges Haar.

«Ich heiße Marie.» – «Meine Eltern sind Monsieur und Madame Zacharias aus Köln, Deutschland.»

Die Zöpfe standen wie Stacheln um ihren kleinen Kopf.

«Wo sind meine Eltern, bitte? – Où sont mes parents, s'il vous plaît?» Ich war ein umsorgter Nachzügler, nicht verzogen, aber verwöhnt, belesen bis altklug, behütet wie ein Kängurubaby.

Im Krankenhaus von Avignon war ich zum ersten Mal allein.

«Wo sind meine Eltern, bitte? – Où sont mes parents, s'il vous plaît?» Ärzte und Schwestern in Avignon antworteten mir mit zwei deutschen Sätzen. «Du musst ruhig liegen, Marie», konnten sie sagen und: «Bald kommt deine Familie.» Sie sahen mich aber nicht an, wenn sie den zweiten Satz sagten. Mein Herz begann dann zu klopfen und die Angst pumpte es in Sekunden auf, bis es groß und prall wie ein Basketball war, der mir in der Kehle steckte. Das war die neue Angst; sie würgte, schlug hart um sich, mir wurde speiübel, ich aß nichts mehr.

Jedes Geräusch an der Doppeltür erfüllte mich mit wilder Hoffnung; ich versteckte mein Buch, krümmte mich vor Spannung, horchte auf Stimmen, lauerte auf die erste Bewegung der Klinke und das Öffnen der Tür. Nachmittags blendete mich die Westsonne, die in den Gang vor meinem Zimmer strahlte, und jeder, der eintrat, stand im Türrahmen wie ein Schattenriss vor einer Feuersbrunst.

Alma erkannte ich sofort.

Sie wirkte auf mich, als wäre sie gerade unversehrt durchs Feuer geschritten, in den Händen ein heiliges Schwert, den Blick unerschrocken nach vorn gerichtet, bereit zum Kampf. Seitdem ich Götter- und Heldensagen las, sah ich die Welt bevorzugt durch eine dramatische Brille. An diesem Nachmittag erschien mir Alma wie eine rettende Göttin.

Sprachlos vor Erleichterung sah ich sie auf mich zukommen. Sie trug ihre blonden Locken offen, ein knappes dunkelblaues T-Shirt und einen knöchellangen Jeansrock, hauteng, durchgeknöpft. Sie war vierundzwanzig Jahre alt, einen Monat lang verheiratet und im dritten Monat schwanger.

Alma ist meine einzige Schwester.

«Na, Winzling», sie beugte sich über mich, «hab ich dich endlich gefunden.»

Ich schob meine Arme um ihren Hals, sie nahm mich vorsichtig hoch, drückte mich fest an sich, legte mich zurück wie ein Baby und flüsterte, um nicht zu weinen, das merkte ich genau.

«Es ist ja alles dran an dir», sagte sie. «Du hast nur eine schlimme Gehirnerschütterung.»

«Bist du allein gekommen?», fragte ich und merkte, wie sich der Basketball in mir aufpumpte.

«Ja, Richard konnte nicht mitkommen, aber er lässt dich grüßen.»

«Weißt du, was Papi gerade gesagt hat?»

«Was denn?»

«Dass du viel zu schön bist, um hier allein auf der Straße herumzulaufen. Er hat immer Angst, dass du geklaut wirst.»

Alma sah aus dem Fenster, in mir begann es zu würgen, zu hämmern, und ich griff nach ihren Locken. Sie sollte mich ansehen.

«Warst du schon bei ihnen?»

Alma hat sie noch einmal gesehen. Ich nicht.

Vierzehn Tage später, als wir an einem windigen Sommertag vor dem offenen Grab unserer Eltern standen, umklammerte ich Almas Hand und sah hoch in ihr erstarrtes Gesicht unter dem hauchdünnen Schleier. Sie ist Kriemhild, dachte ich. Ihre Haare waren im Nacken streng zusammengebunden, ihr Blick fixierte etwas für mich Unsichtbares. Glasklar wirkte sie und unerbittlich.

Meine Phantasie ging oft mit mir durch und war ohne Frage abhängig von meiner jeweiligen Lektüre. Manchmal war mir der eigene Spuk unheimlich; dann zog ich das Gespinst aus Gedanken zurück wie ein leeres Netz. Auf dem Friedhof drückte ich Almas Hand so erschrocken, dass sie sich zu mir beugte. Ich sah Tränen hinter dem dünnen Schleier und war merkwürdig erleichtert.

Alma bewahrt die alten Fotos aus Köln und aus Ewaldsleben auf, kennt Geschichten aus der Kinderzeit unserer Mutter und auch viele aus meiner Kinderzeit. Zum Glück. Nach dem Unfall hat sie mein Gedächtnis eingerichtet wie ein leeres Zimmer.

Es gibt ein Foto von meiner Mutter auf der Haustreppe von Ewaldsleben. Siebenjährig steht sie allein auf der vierten Treppenstufe vor einem Trupp russischer Soldaten. Auge in Auge. Ein herzförmiges Kindergesicht, eingerahmt von straff geflochtenen Zöpfen. Irgendwann im Sommer 1945 ist das gewesen. Einige Männer lachen. Sie verzieht keine Miene. Alma weiß von ihr, dass sie Angst hatte und dass ihr Kleid das Geschenk eines amerikanischen Offiziers war, der William hieß und vor den Russen im Schloss einquartiert war. Ein Kleid mit Paspeln und Puffärmeln, kariert, gesmokt, wadenlang mit weißem Kragen und Schleife auf dem Rücken. Alma hat es noch getragen. Ich habe mich geweigert.

Auf dem Foto ragt der Kopf unserer Mutter gerade über das Treppengeländer, das 1945 noch sauber und gestrichen glänzt; der Handlauf scheint dunkel und glatt. Rostiges Eisen ist im Februar 1993 daraus geworden und ausgemergeltes Eichenholz, mörtelgrau mit Einsprengseln von moosigem Grün.

Jetzt steht der Gastwirt dort auf der vierten Stufe und erklärt den Herren vermutlich, was er ihnen im Haupthaus zu zeigen gedenkt. Sein Daumen fährt in einem breiten Holzriss des Handlaufs hin und her, bricht mit dem Nagel wie eine Lanze nach vorn, scharf am Holz entlang. Ich bekomme eine Gänsehaut vom Zusehen, aber bevor ein Splitter unter den Daumennagel fahren könnte, löst sich die energische Hand vom Geländer, fährt in die linke Seitentasche der Jogginghose, taucht wieder auf, öffnet einen Reißverschluss im Oberteil, vergräbt sich dort und kommt unverrichteter Dinge heraus. Die rechte Hand wiederholt das Spiel auf der anderen Seite, beide Hände bleiben leer. Der gesuchte Schlüsselbund ist in meiner Jackentasche. Nicht an seinem Platz in der Jogginghose.

Ich laufe immer noch nicht hinunter, weil ich hoffe, dass der Gastwirt Ersatzschlüssel holen wird. Meine Hände kleben vom Ruß, Ruß ist auch an den Ärmeln und dem Revers meiner Wildlederjacke, sicher sind schwarze Spuren in meinem Gesicht. Ich mache mich nicht gerne lächerlich.

Der Gastwirt hat offensichtlich keine Ersatzschlüssel, denn er lenkt seinen Besichtigungstrupp zur Turmtreppe, sein Daumen weist unwirsch nach oben. Was hat er den Männern in den eleganten Lodenmänteln und Barbour-Jacken gesagt? Hat er das Verschwinden seiner Schlüssel erklärt? Hat er mich erwähnt, oder schweigt er einfach? In spätestens zehn Minuten wird die Truppe hier oben sein.

Mich soll keiner an diesem Ort sehen, keiner soll von dem Karton im Kamin wissen, am allerwenigsten von dem schmutzigen Heft in meinen Händen, das sich als das Wunder entpuppen könnte, auf das Alma immer gewartet hat. Ich müsste sie sofort anrufen. Sie hat oft wiederholt, was unsere Mutter gesagt hat: Dass hier in Ewaldsleben die privaten Dinge unserer Großmutter zurückgeblieben sein müssten. Außer dem Schmuck ihre Korrespondenz, Tagebücher, vor allem Dokumente, die nach der Wende zur Klärung von Eigentumsfragen dringend erforderlich gewesen wären. Das Tagebuch meiner Großmutter, das ich vor zwanzig Minuten in einer stillgelegten Räucherkammer gefunden habe, lag in einem offenen Karton, und da ist sicher noch mehr. Fest steht, dass ich es im Augenblick nicht ergründen kann, dass ich dafür Ruhe und Tageslicht brauche und dabei allein sein muss. Fest steht vor allem, dass ich dieses Heft nicht wieder aus der Hand geben werde.

Unten auf der Wendeltreppe höre ich Stimmen. Meine Spuren muss ich noch verwischen: Die verrostete Räucherkammertür muss ich schließen, den Mörtel wegschieben, den ich losgeschlagen habe, um sie zu öffnen. Rund um den Kamin muss es unverändert aussehen, was gar nicht so einfach ist. Der Gastwirt hat den Dachboden penibel ausgefegt für die Besichtigungen.

Ich muss das Tagebuch verbergen. Auf nackter Haut richtet ein verrußtes Heft am wenigsten Schaden an, beschließe ich und stecke es breitseitig zwischen Jeans und Bauchnabel. Ein ekliges Gefühl. Kalt, speckig, sperrig. Der Jeansknopf muss offen bleiben, den

Reißverschluss kann ich mit eingezogenem Bauch gerade noch hochziehen, Pullover drüber und stillhalten.

Der Dachboden hat die Grundfläche des Ostflügels. Auf circa fünfhundert leer gefegten Quadratmetern muss ich mich also verstecken. Es gibt vier Kaminzüge. Unsinnig, mich hinter einem zu verbergen. In einem peinlichen Katz-und-Maus-Spiel würde das enden. An der Kopfseite des Dachbodens steht eine alte Badewanne aus Porzellan auf Löwenfüßen, bei deren Anblick ich mich regelmäßig frage, wie sie wohl die enge Wendeltreppe hochgekommen ist. Dahinter könnte ich mich verstecken, wenn sie nicht Mittelpunkt einer Regenauffanganlage wäre, sozusagen vernetzt mit Regenrinnen, Plastikeimern und Zinkwannen. Seit Jahren regnet es hier durch. Kein Wunder bei dem Lochmuster im Dach. Der Gastwirt ist ein Weltmeister in Sachen Schadensbegrenzung und hat dieses ausgeklügelte System ersonnen, um den Regen aufzufangen und gleich wieder aus dem Haus herauszuleiten. Eine museumswürdige Konstruktion aus geraden und schrägen, aus schwebenden und fest stehenden Elementen vor der roten Dachziegelschräge. Jeder Besucher betrachtet das Kunstwerk ganz genau. Schon deshalb darf ich dort nicht bleiben. Unter der langen Südschräge liegen acht Meter gusseiserne Wendeltreppe wie ein verkohltes Skelett. Die Geschichte dazu hat der Gastwirt mir vorgestern erzählt, als ich unten in der Wirtsstube eine Bockwurst aß. Rotglühend ragte die Treppe nach dem Brand in den Nachthimmel; langsam neigte sie sich dann, stürzte und zerschmetterte Dach und Estrich des Torhauses.

Dort wird ein sicheres Versteck sein, denn der Gastwirt lässt keinen Besucher hinter die Absperrung. Wenige Schritte dahinter geht es dreißig Meter tief in die Toreinfahrt hinunter.

Behutsam wie eine Katze schleiche ich über den Estrich. Die schwingenden Böden leiten jeden lauten Ton oder Tritt in das untere Stockwerk. Almas Jungen haben mich nie kommen hören, wenn wir «Mord im Dunkeln» gespielt haben. Man verlernt antrainierte

Indianertechniken ebenso wenig wie Radfahren. Lautlos stecke ich den Schlüsselbund des Gastwirts in das Schlüsselloch zur Dachbodentür, verlasse mich also auf seine Geistesgegenwart, zwänge mich unter der Absperrung durch, wobei mir das Tagebuch in die Magenkuhle drückt, und schiebe mich nach links an der Wand entlang zur ehemaligen Zimmerecke, wo der Estrich noch fest ist und trocken. Der Gastwirt hat es mir vorgemacht. Er kennt jeden Zentimeter, der noch trägt. Bis zum Ende der Besichtigung muss ich hier stehen bleiben und mich in die Ecke pressen für den Fall, dass doch jemand versucht, verbotenes Terrain zu erkunden. Die Lodenmäntel werden brav sein, aber der Jeansträger macht mir Sorgen.

Fünfundvierzig Minuten werde ich bestimmt hier stehen müssen. Ich bin zwar völlig schwindelfrei, aber der Scheiterhaufen aus verkohlten Balken und Bauschutt dreißig Meter unter mir hat suggestive Kraft. Ich blicke also lieber horizontal durch die Ruine, betrachte geschwärzte Tapetenmuster, entdecke ein blühendes Stiefmütterchen im Estrich, sehe auf den hohlen Taubenturm im Wirtschaftshof. Über dem ungeschützten Mauerwerk konstruiere ich in Gedanken das üppige Zwiebeldach, an das ich mich aus dem Bilderalbum von Ewaldsleben erinnere. Warum habe ich nur nichts zu lesen dabei? Das Tagebuch aus seinem Versteck herauszuziehen wäre unnütz, weil die Seiten verklebt sind. Außerdem wäre es dumm, durch Neugier auch nur ein Wort zu verlieren. Bevor in Halberstadt die Läden schließen, muss ich einen Handarbeitsladen finden, eine dünne Stricknadel, eine stumpfe Sticknadel und Nähseide kaufen. Dicht am Buchrücken entlang werde ich die Stricknadel zwischen den Seiten durchschieben, sie dann an beiden Seiten fassen und so weit wie möglich zum äußeren Seitenrand bewegen, langsam und gerade. Erst wenn die Nadel durch klebende Partikel gestoppt wird, lasse ich die Stopfnadel mit einer Nähseidenschnur durch die Öffnung fallen, um den letzten verklebten Abschnitt zu öffnen.

Ich habe früher viele Bücher saniert. In Almas Haushalt, zwischen kleinen Jungen und Hunden, sind meine Bücher auf die erstaunlichste Art und Weise zu Schaden gekommen.

Sollte mich jemand fragen, was ich mit meiner Jugend gemacht habe, müsste ich antworten: Ich habe sie verlesen. Essen, trinken, lernen, spielen, reden, Filme sehen, Musik hören, schlafen – waren für mich nur Übergänge zum Lesen. Ich las überall und alles, was mir in die Finger kam: Romane, Sachbücher, Biographien, Kataloge, Comics, Zeitschriften, Magazine und Zeitungen. Alma las ich in ihrer Werkstatt vor, wenn sie Porzellan bemalte, im Badezimmer, wenn sie ihre Babys stillte, und den Babys, sobald sie sitzen konnten. Ich bekam viele Bücher geschenkt, so genannte Jugendbücher, meinem Alter angeblich angemessen. Manchmal verschlang ich sie, aber hauptsächlich las ich das, was ich in der Bibliothek unserer Eltern fand.

Alma und Richard sind nach dem Tod unserer Eltern in ein großes, altes Haus in der Nähe von Düsseldorf gezogen. Soweit ich mich erinnern kann, konnten sie nicht einmal die Hälfte der Zimmer einrichten, und die Bücher unserer Eltern möblierten gleich das größte der Zimmer, das auf die Veranda hinausführte. Es wurde unser Wohnzimmer mit dem großen hellen Sofa meiner Mutter. Alma ließ die Bücher von den Möbelpackern ungeordnet in die Regale räumen, obwohl Richard protestierte. Die alphabetische Reihenfolge innerhalb der verschiedenen Sachgebiete, die mein Vater als eine Grundregel der Ordnung in seiner Bibliothek angesehen hatte, war gestört. Damit hat Alma mich damals wieder auf die Beine gekriegt.

Als ich mir lang genug die ungeordneten Buchrücken angesehen hatte, nahm ich das angerichtete Chaos in Angriff. Alma und Richard halfen manchmal, behaupteten aber meistens, keine Zeit zu haben, und fragten mich oft nach Titeln, die sie angeblich nicht finden konnten. Richard ließ mir Schiebeleitern an die Regale bauen, die höher als die Fenster waren. Ich habe es nie gemessen, aber vom Fußboden bis zum obersten Regalbrett waren es mindestens drei

Meter. Vier Wände bedeckt von Regalen in einem rechteckigen Zimmer, ausgespart drei Türen und zwei Fenster, circa 11 × 3 Meter Buchrücken, 33 Quadratmeter zusammengesetzt aus verschiedenartigen Welten, über die ich regieren durfte.

«Marie, wo stehen die Tolstoi-Romane?», fragte Richard einmal vor den Skiferien. «Ich habe noch nie ‹Krieg und Frieden› gelesen. Alma sagt, dass es in diesen Ferien sein muss.»

«Krieg und Frieden» gab es bei mir in zwei verschiedenen Ausgaben: eine vierbändige Ausgabe aus dem Jahr 1886, in schwarzes Leder gebunden, mit Goldschnitt, der Schriftsatz natürlich in Grotesk, was Richard sofort ablehnte. Die Bücher waren ihm zu feierlich und verstaubt. Daneben stand der Roman einbändig, in himbeerrote Seide gebunden, 1533 Seiten Dünndruck. Die Bergengruen-Übersetzung von 1958. Richard wollte abends nach dem Skifahren aber kein Kilo Buch stemmen. Also gingen wir in die Buchhandlung und erweiterten meine Bibliothek um eine dritte Ausgabe von «Krieg und Frieden»: die Bergengruen-Übersetzung in einer vierbändigen Kassetten-Taschenbuchausgabe, zinnoberrot gebunden, Titel und Autor in weißer Antiquaschrift gesetzt, darunter schwarz der doppelköpfige Zarenadler. Jeder Band wog höchstens 290 Gramm, immer noch zu schwer für Richard, der nach dem Skifahren ohnehin einschlief, ob er nun ein Buch in der Hand hatte oder nicht.

Ich nahm die einbändige, kiloschwere Dünndruckausgabe mit, lief tagsüber genauso lang Ski, las mit ihm um die Wette, verliebte mich nacheinander in Nicolai Rostow und Dolochow, in Natascha, Andrej Bolkonski und Anatol Kuragin; zuletzt in Pierre. Natürlich gewann ich.

Das war im März 1982, kurz vor meinem dreizehnten Geburtstag. Alma und Richard nannten mich seit einiger Zeit nicht mehr Mini oder Winzling, nicht mehr Spätzchen und Däumelinchen, sondern Marie. Keine Kosenamen, keine Diminutive; nur noch Marie. Ich wusste, dass sie Angst hatten, ich würde nicht mehr wachsen. In drei Jahren hatte ich kaum drei Zentimeter an Höhe gewonnen. Ich verstand sofort, dass irgendein Psychologe Alma eingeredet hatte, dass sie mich rein verbal aus der Kleinkindphase entlassen solle. Also hieß es nur noch: Marie. Ich fühlte mich wie aus dem Nest gestoßen, obwohl ich begriffen hatte, was sie bewegte. Gewachsen bin ich erst viel später.

Nach jenen Winterferien habe ich monatelang Tolstois Romane gelesen. Nicht ausschließlich, aber an erster Stelle. Ein Ausspruch hat mich damals beeindruckt: Gott sieht die Wahrheit, auch wenn er lange Jahre schweigt. Ich weiß nicht mehr, in welchem Roman das stand; klingt sehr nach zähem Spätwerk. Egal. Der Satz ist mir hier in der Ruine von Ewaldsleben wieder in den Sinn gekommen. Gewiss ist mein Gedächtnis in diesem Fall von Wunschvorstellungen geleitet und verknüpft unzusammenhängende Phänomene. Gott sieht die Wahrheit, auch wenn er lange Jahre schweigt. Natürlich möchte ich genau das: Mein rußiges Fundstück soll ein Geheimnis verbergen, eine Erkenntnis offenbaren.

Frierend warte ich auf die Besuchergruppe und den Gastwirt, dem ich das Tagebuch nun wohl auch verschweigen und damit leider auf die in Aussicht gestellte Currywurst verzichten muss. Schwindel überfällt mich bei der Vorstellung einer knackigen heißen Bratwurst in scharfer roter Sauce. Seit einem schnellen Frühstück im Stehen habe ich noch nichts gegessen. Am Ende wird mich noch ein laut knurrender Magen verraten, vor der grinsenden Besuchertruppe müsste ich eine dumme Ausrede erfinden und würde noch mehr Zeit verschwenden, bevor ich endlich dazu käme, das Tagebuch meiner Großmutter zu lesen. Ob der Jeansträger auch grinsen oder lachen würde oder nichts von beidem? Dieses Lachen würde ich gern einmal aus nächster Nähe sehen.

«Kastanien tragen unter welken Blättern Knospen für den nächsten Frühling, aber ich bin leer. Wenn die Trauer von mir abgefallen ist, wird nichts mehr sein.»

Wo – in welchem Zimmer des Hauses hat sie diesen letzten Satz geschrieben? Unten in der Bibliothek oder in ihrem Schlafzimmer? Es gibt aus beiden Räumen Fotos von ihr – schreibend am Sekretär, die lockigen Haare zu einem losen Knoten im Nacken zusammengefasst; ihre Kleider weit und hell. Aus den Schlafzimmerfenstern im ersten Stock sieht man in die Zweige der Kastanien. Ausladend weit, kahl bis in die Spitzen der harten Knospen, so waren sie gestern. Im Herbstnebel 1945 muss es eine Wand aus Gold und Gelb gewesen sein. Mir ist, als hörte ich Kastanien durch die Stille stürzen.

Was ist damals hier geschehen?

Ich muss warten.

In welchem Zimmer hält sich die Besichtigungsgruppe nur so lange auf? Ich hätte mich nicht so beeilen müssen, hätte den Mörtel am Kamin sorgfältiger beseitigen können.

Warten ist mies. In den letzten Tagen und Wochen war jede Sekunde verplant. Jetzt habe ich Zeit und kann sie nicht nutzen. In der zugigsten Ecke versteckt, stehe ich gespannt und bewegungslos.

Meinen Terminkalender habe ich dabei und studiere vor lauter Langeweile die chaotischen Eintragungen für den Februar, in dem alle Termine sich mindestens einmal verändert haben.

Der Chefredakteur hat mich erst letzte Woche mit einer Israel-Reportage beauftragt, obwohl ich eigentlich mit nach Bosnien sollte. Die Israel-Reportage muss am 4. März fertig sein, und ich soll für Susanne S. einspringen, was eine Chance mit Zukunft sein könnte, denn Susanne ist im vierten Monat schwanger, muss liegen, ist schon weg aus Jerusalem. Das Thema ihrer Reportage bringt mich allerdings zum Gähnen: Reaktionen der unterschiedlichen israelischen Bevölkerungsgruppen auf die Wiedervereinigung Deutschlands. Drei Jahre nach der Wende gehört das Thema meiner Meinung nach in die Mottenkiste, aber das habe ich in der Redaktion lieber nicht laut gesagt.

Das Thema hat mich vor dem 3. Oktober 1990 interessiert. In den Sommersemesterferien bin ich damals in Israel unterwegs gewesen; habe schwarz gekleidete Frauen gefragt, die am Strand von Tel Aviv auf einer Bank saßen, Kibbuzniks und Museumswärter, Studenten und Verkäufer im Basar. Diesmal habe ich mir einige Interviews organisiert und werde wie sonst hauptsächlich «wilde» Interviews machen.

Die Vorstellung, nach Israel zu fahren und dafür noch bezahlt zu werden, ist wunderbar, und natürlich bin ich stolz, dass ich als Einspringer auserkoren wurde; aber im Grunde bin ich enttäuscht, denn ursprünglich sollte ich Jan Gerber nach Bosnien begleiten. Dort toben die Auseinandersetzungen, die am Ende des 20. Jahrhunderts Angst machen und diskutiert werden müssen. 600 Kilometer östlich von München ist Krieg: Religionskrieg, Rassenverfolgung, Massenvergewaltigung.

Drei Wochen neben Jan Gerber wären mir tatsächlich wichtiger gewesen, als selbständig in Israel zu arbeiten. Er macht sensationell gute Reportagen ohne pathetische Appelle, hält einfach die Balance zwischen Information und Analyse, ist unprätentiös und realistisch. Das macht's. Vielleicht denken, sagen oder tun Leser aufgrund seiner Artikel etwas, was sie vorher nicht getan, gesagt oder gedacht hätten. Für so ein Stück lohnt es sich zu arbeiten. Um das zu lernen, bin ich nach Hamburg gezogen, dafür stehe ich jeden Morgen auf. Das hat mich – wie Richard lästert – zum anthrazitfarbenen Schreiberlehrling gemacht.

Richard und Alma haben nie verstanden, warum ich die Hilfsassistenten-Stelle an der Uni nicht angenommen habe. Sie meinen, ich hätte die klare Luft der Wissenschaft mit den dumpfen Schwaden der Gerüchteküche vertauscht. Statt selbständig zu forschen und zu lehren, bin ich in der Fron und unter dem Diktat der Sensationsindustrie. In Richards Augen sieht mein Leben folgendermaßen aus: Morgens werfe ich die dunkle Einheitskleidung über; wechsle aus meiner Zweizimmer-Dachwohnung in den Fahrstuhl und von dort in die Tiefgarage. Schleppe meinen schwarzen Golf und meinen Kopf voll wirrer Ideen durch den Morgenstau in die Verlagstiefgarage, nehme den Aufzug in meine Büroetage und arbeite dort zwischen summenden Computern, Nescafé und schlauem Geschwätz. Abends geht es auf die gleiche Weise zurück in die Zweizimmerwohnung, raus aus den intellektuellen Jeans und rein in den schwarzen Minirock, Lackmantel drüber und weg auf die nächste Veranstaltung. Ganz so schlimm ist es aber nicht. Ich finde es in Ordnung und spannend. Erfolglos bin ich auch nicht.

Die Bosnien-Absage war ein erster Knick und hat mich gewurmt. Mein Serbisch und Russisch hatte ich aufpoliert, meine Sachen waren gepackt, die Hälfte meines Monatsgehalts für gefütterte Stiefel, Skiunterwäsche und einen daunenfreien Anorak von Helly Hansen ausgegeben. Gegen Daunen bin ich allergisch. Jan Gerber wollte mich ausdrücklich dabeihaben; angeblich war ich wegen meiner Sprachkenntnisse wichtig für das Team und dann von heute auf morgen austauschbar.

In der Kantine setzte er sich zu mir, gratulierte mir zur ersten selbständigen Reportage und bedauerte sehr, dass ich deshalb für Bosnien ausfallen müsse. Die Tonfärbung seiner heiseren Stimme, der gerade Blick aus seinem Wolfsgesicht trösteten mich etwas, befriedigten meine Eitelkeit, lenkten den Verdacht von ihm ab. Ein Rest Unsicherheit blieb.

Gedanklich habe ich mir alle vorgenommen, die möglicherweise dahinter stecken könnten. Alexander in eifersüchtigem Protektionismus? Richard und Alma? Damit hatte ich die drei im Visier, die sich immer um mich ängstigen und versuchen, mich heimlich zu beschützen, nachdem sie mich mit so viel Mühe großgezogen haben. Normalerweise erzähle ich ihnen von meinen Plänen erst spät, gebe Alexander noch Zeit für besorgte Vorhaltungen, die nur seinen Egoismus kaschieren (er kann einfach nicht allein sein), lasse mir von Alma neue Medikamente gegen meine Stauballergie nennen und verspreche Richard, in jeder Hinsicht vorsichtig zu sein. Das Bosnien-Projekt hatte ich dummerweise nicht verschwiegen, hatte aus purer Angabe vom Ergebnis der Redaktionskonferenz berichtet und vergessen, dass Alexander Alma anrufen könnte, weil mein Chef Richards Freund ist. Es gibt nebenbei kaum jemanden, den Richard nicht kennt, dem er noch nicht geholfen hat, der nicht irgendwann einmal in Alma verliebt war, der den beiden nicht jeden möglichen Gefallen tun würde. Zu der Gruppe gehöre ich selbst.

Aber ich wollte herausbekommen, was vorgefallen war. Erst einmal verfolgte ich Richards Spur. Was und wie ich es herausbekam, ist mir hier wieder ganz präsent, der Ärger sitzt doch tiefer, als ich dachte. Mit einem Schlag steht mir die Szene lebendig vor Augen:

Es ist Mittagspause. Mein Chef hat nachweislich seinen Drehsessel mit einem Restaurantstuhl vertauscht, ich klopfe im Chefsekretariat und werde kühl hineingebeten. Frau Weber nimmt sich die Zeit, irgendetwas in einer Seitenschublade verschwinden zu lassen. Vielleicht einen Schminkspiegel, vielleicht eine Illustrierte von der Konkurrenz. Ich genieße für einen kurzen Moment den Herrschaftsausblick über die Elbe. Am gegenüber liegenden Ufer ragen Ladekräne im nassen Nebel wie skelettierte Giraffen.

«Ja? Bitte?», fragt sie.

«Es tut mir Leid, wenn ich störe», sage ich und bleibe so weit vom Tisch entfernt stehen, dass sie sehen kann, wie klein ich bin, und versuche es mit einem vorsichtigen Schulmädchenlächeln. Frau Webers abweisender Blick lässt das angebracht erscheinen. Es funktioniert auch.

«Um was geht es denn? Frau –?»

«Zacharias. Marie Zacharias. Es geht – es ist ein privates Problem.»

«Vielleicht kann ich helfen?» Sie taxiert mich über die zufrieden stellende Distanz, die ich einhalte.

«Also, es geht um einen Termin, den ich vergessen habe», phantasiere ich. Mein Schwager, Richard Dreegmann, habe doch im Februar einen Termin mit dem Chef, und ich solle für den Abend Theaterkarten im Schauspielhaus besorgen. Ich habe aber das Datum vergessen. Richard sei ein gewohnheitsmäßiger Macho, demgegenüber es mir besonders schwer falle, eine Unzuverlässigkeit einzugestehen. Er traue Mädchen und Frauen ohnehin nichts zu, wenn sie wisse, was ich meine.

«Ach!» Frau Webers Aura bleibt symbiotisch verwoben mit dem Tisch aus Glas und Chrom, hinter dem sie sitzt, aber ihre Augen weiten sich. Für die Dauer eines Wimpernschlags lächeln wir.

«Den Triumph wollen wir doch niemandem zu leicht machen!»

Nun sind wir emanzipatorisch verschworen, sie blättert in einem Terminkalender und murmelt Namen vor sich hin. Dr. Dreegmann? Im Februar? Natürlich! Am Montag, dem 1. 2., um 12. 45 Uhr habe Dr. Dreegmann mit dem Chef telefoniert und in einem kurzen Gespräch mit ihr den Termin am 26. des Monats ausdrücklich bestätigt.

Vielen Dank! Genau am Montag, dem 1. 2., wurde ich um 16.30 Uhr, darüber informiert, dass ich nicht mit dem Team nach Bosnien fahren würde.

Am Freitag, dem 6. 2., fuhr ich abends nach Düsseldorf, um Richard und Alma eine Szene zu machen.

Natürlich ist mir das nicht gelungen. Es gelingt mir nie. Aus gutem Grund.

Ich friere in meinem zugigen Versteck, wechsele das Standbein, horche vergebens auf ein Geräusch aus dem unteren Stockwerk, stecke meinen Terminkalender zurück in die Brusttasche. Meine Finger sind schon ganz steif vor Kälte, ich schiebe sie tief in die Ärmel, aber die Arme sind genauso kalt. Ich blase Atem in meine aneinander gelegten Hände, um sie zu wärmen, und dabei kommt mir das frierende Mädchen in Andersens Weihnachtsmärchen in den Sinn, wie es in einem verfallenen Gebäude Schutz vor eisigem Wind sucht und die drei letzten Streichhölzer, die es noch verkaufen wollte, anreißt, um seine Finger zu wärmen. In der heißen Stichflamme sieht es dann Wunschbilder, ist ihnen ganz nah und kann für Sekunden die tödliche Kälte vergessen.

In meiner Langeweile produziere ich eine virtuelle Flamme, sehe darin Almas abendlich erleuchtetes Haus und erlebe alles, was sich dort am Freitag letzter Woche abspielte:

Ich stehe wieder im Eingang vor der Glastür und sehe in die Halle, bevor ich auf die Klingel drücke. Die hohe Eichentür gegenüber ist offen, ich sehe meine Bücherborde mit der Schiebeleiter. Ein rotes Bobby-Car steht geparkt vor der Treppe, im Hundekorb neben dem Dielenschrank liegt ein verschlissener Fußball, zwei Schulranzen lehnen am Tisch, Richards Bürokoffer fehlt wie meistens, rotgelbe Papageientulpen haben ihre weit geöffneten Kelche nach rechts gedreht, als wollten sie um die Ecke auf die Treppe sehen.

Ein Druck auf die wilhelminische Klingel, und das massive Treppengeländer wird vibrieren. Ich wehre mich gegen die Freude, die in mir aufsteigt. Richard – und ich bin sicher, dass es Richard war – hat sich eingemischt. Nicht zum ersten Mal hat er einen Plan von mir durchkreuzt. Aber dieses Mal ist es kein Baumhaus in zehn Meter Höhe, keine Fahrradtour nach Istanbul, ich verpasse gerade eine Chance, ich will meinen Beruf lernen, und ich bin keine fünfzehn mehr. Trotzdem – verdammt nochmal – ich freue mich. Gleich werden die Zwillinge in Schlafanzügen das Treppengeländer herunterrutschen, neugierig verfolgt von den Hunden, oben werden die Großen rufen, krachend herunterspringen, wenn sie hören, dass ich es bin, und damit den Kleinen aufwecken. Alma wird aufhören zu telefonieren, mich in die Arme nehmen und meine unangekündigte Ankunft zum Anlass nehmen, endlich ein Glas Sekt zu trinken. Die Kinderriege wird uns belagern, wir werden italienische Lieblingskekse, Saft, Schokolade und Sekt aus der Vorratskammer holen und in das große, helle Sofa ziehen, dem Alma längst einen waschbaren Bezug verpasst hat.

Genauso ist es geworden, und ich konnte nicht widerstehen.

Über dem Wirbel in der Halle schwebte der Duft von Holz, Blumen und Almas Chanel, noch ein Hauch von Grießbrei mit Zucker und Zimt. Gerüche machen mich schwach.

Unten auf der Hofseite fährt in diesem Augenblick ein dunkler Geländewagen durch die Pfützen, hupt, verspritzt Schlamm. Wahrscheinlich ein zu spät kommender Lodenmantel, der meint, dass man auf ihn hätte warten sollen. Nun wird es noch länger dauern, bis die Truppe hier oben angekommen ist. Ich hörte, wie das Auto weiterhin hupend um die Remise herumfährt und auf der anderen Gebäudeseite vor dem Eingang zum Turm mit laufendem Motor anhält. Jemand ruft etwas aus dem Haus, der Motor wird abgestellt, und eine sonore Stimme ruft zurück: «Na, hat's schon angefangen? Bin sofort oben. Eine Sekunde.»

Klingt fast wie Richards dunkle Baritonstimme am vergangenen Freitag, als er schließlich nach Hause kam, seinen Kopf auf der Höhe von 1,89 Meter durch die Tür steckte und fragte: «Na, Winzling, sprichst du noch mit mir?»

Wie immer waren alle sofort um ihn herum. Ich war machtlos. Schlimmer noch: glücklich. Meine Wut im Begrüßungsjubel verraucht.

Er umarmte und küsste alle. Zuerst Alma. Für einen Moment hielt er ihr helles Gesicht zwischen seinen Händen; die «Wo warst du Adam»-Debatte vertagte Alma glücklicherweise. Richard war – wie so oft – mit dem letztmöglichen Flieger aus Frankfurt gekommen, direkt vor die Eingangstreppe gefahren, aus dem Wirtschaftsolymp umgestiegen in seinen Privatolymp, um Juno und fünf gelockte Juniorgötter in die Arme zu schließen. Dass ihm in Frankfurt, Zürich oder New York andere Göttinnen nachwinken, ist ein offenes Geheimnis; aber Alma ist Juno.

«Wollte Alexander nicht mitkommen, Marie?» Er hob mich zur Begrüßung fast hoch.

«Möglich.»

Schon hingen die Zwillinge an seinem Hals, dann Adrian, der Älteste, und Benjamin, die Nr. 2.

Richard fragte nach Lateinarbeiten und Tennistraining, Kinogängen, Fußballspielen; wollte wie immer alles ganz genau wissen. Nicht zum ersten Mal hatte ich den Verdacht, dass er durch diese punktgenaue Feldanalyse alle Fragen verhindert, die ihm selbst gestellt werden könnten. Ich habe mir das jedenfalls von ihm abgeguckt und mache es mit Alexander genauso. Es funktioniert tadellos.

Nach dem ersten Wirbel setzte Richard sich dem Sofa gegenüber in den roten Sessel, den die zehnjährigen Zwillinge geräumt hatten. Nun flankierten sie ihn auf den Lehnen. Vor uns im Sessel saß dreimal Richard, drei tief liegende Augenpaare fixierten uns, schnell und haselnussbraun. Die Bürschchen umarmten Richards massigen Körper im dunkelgrauen Büroanzug, schoben die goldene Kragennadel hin und her, redeten auf ihn ein, pesten los, um ein Glas für ihn zu holen. Richard lehnte sich zurück und lachte, und ich weiß von ihm selbst, was er in solchen Momenten denkt: Alma und die Kinder sind das Größte und alles andere ist alles andere. Alma lachte auch. Sie durchschaut ihn, denkt außerdem ähnlich.

Schließlich begann Richard das Gespräch mit mir freiwillig.

«Über Kroatien haben sie heute ein deutsches Transportflugzeug mit Hilfsgütern für Sarajevo beschossen, Marie.»

«Soll ich dir jetzt dankbar sein?», fragte ich.

Dann mussten wir lachen, und ich sagte den beiden, was mir wichtig ist: Sie sollen sich nicht noch einmal in meine Angelegenheiten einmischen. Es wird wenig bis gar nichts nützen. Das weiß ich auch.

In diesem Fall hatte Alexander Alma um Hilfe gebeten, wie ich vermutet hatte. Alma wiederum hatte Richard veranlasst, das zu tun, was er getan hatte, nämlich meinen Chef anzurufen, der prompt reagiert hat.

Als ob die beiden nicht genug zu tun hätten. Alma, neununddreißigjährig, mit fünf Jungs, zwei Hunden, Haus, Garten, unzähligen Freunden und Verpflichtungen. Richard mit neunundvierzig Jahren pumpt Ströme von Energie und Geld durch den Familienapparat, trainiert seinen Körper regelmäßig durch Boxen und Tennis, bekommt graue Schläfen und verdient sein Geld damit, dass er zwölf Stunden an Schreib- oder Konferenztischen arbeitet, beladen mit Verantwortung wie ein indischer Transportelefant. Wenn ein Familienmitglied oder ein Freund ihn zusätzlich beansprucht, schaltet er seine Organisationskraft oder Hilfsbereitschaft ein wie ein Notstromaggregat, und das läuft, bis der Fall geklärt und behoben ist.

An dem Freitagabend fragte Richard mindestens noch zweimal nach Alexander. Ich schnitt nur eine Grimasse. Er fehlt mir nicht. Ganz im Gegenteil. Richard und Alma wollen das nicht glauben.

Dann erzählten sie mir von Ewaldsleben, Richard hatte neue Nachrichten von der Alteigentümerfront und wusste, dass Ewaldsleben verkauft werden soll. Wir müssten sieben Millionen Mark aufbringen können, um unser Erbe zu kaufen. Richard verdient zwar gut, aber er hat kein Vermögen. Das Haus ist teuer, die Jungs müssen groß werden. Almas und mein Erbe haben sich die Versicherungen nach dem Unfall in Südfrankreich unter den Nagel gerissen: «... wegen unausräumbarer Vorbehalte gegenüber dem in Wegfall geratenen Versicherungsnehmer.»

Im Klartext: Unsere Eltern sollen den Unfall in Südfrankreich vorgetäuscht haben, um eine horrende Versicherungssumme zu kassieren. Richard und Alma haben ergebnislos gegen die Versicherung prozessiert, um das Gegenteil zu beweisen. Die Tatsache, dass der Aluminiumkoffer mit dem Bild nicht in dem hochversicherten Spezialfach des Kofferraums gelegen hatte, war unwiderlegbar und belastend.

Aber auch wenn wir das Geld hätten, das die Versicherung uns vorenthält, würde uns Ewaldsleben gar nicht unbedingt zugesprochen werden.

«Jeder reiche Schlachter aus Bayern kann sich bewerben», sagte

Richard. «Wer am meisten Geld hinlegt, wird's bekommen. Die Regierung braucht Geld. Sie verhökern schamlos, was ihnen nicht gehört.»

«Wenigstens den Schmuck sollten wir finden. Kannst du nicht noch einmal hinfahren, Marie?», fragte Alma. «Ich kann hier nicht weg. Irgendwo muss alles versteckt sein. Schmuck, Briefe, Tagebücher. Irgendwo ist ein Geheimnis verschüttet, das hab ich im Gefühl.»

«Darauf ist immer Verlass.» Richard grinste.

«Mach dich nicht lustig!», wehrte Alma ab. «Wir müssen suchen, solange wir noch hineinkönnen. Kannst du es nicht schaffen, Marie? Kannst du nicht noch einmal hinfahren, bevor du nach Jerusalem fliegst?»

So ist es dazu gekommen, dass ich hier in Ewaldsleben stehe und friere. Ich habe mich überreden lassen. Tatsächlich war noch eine Woche Zeit bis zum Abflug am 13. Februar, und nebenbei hatte ich einen meisterhaften Vorwand, Alexander die verbleibenden Tage auszuweichen.

Durch den Tagebuchfund in der Räucherkammer hat sich die Unternehmung sogar schon gelohnt: Almas Vermutung hat sich bestätigt: Es gibt private Aufzeichnungen unserer Großmutter. Achtundvierzig Jahre lang waren sie unentdeckt in diesem Haus.

Das Tagebuch ist sperrig, schiebt sich immer wieder über meinen Bauchnabel, ich stopfe es zurück, ziehe den Bauch noch mehr ein und schließe den Jeansknopf. Bis ich im Auto sitze, muss ich das aushalten. Die Stimme des Gastwirts kommt näher. Lange kann es also nicht mehr dauern, bis ich mein Versteck verlassen kann. Er wird seinen Schlüssel an der Tür entdecken und mit den Herren im Haupthaus verschwinden.

«Hier wird's jetzt schmal», erklärt er vor dem letzten Abschnitt der Wendeltreppe. «Hier ist höchste Vorsicht geboten.» Seine Stimme klingt ruppig mit einem Schuss akuter Besorgnis. Ich seh ihn vor mir, wie er seine eckige Nickelbrille auf dem breiten Nasenrücken hin und her schiebt, sie dann abrupt loslässt, streng auf die ihm folgenden Männer blickt.

Dann erklärt er warnend den Zustand der Bausubstanz: «Hier mussten wir die Decke – na, besser gesagt: was davon geblieben iss – also die Zwischendecke ham wir mit Pfeilern abgestützt. Von jeder Stufe aus – wie Sie ja wohl sehen. Wenn man da nun vorbei will, und man iss nicht der Dünnste, muss man sich am elegantesten mit dem Rücken zur Wand an den Gerüsten vorbeischieben.» (Er macht es vor.) «Das könnte dann gut gehen. Ich meine, es fällt Ihnen dann nichts aufs Haupt. Sie stoßen nichts weg, um nur mal die Gefahr zu verdeutlichen.»

Ein Dicker muss in der Besucherriege sein. Einer, dessen Umfang dem Gastwirt ernsthaft Sorgen bereitet. Joviales Lachen und Zurufe begleiten den Anstieg der Herren auf der Wendeltreppe des früher einmal kupfergedeckten Renaissanceturms.

Es gab einen zweiten mittelalterlichen Turm in Ewaldsleben. Einen klotzigen Wehrturm aus Feldsteinen gebaut, auf dessen spitzem Schieferdach Jahrhunderte lang Störche nisteten. Zwischen den Türmen war das Torhaus, das 1767 zum ersten Mal brannte und renoviert wurde. Jetzt sind seine Decken unwiderruflich eingebrochen, die morschen Balken versperren die Durchfahrt. Man sieht durch Stacheldraht und Gestrüpp in den freien Himmel hinauf. Schade, wenn man bedenkt, was diese Gemäuer alles überstanden haben. Allein in diesem Jahrhundert zwei Weltkriege und fünfundvierzig Jahre DDR. Das Schloss mit seinem Storchennest ist für die Menschen hier ein Wahrzeichen, außerdem ihre einzige Kneipe, ihr Versammlungsraum und Hochzeitssaal, aber es verkommt im Kompetenzdschungel der Treuhand und ihrer Nachfolgegesellschaften. Der Regen hat inzwischen mehr Bausubstanz vernichtet als das Feuer.

Gestern, als ich am frühen Abend in der Gaststube an der Theke einen Glühwein trank, um mich aufzuwärmen, sagte der Wirt zu dem einzigen anderen Gast: «Und das hier ist also die junge Dame, von der ich dir erzählt habe, Gustav.»

Gustav war wohl extra gekommen, um mit mir ins Gespräch zu kommen, schob seinen Zigarrenstummel in die rechte Mundecke und tadelte sofort: «Nie und nimmer nich' würde ein Mensch mit Vernunft seinen Besitz so verkommen lassen. Wie können Sie da so zugucken? Das wollt' ich nur mal fragen.»

»Was sollen wir machen?», fragte ich zurück. «War meine Schwester nicht bei Ihnen und hat alles besprochen?»

«Ja, war die da! Schon 1990. Und da haben wir alle gedacht: Nun kommen sie wieder, aber nichts ist passiert.»

«Aber wie sollen wir wiederkommen?», fragte ich. «Es gehört uns doch nichts mehr. Das wissen Sie doch!»

«Natürlich weiß er das», sagte der Gastwirt. «Mensch, Gustav, das weißt du doch.»

«Ich weiß nur, dass Sie es verkaufen, und vorher sollten Sie mal die verfaulten Fenster machen bei uns. So was kauft doch keiner sonst, alles verkommt, keiner tut was. So schlimm war es früher nich'. Da war alles gut in Pflege bei uns, als wir noch unser Deutschland hatten.»

«Aber wir verkaufen es doch nicht, sondern der jetzige Besitzer», sagte ich.

«Nu hab ich doch mal die Gelegenheit zu fragen: Wer soll das denn jetzt sein? Man guckt da ja nicht durch.»

«Gustav! Tu nich so», sagte der Gastwirt. «Diese Familie hier ist 1945 von den Russen enteignet worden – das weißte auch, dann war es in unserem Besitz, also DDR mein ich, und jetzt gehört es denen drüben, also sang- und klanglos der Regierung in Bonn. Herr Kohl hat jetzt das Sagen drüber. Weißte außerdem alles.»

«Dann kaufen Sie es ihm doch ab, Fräulein.»

Die beiden wollten sich halb totlachen.

«Spaß beiseite», sagte dann der Gastwirt. «Wenn du rechnen könntest, Gustav, aber das willste ja nicht, wenn du also rechnen tätest, dann würdest du wissen, dass dies Haus hier ein Fass ohne Boden ist. Das iss ne Treuhand-Ruine, dass iss ne Ungerechtigkeit, wie 'n Symbol von der Wende iss das, und das bedeutet, dass keiner glücklich wird. Nicht der Ossi, weil der nichts abkriegt, und nicht die enteigneten Ossis, weil die nichts wiederkriegen, und der Wessi nicht, weil wir ihn nicht lassen. Iss doch so. Mal im Ernst, was haben die Kerls in ihren dicken Autos hier zu suchen, die ich jeden Tag rumführe? Nichts, wenn du mich fragst. Dafür ham wir das alles nicht durchgemacht.»

Jetzt höre ich die Stimme des Gastwirts schon ganz nah. Exakt vor der Absperrung zum Torhaus bleibt die Besichtigungstruppe stehen. Angesichts der zerrütteten Bausubstanz werden die Ausrufe einsilbiger, der Gastwirt entwickelt genüsslich die Chronologie des Desasters.

«Ich gehe schon weiter, wenn Sie erlauben. Ist das in Ordnung?» Eine Stimme unterbricht ihn. Höflich bleibt ihr Klang nur an der Oberfläche, der Grundton der rhetorischen Frage ist unnachgiebig, unverschämt bis frech. Ich muss den Sprecher nicht sehen, ich weiß, wer es ist.

Der Gastwirt brummelt eine Zustimmung.

Wohin geht er jetzt, der Bluejeans-Mann mit seiner Polaroidkamera? Er wird allein auf dem Dachboden des Haupthauses herumschnüffeln, und wenn seine Beobachtungsgabe so scharf ist wie seine Stimme, wird er die Schlüssel in der Tür bemerken, die Veränderung am Kamin hinten links, die Mörtelbrocken.

Was hat er hier zu suchen, und warum regt er mich so auf?

Ich friere. Eine zweite Gänsehaut schiebt sich über die erste.

Das Hotel

Die Bettdecke erstickt mich; wie durch Wände aus Filz höre ich jemanden rufen und klopfen. Ich versuche zu atmen, mein Bein, meine Hand, nur ein Augenlid zu bewegen. Eben noch konnte ich nicht wegrennen, war gebannt, umhäutet von Angst, unförmig wachsend, wie ein Kloß, stumpf und heiß.

Habe ich geschrien wie früher?

Meine rechte Hand bewegt sich. Ich taste nach dem Schalter an der Lampenschnur und tauche mein Hotelzimmer in Licht. Es ist drei Uhr nachts. Ich stehe auf, zittere am ganzen Körper.

«Brauchen Sie Hilfe?» Es klopft wieder an der Verbindungstür, unwirsch trommelnd. Also habe ich doch geschrien. Der Schrei hat jemanden geweckt. Ich krümme mich vor Peinlichkeit.

«Sagen Sie etwas, brauchen Sie Hilfe?»

Ich kann nichts sagen, weiß gar nicht, ob ich überhaupt etwas sagen kann.

«Machen Sie die Tür auf. Bitte! Sie müssen sich helfen lassen.»

Ich bin stumm.

«Wenn Sie nichts sagen, rufe ich einen Arzt oder die Polizei.»

Ich öffne die Tür.

Der Jeansträger in Boxershorts und Bademantel. Seine Stimme hatte ich nicht erkannt.

«Haben Sie geträumt?»

«Ich brauche keine Hilfe. Danke!»

«Das sagen alle.»

Er geht in mein Badezimmer, holt den Hotelbademantel, drückt ihn mir in die Hand.

«Sie müssen sich warm machen.»

Ich gehorche schon wieder.

«Gehen Sie, bitte. Ich brauche keine Hilfe», versichere ich und ziehe den Mantel an, in den auch ein drei Zentner schwerer Gast passen würde.

Er geht an die Minibar. «Whisky oder Cognac?»

«Nichts.»

«Sie haben mich geweckt, jetzt lassen Sie sich helfen. Eins von beiden wird getrunken», befiehlt er.

Ich setze mich auf einen Stuhl, weil ich nicht aufhören kann zu zittern, sage nichts.

Schwarzes, dichtes Haar fällt ihm in die Stirn, als er sich bückt, um in den kleinen Kühlschrank zu sehen. Im Licht der Neonleuchte entdecke ich waagerechte Linien auf seiner Stirn, eine steile Falte über der Nasenwurzel, schätze sein Alter auf achtundzwanzig oder dreißig. Das Gesicht wirkt blass, die Augenfarbe irgendwo zwischen grau und grün. Auf einen Blick erfasst er den Inhalt des Schrankes, ruckartig greift er nach den kleinen Flaschen.

Ich beruhige mich nicht. Ganz im Gegenteil.

Mein Zimmer im ersten Stock des Hotels in Halberstadt ist eine gut durchdachte kleine Oase aus Kirschholz und dunklen Rosatönen, die aus eigener Kraft beruhigen, wenn ich mich an Almas farbpsychologische Versuche mit mir richtig erinnere. Damals nach dem Unfall hätte sie mich am liebsten in Rosa gewickelt. Da ich außerdem selbst weiß, wo der Kühlschrank steht, könnte ich mich ohne diesen vermeintlichen Helfer sehr gut von meinem Traum erholen und sage ihm das.

«Ohne mich würden Sie noch träumen. Also: Cognac oder Whisky?»

«Weder noch.»

«Whisky für mich, der Cognac für Sie, und ich verschwinde», schlägt er vor.

Schließlich lacht er mich an.

Ich trinke den Cognac, lache auch. Die wartenden Herren an

der Treppe in Ewaldsleben fallen mir ein. Seine Unverschämtheit entwaffnet offensichtlich.

War das Zimmer neben mir gestern nicht unbesetzt, denke ich, oder war es das Zimmer auf der anderen Seite?

Mit einer Daumendrehung hat er den Deckel der kleinen Whiskyflasche abgeschraubt, schenkt sich ein Glas ein.

«Habe ich Sie gestern Nacht auch schon gestört?»

«Gestern war die Doppeltür zu.»

Unbeeindruckt fixiert er mich, sagt nichts, trinkt einen Schluck Whisky. Seine Hand am Glas ist feingliedrig, man sieht ihre Kraft nicht. Seine Füße auf dem rosa Teppich wirken ähnlich.

Das leere Zimmer war also auf der anderen Seite, aber die Feststellung beruhigt mich nicht. Ich stehe auf.

«Tun Sie mir einen Gefallen», sage ich, «machen Sie beide Türen hinter sich zu, wenn Sie jetzt hinübergehen.»

Er ist einen halben Kopf größer als ich; ungefähr 1,77 m – wie ich nachmittags geschätzt habe.

«Sie haben geschrien, als würden Sie umgebracht. Wissen Sie das?»

Ich schüttele den Kopf.

«Unternehmen Sie nicht so aufregende Sachen und lesen Sie ein anderes Buch vor dem Einschlafen», sagt er in der Tür. «Den Gefallen könnten Sie mir tun.»

Ich verspreche es und schließe ab. Wenn seine Bemerkung eine Anspielung darauf war, dass er von meiner Anwesenheit und meinem Fund in der Ruine weiß, war meine Reaktion makellos. Hoffe ich jedenfalls. Warum aber sollte ihn interessieren, was ich tue?

Es liegt nicht am Tagebuch meiner Großmutter, dass ich geträumt habe. Das weiß ich. Der Traum ist alt. War vergessen. Scheint in mir geschlafen zu haben, wie eine Katze schläft: bereit zum Sprung.

Wie geplant konnte ich die Seiten mit Stricknadeln öffnen. Anschließend habe ich das Buch, dann mich, zuletzt das Luxusbadezimmer vom Ruß befreit. Vermutlich ist so viel dreckiger Schaum dort noch nicht produziert worden.

Als ich später gemerkt habe, dass ich nicht mehr aufhören wollte zu lesen, habe ich mir mein Abendbrot aufs Zimmer bestellt. Roastbeef auf Salat mit Toast für zwei Personen. Schließlich hatte ich seit dem Frühstück nichts mehr gegessen.

Meine Großmutter war eine unregelmäßige Tagebuchschreiberin.

Alma wird morgen von mir wissen wollen, ob ich schon etwas Besonderes erfahren habe, und ich werde ihr einen sehr eigenartigen Tagebuchstil vorstellen müssen. Wahrscheinlich wird sie enttäuscht sein.

Ereignisse werden nämlich nur in kürzester Form vermerkt, Personen benennt sie nur, selten beschreibt, nie charakterisiert sie jemanden. Gefühle spart sie aus. Episch schildert sie dagegen Naturereignisse. Wolken in tausend Farben und geheimnisvollen Formen, Wasser als Spiegel allen Seins, Bäume, Blätter und Äste im wechselnden Licht und Wind der vier Jahreszeiten. Winde leben bei ihr; sie agieren, flüstern und wüten, als brächten sie Botschaften über Wüsten, Gebirge und alle sieben Meere, als könnten sie nehmen und geben wie heidnische Götter in den nordischen Märchen, die ich achtjährig verschlungen habe.

Manche Daten im Tagebuch erwarte ich mit höchster Spannung.

Zum Beispiel den Tauftag unserer Mutter. Knapp zwei Zeilen sind dem Ereignis gewidmet: Ostersonntag, 17. 4. 1938, Taufe. 9.30 Eintreffen Goebbels. 10 Uhr Gottesdienst. 15 Uhr Abfahrt Goebbels und Ewald nach Berlin.

Abends fährt sie den Kinderwagen durch den Park, bleibt am Teich sitzen und beschreibt über zwei Seiten den Widerschein des Lichts, das Spiegelbild der Abendwolken, durchbrochen von der Wellenspur gleitender Schwäne und Enten auf dem Wasser.

Aus unserem Bilderalbum weiß ich mehr von dem Tag, an dem

Goebbels der Patenonkel unserer Mutter wurde. Ich habe früh gelernt, mich für diese Seiten des Familienalbums zu schämen. Mein Vater wollte sie herausreißen oder zukleben, wollte nicht, dass ich die Bilder betrachtete, und stritt mit meiner Mutter. Daraufhin habe ich mir diese Seiten des Albums heimlich und so oft wie möglich angesehen.

Es gibt ein Bild von Goebbels' Ankunft vor dem Torhaus. Großvater Ewald in Uniform, hinter ihm die gesamte Belegschaft mit Parteibinde am Arm. Goebbels ist ausgestiegen, alle recken den Arm zum Hitlergruß. Andere Bilder (alle Fotos haben das Format 18 × 23 und nehmen jeweils eine Albumseite ein) zeigen die Taufgesellschaft vor dem Haus. Lange Hakenkreuzfahnen hängen von den Türmen; auf dem Weg zur Kirche bilden Jungvolkgruppen Spalier. Aus allen Häusern des Dorfes hängen Fahnen. Vor dem Kirchenportal wartet der Pastor auf meine Großeltern und Goebbels, der den Täufling im Arm hält.

Nichts davon wird im Tagebuch beschrieben, erklärt oder kommentiert.

Nur drei Schwerpunkte ihres täglichen Lebens hat meine Großmutter regelmäßig registriert: ihr Klavier- und Orgelspiel, ihr Briefwechsel mit verschiedenen Menschen, deren Namen mir nichts mehr sagen, später die Entwicklung und Erziehung ihrer kleinen Tochter.

Ich verfolge die Woche vor Pfingsten 1938: Von Montag, dem 30. Mai, bis Samstag, den 4. Juni, erscheinen täglich die gleichen Notizen: 9.00 Uhr – 11.00 Uhr Toccata C-Dur BWV564 und 17.30 – 18.30 Uhr KV 545 Andante. Pfingstsonntag stehen zwei Einträge: 10 Uhr Kirche, Toccata BWV 564, und 20 Uhr, Sabine, Arthur KV 635. Daraus kann ich mir folgenden Reim machen. Sie hat sich intensiv auf zwei Termine am Pfingstsonntag vorbereitet. Offensichtlich hatte sie sich verpflichtet, im Pfingstgottesdienst die Toccata zu spielen, und am Abend desselben Tages kamen Freunde, mit denen zusammen sie musizierte. KV 635 ist vermutlich ein Klaviertrio. Aus dem Vermerk über die Dauer ihrer morgendlichen Übungszeit folgere ich, dass ihr die Arbeit an der Mozart-Komposition weniger Mühe abverlangte als das Einstudieren des Bach-Werkes. Ich würde aber gern wissen, wie ihr die Toccata im Gottesdienst gelungen ist, ob sie mit sich zufrieden war, ob sie abends mit Sabine und Arthur auch gegessen hat, und wenn, was und wer die beiden überhaupt waren. Nichts von alledem erfahre ich.

Über ihre Korrespondenz vermerkt sie im Tagebuch Postabgang und Eingang, Adressaten oder Absender. Zum Beispiel: 3. April Post von Lina und Rudolph (Ascona), 5. April, Lina retour. Falls in diesen Notizen ein Name auftauchen sollte, der mir etwas sagt, werde ich möglicherweise weiter recherchieren können.

Politisches Tagesgeschehen wird ebenso wenig erwähnt wie Standort und Aufgabenbereiche ihres Mannes.

Alma weiß, dass unsere Mutter sich an diesen Vater nicht erinnerte. Er ist im Dezember 1941 vor Moskau gefallen. Damals war sie drei Jahre alt. Genau wie wir später musste sie Fotos studieren, um eine Vorstellung von ihm zu bekommen. Es wurden keine schriftlichen Unterlagen gerettet.

Großvater Ewald ließ sich gerne in Uniform und zu Pferde fotografieren; war groß, kräftig, blond, Offizier, NSDAP-Mitglied. Nichts Besonderes zu seiner Zeit.

Im Tagebuch notiert meine Großmutter nur seine Ankunft oder Abfahrt. Oft ist hinter dem Ankunftsvermerk eine eingeklammerte Notiz. Zum Beispiel: Ankunft Ewald (24 Rosen, weiß) oder (Chanel No. 5) oder (3 m Seidenspitze). Großvater Ewald in seinen schneidigen Stiefeln wusste demnach, was gut war und was ihr gefiel. Ich glaube, dass sie sich darüber freute, denn im Tagebuch schreibt sie fast andächtig über die grünlichen Schatten in den Blüten weißer Rosen. Spitzenkragen an weit ausgeschnittenen Samtkleidern trug sie oft, das weiß ich von Fotos aus dem dunkelblauen Album.

Am 1. September 1939 ist gar kein Tagebucheintrag zu finden. Erst am fünfzehnten Kriegstag vermerkt sie einen Posteingang: Sie hat Noten aus Leipzig bekommen: das Evangelische Gesangbuch, Liedvorspiel und Begleitung. Von dem Zeitpunkt an notiert sie auch Gesangbuchnummern für ihre morgendlichen Übungsstunden und verzeichnet die Nummern aus dem Gottesdienst am Sonntag.

Daraus schließe ich, dass der Kantor von Ewaldsleben zum Kriegsdienst eingezogen worden war und dass sie ihn vertreten hat.

Nicht den militärischen Verlauf, wohl aber Standorte aus dem ersten Kriegsjahr kann man an den Posteingangsvermerken rekonstruieren. Briefe von Ewald kommen aus Polen, aus Holland, aus Frankreich. Zwischendurch war er auch zurück in Ewaldsleben, brachte Parfum oder Rosen mit. Weihnachten schenkte er Perlen, im Februar 1941 kam ein Paket von Chanel aus Paris.

Warum kann sie nicht einmal den Inhalt beschreiben? Pakete von Chanel sind doch nichts Alltägliches. Ohne das alte Bilderalbum wäre ich aufgeschmissen. So kann ich mich an eine Fotografie aus der Zeit erinnern. Es ist eine Atelieraufnahme vom 24. Februar 1941, aufgenommen in Halberstadt: Großmutter trägt ein enges Satinkleid, silbrig, mit schlichtem Schalkragen, darauf schimmert eine lange Perlenkette. Auf ihrem Schoß thront im dunklen Samtkleidchen unsere damals dreijährige Mutter, die weiße Taftschleife im Haar steht wie ein Propeller über dem winzigen Gesicht.

Über Sonne, Wind und Regen in der Magdeburger Börde werde ich im Tagebuch so exzellent informiert, dass ich Wetterkarten zeichnen könnte.

Am 10. Februar 1941 war anscheinend das gleiche Wetter wie an diesem Mittwochmorgen im Februar 1993, an dem ich im Hotelbett geblieben bin, weil es draußen stürmt und regnet. Meine Großmutter hat am 10. Februar vor zweiundfünfzig Jahren einen Spaziergang gemacht, von dem sie drei lange Seiten berichtet, so intensiv, dass ich meine, ein Gemälde der Romantik betrachtet zu haben oder – mitten darin zu stehen.

Wenn sie keine Zeit fand, eigene Naturbeschreibungen zu verfassen, skizzierte sie Stimmungen oder Naturphänomene durch Verweise auf Künstler und damit auf deren Techniken: Bäume im Abendlicht (Ruisdael) oder: Sonne auf Parkwegen (Liebermann); Sommerhimmel (Monet). So komprimiert sie lyrische Beschreibungen zu kunsthistorischen Formeln, die aber in dem Stenogrammstil ihres Tagebuchs von einem Geschenkvermerk nicht zu unterscheiden sind.

Darauf ist zurückzuführen, dass ich den Tagebucheintrag vom 12. Juni 1941 überlese; erst nachträglich seine Bedeutung verstehe. Die Notiz lautet: Ewald zurück (Corot!), 38 × 46, auf Leinen, Holzrahmen, geschnitzt, vergoldet!

Nicht mehr und nicht weniger. Hinter einer Meldung, einem Künstlernamen, einer präzisen Maßangabe, zwei Material- und Verarbeitungshinweisen und gleich zwei emphatischen Satzzeichen (sonst geht sie äußerst sparsam damit um), verbirgt sich mit größter Wahrscheinlichkeit die Tatsache, dass unser Großvater seiner Frau einen echten Corot mitgebracht hat. Ein Offizier der deutschen Wehrmacht kommt aus dem besetzten Paris und beschenkt seine Frau. Nicht schlecht!

Nun ist Corots Œuvre groß, was möglicherweise den Wert auch damals schon gedrückt hat; zudem gibt es Fälschungen wie Sand am Meer, die Corot zum Teil selbst initiiert hat. Er war so berühmt, verdiente so gut, war so großmütig, dass er unter Bilder weniger erfolgreicher Freunde, die er aber meisterhaft fand, seinen Namen setzte und ihnen den erzielten Preis vollständig überließ. Das wird Großvater Ewald vermutlich weder gewusst noch interessiert haben. Ich nehme an, dass es sich um ein Landschaftsbild handelte, dass er das Bild sah und wusste, meiner Großmutter damit eine große Freude zu machen, weil er ihre tiefe Liebe zur Natur kannte, vielleicht sogar teilte – wer weiß. Ich bin sehr unsicher, wenn es um die Beurteilung meines Großvaters geht. Fotos, die ihn in unserem blauen Album zeigen, haben mich immer abgestoßen, ohne dass ich mich getraut hätte, meiner Mutter davon etwas zu sagen. Stämmig war er, glatt wie ein Fisch, dunkeläugig. Ich weiß zu wenig über ihn, würde aber meine Hand für ihn kaum ins Feuer legen. Wirklich spannend erscheint mir die Frage: Wo und von wem hat er das Bild erworben?

Hat sich meine Großmutter damals auch dafür interessiert?

Einem geschenkten Gaul schaut man nicht ins Maul – und wieder bekomme ich aus ihren Aufzeichnungen keine Antwort auf reale Fragen. Ohne ihr zu nahe treten zu wollen, glaube ich inzwischen, dass sie sich für das Woher und Wohin von Personen und Dingen nicht für einen Groschen interessiert hat. Sie lebte eingesponnen in ihrer Welt.

Offensichtlich aber war sie beeindruckt von dem Geschenk, denn am folgenden Tag notierte sie, dass sie das Bild neben dem Flügel aufgehängt hätte und dass sie es immer sehen wolle, während sie spielte. Dann erst vermerkte sie die Nummer der Mozart-Sonate, die sie gerade studierte. KV 545, Andante. 10 Uhr bis 10.45 Uhr.

Ich versuche ihn mir vorzustellen, diesen Morgen des 13. Juni 1941 in einem siegessicheren Deutschland in einem weitläufigen Haus, durch dessen hellhörige Flure und geöffnete Fenster eine ruhige Mozart-Melodie klingt. Auf der nahen Reichsstraße 81 fahren möglicherweise Truppentransportwagen nach Osten. Auch den Motorenlärm wird man aus den geöffneten Fenstern gehört haben können, wie einen Basso continuo, sieben Tage vor dem Einmarsch in die Sowjetunion.

Ich muss weiterlesen und bestelle mein Frühstück nach oben. Nichts in mir verlangt danach aufzustehen. Langsam erhole ich mich von der vergangenen Nacht. Dem Jeans- bzw. Boxershortsträger möchte ich nicht über den Weg laufen. Der nächtliche Vorfall ist mir peinlich, außerdem fühle ich mich von diesem Mann beschattet. Sein Auto war gestern Nachmittag auf dem Parkplatz am Dom, als ich in Halberstadt die Stricknadeln kaufte. Auf der gegenüber liegenden Straßenseite lief er durch den gelblichen Lichtkegel einer Straßenlaterne, als ich aus dem Laden kam. Die geschnürten Lederstiefel aus hellem Wildleder, den beigen Rollkragen, die gespannten Schultern, den geschmeidigen Gang habe ich erkannt; zweimal gibt es das nicht in einer öden Kleinstadt wie dieser.

Ich habe zu viel Phantasie. Dass dieser Mann immer dort ist, wo ich bin, dass sein Zimmer ausgerechnet neben meinem Zimmer liegt, obwohl das Hotel gähnend leer ist, mag purer Zufall sein, aber nach der vergangenen Nacht will ich hier weg. Frühstücken, packen, zurück nach Hamburg fahren: So sieht mein Tagesprogramm aus. In Ewaldsleben kann ich nichts Bedeutendes mehr finden, das meine ich seit dem gestrigen Nachmittag mit 98%iger Sicherheit zu wissen.

Als der Gastwirt seine Besichtigungsschar die Wendeltreppe heruntermanövriert hatte und ich alle – auch den Jeansträger – über den Hof zum verfallenen Taubenturm laufen sah, schlich ich aus meinem Versteck im Torhaus noch einmal zurück über den gefegten Estrich, vorbei an der rostigen Eisentreppe zu dem Kamin, in dem ich die Räucherkammer entdeckt und aufgebrochen hatte. Die Tür war geschlossen, doch rußige Fußspuren verrieten, dass nach mir jemand am Kamin gewesen war.

Das Sohlenprofil ließ auf den Jeansträger schließen. Die Pappkiste, ungefähr von der Größe eines Weinkartons, stand unverändert in der vorderen linken Ecke, schwer zu erkennen in der Räucherschwärze. Möglicherweise war die Kiste niemandem aufgefallen? Vorsichtig zog ich sie nach vorn auf meine Hand, stemmte sie unter das Giebelfenster und fand nur schmuddelige Rechnungsbücher, die in dem gleichen schwarzen Karton gebunden waren wie das Tagebuch – nichts Privates. Auf der empfindlichen Rußschicht von Pappe und Büchern konnte ich keinerlei Fingerspuren entdecken. Eine westdeutsche Theodor-Heuss-Briefmarke wies den Karton als Postsendung aus dem Jahr 1951 aus, die Adresse war unleserlich.

Es klopft an der Zimmertür. Mein Frühstück kommt. Frische Brötchen und Kaffee verbreiten einen Hauch Normalität, glasig rote Marmelade verströmt eher Großküchen-Jugendherbergs-Metalleimer-Duft, dafür gibt es Honig, und die Milch ist heiß. Mehr brauche ich nicht.

Alma ruft an; besorgt, weil ich mich am Vortag nicht mehr gemeldet habe. Ich fühle mich wieder mal kontrolliert, bemuttert, überprotektioniert – verschlucke mich fast am Kaffee und vor unterschwelliger Wut, aber wie schon gesagt – ich will mich nicht mit Alma und Richard streiten.

Eine knochige Psychologin, die Alexander wissenschaftlich berät und mich unaufgefordert analysiert, sobald sie meiner habhaft werden kann, meint, ich sei zu früh erwachsen geworden, hätte es deshalb verpasst, mich aufzulehnen. Sie ordnet mich als konfliktunfähig ein. Ich hätte keine Streitkultur – sagt sie – und würde als Frühwaise immer versuchen, Protektionsdefizite durch konformsüchtiges Adaptionsverhalten gegenüber der älteren Generation auszugleichen.

Jüngere Männer habe ich meistens langweilig gefunden. Das ist alles.

Siebenjährig war ich in Abiturienten verliebt, fünfzehnjährig in Studenten, und als ich zweiundzwanzig Jahre alt war, in Alexander, meinen Professor für Mediävistik. Glücklicherweise war er schon geschieden.

Leider hat Alexander seit einem Jahr seine Arbeit über Judenpogrome im Mittelalter abgebrochen, um einen zeitgenössischen Entwicklungsroman zu schreiben. Wenn ich abends aus dem Verlag komme, liegen ein paar Manuskriptseiten auf meinem Schreibtisch, er möchte meinen Kommentar, will aber nur gelobt werden. Wir streiten uns oft, aber erfolglos.

Unsere letzte Unterhaltung hatten wir im Auto, abends. Die Psychologieprofessorin, die ihn berät, gab ein Abendessen. Danach sollte er aus seinem Manuskript lesen. Ein literarischer Workshop – so nennt sie das.

Alexander fuhr schlecht, wie immer. Er redete auf mich ein, sah nicht auf die Straße, hatte sich nicht rasiert (trägt seit neuestem dunkle Rollkragenpullover, längeres Haar und tagelang die gleiche Jeans, eine Levis mit Knöpfen natürlich).

«Bevor ich gleich aus dem neuen Kapitel vorlese, sag mir, wie du es fandest», begann er das Gespräch, um das ich mich schon tagelang herumgedrückt hatte.

Vor einem Fahrradfahrer musste er in dem Moment so scharf bremsen, dass ich trotz Gurt nach vorn flog.

«Mir fällt wenig dazu ein, um ehrlich zu sein.»

Er wischte mit der offenen Hand die beschlagene Windschutzscheibe frei; sofort beschlug sie wieder, denn die Heizung war kaputt. Er müsste mal in eine Werkstatt fahren, was er aber neuerdings ablehnt. Funktionierende Autos findet er seit kurzem spießig.

«Meine literarische Arbeit solltest du als neues Medium zwischen uns begreifen und nicht boykottieren. Sag doch, was dir nicht gefällt, wenn du nichts zu loben findest.»

«Also gut. Ich verstehe nicht, warum der Held nachts ununterbrochen in seiner Wohnung bei offenen Türen pinkelt. Fünfzehn Seiten lang.»

«Sei nicht prüde. Das ist doch sehr realistisch.»

«Reale Bedürfnisse im nächtlichen Badezimmer sind nicht gerade fesselnd.»

«Unsinn. Du liest falsch – eben als Journalistin. Im Zusammenhang mit der inneren Entwicklung meines Helden ist das Pinkeln wichtig. Außerdem stimmt es: Nachts beim Pinkeln kommen einem die besten Ideen.»

«Dann schläfst du in letzter Zeit nur noch durch, oder?»

«Du bist gemein.»

«Nicht wirklich.»

«Marie – so geht es nicht weiter.»

«Wir sind auch angekommen.»

Er hatte die schmale Einfahrt übersehen.

Wenige Minuten später gingen wir auf einen geöffneten Hauseingang zu. Nicht nebeneinander, auch nicht hintereinander, eben uneins. Stimmengewirr kam uns entgegen, ich war froh, unser Schweigen darin verstecken zu können wie eine taube Murmel unter bunten Glaskugeln.

Alexanders rothaarige Psychologin sah uns eintreten und rief über mehrere Köpfe hinweg: «Ah, unser neuer Literat und seine spröde Muse!»

Das könnte mein Problem sein – wenn ich eines haben wollte. Nur ist das nicht der Fall. Ich bin irgendwann gegangen, nachdem er gelesen hatte. Beklatscht und gelobt, ging es ihm offensichtlich gut. Aus Gleichgültigkeit und Wut setzte sich meine Stimmung zusammen. Ich habe meine Sachen in seiner Wohnung eingepackt und bin in meine zwei Zimmer zurückgezogen.

Ich erzähle Alma von meinem Fund in der Räucherkammer. Sie vermutet wie ich, dass das Tagebuch nur aufgrund seines schwarzen Wachstucheinbandes mit den Rechnungsbüchern zusammengepackt und aufgehoben wurde; sie fürchtet wie ich, dass andere persönliche Schriftstücke und der Schmuck unserer Großmutter verloren sind – verbrannt, im Müll vermodert, wer weiß? Sie fragt nach dem Zustand der Gebäude, dem Gastwirt, ob ich kompetente Bewerber gesehen hätte. Ich beschreibe die Lodenmantel-Clique, erzähle nichts von dem Jeansträger.

So schnell wie möglich muss sie das Tagebuch sehen, meint sie und kommt dann schnörkellos zu der Frage, derentwegen sie ursprünglich angerufen hat: Was zwischen mir und Alexander los ist, will sie wissen. Almas warme Stimme kann sehr fordernd klingen, energiegeladen, gelangweilt, inquisitorisch, aufmunternd oder abweisend. In diesem Moment höre ich ihrer Stimme an, dass sie Zeit hat: Richard ist im Büro, die Großen in der Schule, der Mini im Kindergarten, die Hunde gefüttert – jetzt bin ich dran, aber ich verspüre nicht die geringste Lust auf das Thema.

«In zehn Minuten muss ich in Ewaldsleben sein», lüge ich und erfinde eine letzte Verabredung mit dem Gastwirt auf dem Friedhof. Für hundert Mark im Jahr will er die Familiengräber pflegen. Das ist längst besprochen und verabredet, aber Alma kann es glücklicherweise nicht wissen.

«Lass uns in Ruhe heute Abend telefonieren, wenn ich zurück bin in Hamburg.»

«Ich hab noch zwei Anliegen, Marie – ganz schnell.»

«Also?»

Erstens hat sie über meinen Kopf hinweg eine Verabredung getroffen. Heute noch will mich eine ihrer Patentanten hier im Hotel treffen. Verena Klinger war eine Freundin unserer Mutter, hatte Klavierunterricht bei unserer Großmutter, ist beruflich gerade in Halberstadt.

Zweitens braucht Alma mich am Samstag zu einem Abendessen. «Alexander möchte ich auch einladen», schiebt sie beiläufig nach.

«Auf keinen Fall.»

«Schade. Du weißt, dass er dich braucht? Er ruft mich ständig an.»

Was das für ein Essen sei, frage ich nur.

«Er kann ohne dich nicht arbeiten, Marie.»

Wenn Alexander kommt, werde ich wegbleiben. Alma gibt auf – nur vorläufig, das ist mir klar. Alexander ist ein alter Freund von Richard.

Am Samstag sollen israelische Gäste kommen, einer davon spricht nur russisch, deshalb braucht sie mich. Zusammen mit Richard war sie in der israelischen Botschaft in Bonn eingeladen, sie haben einen aus dem Iran stammenden Israeli, Vizekonsul am Berliner Generalkonsulat, kennen gelernt und mit anderen spannenden Leuten eingeladen. Es wird ein Abendessen für etwa zwölf Personen, es gibt fünf Gänge, Adressen, Kontakte und so weiter.

«Wenn du schon nach Israel fahren musst, dann nimm das noch mit – meinst du nicht?»

Ich meine, dass Alma unverbesserlich ist; aber ich liebe sie.

Nach Israel fahre ich, seit ich achtzehn bin und Reisen plane, ohne auf Richards und Almas Zustimmung zu warten. Im Winter nach meinem Abitur arbeitete ich in einem Kibbuz in der Nähe des Sees Genezareth. Esther Bernstein, eine alte Freundin unserer Eltern, hatte das für mich organisiert, und zuerst habe ich sie in Jerusalem besucht. Am letzten Tag meines Besuchs kamen wir von einer Fahrt aus der judäischen Wüste zurück und fuhren oberhalb des Friedhofs am Ölberg entlang. Esther hielt an einem kleinen Parkplatz, stieg aus und sagte nur: «Komm!» Ich folgte ihr und lehnte eine Zeit lang schweigend neben ihr an der niedrigen Steinbalustrade. Unter uns lag die Altstadt Jerusalems im dunstigen Nachmittagslicht. Die goldene Kuppel des Felsendoms schwebte darin wie ein aufsteigender Fesselballon.

«1977 habe ich hier zum letzten Mal mit deiner Mutter gestanden», sagte Esther Bernstein. «Sie konnte sich von dem Anblick nicht trennen.»

Der Versuch, mit mir über meine Eltern zu sprechen, ist vielen missglückt. Unter dem Vorwand, mir helfen zu wollen, haben sich manche in meine Gefühle gedrängelt und waren erst zufrieden, wenn sie mich zum Weinen gebracht hatten. Zum Glück versuchte Esther nicht, mich in die Arme zu nehmen, als sie von meiner Mutter sprach. Mitleidige Gesten oder verstecktes Seufzen verwandeln mich in Stein. Heute noch. Esther stand einfach neben mir. Sehr groß, gelassen, elegant in Hellgrau gekleidet.

«Warum, wofür mussten deine Eltern sterben?» Ich meinte zu spüren, dass sie nicht fragte, um Antwort zu bekommen. Ich verstand es mehr als Klage, als innere Not, die uns verband, die sie sich in diesem Moment traute in Worte zu fassen.

Alma und Richard haben mich bald nach dem Unfall dazu gebracht, über den Maimorgen in Südfrankreich nachzudenken, obwohl ich die Erinnerung scheute wie einen bissigen Hund.

Ich kann Richard heute noch hören. «Es muss sein, Winzling. Du musst es versuchen. Wenn du nicht hilfst, werden wir nie wissen, wer dahinter steckt.»

Warum mussten unsere Eltern sterben?

Wer hat den Koffer aus dem Auto gestohlen?

Welches Bild war darin?

Wem sollte es verkauft werden?

Diese Fragen musste ich zulassen, sollten die äußeren Umstände und Hintergründe des Unfalls jemals aufgedeckt werden. Ein Industrieller in Usez hatte das Bild kaufen wollen. Alle anderen Fragen sind heute noch offen.

Ein Jahr nach dem Unfall fuhren Alma und Richard mit mir nach Südfrankreich.

Adrian war sieben Monate alt und strampelte in der Tragetasche neben mir, roch nach Kamillenseife, zog sich an meinem Zeigefinger hoch und gluckste interessiert. Das fand ich weitaus spannender als das Wiedersehen mit dem Garrigue. Ein Psychotest stand mir bevor, den ein Therapeut zur seelischen Genesungstour deklariert hatte. So hätte ich es nicht erklären können damals, aber ich hatte schon Ohren zu hören, wenn es um meine Probleme ging und die Erwachsenen so taten, als sprächen sie von einem x-beliebigen, bedauerlichen kranken Kind, das nicht wachsen, wenig essen und immer nur lesen wollte.

«Vielleicht schaffst du es, Marie!» Das bedeutete zweierlei: Ich sollte es emotional schaffen, an den Unglücksort zurückzukehren, um psychische Stabilität zurückzugewinnen, und darüber hinaus war ich eindeutig aufgefordert, mich an den Tathergang zu erinnern, weil die polizeiliche Fahndung nach dem Mörder meiner Eltern, nach dem Dieb des Gemäldes in einer Sackgasse steckte. Von meiner Gedächtnisleistung hätten die Ermittlungen profitieren können.

Richard fuhr die Straße vom Hotel nach Usez. Sonnenlicht fiel durch den Strauchwald auf staubtrockenen Boden.

«Vielleicht erinnerst du dich, Marie.» Thymian duftete.

Am Unfall unserer Eltern wollten gleich mehrere Versicherungen verdienen. Ich hatte begriffen, dass wir keinen Pfennig bekommen würden, solange nicht festgestellt werden könnte, dass kein Eigenverschulden des Versicherungsnehmers vorlag. Im Klartext war das geballtes – wenn nicht beleidigendes – Misstrauen: Hatte unser Vater den Unfall willentlich herbeigeführt? Hatte er den Diebstahl des Gemäldes vortäuschen wollen? Konnte überhaupt jemand beweisen, dass das Bild im Wagen gewesen war? Kfz-, Transport- und Lebensversicherungsgesellschaft lagen auf der Lauer wie Hyänen.

«Hör auf zu lesen, Marie! Da unten liegt der Pont du Gard!» Ich hörte die Stimme meiner Mutter und fing an zu zittern, Richard hielt am Straßenrand. Alma nahm mich in die Arme wie in einen Schutzmantel.

Warum mussten unsere Eltern sterben?

Wir saßen bei Monsieur Ricard in Usez, der mehr um den vereitelten Kauf als um den tödlichen Unfall trauerte. Monsieur Ricards Augen bettelten wie die eines Hundes. Er hatte unserem Vater das Bild abkaufen wollen, konnte sich alles kaufen, war reich wie eine südafrikanische Goldmine. Einmal in seinem Leben hatte er Land erworben, und ausgiebige Wasserquellen waren dort gefunden worden. In Zweiliterflaschen rollte das Wasser auf den südfranzösischen Markt, füllte die Regale in den Supermärkten und seine Bankkonten. Aber seine Augen bettelten traurig.

Er führte uns durch ein altes Adelspalais, das er in Usez gekauft hatte, zeigte uns im ersten Stock die Räume mit seiner Corot-Sammlung, zum Schluss das Eckzimmer, in dem das Bild hätte hängen sollen. Monsieur Ricards Sammlung der Malperiode Corots zwischen 1845 und 1860 wäre damit komplett gewesen. Der Platz zwischen den Fenstern war immer noch leer. Vor den Glastüren waren verschnörkelte Balkone, die geschwungenen Rokokosofas hatten seidene Bezüge vom gleichen silbrigen Graugrün wie die Bespannung der Wände und die Weiden auf den Ölbildern des Meisters. Aus der Schublade einer bauchigen Kommode nahm Monsieur Ricard feierlich ein Foto, über das wir uns beugten. Eine Fotokopie des gestohlenen Landschaftsbildes von Corot: alte Weiden an einem See unter zartem Dunst, im Vordergrund links eine zierliche Frauengestalt, zu ihren Füßen zwei spielende Kinder.

Die Provencereise, der Besuch bei Monsieur Ricard, das lange und wiederholte Betrachten des Bildes – alles war geplant und durchgeführt worden, um mir zu helfen, um meine Ängste zu vertreiben, um meinem nächtlichen Albtraum und möglicherweise den Verbrechern auf die Spur zu kommen.

Meine Ängste konnten besänftigt werden, die Träume kamen unregelmäßiger und verschwanden irgendwann, aber die Erinnerung an den Unfall blieb verschüttet.

Die ärztliche Diagnose lautete: Phasische Amnesie – eine auf einzelne Zeitperioden begrenzte Erinnerungslücke. Damit lebe ich bis heute.

Normalerweise bin ich morgens fit wie ein Schwimmer auf der Kante des Sprungbrettes, wippend, gespannt. Leider gibt es auch Tage, da fühle ich mich wie ein lascher Wasserball, der in einer Schwimmbadecke dümpelt. Dann ist es, als hätte ich keinerlei Gefühl in den Händen. Der Deckel der Zahnpastatube lässt sich nicht zuschrauben, die offene Milchtüte rutscht mir aus der Hand. Ähnliches mehr. Es gibt nur zwei Kleidungsstücke, die ich mir in solcher Lage anziehen mag: Jeans und Sweatshirts. Alt müssen sie sein, groß und weit.

An diesem Morgen im Hotel habe ich mich vorübergehend in den riesigen Hotelbademantel gerettet. Das reicht in jedem Fall. Ich greife zum Telefon und will mich von der Rezeption mit dem Nachbarzimmer verbinden lassen. Der Herr aus Zimmer 14 hat vor fünf Minuten das Hotel verlassen, bekomme ich zu hören. «Er müsste in der Abfahrt begriffen sein, ja», ergänzt das Mädchen in breitem

Sächsisch. Der Dialekt macht mich immer munter; wahrscheinlich, weil ich versucht bin, ihn nachzuahmen.

Seinen Namen hätte ich auf diese Weise gerne erfahren. Zu spät. Schlecht eingefädelt.

Zumindest weiß ich jetzt, dass der Jeansträger wirklich hier übernachtet hat, dass die vergangene Nacht kein Hirngespinst war.

Nachträglich betrachtet, hätte ich es doch darauf anlegen sollen, ihm unten im Hotel über den Weg zu laufen. Herausfinden, was er hier in Halberstadt und in Ewaldsleben zu suchen hat. Seine Stimme einmal mit vollem Bewusstsein hören: einen Bariton ohne großen Umfang, hart, unbeteiligt. Ich weiß nur, dass irgendetwas daran mich beruhigte.

Das Telefon klingelt. Verena Klinger, Almas Patentante, verabredet sich noch einmal persönlich mit mir zum Mittagessen um 12.30 Uhr im Restaurant des Hotels. Ihre Stimme klingt unnachgiebig.

Dann ist Richard am Apparat, fährt gerade von Frankfurt nach Köln, hat Zeit, mich anzurufen. Seine Stimme hat den verärgerten Göttervater Ton, den er anschlägt, wenn in seinem Olymp niedere Götter Ärger machen: «Wir sollen Alexander nicht mehr einladen – ist das dein Ernst?»

«Ja.»

«Was ist los?»

«Schon lange nichts mehr.»

«Alexander meint, du seiest ihm gegenüber frech und abweisend geworden, aber du würdest dich wieder fangen. Er braucht dich, Marie. Er will dich heiraten.»

«Vergiss es, Richard.»

«Er ruft Alma jeden Tag an, weil er dich nicht erreichen und ohne dich nicht arbeiten kann.»

«Eine traurige Geschichte.»

«Kannst du mir wenigstens erklären, was los ist?»

Richard lässt sich nicht abwimmeln.

Wir reden, ich nutze die lange Telefonschnur, wandere dabei im Zimmer herum, gehe zum Fenster und trete hastig zurück, komme mir lächerlich ertappt vor. Unten geht der Jeansträger über den Parkplatz. Heute ist er angezogen wie ein Rechtsanwalt auf dem Weg in seine Sozietät; er trägt einen schwarzen Aktenkoffer, einen dunkelblauen Wollmantel, Hemd und Schlips kann ich unter einem grauen Schal erkennen. Der Schal ist kurz, und mit einer knappen Bewegung der rechten Hand wirft er ihn dicht am Hals über die linke Schulter, ohne den Kopf zu heben.

Auf der Straße, in der Metro – überall in Frankreich habe ich diese Geste beobachtet. Sommers wie winters, zu jeder Tages- oder Nachtzeit werfen Männer verschiedenster Altersstufen ihren Schal auf diese Weise über die Schulter: lässig, routiniert, ein bisschen verwegen. Vielleicht habe ich so viel französische Filme gesehen, dass ich Fiktion und Realität vermische? Sicher ist jedenfalls, dass von Gérard Philipe über Jean Gabin, Jean-Paul Belmondo, Yves Montand, Michel Piccoli alle Stars der Truffaut- und Chabrol-Filme ihren Schal mit routinierter Lässigkeit über die Schulter werfen.

Ist der Jeansträger Franzose? Ich bin mir merkwürdig sicher, würde dafür Geld verwetten. Der dunkelgrüne BMW schiebt sich aus der Parklücke, wendet und fährt zur Ausfahrt, blinkt nach rechts. Wo ist er an diesem Morgen in seiner Yuppie-Kluft verabredet? Im Vorbeifahren zeigt sich sein Profil. Unbewegt, verletzlich.

Ich möchte seinem Gesicht so nah sein wie gestern Nacht; dann würde ich es in die Hände nehmen und küssen. Nur so. Herausfinden, wie Eis schmeckt, ob es schmelzen kann.

Mein Großvater Ewald ist Jagdflieger gewesen, eingesetzt im II. Fliegerkorps unter dem Kommando von Feldmarschall Kesselring bei der Luftflotte 2, die den Luftkrieg gegen England an der Kanalküste führte.

Nichts davon steht im Tagebuch, das ich weiterlese, obwohl ich packen und mein Zimmer räumen müsste. Ich erinnere mich an kurze Notizen auf Fotografien im blauen Album, geschrieben in der steilen Handschrift meines Großvaters.

Im Juni 1941 verließ die Luftflotte 2 den Westen und traf wenige Tage später in Warschau ein. Von dort kam am 20. Juni 1941 Großvater Ewalds erste Feldpost nach Ewaldsleben.

Nach seiner Rückkehr aus Frankreich war er nur wenige Tage zu Hause gewesen. Seine erneute Abreise wird im Tagebuch am 15. Juni vermerkt; allerdings mit dem militärisch unspezifischen Reiseziel Berlin.

Andere Feldpost dieser Monate kommt aus Jugoslawien, Griechenland, Kreta, von Freunden, Brüdern, Schwägern. Hätte man die Aufzeichnungen meiner Großmutter als einzige Quelle, könnte man an den Standorten der Briefabsender die Verlagerung der deutschen Armeen nach Osten im Frühjahr 1941 erkennen.

Wie schon gesagt, merke ich mir viele Informationen, mit denen ich im täglichen Leben wenig anfangen kann. Dazu gehört zum Beispiel auch detailliertes Wissen über den Vormarsch der Heeresgruppe Mitte, Juni bis Dezember 1941. Ein Referat Ende der zwölften Klasse, Leistungskurs Geschichte.

Die Wahl des Themas damals hatte sicherlich etwas mit den Fotos im blauen Album zu tun; mit den gotischen Schriftzügen, die ich darauf entdeckt und entziffert hatte. Ich wollte etwas über die letzten Monate im Leben meines Großvaters erfahren. Das war alles. Ich habe nie vergessen, dass er totgeschwiegen worden war, als meine Eltern noch lebten, dass mein Vater die Erinnerung an seinen Schwiegervater am liebsten aus dem Album eliminiert hätte. Ohne ihn gekannt zu haben, war ihm die Verwandtschaft mit dem Nazi, dem Goebbels-Freund, dem Militaristen peinlich. Er war ein 68er der ersten Stunde, promovierte damals in Berlin, war KP-Mitglied, bevor er bürgerlich wurde. Man muss ihn verstehen.

Trotzdem hortete meine Mutter die Erinnerung an Ewaldsleben wie einen Schatz: Kindheitserinnerungen an ihre Mutter, an Klavierspiel, Blumen, Störche im Frühling, Märchenstunden am Kamin; aber auch an die Bombardierung Halberstadts am 8. April 1945 und an einen amerikanischen Offizier, der William hieß, der ihr Kaugummi schenkte, gesmokte Kleider und einen Gummiball. Deshalb hat Alma über das Leben in Ewaldsleben mehr gehört als ich, weiß mehr über Betrieb, Leute, Haus und Garten. Anfang der siebziger Jahre – nach Willy Brandts Ostverträgen und der Einführung des kleinen Grenzverkehrs – war sie mit unserer Mutter zum ersten Mal in der DDR. Gegen den Willen unseres Vaters. Das Bekenntnis zu einer grundbesitzenden Familie mit nationalsozialistischer Vergangenheit war für ihn so unerträglich wie der Geruch von Knoblauch für einen Vampir.

Anhand der peniblen Posteingangs-Vermerke im Tagebuch meiner Großmutter können Aufmarsch und Angriff der Heeresgruppe Mitte in Weißrussland – über Brest, Minsk, Smolensk nach Moskau – chronologisch verfolgt werden.

Die Luftaufnahme der Zitadelle von Brest-Litowsk muss in einem der Feldpostbriefe Ende Juni 1941 gewesen sein und ist eingeklebt worden. Ich habe das Foto häufig im blauen Album studiert. Ein massives Fort, Brückenkopf der Sowjetunion am Bug, dem Grenzfluss zwischen Polen und Weißrussland. Im Morgengrauen des 22. Juni 1941 setzten die ersten Stoßtrupps der deutschen Wehrmacht über den Fluss, Brest wurde angegriffen. Das Unternehmen Barbarossa lief, der Krieg mit der Sowjetunion hatte begonnen.

Meine Mutter wurde am 22. Juni 1941 vier Jahre alt, hat morgens im Park zusammen mit ihrem Kindermädchen Enten gefüttert, trug ein weißes Matrosenkleid, ihre dicken Locken waren geflochten und zu Schnecken über den Ohren gesteckt. Die dunklen Haare des Kindermädchens waren genauso frisiert, wie alle weiblichen Hausangestellten trug es ein dunkles Kleid mit weißer Schürze. Das Foto von diesem Spaziergang ist neben dem der Zitadelle von Brest, die zu diesem morgendlichen Zeitpunkt längst unter schwerem Beschuss lag. Pünktlich um 3.15 Uhr begannen Artillerie- und Nebelwerferregimenter mit dem Feuer. Die Nebelwerfer verschossen allein in einer halben Stunde 2880 Granaten. Dann erfolgte der Angriff. Der erste Handstreich glückte. Die Brücke war genommen. Erste Wehrmachtskompanien schoben sich über den Bug, stürmten gegen die Westinsel und das Zentrum der Stadt.

Brest, 500 Kilometer östlich von Warschau, war damals Gebietshauptstadt in der weißrussischen Sowjetrepublik am schiffbaren westlichen Bug; mit 54 200 Einwohnern wichtiger Verkehrsknotenpunkt, Ausgang des Dnjepr-Bug-Kanals, verfügte über Sägewerke, Öl- und Mehlmühlen.

Auch im Tagebuch bin ich am 22. Juni 1941 angelangt: Der Geburtstag meiner Mutter ist ausführlich beschrieben. 9 Uhr – vor dem Frühstück – Bescherung: Sie bekommt zwei Bücher: eine Bilderbibel und «Peterchens Mondfahrt» (beide Bücher habe ich noch), ein Käthe-Kruse-Puppen-Geschwisterpaar mit den Namen Lisa und Fritz (Alma und ich haben noch damit gespielt). Als Höhepunkt kommt per Kurier ein Puppenhaus mit gekachelter Küche vom berühmten Patenonkel. Ein Brief von Magda Goebbels an meine Großmutter wird extra erwähnt.

Ich gäbe inzwischen Gold für eine Kiste, in der die Briefe an meine Großmutter zu finden wären.

Was hat Magda Goebbels geschrieben am Tag oder am Abend vor Barbarossa? Was stand in den Briefen meines Großvaters, wenn er ihr sogar militärische Luftaufnahmen schickte, die sie merkwürdigerweise ins Familienalbum klebte? Ich erfahre nichts, muss mich mit ihrem Tagebuch zufrieden geben, das in diesem Abschnitt eine Art lyrisches Register ist; nicht mehr.

In den letzten Junitagen des Jahres 1941 lag ein stabiles Hoch über Mittel- und Osteuropa. Der 22. Juni war ein heißer Tag.

Gleißendes Licht und staubige Sommerwege in der Magdeburger Börde schildert meine Großmutter nach dem Geburtstagsausritt am frühen Nachmittag des Tages.

Unterdessen scheitert der deutsche Angriff auf die Zitadelle von Brest-Litowsk. Das Artilleriefeuer hat den Gebäuden fast nichts getan. Die russischen Verteidiger schießen aus allen Fenstern und Mauerluken. Deutsche Regimenter, die sich bis an die Zitadelle herangearbeitet haben, kommen nicht mehr weiter. In der Abenddämmerung muss schon ein Ersatzregiment nach Brest geschoben werden.

Im Saal des Hauses in Ewaldsleben findet zu dieser Stunde ein Konzert statt. Meine Großmutter spielt zusammen mit Freunden aus Halberstadt zwei Mozart-Klaviertrios zur Feier des vierjährigen Geburtstages ihrer Tochter, die – das wird im Tagebuch extra vermerkt – zum ersten Mal dabei sein, länger als bis 20 Uhr aufbleiben darf.

Als meine Großmutter endlich Ruhe hatte, den wundersamen Duft ihrer Marschall-Niel-Rosen zu beschreiben und den Glanz der gelben Blüten im Mondschein dieser Nacht, waren in Brest die Opfer des Tages gezählt: 21 Offiziere und 290 Unteroffiziere und Mannschaften liegen tot auf dem Schlachtfeld.

Zehn Tage lang hat die unerfahrene, schlecht ausgerüstete Besatzung der Zitadelle von Brest-Litowsk gekämpft, hat allen Anstürmen aus der Luft und von Land her getrotzt. Dann erst wurde die Festung von den Deutschen genommen. Zehn Tage verbissene Materialschlacht anstelle des geplanten Handstreichs im Morgengrauen.

«Der Kampf um die Zitadelle von Brest-Litowsk war das Menetekel des Russlandfeldzuges.» Dieser Satz – prall von siebzehnjährigem Pathos – stand in meiner Arbeit damals. Meine Lehrerin strich ihn durch, mit dünnem, rotem Tintenstrich. Am Seitenrand stand ihr Kommentar: überflüssig.

Warum gibt es immer wieder Menschen, die Beurteilen mit Verletzen verwechseln? Warum kann man sich nicht unabhängiger von Kritik machen, sondern lauert darauf wie ein Hund auf einen Keks?

Es ist überwältigend einfach: Weil jede Kritik wie eine Treppenstufe nach oben oder unten führt, manchmal wie eine Rutschbahn nach unten.

Feldmarschall Kesselring befehligte die Einsätze der Luftflotte 2 von seinem Eisenbahn-Befehlszug bei Brest-Litowsk. Der Einsatz der beiden Fliegerkorps musste sich selbstverständlich nach dem jeweiligen Stand der Operationen auf der Erde richten. Es war nicht nur Aufgabe der fliegenden Verbände, die feindlichen Feldflugplätze zu zerbomben, die sowjetische Luftwaffe frühzeitig auszuschalten, sondern auch den motorisierten Divisionen den Weg nach Osten freizubomben.

Das war die Befehlslage. Befehle, die Großvater Ewald anscheinend meisterhaft ausführte. Am 15. Juli 1941 notierte meine Großmutter: Brief (Ewald – Eichenlaub zum Ritterkreuz!).

Die Luftflotte 2 unterstützte die schweren Kämpfe des Heeres um Smolensk und erhielt darüber hinaus noch andere Operationsziele. Hitler hatte angesichts der Verzögerungen der deutschen Offensive bereits am 8. Juli kategorisch befohlen, dass Moskau und Leningrad vom Heer nicht angegriffen, sondern durch «die Luftwaffe dem Erdboden gleichzumachen» seien!

Deshalb musste die Luftflotte 2 einen Großangriff auf Moskau fliegen, obwohl alle Staffeln um Smolensk gebunden waren. Vier Kampfgeschwader und zwei Kampfgruppen starteten am Abend des 21. Juli 1941 zum ersten Angriff auf Moskau. 127 Kampfmaschinen erreichten fast ungefährdet den Luftraum über der Stadt und warfen in dieser Nacht 104 Tonnen Sprengbomben und 40 000 Brandbomben ab. Der Kreml sollte in dieser Nacht zerbombt werden, er wurde glücklicherweise verfehlt. Irrtümlich fielen die Bomben auf ein Sportstadion in der Nähe. Es hatte aus großer Höhe ähnliche Umrisse. In der Nacht zum 23. Juli 1941 erfolgte der zweite Angriff mit 115 Maschinen.

Auch ohne dafür Unterlagen aus dem Tagebuch zu haben, kann

ich sagen, dass mein Großvater die Angriffe auf Moskau nicht mitgeflogen hat, weil er Jagdflieger war, demnach an Smolensk gebunden. Weder die eine noch die andere Alternative macht froh.

Insgesamt waren die deutschen Erfolge gegen die sowjetischen Luftstreitkräfte enorm (Fakten muss man anerkennen), doch schon im August 1941 gelang es den Sowjets, die Erfahrung der deutschen Piloten durch mengenmäßige Überlegenheit auszugleichen. 151 deutschen Jagdflugzeugen standen nach einer Aufstellung des OKL 373 sowjetische gegenüber.

«Viele Hunde sind des Hasen Tod!» Plötzlich schrieb meine Großmutter diesen Satz in ihr Tagebuch. Hinter dem Sprichwort steht ein Datum (15. 8. 41). Ein mir unbekannter Name und ein Kreuz. Meine Großmutter verzeichnete den ersten Gefallenen ihres Freundeskreises.

Viele solcher Eintragungen folgten. Ihre zwei Brüder, drei Schwäger fielen, andere, deren Namen ich nicht kenne. Manche Kreuze sind besonders groß, andere sind mit der Fingerkuppe wie eine Einkerbung zu fühlen; sie sind so tief, als hätte sie die zwei Striche immer wieder in das Papier geritzt. Ungläubig, fassungslos.

Mein Großvater wurde am Freitag, dem 26. September, über Smolensk abgeschossen. Das Kreuz hinter seinem Namen ist klein. Zwei klare Striche, beiläufig ausgeführt wie Satzzeichen.

Das graue Zimmer

Er ruft aus dem Auto an. Der Jeansträger im Büroanzug ruft mich an; erkundigt sich nach meinem Schlaf, nach meinen Träumen.

Als würde er die Telefonauskunft nach der Nummer einer Stadtverwaltung fragen, so unpersönlich klingt seine Stimme. Dann verpatzt er eine Satzstellung: «... haben Sie geträumt besser?», fragt er und korrigiert sich sofort. Meine Mutmaßung wird bestärkt: Sein Akzent ist französisch.

Der Anruf regt mich auf. Ärgere ich mich über seine unverschämte Tonlage? Habe ich es – um ehrlich zu sein – sehr unschmeichelhaft gefunden, dass er grußlos abgefahren war? Ich spüre meinen Herzschlag, was mich ärgert, weil die Vibration vielleicht meiner Stimme anzuhören ist.

«Um 13 Uhr möchte ich mit Ihnen essen!»

«Ich bin zum Mittagessen schon verabredet.»

«Im Hotel?», fragt er, und ich bejahe, obwohl es ihn nichts angeht. Ich sehe auf die Uhr und rechne, dass ich noch anderthalb Stunden Zeit habe, bis ich Verena Klinger unten im Restaurant treffe.

«Dann sehe ich Sie zum Kaffee nach dem Essen.»

«Vielleicht.»

«Bestimmt», sagt er und: «Salut.»

Aus den Seiten des Tagebuches tritt mir ein Wort entgegen, das ich vorsichtig in die Hand nehmen und schützen möchte wie ein Märzveilchen. Zum ersten Mal steht da ein «Ich» nach Jahren nüchterner Chronik und impressionistischer Schilderungen.

«Nachmittags sah ich einen müden Brummer im Vorraum der Kirche krabbeln», schrieb meine Großmutter am 23. Juli 1944.

Erwartungsgemäß habe ich keine Bemerkung über die politischen Ereignisse dieser Julitage gefunden: Kein Wort über das Attentat. Dafür das Pronomen. Es weckt mich auf. Über den stereotypen Tagebucheinträgen der Jahre 1942–1944 war ich fast wieder eingeschlafen. Zwar finde ich den Brummer als Objekt so lahm wie seine Beine, aber die kleine Episode fasziniert mich, weil meine Großmutter aus der Anonymität heraustritt.

«Er kroch so langsam auf den Fliesen, dass seine Bewegung kaum wahrzunehmen war», schrieb sie. «Ich kramte ein längliches Briefkuvert aus meinem Beutel und war in dem Moment froh, dass ich vergessen hatte, es dem Küster zu geben. Den vollständig entkräfteten Brummer schob ich darauf. Die menschliche Berührung löste eine kurze Panik in ihm aus, seine Beine ruderten hastig, aber unkoordiniert, dann blieb er bewegungslos. Draußen vor der Kirche war es warm, der Wind voller Rosenduft. Er schien erstarrt. Ich konnte mich nicht entschließen, ihn einfach am Weg ins Gras zu setzen, sondern trug ihn mit mir zu dem Rosenbeet vor dem grauen Zimmer. Dort ist es um diese Zeit längst schattig. Ich ließ ihn in eine weit aufgeblühte Rose gleiten. Zwischen den Blütenblättern regte er sich, und wenn ich ihn auch nicht gerettet habe, dann war der Tod für ihn aus Duft und dunkelrotem Samt.»

Das ist die Stimme, die mich gestern gefangen hat, als ich das Tagebuch unter dem Dachfenster in Ewaldsleben aufschlug. Die Stimme, die ich fast vergessen hatte.

Ein «Ich» bewegt sich, atmet und fühlt, lebt. Namen werden zu Kreaturen, die sich darstellen, handeln und empfinden. Postein- und -ausgänge, Übstunden an Orgel und Klavier füllen sich mit Ereignissen, werden kommentiert und erlebt.

Mit ihrer kleinen Tochter fuhr sie am 6. Oktober 1944 nach Halberstadt. Noch wenige Seiten davor hätte sie es bei der bloßen Information gelassen. Jetzt erfahre ich von ihr, dass in Halberstadt doch noch eine Lieferung Kinderschuhe angekommen ist, dass unsere Mutter keine vernünftigen Stiefel für den kommenden Winter hatte, weil sie so schnell gewachsen war. In der Stadt rücken Mutter und Tochter in der Kutsche dicht zusammen, weil das Kutschdach in der rechten Ecke ein Loch hat, durch das es regnet. Goldgelbes Herbstlaub leuchtet durch nasses Grau auf dem Domplatz. Sie sehen dort offene Pritschenwagen, auf denen kahl geschorene Männer in schwarz-weiß gestreiften Anzügen sitzen. Meine Mutter läuft neugierig zu einem der Wagen und kommt enttäuscht zurück, weil sie vom Kutscher des Pritschenwagens weggejagt worden ist. Sie ist sechs Jahre alt und fragt neugierig nach den Männern; fragt, warum sie aneinander gekettet sind, mager, nass und schmutzig. Meine Großmutter schreibt: «Ich habe ihr gesagt, dass es Kriegsgefangene sind und Verbrecher vom Lager auf der anderen Seite der Stadt.» Sonst nichts.

Von Alma weiß ich, dass unsere Mutter nach der Befreiung – an einem warmen Maiabend – 1945 auf der Straße in Halberstadt einem Lagerinsassen begegnet ist. Er trug noch den gestreiften Anzug, saß auf einer Haustreppe und schüttelte nur den Kopf, als sie allen Mut zusammennahm und ihn fragte, ob sie ihm helfen könne. Von ihm erfuhr sie nichts. Viel später hat sie herausgefunden, dass im Konzentrationslager Langenstein-Zwieberge Tausende in Massengräbern liegen – durch Arbeit vernichtet. In den siebziger Jahren war unsere Mutter zweimal in Ewaldsleben und führte Alma durch das Konzentrationslager, auf dessen Gelände ein Mahnmal errichtet worden ist. Später hat Alma auch mir das Lager gezeigt. Es ist ein stilles Tal, friedlich wie ein arkadischer Hain. Sich die Qualen, die Verbrechen vorzustellen wird dadurch noch unerträglicher.

Am 10. Mai 1945 schrieb meine Großmutter:

«Der Krieg ist vorbei. Gegen Abend habe ich Feuer im Kamin gemacht und meine Hände darüber gewärmt. Später sah ich im Garten den Rauch, der kerzengerade in die Luft stieg. Die Luft war still und klar, fast unheimlich. Wie der Rauch einer Opferstelle, dachte ich, ein Dankopfer für den Frieden.»

Kann man so schreiben, wenn man von Vernichtungslagern weiß oder etwas ahnt? Buchenwald – Halberstadt: Das sind 100 Kilometer Luftlinie. Alma ist überzeugt davon, dass unsere Großmutter nichts wusste. Mittlerweile scheint es mir wahrscheinlich.

Die Tagebucheinträge, die zwischen den beiden letztgenannten Notizen liegen, drehen sich um den häuslichen Kriegsalltag des Winters 44/45, der alle Kräfte forderte. Flüchtlinge bevölkerten das große Haus, Krankheiten, Kälte, Mäuseplage, Versorgungsschwierigkeiten hielten Ewaldsleben in Aufregung und wurden gleichmütig oder belustigt von ihr notiert. Die Katastrophe in Europa blieb ausgeblendet. Die Rote Armee marschierte nach Westen, die Amerikaner standen in Italien und am Rhein, an den Fronten, in den Vernichtungslagern, durch Bombenangriffe auf die Großstädte starben Millionen – meine Großmutter schrieb vom Sterben in der Natur.

«Es hat gefroren», lese ich am 3. November 1944. «Ich habe die letzten Rosen abgeschnitten. Jedes Jahr hole ich erfrorene Rosen ins Haus und weiß, sie werden nicht mehr blühen. Eines Morgens werden sie ihre glänzende, harte Knospe abgestriffen haben wie eine alte Mütze. Es geschieht immer nachts. Sie vollziehen ihren Tod in aller Stille.»

Am Sonntag, dem 8. April 1945, wird Halberstadt zum zweiten Mal bombardiert. Um 11 Uhr vormittags hören die Dorfbewohner den Fliegeralarm nach dem Gottesdienst. Alma weiß von unserer Mutter, dass sie aus der Kirche rannten, dass im Haus alle Menschen in den Keller kommandiert wurden, wo sie den Angriff abwarteten. Im Tagebuch finde ich den Eintrag: «Unsere Stadt ist tot» – mehr nicht. Zwei Tage später folgt eine Liste der Halberstädter Freunde, die bei dem Bombenangriff umgekommen sind, darunter Elsbeth Jacobi, ihre beste Freundin, Mutter von Verena Klinger, die sich mit mir zum Mittagessen verabredet hat. Vorher will ich alles gelesen haben. Eine Stunde Zeit habe ich noch.

Am Nachmittag des 11. April wird Halberstadt von den Amerikanern besetzt. In der Abenddämmerung des Tages rollen Panzer und andere Fahrzeuge durch das Tor von Ewaldsleben. Unsere Mutter hat berichtet, dass sie draußen im kalten Aprilwind auf der Haustreppe an der Hand ihrer Mutter stand, zusah und fror. Sie erinnerte sich vor allem anderen daran, dass sie in einem Lodenmantel steckte, der am Hals schauderhaft kratzte und zu eng und zu kurz war. Jeeps und Mannschaftswagen fuhren um das Rondell, Soldaten kamen die Treppe herauf, und unsere Großmutter begrüßte sie in englischer Sprache.

Einer von ihnen sprach Deutsch. Er war der Einzige, der auch das kleine Mädchen neben der Mutter ansprach: «Ich bin William, und wie heißt du?» An ihn hielt sie sich an diesem Abend, an dem Ewaldsleben amerikanische Einquartierung bekam. Merkwürdigerweise erinnere ich mich sofort an das, was unsere Mutter über William erzählt hat: dass er schwarze Locken und dunkelbraune Augen hatte, jung war im Vergleich zu allen männlichen Wesen, die sich am Kriegsende im Haus aufhielten, und dass er lachte. Siebenjährig war sie damals; so alt wie ich, als sie mir von ihm erzählte und sagte, dass sie einen Menschen wie William gerne als Vater gehabt hätte.

«Der Krieg ist noch nicht zu Ende, aber unser Leben ist gerettet», schrieb meine Großmutter am 15. April 1945, «allerdings musste ich bis auf das Torhaus alle Wohn- und Schlafzimmer für die Amerikaner räumen. William hat sich das graue Zimmer genommen.»

Neun Tage später: «Wir leben, ich spiele wieder. William liest abends für uns im grauen Zimmer. Manchmal nur für mich.»

Jede Begegnung mit ihm verzeichnet sie kommentarlos bis zum 27. April. Da steht unter den gewohnten Aufzeichnungen dieser Satz:

«Ich verfalle seiner Stimme, den Texten, die er liest, seinen Händen, wenn sie vorsichtig eine Buchseite umschlagen und dann langsam darüber streichen.»

Sie schreibt nicht, dass sie sich verliebt hat, aber zwei Tage später steht da: «Mein Tageslauf hat ein neues Ziel. Unser Zusammensein ist wie der Fluchtpunkt in eintöniger Landschaft, wie Tageslicht am Ende des Tunnels. Irgendwann – das weiß ich jeden Tag – werden alle fort sein, die mit uns zusammen sind, die mit ihm lachen, ihm zuhören abends. Dann gibt es nur noch uns.»

Am 30. April schreibt sie: «Wie ist es möglich, nichts zu vermissen, nichts zu begehren – nur einander.»

Das war der Anfang der großen Liebe zwischen William und meiner Großmutter Marie.

«Wo war in Ewaldsleben das graue Zimmer?», frage ich später Verena Klinger. Wir sitzen im Hotelrestaurant vor einem weiß gedeckten Tisch mit Tafelsilber und Gläsern, als müssten wir ein Menü mit fünf Gängen bestellen. Bis auf zwei Fensterplätze sind alle anderen Tische unbesetzt, sie umgeben uns wie eine breite Halskrause. Mir ist eher nach einem Gaststätten-Holztisch und Schinkenbrot zumute, Verena Klinger gibt sich indifferent. Die Kinderfreundin meiner Mutter – eine Rechtsanwältin aus Westberlin. Mit kompromisslosen, hellen Augen sucht sie in der Speisekarte nach einem Fischgericht.

«Das graue Zimmer war heilig», sagt sie scharf und holt eine Goldrandbrille aus ihrer Jackentasche.

«Warum?»

«Dort stand der Flügel deiner Großmutter. Dort stand ihr Sekretär, ein Tisch mit kostbaren Dosen und Bilderrahmen, die Chaiselongue, auf der sie sich mittags ausruhte. Alles war aus perlgrauer Seide – Möbelbezüge, Wandbespannung, Gardinen – einfach alles.»

Ihre schmalen Lippen bewegen sich kaum, die Aufzählung klingt höhnisch. Sie bestellt Zanderfilet in Dillrahmsauce. Ich schwanke zwischen Nahrungsverweigerung und Wolfshunger. Nachdem ich den letzten Teil des Tagebuchs gelesen habe, fühle ich mich hohl und normalen Bedürfnissen entrückt. Außerdem habe ich das dicke Wachstuchheft wieder in meiner Jeans versteckt, bevor ich in den Speisesaal hinuntergegangen bin. Wahrscheinlich ist das ziemlich verrückt und übertrieben vorsichtig. In meiner Handtasche wäre das Tagebuch sicher genug aufgehoben, aber nun ist es passiert. Wenn ich gerade sitze, drückt es auch nur ein bisschen auf den Magen, genug allerdings, um den Appetit abzuwürgen. Der Ober weicht nicht von der Stelle. Er hat ein Goldkettchen ums Handgelenk und ist braun wie eine Bratwurst. Ich bestelle ein kleines Steak.

«Bestell was Ordentliches. Du bist fast zu schlank in deiner schicken Jacke», sagt Verena Klinger entschieden.

«Ich bin auch fast zu klein», entgegne ich und frage mich, was hier schief läuft. Die Stimmung ist sehr kühl. Verena hat festgestellt, dass ich weder Alma noch meiner Mutter «ähnlich» bin. Klang so, als wäre ich aus der Art geschlagen.

«Mein Vater war braunäugig, und was die Glatze von seinen Haaren übergelassen hatte, war dunkel und glatt», habe ich geantwortet. Sie betont, dass sie wenig Zeit habe, was dieses Treffen in die Nähe von Zeitverschwendung rückt. Dabei hat sie darauf bestanden, mich hier zu treffen. Wenn sie Distanz will, warum hat sie mich vom ersten Moment an unaufgefordert geduzt? Sie ist Almas Patentante, aber mich hat sie noch nie gesehen. Genau genommen ist sie streng und nicht so lässig, wie ihre Erscheinung vermuten lassen könnte. Mit einundsechzig Jahren trägt sie ihr grau meliertes Haar in einem kurzen Fassonschnitt, kein Make-up, kein Schmuck – nur den Ehering; dunkle Hosen, flache Schnürschuhe, grauer Rollkragenpullover, olivgrüne Blouson-Lederjacke – unauffällig, zweckmäßig, teuer. Das erkenne ich, weil ich auch hohe Preise für unauffällige Sachen bezahle. Meine kamelhaarfarbene Jacke hat einen halben Monatslohn verschluckt. Zusammen mit dem weißen T-Shirt, den Jeans und den Stiefeln unter dem Tisch gehört es aber nur zu einer zweckmäßigen Garderobe, beruhige ich mich. In Verena Klingers Augen möchte ich nicht aufgedonnert wirken; sie ist klug und soll mich akzeptieren. Ich versuche auf mein Thema zurückzukommen. Als Informationsquelle kommt sie mir zu diesem Zeitpunkt äußerst gelegen. Es gibt ein paar Löcher im Ewaldslebener Puzzle, das ich gerade versuche zusammenzusetzen.

«Wie kam man von der Wendeltreppe zum grauen Zimmer?»

«Ich kann mich nicht erinnern.» Der Satz ist wie ein Biss. Sie trinkt einen kleinen Schluck Mineralwasser, ihr Blick folgt dem schwer beladenen, orangefarbenen Kran auf der Baustelle im Innenhof der Hotelanlage, als lauere sie darauf, dass ein Unglück passiert. Ich habe den Eindruck, dass sie mich abblitzen lässt, aber ich gebe nicht auf. Das Essen kommt. Geübt zerlegt sie den Fischrücken. Ihre Hände sind schmal, von einem durchscheinenden Weiß wie Stearinkerzen. Ich konzentriere mich auf mein Steak.

«Was ist nach dem Krieg mit eurer Familie passiert?»

Die Frage interessiert mich nicht wirklich, aber ich will – gleichgültig wie – auf Ewaldsleben zurückkommen. Verena Klinger erzählt kurz ihre Flüchtlingsgeschichte, die in West-Berlin endete, wo sie zur Schule ging und Jura studierte. Seit ihrer Referendarzeit hat sie sich für eine Liberalisierung des Jugendstrafvollzugs engagiert. Aus beruflichen Gründen ist sie heute in Halberstadt: Sie vertritt einen rechtsradikalen Sechzehnjährigen, der in Untersuchungshaft sitzt. Die erste Anhörung ist um 15 Uhr.

Das könnte ihr Verhalten erklären. Manchmal sind Bissigkeit und Konzentration kaum voneinander zu unterscheiden. Sie hat einfach den Kopf voll mit anderen Problemen, die ihr im Moment wichtiger sind als die grauen Seidenbezüge im Wohnzimmer meiner Großmutter.

«Was wird deinem Klienten vorgeworfen?», frage ich.

«Alles, was du willst: Schlägereien, Belästigung von Ausländern, Erregung öffentlichen Ärgernisses durch Grölen von Naziliedern, Randalieren auf dem jüdischen Friedhof. Vor vierzehn Tagen hat er zusammen mit anderen einen Nigerianer krankenhausreif geschlagen. Ihn haben sie festgenommen, die anderen sind getürmt, und er verrät sie nicht.»

«Was ist er für ein Typ?»

«Der nette Junge von nebenan.»

«Was macht seine Familie?»

«Mutter – Kindergärtnerin, Vater – Berufsschullehrer, zwei ältere Brüder, fertig ausgebildet – alle arbeitslos!»

«Das klingt mir alles zu einfach.»

«In den neuen Bundesländern ist es aber so. Wir machen uns nur lächerlich mit unseren verständnislosen Reaktionen auf Gewalt und Hass. Was hier passiert, ist einfachste Physik.»

«Und die funktioniert wie?»

«Druck erzeugt Gegendruck.»

«Das klingt mir zu sehr nach Entschuldigung. Ich finde, Gewalt gegen Personen ist nicht zu entschuldigen. Man kann nicht hinnehmen, dass jemand aus Frust erschlagen wird.»

«Man muss in erster Linie nach den Ursachen suchen», sagt Verena.

«Wenn dein Haus immer wieder angesteckt wird, willst du doch nicht nur wissen, warum da jemand herumzündelt. In erster Linie willst du, dass der Brandstifter gefunden und eingelocht wird, oder etwa nicht?», frage ich.

«Du stehst gern auf der richtigen Seite, ja? Löschen, den Brandherd finden, dafür sorgen, dass der Vorfall sich nicht wiederholt, ist gleich einfangen, einsperren, Ruhe haben. Du kannst nicht ganze Städte einsperren.»

«Ich könnte höchstens einen Artikel schreiben.»

Endlich entdeckt Verena Klinger etwas Brauchbares an mir. Darauf springt sie an; will Interviews für mich organisieren – mit der Familie, mit dem sechzehnjährigen Mario im Gefängnis, mit der Polizei; meine Teilnahme an der nächsten Anhörung beantragen.

Erst einmal muss ich meine Reportage über Israel machen, sage ich ihr. Das interessiert sie auch. Sie gibt mir Telefon- und Faxnummer, wir wollen in Verbindung bleiben. Nach der Anhörung müsse sie sofort zurück nach Berlin.

Ich frage noch einmal nach Ewaldsleben.

War sie während der amerikanischen Besatzungszeit dort?

«Ja», sagt sie und schiebt den letzten Reis in die letzte Pfütze der Dillsauce. Die Gabel quietscht.

«Warum willst du nicht darüber sprechen?», frage ich sie nun direkt. «Du warst die beste Freundin meiner Mutter damals, oder nicht?»

«Damals – genau darauf kommt es an. Sie war ein Kind, fast sieben Jahre jünger als ich. Wir wurden zusammengesteckt, weil unsere Mütter befreundet waren. Später habe ich den Kontakt abgebrochen, weil deine Mutter es nicht fertig brachte, sich von ihrem Vater zu distanzieren. Dein Großvater war ein Nazi, Marie.» Ihre Augen sind randvoll mit Empörung. «Ein Nazi der ersten Stunde!»

«Soll ich mich jetzt schämen?»

«Angebracht wäre es. Dass ihr in Ewaldsleben wieder aufgetaucht seid, ist in meinen Augen strafbar.»

«Wolltest du mich deshalb heute sehen?»

«Um ehrlich zu sein: Ja. Ihr habt hier nichts mehr zu suchen.»

«Wir bekommen Ewaldsleben nicht, sondern irgendein Schlachter aus Bayern, wenn dich das tröstet.»

«Ihr habt aber versucht, das Gut zurückzubekommen, was zeigt, dass ihr nicht begriffen habt, dass ihr Schuld auf euch geladen habt.»

«Westdeutschland ist voll von Nazienkeln. Wenn du so willst, sind viele schuldig, aber keiner ist enteignet. Man kann sich schuldig fühlen oder es lassen, aber verzichten muss drüben keiner. Außerdem ist Großvater Ewald nichts angelastet worden. Auch nicht postum. Dafür ist er zu früh gefallen.»

«Ich hoffe, du hast mehr Sensibilität in dieser Frage, als du gerade zeigst.»

«Du hättest dich gut mit unserem Vater verstanden.»

«Weich mir nicht aus! Du musst eine eigene Stellung beziehen, oder kannst du das ebenso wenig wie deine Schwester?»

Warum meint diese Frau über uns richten zu können?

«Was hat Alma damit zu tun?», frage ich nur.

«Weil sie wie deine Großmutter und wie deine Mutter meint, dass die Welt schon in Ordnung ist, wenn nur ihre eigene kleine Welt stimmt. Dazu gehört, dass sie schön ist und geliebt wird, dass ihre Kinder gesund und sportlich sind, dass die Rosen keine Läuse haben und dass ihr Mann die richtigen Schlipse anzieht.»

«War meine Großmutter so?» Alma muss mir verzeihen, dass ich sie gerade nicht verteidige. Ich will endlich auf mein Thema kommen; denn gleich wird Verena Klinger gehen, und ob ich sie wieder sehen möchte, weiß ich nicht.

«Deine Großmutter wurde von allen vergöttert. Wer auch immer ins Haus kam, lag ihr zu Füßen. Als kleines Mädchen habe ich es schon gespürt. Ich hatte bei ihr Klavierunterricht im grauen Zimmer – ich wollte es unbedingt, obwohl ich unmusikalisch war – ich himmelte sie an, wollte so sein wie sie damals.»

«Und – gelang es dir nicht?»

Ich ahne, was jetzt kommt.

«Nach dem Luftangriff auf Halberstadt, als unser Haus zerbombt war, holte sie mich nach Ewaldsleben. Meine Mutter war tot.» Verena Klinger spricht leise und langsam, nicht mehr scharfzüngig wie vorher, schenkt sich Wasser ins Glas, schwenkt es wie Cognac mit langen, schlafwandlerisch sicheren Bewegungen.

Ich fühle mich wie beim Topfschlagen, wenn man mit verbundenen Augen und einem Kochlöffel in der Hand den Boden abklopft, und die anderen schreien plötzlich: «Heiß – ganz heiß.»

«Ich war unglücklich und gleichzeitig glücklich, weil um mich herum alle glücklich waren», fährt sie fort. «Die Amerikaner waren da, wir lebten, waren gerettet. Manchmal fühlte ich mich schuldig, weil ich glücklich war, weil ich überlebt hatte, und einem konnte ich das erzählen. Es war ein Verbindungsoffizier, der den Schreibtisch und das Telefon im grauen Zimmer benutzte. Er hieß William, sprach aber sehr gut deutsch. Ich durfte dort am Flügel üben. Er konnte die Melodien bald auswendig und pfiff sie mit. Pfiff sie richtiger, als ich sie spielte. Ich war vierzehn Jahre alt, fast fünfzehn, verliebte mich in ihn und bildete mir Tag und Nacht ein, für ihn die wichtigste Person zu sein.»

Ich wage nichts zu sagen.

«Deine Mutter hat ihn auch geliebt. So wie man siebenjährig einen jungen Onkel oder Vater liebt. Sie lebte in einer Feenwelt. Realitäten hat deine Großmutter nicht an sie herangelassen. In meinem Fall war das allerdings sehr großzügig, sehr fair.»

Ich sehe sie ratlos an.

«Du weißt offenbar nicht, was passiert ist. Alma auch nicht, was beweist, dass eure Mutter wirklich nichts erfuhr.»

«Und – was war?»

Sie setzt ihre Brille auf, winkt dem Ober, bittet um die Rechnung.

«Ich muss dringend ins Gericht.» Die Stimme ist wieder spitz. Sie greift nach ihrem Lederkoffer.

«Willst du es nicht mehr sagen –?»

Ihre Augen schauen durch mich hindurch. Weit aufgerissen, Pupillen wie Stecknadelköpfe.

«Ich habe an einem Abend deine Großmutter bei William gesehen. Er liebte sie, und ich wollte am liebsten sterben, als ich sie beobachtete.»

«Du hast sie wirklich beobachtet?»

«Ja. Ich wollte das sein, verstehst du? Meinen Hals, meine Schulter sollte er streicheln. Mich sollte er umarmen. Mit mir lachen und flüstern. Ich habe sie gesehen und gehört – ich weiß nicht, wie lange. Am nächsten Tag habe ich das graue Zimmer angezündet. Sie haben nur den Flügel retten können.»

Einmal kommst du zu mir in der Abendstunde
Aus meinem Lieblingssterne weich entrückt
Das ersehnte Liebeswort im Munde
Alle Zweige warten schon geschmückt.
O ich weiß, ich leuchte wieder dann,
Denn du zündest meine weißen Lichte an.
«Wann?» – ich frage seit ich dir begegnet – «wann?»
Einen Engel schnitt ich mir aus deinem schwarzen Haare
Und den Traum, der mir so früh zerrann.
O ich liebe dich, ich liebe dich,
Ich liebe dich.
Hörst du, ich liebe dich –
Und unsere Liebe wandelt schon Kometenjahre,
Bevor du mich erkanntest und ich dich.

Auf den Tagebuchseiten der Maitage vor Kriegsende habe ich nur Gedichte gefunden. Nichts anderes.

Meine Großmutter scheute eigene Worte, verbarg sich im poetischen Ich Else Lasker-Schülers. Allerdings war sie unverfroren genug, das Gedicht subjektiv umzugestalten. Else Lasker-Schüler schrieb von «goldenem Haar», in der Tagebuchabschrift ist das Haar schwarz, wie Williams Locken es waren. Gab es den Gedichtband im Haus, hat William ihn in der Bibliothek gefunden? Wahrscheinlicher ist, dass er das Buch bei sich hatte und es ihr zu lesen gab oder vorlas, wenn sie allein waren – William und meine Großmutter Marie.

O, ich liebte ihn endlos!
Nie schürte sich so mein Blut zu Bränden,
Gab mein Leben hin seinen Händen,
Und er hob mich aus schwerem Dämmerweh.
Und alle Sonnen sangen Feuerlieder
Und meine Glieder glichen irrgewordenen Lilien.

Verena, das unauffällige Mädchen, legte Feuer an der Tür, die man lautlos schließen möchte. Sie beschaffte sich Benzin bei einem amerikanischen Soldaten, füllte es in eine Gießkanne, machte sich an den Blumentöpfen in den Wohnzimmern zu schaffen.

«Deine Großmutter winkte mir noch zu», berichtet Verena. «Sie war in Reitkleidung auf dem Hof, und fünf Minuten später ritt sie zur Feldbesichtigung. Ich bewunderte noch ihr schönes Lachen, ihre Haltung, ihre dicken Locken, die sie in einen Rückenzopf geflochten hatte. Ich hasste sie und wollte ihr wehtun. Es war eine Woche nach Kriegsende. William war am Morgen nach Braunschweig gefahren. Er hatte deine Mutter mitgenommen, die zum Zahnarzt musste. Nur die anderen amerikanischen Offiziere konnten mich stören, deshalb beeilte ich mich. Rundherum tränkte ich die seidene Wandbespannung über der Fußleiste, dann den Teppich im Zimmereingang mit Benzin. Als ich mein Gesicht im Spiegel zwischen den Fenstern sah, hasste ich deine Großmutter noch mehr; denn ich fand mich nicht schön. Ein zorniger Engel wäre ich gerne gewesen und sah ein fades Mädchen.»

«Wie viel jünger warst du als sie?»

«Vierzehn Jahre. Den letzten Rest Benzin schüttete ich über den Sekretär, der am Fenster stand, dann steckte ich den Teppich an und schloss die Tür.»

«Wie alt war William?»

«Achtundzwanzig Jahre wurde er am 9. Mai. Ich habe damals den Geburtstagskuchen gebacken und die Zahl mit geschmolzener Schokolade auf den Kuchen geschrieben. Amerikanische Blockschokolade – die erste Tafel, die ich nach dem Krieg in der Hand hatte. Ihr könnt euch doch nicht vorstellen, wie es ist, jahrelang Schokolade zu entbehren.»

«Wir würden damit fertig», sage ich. Es klingt unverschämt und ist auch so gemeint. Was soll wehleidiges Heraufbeschwören von Kinder-Schokoladenhunger in diesem Moment, in dem sie zugegeben hat, dass sie das Vermächtnis meiner Großmutter zerstört hat, alles, wonach meine Mutter ihr Leben lang gesucht hat.

Im Tagebuch sind die Tage nach dem Brand ausgespart. Nach dem 19. Mai 1945 folgen zwei durchgestrichene Worte und ein langer Strich. «Mein Zimmer» – Die zwei Worte sind leicht zu entziffern.

Im nächsten Eintrag, eine Woche später, vermerkte meine Großmutter, dass die Brandwunden Verenas entzündet sind, dass sie ihr alles verzeihen wolle, wenn sie nur wieder gesund würde.

Also war alles verbrannt. Nicht achtlos von den Russen weggeworfen, wie meine Mutter annahm, sondern verbrannt von ihr, die da vor mir sitzt und die Rechnung studiert, als wäre nichts gewesen. Ihre Aura ist wie von Asche, unter der es glimmt und schwelt. Feuer bricht aus, wenn sie spricht – es geht um elementare Feindschaft oder Liebe, Ablehnung oder Zustimmung.

«Wurde außer dem Flügel gar nichts gerettet?» frage ich, obwohl ich aus dem Tagebuch schon mehr weiß.

«Warum kommt der Ober nicht zurück?» Sie weicht aus.

Und ich lasse nicht locker: «Was hast du getan? Bist du nach oben gegangen und hast dich in dein Zimmer eingeschlossen? Das ganze Haus hätte doch abbrennen können.»

«Ich drehte durch vor Angst!» Sie beurteilt sich abfällig. «Ich schrie wie am Spieß, als Rauch durch die Türritzen quoll. Aus allen Ecken kamen Amerikaner und versuchten zu löschen. Durch den Rauch sah ich auf der Wand über dem Flügel das Lieblingsbild deiner Großmutter, und ohne nachzudenken, stürzte ich durch die Flammen und holte es heraus.»

«Mutig.»

«Vollständig verrückt. Es war schwer, das kleine Bild. Vor Schreck stürzte ich, hielt aber das Bild aus den Flammen. Mein einziges Kleid war hinüber, und die Strümpfe brannten mir an den Beinen. Die Narben sind hässlich geblieben. Als deine Großmutter zurückkam, hat sie sich nur um mich gesorgt und mir sofort verziehen.»

«Trotzdem hast du keine gute Meinung von ihr.»

«Sie hat mir verziehen, weil sie glücklich war mit William. Vielleicht, weil das Bild gerettet war. Es hatte nicht wirklich mit mir zu tun.»

«Was war das für ein Bild, das du gerettet hast?»

«Ich sehe es noch vor mir: Weiden am Fluss im Dunst. Wunderschön, in einem schweren goldenen Rahmen.»

«Wieso hat meine Mutter nichts von dem Brand erfahren?»

«Damals ging alles drunter und drüber. Kaum noch vorstellbar. Sie musste tagelang wegen der Zahnbehandlung in Braunschweig bleiben. Der Arzt war ein Freund, sie wohnte dort.»

«Von den entzündeten Backenzähnen hat sie jedes Mal erzählt, wenn wir zum Zahnarzt mussten.»

«Als sie nach Ewaldsleben zurückkam, war ich schon fort. Deine Großmutter hat mir versprochen, ihr nicht zu sagen, dass ich den Brand gelegt habe. Sie hat ihr Versprechen gehalten.»

«Mehr als fair, findest du nicht?»

«Wie immer wollte sie ihr kleines Mädchen von unschönen Realitäten fern halten. Das ist alles.»

«Und warum hast du ihr die unschöne Realität später nicht gestanden?»

«Als wir uns 1955 wieder sahen, war deine Mutter der Überzeugung, die Russen hätten in Ewaldsleben alles vernichtet. Du weißt, dass die Amerikaner abziehen mussten, weil die Region dem russischen Besatzungsgebiet zugeordnet wurde?» Sie nimmt einen Hundertmarkschein aus ihrer Brieftasche.

«Natürlich weiß ich das.»

Einer Antwort ist sie geschickt ausgewichen. Ich insistiere nicht, denn die Zeit drängt.

«Weißt du, wo das Bild geblieben ist, das du gerettet hast?», frage ich, obwohl das Tagebuch mir die Antwort längst gegeben hat. Mir kommt es auf ihre Reaktion an.

«Nein.» Kurz angebunden greift sie nach ihrem Aktenkoffer und steht auf. «Einer meiner Onkel kam nach Kriegsende und brachte mich sofort in ein Berliner Krankenhaus. Zu spät für die Narbenbehandlung. Ich habe deine Großmutter nicht wieder gesehen. Ich war auch jetzt nach der Wende nicht in Ewaldsleben. Es gibt Wichtigeres.»

Der Ober kommt, entschuldigt sich für die Verspätung, setzt ein Tablett mit zwei Tassen Kaffee ab, zieht sein Portemonnaie.

«Geben Sie bitte auf sechzig Mark heraus. Den Kaffee hätten Sie sich sparen können.»

Warum ihn nicht gleich ohrfeigen?, denke ich.

«Aber der Kaffee ist doch für den Herrn da drüben», sagt der braun gebrannte Ober und lächelt in den Raum hinein.

Zwei Tische hinter mir sitzt der Jeansträger im Büroanzug.

Ich begleite Verena Klinger in die Eingangshalle. Leider hat das nichts mit Höflichkeit zu tun, wie sie anzunehmen scheint, sondern mit meiner Verfassung: Mir ist siedend heiß und übel. Ich muss an die Luft, bin sekundenschnell voll gepumpt mit Angst. Während wir das Restaurant verlassen, riskiere ich einen Seitenblick auf den Jeansträger. Er spricht mit dem Ober, verzieht keinen Gesichtsmuskel, sieht auf mich, zeigt keinerlei Reaktion.

Ich gehe in den Toilettenraum und versuche mich wieder unter Kontrolle zu bekommen. Einen Moment überlege ich, ob ich das Tagebuch aus der Jeans nehmen soll, entscheide mich angesichts des Jeansträgers, der drinnen wartet, dagegen. Das Wachstuchheft hat mit dem alten Angstmuster nichts zu tun, das seit gestern wieder in mir hochschwemmt.

Anzusehen ist mir nichts. Der Spiegel wirft das gewohnte Bild zurück; hier ist es indirekt von allen Seiten sanft beleuchtet vor königsblauen Kacheln. Spiegel in noblen Hoteltoiletten sind gnädig, stimmen zufrieden, vertuschen. Ich kämme die Haare, wasche die Hände.

Diese scharfzüngige, kluge Verena Klinger hat krankhaft geliebt und gehasst, sie hat die Seele meiner Großmutter auslöschen wollen, als sie den Brand im grauen Zimmer legte. Instinktiv habe ich ihr nichts von dem Tagebuch gesagt; ihr verschwiegen, was ich daraus erfahren habe, als könnte sie noch immer Schaden anrichten.

Aber ist sie für meinen Angstzustand eben verantwortlich? Im Moment versagen meine analytischen Fähigkeiten.

Aufregend sind vor allem die Ereignisse im Herbst 1945, von denen ich seit ungefähr zwei Stunden weiß. Die Zeit drängt, ich kann nicht noch länger Kaffee trinkend im Restaurant herumzusitzen. Nach allem, was ich erfahren habe, muss ich auf den jüdischen Friedhof, vielleicht noch einmal nach Ewaldsleben.

Was kann der Jeansträger von mir wollen? Falls er noch da ist, werde ich an seinen Tisch gehen, ihn begrüßen, in zwei Zügen meine Tasse Kaffee trinken, danken und gehen. Mein Make-up zu erneuern ist nicht nötig. Glücklicherweise. Er soll nicht denken, dass ich seinetwegen in den Spiegel sehe.

«Der Kaffee war kalt. Ich habe neu bestellt mit heißer Milch», eröffnet er das Gespräch. «Kaffee» betont er nicht auf der ersten, sondern französisch auf der zweiten Silbe.

«Heiße Milch macht für mich jeden Kaffee trinkbar.»

«Zu Hause mache ich ihn zum Frühstück mit Zimt. Kennen Sie das?»

Ich schüttle den Kopf und räume ein, dass es verlockend klingt.

«Natürlich muss man die Milch schäumen. Mit einem großen – Schläger.»

«Schneebesen.»

«Schneebesen – ein schönes Wort.» Er lächelt. Das Eis in den Augen schmilzt.

«Man muss die Milch Minuten schäumen und nicht einfach kalt in den Kaffee schütten, wie man es hier gewohnt ist.»

Er trägt ein fein gestreiftes Hemd, weiß und blau, einen grünen Schlips. Schilf mit Schiefer und Amethyst, ein kleines geometrisches

Muster, matter Glanz, dicke Seide. Den Schlips hat er nicht im Discountladen am Flughafen gekauft, wie Richard das macht.

«Wo wohnen Sie in Frankreich?», frage ich.

«Also habe ich doch einen Akzent», stellt er fest.

«Klingt nach Marseille!» Das sage ich nur, weil ich weiß, dass es nicht stimmt und ihn ärgern wird.

«Gott! Nein! Paris! Natürlich Paris!»

Reingefallen – der Punkt geht an mich. Er registriert es, in seinen Augen erkenne ich einen Funken Anerkennung.

Der Kaffee kommt. Die Tassen sind randvoll, heiße Milch passt kaum noch hinzu. Bevor wir trinken, entschuldigt er sich.

«Heute Nacht habe ich Sie erschreckt – ich war ziemlich grob?»

«Es war zu viel Cognac, aber ich habe danach gut geschlafen. Danke.»

«Ich habe mir Sorgen gemacht. – Es gibt jemanden, der Sie – beschützt?»

Warum haben sogar Fremde das Gefühl, dass ich beaufsichtigt werden müsste?

«Viel zu viele.»

«Kann ich verstehen.» Dabei lacht er das Lachen, das ich vom Ewaldslebener Bodenfenster aus nur ahnen konnte: Entwaffnend ist es und frech.

Er gießt sich heiße Milch in die halb volle Tasse. «So ist die Farbe richtig.»

Den Rest der Milch beanspruche ich, trinke den Kaffee schnell, versuche die Beweggründe des Jeansträgers zu sondieren. Er will keinen Flirt, davon gehe ich aus. Die Was-trinke-ich-am-liebsten-Masche wäre auch nur bedingt originell. Wenn er mich aushorchen will, ist dieses Vorspiel passabel. Er ist nicht der Typ, der sich entschuldigt oder grundlos Zeit verschwendet, um über Milchkaffee zu philosophieren.

Was hat er hier in Halberstadt zu suchen?

Die gleiche Frage würde er gerne von mir beantwortet haben. Er wird sie stellen, wenn er meint, mich im Netz zu haben. Ich fühle mich wie eingesponnen, bin sogar bereit, mich zu entspannen. Gleichzeitig weiß ich, dass ich mir solche Gefühle nicht leisten darf, weil er gestern noch einmal auf dem Dachboden war. Die Fußspuren im Mörtelstaub waren von seinen Stiefeln. Ich trage die gleiche Marke; kenne das Muster der Sohlen. Die Lodenmäntel hatten andere Schuhe an.

Im Restaurant sind wir die letzten Gäste. Umgeben von unbesetzten, weiß gedeckten Tischen, gleicht der unsere einer Insel, auf der wir einander gegenüber sitzen und von einfachen Dingen reden: von der Größe und bauchigen Form einer richtigen Milchkaffeetasse, von der erstaunlichen Schaumfähigkeit pasteurisierter Milch und dem Cappuccino im Bistro des Musée d'Orsay.

Dabei fällt mir ein Wortwechsel ein, den meine Großmutter im Tagebuch festgehalten hat. Jedes Zusammensein mit William hat sie beschrieben, jedes Wort, das zwischen ihnen fiel, bevor sie sich damals trennen mussten, hat sie aufgezeichnet. Seiten, die ich zwei-, wenn nicht dreimal gelesen habe. Szenen wie diese, die mir nicht aus dem Kopf gehen:

«Die Vorstellung, wir könnten alle Dinge des Lebens zusammen machen – ungestört und für immer –, das ist es, was mich nicht schlafen lässt.»

Er hat es gesagt, als er nachts zu ihr kam, nach dem Brand. Es stand fest, dass er abrücken müsste, und er drängte sie, ihm zu folgen.

«Dinge des Lebens – was wäre das für dich?»

«Zusammen aufwachen, darüber glücklich sein. Wach sein, reden, essen, trinken.»

«Musik machen –»

«Mozart hören – die Locke in deinem Nacken sehen.»

«Frieren und warm werden –»

«Schlafen, wieder aufwachen.»

«Wo könnte das sein?»

«Dort, wo wir sind. Du musst mit mir kommen.»

«Wohin?»

«Nach Chicago.»

«Ich kann es mir nicht vorstellen.»

«Aus dem Fenster sieht man auf den See, auf die Hügel an der Küste. Sie sind wie du, wenn ich dich abends sehe.»

«Was heißt das?»

«Sie könnten nicht schöner sein.»

William und meine Großmutter Marie.

Aus der Zeit der amerikanischen Besatzung gibt es im blauen Album zwei Fotos von ihr. Es sind die letzten. Überdimensioniert groß ihre Augen, das Haar in einem Nackenknoten gebändigt. Sie steht im hellen Kleid unter den Kastanien; die andere Aufnahme zeigt sie in Reitkleidung, winkend, in der Hofeinfahrt. So mag Verena Klinger sie gesehen haben, bevor sie den Brand legte.

Die Fotos sind von einer ostpreußischen Tante gemacht worden, die im Dezember 1944 vor der Roten Armee nach Ewaldsleben geflohen war und in einer Novembernacht 1945 unsere Mutter aus der sowjetischen Besatzungszone herausgebracht hat: ein siebenjähriges verwaistes Mädchen, zwei Käthe-Kruse-Puppen, drei Bilderbücher und ein dunkelblaues Fotoalbum.

Er spricht außerordentlich gut deutsch – der Jeansträger, der Charles-Maurice heißt. Er hat herausbekommen, dass mein Name Marie ist. Sein Lieblingsname, sagt er, seitdem er in Florenz war. Eine Madonna im Palazzo Pitti ist seine Favoritin. Vor mir habe er noch keine Frau getroffen, die so gut zu dem Namen passe, behauptet er. Ich glaube ihm kein Wort.

Seinen Nachnamen weiß der Ober auch nicht.

«Mein Herr», sagt er, so oft es nur geht, dabei zieht er das «e» besonders lang. Es klingt affig, aber der Jeansträger verzieht keine Miene.

«Wieso sprechen Sie so gut deutsch?»

«Meine Arbeit macht es erforderlich.»

«Und» (ich hätte nie gedacht, so schnell zu der Frage vorzustoßen) «was ist Ihre Arbeit?»

«Investigation.»

Ich reagiere miserabel; spüre, dass ich einen unverzeihlich ratlosen Eindruck mache, sehe es reflektiert in seinem amüsierten Lächeln. Mein Punktverlust ist manifest.

«Das erklärt nicht, wo Sie Ihr Deutsch gelernt haben.» Bedauerlicherweise fällt mir nichts anderes ein, als auf der Frage zu beharren.

«Auf der Schule. Wo sonst?»

Ein Sackgassengespräch. Mir kommt der Verdacht, ihm nicht gewachsen zu sein.

«Wieso sprichst du so gut deutsch?»

Die gleiche Frage hat meine Großmutter damals an William gerichtet. Noch in der Nacht vor dem Abzug der Amerikaner aus Ewaldsleben hat sie das Gespräch im Tagebuch aufgeschrieben:

«Wieso sprichst du so gut deutsch?», fragte ich ihn endlich, denn die Frage bewegt mich seit dem ersten Tag.

«Ich erkläre es dir morgen. Jetzt nicht mehr», antwortete W.

Ich wollte wissen, warum nicht, und W. vertröstete mich auf den nächsten Tag. Er müsse eine Fahrt nach Halberstadt machen. Wenn ich mitkäme, könnte er es mir ohne viel Worte erklären.

«Warum nicht jetzt?», wollte ich wissen

«Jetzt musst du spielen. Noch einmal.»

Er ist heute zu mir in die Kirche gekommen. Ich übe nur noch an der Orgel.

Im Augenblick ist es Bach (BW 988), aber er wollte das Rondo von Mozart, das er in den letzten Wochen gehört hat, als ich noch im grauen Zimmer spielte.

«Warum willst du immer nur Mozart hören?», fragte ich.

«Seine Musik und Leben – das ist ein und dasselbe für mich.»

«Und was ist das?»

«Man kann es schwer beschreiben.»

«Versuch es –»

«– du musst helfen, aber ich fange an», sagte er und legte dabei seinen Kopf in meinen Schoß. «Wenn ich Mozart höre, ist das wie der Gang durch eine Landschaft, sie ist weit – voller Horizont. Ich laufe, verliere mich an Schönheit und stehe unversehens vor einem Abgrund –»

«– unten gehen andere Stimmen», sagte ich.

«– so schnell wie der Moment kommt, ist er auch vorbei. Es geht weiter –»

«Aber etwas bleibt –»

«Es zieht, tut weh –»

«Ist Bestürzung –»

«Verfall –»

«Vergänglichkeit –»

«Trauer –»

«Furcht –»

Was war William für sie oder sie für William?

Für William kann ich nicht sprechen. Was sie betrifft, kann ich sagen: Zwischen den Zeilen des Tagebuches habe ich miterlebt, wie sie sich verändert hat. Die Wandlung eines amorphen Kokons zum seltenen Schmetterling. War es die Entdeckung, dass sie lieben konnte, dass sie unabhängig war? Befreit von der Angst vor Tod, Niederlage und Zerstörung? War es die Erfahrung, Verantwortung zu tragen und ihr gerecht geworden zu sein? War es die Liebe zu dem sensiblen Sieger? Jeder Punkt zählt, aber ich bin geneigt, William den höchsten Anteil an dieser Metamorphose einzuräumen.

In meiner Tasse ist richtiger Kaffeesatz. Im Zeitalter von Kaffeemaschinen und Nescafé findet man das selten. Aus Kaffeesatz prophezeite mir eine von Almas Freundinnen vor Jahren das katastrophale Ergebnis einer Deutscharbeit. Tatsächlich war es eine Vier. Seitdem habe ich Respekt vor solchen Fähigkeiten. Heute würde ich gerne von ihr wissen, ob ich in meinem Leben jemals jemanden lieben werde, ob ich Augenblicke erleben werde, in denen ich so frei, so vertraut und offen sein könnte wie William zusammen mit meiner Großmutter Marie.

«Wenn Sie aussehen wie eine Madonna, woran denken Sie?», fragt der Jeansträger.

«Wahrscheinlich ans Christkind.»

Ich beobachte seine Lippen zum ersten Mal mit Bewusstsein. Sie öffnen sich lächelnd nur einen winzigen Spalt breit, bevor er richtig lacht. Ich frage mich, ob ich den schmalen Spalt mit meiner Zungenspitze finden würde. Vorausgesetzt, ich wollte das.

«Ich möchte es wirklich wissen», beharrt er. «An was haben Sie gedacht?»

«An den Glücksfall, genau darüber unverstellt sprechen zu können.»

«Sind Sie erfahren mit solchen Glücksfällen?»

«Nein.»

«Ich auch nicht.»

Wir lächeln – wie man in einem Katz-und-Maus-Spiel lächelt.

«Ich muss heute Nachmittag viel erledigen», sage ich und nehme meine Tasche. «Vielen Dank für den Kaffee.»

«Schade», sagt er, «ich wollte so viel noch von Ihnen wissen.» Er lässt die Augen nicht von mir, umschließt mit beiden Händen vorsichtig die Kaffeetasse, trinkt langsam einen Schluck.

Es wäre aufregend, denke ich, wenn sein Blick ernst gemeint wäre.

«Eine Frage haben Sie noch gut.»

«Wie bekommt man Ruß aus den Fingernägeln?»

Unwillkürlich blicke ich auf meine Hände, weiß gleichzeitig, dass ich in die Falle gelaufen bin. Er zündet sich eine Zigarette an, lacht mich an, genießt seinen Vorsprung.

«Mit einer Bürste», schlage ich vor und stehe auf. «Die müsste allerdings mehr taugen als Ihre Schuhbürste.»

Die Attacke trifft ihn unvorbereitet, weil sie unfundiert ist. Sein Pech, wenn er darauf hereinfällt.

«Was soll das heißen?» – Er fragt sogar nach.

«Rußspuren auf hellblauem Teppich. Timberlands, Größe 9», erfinde ich. «Nicht zu übersehen.»

Er scheint sprachlos.

Etappensieg für mich und zugleich Ende der Schonzeit. Jetzt haben wir zugegeben, dass wir die gleiche Spur verfolgen, uns beobachten, verdächtigen und übervorteilen, wenn es sein muss – die Jagd ist auf.

Ich gehe so entspannt wie möglich. Meine Tasche ist im Auto, meine Rechnung bezahlt. Einen Ort gibt es noch in dieser Stadt, den ich unbeobachtet von ihm erreichen und ungestört durchsuchen muss.

Die Krone der Rabbiner

Mitten in der Stadt liegt ein ummauerter Platz. Dicht gedrängt stehen dort Steine in hügeligem Gelände wie Lebewesen. Einige sind aufrecht, andere lehnen zur Seite, fallen zurück, sinken nach vorn, sind gestürzt.

Alter Efeu hängt von den Mauern, ungeschnittenes Gras überwuchert vermooste Steine.

Der jüdische Friedhof von Halberstadt.

Hineingekommen bin ich durch ein unverschlossenes Tor, in dessen angerosteten Gitterstäben zwei kleine Davidsterne ausgespart sind wie Gucklöcher.

Im Gelände steht ein weißer VW-Bus. Ich höre Stimmen, ohne jemanden sehen zu können. Es nieselt, und ich friere, weil ich meinen verrußten Pullover nicht anziehen wollte. Der wichtigsten Botschaft des Tagebuchs bin ich hier auf der Spur, nachmittags um 16 Uhr – falsch angezogen und schlecht ausgerüstet. Hilflos werde ich sein ohne Taschenlampe, denn jetzt schon stiehlt sich der graue Tag in den Abend hinüber.

Vor dieses Tor mit den Davidsternen hat William den Jeep gefahren. Frühmorgens, an einem der letzten Junitage 1945.

«Er führte mich auf den kleinen Friedhof», steht im Tagebuch. «Im sechsten Pfad fand er den Stein, den er suchte. Ein hoher, breiter Stein. Der gewölbte Abschlussstein wirkt wie ein Dach. Die eingeritzten Schriftzüge sind dünn und unleserlich. Aber eine prächtige Krone ist aus dem Stein herausgemeißelt, die William wieder erkannte, denn auf der silbernen Glocke an seinem Schlüsselbund ist die gleiche Krone eingraviert. Er kniete nieder und zog mich neben sich. Wir knieten vor dem Grab seines Urgroßvaters. William ist Jude, was mich nicht im Geringsten stört. Zum Glück ist seine Familie protestantisch wie wir. Unser Glaube, die Kirche, die Musik würden mir drüben fehlen.»

Sie war also entschlossen, William nach Amerika zu folgen.

Mich erschreckt nur, was sie gedacht oder vielmehr nicht gedacht hat.

Mai 1945! Sie schreibt über seine semitische Abstammung, als würde sie sich über abstehende Ohren äußern. Seiten später zeichnet sie ein Gespräch mit William auf, aus dem hervorgeht, dass auch sie wusste, wenn auch im kleinstmöglichen Ausmaß, was geschehen war. Sonst wird der Holocaust in ihrem Tagebuch mit keinem Wort erwähnt, keine Empfindungen und Wahrnehmungen lassen darauf schließen, dass sie die Katastrophe dieser Tage erfasste.

Ich gehöre zu der Generation, die über den Holocaust nachhaltiger informiert wurde als über Dezimalmaße, und es fällt mir schwer, meine Großmutter zu verstehen.

Wie soll ich den Grabstein finden?

Der Friedhof ist groß und merkwürdig zweigeteilt. Von der ebenen, freien Rasenfläche gehe ich in tiefer liegendes, ursprüngliches Gelände, das aus einer Senke langsam ansteigt. Dort stehen die Steine. Nur dort.

Reihen und Pfade kann ich aber nirgendwo entdecken.

Die Stimmen kommen näher. Es sind Männer in Arbeitskleidung. Das beruhigt. Trotzdem weiß ich nicht recht mit der Situation umzugehen, hocke zwischen den schief stehenden Grabsteinen, studiere ihre verwitterten Symbole und Schriftzeichen. Feuchtigkeit und Moos haben bizarre Flecken hinterlassen. Mir ist, als würden im trüben Nachmittagslicht zerfallende Gesichter auf mich starren.

Einen hellen Stein sehe ich zwischen den anderen, der wie zurückgerissen wirkt, wie an den Haaren nach hinten gezogen.

Weiter unten gehen die Männer langsam zwischen den Grabstellen hindurch, reden leise. Ich habe mich aufgerichtet. Einer kommt mir entgegen: untersetzt, stämmig, mit einem breitkrempigen braunen Filzhut über wasserhellen Augen. Er ist Leiter des Arbeitstrupps. In gebrochenem Deutsch will er wissen, ob ich etwas suche, lässt mich aber gar nicht zu Wort kommen, sondern erzählt von sich. Er kommt mit seinen Männern aus Magdeburg, ist angestellt von der zentralen Verwaltungsstelle zur Pflege jüdischer Friedhöfe, hat viel zu tun und schafft immer nur die gröbsten Arbeiten. Es fehlt an Geld.

Ich habe wenig Zeit, begreife aber, dass dieser Mann mir möglicherweise helfen kann.

«Ich suche eine Grabstelle», sage ich in seinen Redestrom hinein.

Er stockt und fragt: «Wie heißt du?»

«Marie.»

Er kneift abschätzend die Augen zusammen, wobei ein Kranz knittriger Falten entsteht.

«Gut», sagt er, nachdem er mich sekundenlang taxiert hat, und streckt mir die Hand entgegen. «Ich bin Jefim.» Meine Hand verschwindet in dem harten, sandigen Griff.

«Was suchst du?», fragt er.

Er kennt jedes Grab, jedes Symbol, ist ukrainischer Jude. Eingewandert nach Deutschland, 1992.

«Weg mussten wir, aber nach Israel konnten wir nicht so schnell kommen», erzählt er, lächelt pfiffig unter seinem Schlapphut. «Da haben wir Deutschland genommen. Ist nicht schlecht, besser als Ukraine.»

So viel verschmitzte Schicksalsergebenheit lässt mich kurzfristig mein eigenes Anliegen vergessen. Am liebsten würde ich mein Tonband aus der Tasche holen.

Ich muss fragen.

«Sie sind mit der ganzen Familie nach Deutschland emigriert?»

«Ja.»

«Wussten Sie genau, was hier passiert ist?»

«Antisemitismus ist ein Gespenst für immer», antwortet Jefim. «Mal da, mal da. Mal klein, mal groß, wenn du weißt, was ich meine.»

«Hier in Deutschland ist es gerade kleiner als in der Ukraine?»

Jefim nickt. «Wir lernen alle Hebräisch», sagt er. «Man weiß nie.» Weiter sagt er nichts, in seinen Augen glimmt Vorsicht.

In meiner Jackentasche habe ich immer einen Bleistift und Papier. Jefim schreibt mir seine Adresse in Magdeburg auf. Wenn ich Zeit habe, werde ich ihn und seine Familie besuchen und ihre Geschichte aufschreiben. Er ist damit einverstanden. Jetzt wird das Licht zusehends schlechter, und ich erinnere Jefim daran, dass ich einen Grabstein suche.

«Es gibt noch zwei andere Friedhöfe», sagt er. «Was weißt du genau von dem Stein?»

Nach meiner Beschreibung beschließt Jefim, dass wir auf den zweiten Friedhof müssten.

«Du hast Glück», sagt er. «Ohne mich könntest du nicht hinein. Wir müssen rüber zum katholischen Friedhof. Alles ist abgeschlossen und ich habe Schlüssel.»

Er ruft die anderen Männer heran, die uns in respektvoller Entfernung beobachtet haben. Auf Russisch stellt er mich vor und sagt ihnen, dass sie die Arbeitsgeräte zurück in den Bus bringen sollen, dass sie in fünfzehn Minuten abfahren wollen und dass er mir etwas zeigen müsse auf dem anderen Friedhof. Alle geben mir die Hand. Ihre Gesichter sind freundlich, zerfurcht, zeitlos.

Meine Hast gleicht sich dem Rhythmus dieser Männergruppe widerwillig an. Was ist, wenn der Jeansträger mich aufspürt? Warum sollte er mir geglaubt haben, dass ich abfahre? Wie naiv von mir, zu meinen, ich könnte schnurstracks auf einem alten jüdischen Friedhof ein bestimmtes Grab finden, dort in zwanzig Zentimeter Tiefe mittig vor dem Grabstein eine silberne Glocke finden und abfahren. Um die Glocke geht es, das kann ich aber Jefim nicht sagen. Er soll mich nur zum Grab bringen und mich dann allein lassen!

Jefim sieht seine Aufgabe anders. Von der Geschichte der jüdischen Friedhöfe Halberstadts will er mir auf dem Weg erzählen. Dabei spricht er ebenso bedächtig, wie er sich bewegt. Einmal bleibt er sogar stehen, zeigt mir einen Mauerabschnitt, der im Krieg beschädigt und später restauriert worden ist.

«Was meinst du, woher die neuen Steine gekommen sind?»

Ich zucke mit den Achseln.

«Von zerstörter Synagoge», sagt er. «9. November 1938 haben sie Synagoge niedergebrannt.»

Wenn der Jeansträger nicht wäre, würde ich die Begegnung mit Jefim genießen, besser nutzen, ihn ausführlicher erzählen lassen. So höre ich ihm unruhig zu, beobachte gleichzeitig die rostige Pforte, die Straße dahinter, die Autos, die vorbeifahren. Trotzdem lerne ich: Die jüdische Gemeinde Halberstadts war groß und bestand seit Ende des Mittelalters. Es gab und gibt drei Friedhöfe, zwei sind unangetastet geblieben. Ich stehe mit Jefim auf dem ersten, dem ältesten, der im Krieg von den Bürgern der Stadt beschädigt wurde. Sie ebneten Gräber ein, vernichteten Grabsteine oder schoben sie willkürlich zusammen, um einem Luftschutzgraben Platz zu machen. Später wurde er mit Bombenschutt der zerstörten Stadt aufgefüllt und planiert. So entstand das unnatürlich zweigeteilte Gelände.

«Dieser Friedhof ist wie Messerschnitt in unser Bewusstsein», sagt Jefim und bleibt stehen. «Weißt du, warum?»

Ich weiß es aus Israel: Der Grabstein ist Symbol der einmaligen Existenz jedes Einzelnen und kennzeichnet den Ort seiner ewigen Ruhe bis zum Tag der Auferstehung. Kein Grab wird zweimal verwendet. Kein Grab darf angetastet werden.

Endlich geht Jefim durch das Tor, biegt nach links auf einen schmalen, von hohen Mauern eingefassten Weg, an dessen Ende er ein schmiedeeisernes Tor aufschließt. Ich beobachte die Straße, solange ich selbst von ihr aus zu sehen bin, aber es ist ganz ruhig. Mein Auto steht in einer Sackgasse verborgen; wenn ich hinter den Mauern verschwunden bin, kann mich der Jeansträger nicht finden.

Dieser kleine Friedhof ist ein schmales, ummauertes Rechteck, der Himmel darüber wie ein Fenster voll nasser Watte. Über die Mauern strecken Eichen kahle, nass glänzende Äste. Einzelne Tropfen lösen sich, fallen auf grünes Moos, winterschwarzen Efeu und ausgeblichenes, hohes Gras. Eine Blaumeise fliegt fort, als wir kommen. Es ist still zwischen den Gräbern, die in fünfzehn geraden Reihen stehen. Ein schmaler Gang führt an der Friedhofsmauer entlang. Ich erkenne römische Zahlen, die in weiten Abständen eingeritzt sind. Jefim hat eine kleine Taschenlampe aus seiner Jackentasche gekramt und leuchtet die Mauer an.

«Jede Nummer gilt einem Pfad, der die Grabreihen trennt», erklärt er. Die Grabsteine sind jünger als auf dem ersten Friedhof, sind höher und prächtiger, stehen aufrecht. Meine Finger ertasten in der Friedhofsmauer eine römische Vier. Die Rillen im Stein sind scharf, unregelmäßig tief. Mein Zeigefinger bleibt hängen, schmerzt, ist bestimmt verletzt.

«Stell dich in meine Hände», sagt Jefim. «Wenn du gleich hoch bist mit der Nummer, kannst du den Finger frei machen.»

Ich folge seinem Rat, es funktioniert. Den blutenden Riss sauge ich aus.

«Das wird bös werden», meint Jefim, aber ich beruhige ihn. Mein Tetanus-Schutz ist gerade erst aufgefrischt.

«Komm!», sagt er. «Jetzt wirst du deinen Stein finden. Wenn ich richtig bin, steht er im vierten Weg, nicht im sechsten.»

Ich gehe neben ihm, er wird langsamer, bleibt stehen und leuchtet die gemeißelten Symbole auf den Grabsteinen an.

«Es sind immer wieder die gleichen Sinnbilder», sagt er.

Ich denke an den Jeansträger. Mein Zeitvorsprung geht flöten, aber ich bleibe neben Jefim stehen.

«Kennst du ihre Bedeutung?», fragt er.

«Nicht richtig.»

«Alle Zeichen kennzeichnen die gesellschaftliche Zugehörigkeit der Verstorbenen. Siehst du die Krone hier vorn auf dem Stein und die große da, in der Reihe dahinter?»

«Ja.»

«Kronen standen nur Rabbinern und ihren Nachkommen zu.»

«Und was bedeuten die segnenden Hände?»

«Nur der erste Stamm durfte sie auf dem Grabstein haben: die Priesterschicht der Kohanim. Dann siehst du oft eine Kanne. Da ganz rechts und dort hinten in der Mitte?»

Ich will das im Augenblick gar nicht so genau wissen, aber ich höre ihm zu, als hätte ich Zeit.

Eine Kanne stand den Leviten zu, Angehörigen des Stammes Levi, der den Priestern unterstellt war. Der Lichtkegel gleitet ruhig über die Symbole anderer Gräber, lässt den Davidstern erkennen, die Menora (den siebenarmigen Leuchter) oder eine Taube als Symbol der Hoffnung, dass die Seele des Verstorbenen ins Land der Väter fliegen möge.

«Nach Erez Israel», sagt Jefim und geht endlich weiter.

Mitten im sechsten Pfad finden wir die Grabstelle, wie im Tagebuch beschrieben: Es ist ein hoher, breiter Stein, im oberen Drittel eine kunstvoll gemeißelte prächtige Krone, darüber der gewölbte, dachartig vorspringende Abschlussstein. Der ist grünschwarz angelaufen, Moos wächst auf seiner Unterseite, aber die erwünschte Funktion hat er tadellos erfüllt: Den Grabstein hat er überdacht, die Inschrift im hellen Sandstein leserlich bewahrt.

Jefim entziffert mühsam die erste Zeile: «Hier liegt – in die ewige Ruhe hinübergegangen – der Rabbi Nathaniel Emser.» Jefims Hebräisch klingt natürlich. Dabei lernt er es erst seit zwölf Monaten.

«Kannst du Jahreszahlen entziffern?»

«Jüdische Zeit ist anders, aber vielleicht kann ich rechnen – ich musste gerade lernen.»

«Kannst du es mir erklären?»

«Ich versuche: Wenn du auf einem jüdischen Grabstein eine Zahl siehst und wissen willst, was es in deiner christlichen Zeit bedeutet, dann musst du 3761 davon abziehen. 3761 Jahre vor Christus beginnt die jüdische Zeit.»

«Was für eine Zahl steht auf dem Grabstein?»

«5581.»

Wir rechnen beide, und Jefim ist schneller.

«1820 ist Nathaniel Emser geboren.»

Eine Krähe schreit, fliegt so dicht an mir vorbei, dass ihre Flügel mich streifen. Dann sitzt sie auf der Mauer.

«Ruhig», sagt Jefim. «Der Vogel hat sich erschrocken. Du musst nicht zittern.»

«Mir ist nur kalt.»

«Was willst du jetzt machen?»

«Den Grabstein – die Inschrift fotografieren.»

Passen alle Daten zusammen? Stehe ich wirklich vor dem richtigen Grab? Von der Generationenfolge und der Namensgebung her könnte es möglich sein, dass Nathaniel Emser der Urgroßvater des amerikanischen Offiziers William Emsby war.

«Jefim», ruft jemand von der anderen Seite der Mauer. «Jefim, komm, es muss schnell gehen.»

«Warum auf einmal?»

«Die Frau von Lew bekommt doch das Kind heute.»

«Dann musst du jetzt gehen», sage ich.

Jefim sieht mich eigenartig an, nimmt seinen Hut ab, entblößt eine hohe, breite Stirn und blondes Haar.

«Kann ich dich allein lassen?», fragt er.

«Ich bin froh, dass ich dich getroffen habe, Jefim.»

Er will die Türen für mich angelehnt lassen. Ich soll sie einfach hinter mir zuziehen. Sie haben keine Klinke, weder von außen noch von innen.

Wohl ist mir nicht, aber Jefim würde auch nicht dulden, dass ich in dem Grab nach der Glocke suche. Also muss ich froh sein, dass er geht.

«Auf Wiedersehen, Jefim.»

«Bei dir ist Angst?», sagt er. «Was ist es?»

«Nichts. Was soll sein?»

Er wittert meine Unsicherheit, steht ruhig da, schaut mich an.

«Es ist wirklich nichts, Jefim. Ich fotografiere noch. Dann gehe ich auch.»

«Shalom, Marie.»

Dann bin ich allein.

Hinter den Wolken schwindet das Licht. Aus der Brusttasche meiner Lederjacke hole ich den großen Servierlöffel, den ich im Hotel geklaut habe, um hier ein Werkzeug zu haben. Ich hocke im nassen Efeu vor dem Stein und kann nicht anfangen zu graben, bin wie gelähmt, als hätte das Tagebuch meiner Großmutter mich verhext. Als wäre ich in eine Zeitmaschine geraten, bin ich mit ihr dort in ihrer Welt, stehe mittendrin:

Hakenkreuzfahnen wehen von den Türmen in Ewaldsleben, unzählbare Marschall-Niel-Rosen leuchten im Mondlicht; Sommerwind rauscht in den Bäumen. Ich sehe sie zwischen Lichtflecken auf schattigen Gartenwegen und bin bei ihr, als sie in die Seiten ihres Tagebuchs ein Kreuz zeichnet für jeden Freund, der vor der Zitadelle von Brest gestorben ist und über dem brennenden Moskau. Ich sehe ihre kleine Tochter mit Käthe-Kruse-Puppen im Arm, sitze auf Sesseln aus grauer Seide, höre Klaviermusik, höre William vorlesen und merke, dass sie ihre Augen von seinen Händen nicht lassen kann. Ich friere wie sie, hungere und sehe Halberstadt brennen. Ich erlebe die Flammen im grauen Zimmer, eine große Liebe und ihren Tod.

Und jetzt bin ich hier, vor dem Grabstein des Nathaniel Emser, an dieser Stelle, wo sie dicht nebeneinander knieten, William und meine Großmutter Marie.

Nichts anderes hat sie in ihrem Tagebuch so genau beschrieben wie die Momente dieses letzten Tages mit William. Ich muss nicht einmal die Augen schließen, um alles noch einmal geschehen zu lassen:

Er hat den Arm um ihre Schultern gelegt. Es ist still. Der Friedhof liegt im Licht der frühen Sonne, Morgenwind verweht die Schatten der Laubbäume. Sie sieht William von der Seite. Die lange Narbe hinter seinem Ohr, von der sie den Schmerz fortgeküsst habe, wie er sagt, und die Erinnerung an den Kampf um ein normannisches Dorf, von dem er nur einmal sprechen wollte; sie sieht seine schwarzen Locken, die ihm leicht in die Stirn fallen, in denen sie ihre Hände verborgen hat, manchmal, nachts. Sie sieht seinen dunklen Blick wie abwesend auf den Stein gerichtet, spürt über der Schulter die Wärme seiner Hand durch den dünnen Stoff ihres geblümten Kleides. In seiner rechten Hand liegt die flache silberne Glocke, sie legt ihre linke Hand darüber, und seine Finger schließen sie mit ein. Die geprägte Krone drückt sich hart in die Innenfläche ihrer Hand.

«Es tut weh, William.»

Er küsst die Druckstelle, lässt sein Gesicht in ihrer Hand wie ein Durstender, der klares Wasser gefunden hat. Dann gibt er ihr die Glocke.

«Bewahr sie für mich auf. Es darf nicht lange dauern. Ein Tag ohne dich zählt nicht.»

Sie sind zum letzten Mal allein.

Die Amerikaner räumen auf Beschluss der Alliierten Kontrollbehörde den Distrikt, um den Russen Platz zu machen. Mittags wird William fort sein.

Als würden sie gleichzeitig das Unvorstellbare denken, umarmen sie sich, vergessen noch einmal die Zeit, die ihnen nur nach Minuten bemessen war, solange sie sich kannten.

«Was ist das für eine Datum auf der Glocke?», fragt sie, als sie durch die zerbombte Stadt zurückfahren.

«Es ist mein Taufdatum.»

William fährt auf einer schmalen Spur zwischen Trümmerhalden und ausgebrannten Häusern und erzählt von seinem Großvater, der 1836 als Thoraschüler ausriss, um mit den Goldsuchern nach Alaska zu gehen. In Chicago blieb er als Banklehrling, amerikanisierte seinen Namen, heiratete eine protestantische Jüdin, nahm ihren Glauben an und wurde sehr reich; denn seine Frau war die Tochter eines Bankiers und er ein erfolgreicher Schüler seines Schwiegervaters. Später schenkte er allen Enkeln zur Taufe eine silberne Wiegenglocke, flach, mit abgerundeten Ecken, in der Größe richtig für eine Babyhand, die nach allem greift, was glänzt, sich bewegt und Töne macht. Das eingravierte Taufdatum war gleichzeitig der Schlüssel zu einem Nummernkonto in der Schweiz. Die Information über Namen und Sitz des Bankhauses sowie über das Konto waren allerdings abhängig von einem erfolgreichen Studienabschluss. Erst die Kombination von Geld und Leistung mache – nach Meinung des alten Emsby – den richtigen Mann aus.

William lacht. Dann schweigen sie. Der Motor ist laut, und Wind pfeift durch Risse im Verdeck.

Nach einer Weile traut sie sich, ihre Gedanken laut zu äußern: «Welch ein Segen, dass dein Großvater so früh ausgewandert ist.»

«Es musste so sein», antwortet er. «Wir hätten uns sonst nie kennen gelernt.»

«Weißt du etwas über deine Familie, die hier geblieben ist?»

«Ein Onkel ist nach Israel gegangen. Die anderen sind weggebracht worden.»

«Wann?»

«1942. Am 12. April 1942.»

«Wohin?»

«Nach Warschau. Mehr weiß man nicht.»

«William. Ich kann das alles nicht glauben.»

«Keiner will das glauben.»

Er lächelt, steuert linkshändig und hält ihre Hand. Sie gehört ihm. Er kennt sie genau. Sein Daumen sucht den sanften Hügel unter ihrem Daumen, fährt in das Tal der Lebenslinie, streicht an ihr entlang bis hinunter ins Handgelenk, kennt jede Kuppe und Mulde der Handfläche, die durchscheinende Haut zwischen den Fingern, die Fingerkuppen.

Ihre Finger verflechten sich, bis es schmerzt.

Stunden später steht die Wagenkolonne abfahrbereit im Hof von Ewaldsleben. Die Amerikaner haben das Schloss geräumt. In den letzten Minuten kommt sie mit einem kleinen Koffer zu William. Es ist ein roter Puppenkoffer aus der Zeit, in der ihre kleine Tochter noch Geburtstagsgeschenke vom Propagandaminister des Dritten Reiches bekam.

«Gibt es das Konto noch, von dem du gesprochen hast?», fragt sie.

«Natürlich.»

«Weißt du, wo es ist?»

«Ja – in Zürich. Bei der Credito Helvetia in Zürich.»

«Hat das Konto einen Safe?», fragt sie.

«Wenn man Schätze hat, bekommt man auch einen Safe. Warum?»

Sie entwickelt ihm einen Plan, den sie sekundenschnell gefasst hat:

Sie möchte, dass er das kleine Bild im goldenen Rahmen mitnimmt und in Sicherheit bringt. Er kennt und liebt es wie sie, dieses Bild aus dem grauen Zimmer, das Verena vor dem Feuer gerettet hat – das Landschaftsbild von Corot. In dem festen kleinen Lederkoffer liegt es zwischen Kinderkopfkissen geschützt. Es ist das einzige wertvolle Bild, das man im Handgepäck mitnehmen kann, die Wertpapiere, persönlichen Dokumente und Mappen mit der Kunstsammlung ihres gefallenen Mannes sind verbrannt. Alle anderen Wertgegenstände und Bilder sind zu schwer zu transportieren. Sie wird versuchen, das Gut zu verkaufen, um Geld in der

Hand zu haben. Die Zukunft unter russischer Verwaltung ist mehr als ungewiss.

Er nimmt den Koffer an sich, verspricht, das Bild in Zürich in Sicherheit zu bringen.

Sie sind umgeben von Offizieren, die sich verabschieden wollen.

«Wenn wir unser Haus am See beziehen, wird es wieder ein graues Zimmer geben», sagt er noch leise. «Ich weiß, wo das Bild hängen wird, wo dein Flügel stehen und wo ich sitzen werde, wenn du spielst.»

«Wir sehen uns in Berlin.»

«Alliierte Kontrollbehörde, Berlin. Du findest mich, oder ich hole dich.»

«Gewiss.»

Wieder steht sie an der Treppe, verabschiedet jeden Einzelnen. Letzter in der Reihe ist William. Noch einmal ist ihre Hand in seiner Hand. Ein letzter Blick, ein offizieller Handkuss. Dann ist es vorbei.

Am 10. Juli schreibt sie zum ersten Mal nach dem Abschied in ihr Tagebuch.

«Die befreite Sorglosigkeit der ersten Friedenstage ist wie weggeblasen. Sie hat uns gewärmt wie die Sommersonne, jetzt weht eisiger Wind. Nachträglich besehen, gibt es nichts Lebendigeres als das Zusammenspiel von Hoffnung, Ungewissheit und Lebensfreude.»

Danach werden die Einträge immer seltener. Aber gerade diese zuletzt beschriebenen Ereignisse sind mir so gegenwärtig, als wäre ich dabei gewesen.

Sie schildert einen Morgen, an dem sie ohne Vorwarnung von zwei Soldaten abgeholt wird. In Ermanglung eines anderen Fahrzeugs wird sie mit einem Spähpanzer nach Halberstadt gefahren und auf der Kommandantur eingesperrt. Als sie schließlich drei Offizieren vorgeführt wird, sind Stunden vergangen, und ihr wird mitgeteilt, dass derweil Ewaldsleben bis auf den letzten Winkel der Strohscheune nach einem flüchtigen Offizier durchsucht worden sei, der bis zum Einmarsch der Russen im Führerbunker in Berlin gewesen sei. Die Kontakte der Familie zu Goebbels seien doch wohl offenbar. Sie leugnet nichts, hat aber auch nichts zu verbergen. Todesangst um ihre kleine Tochter macht sie mutig, sie fordert, dass sie sofort nach Ewaldsleben zurückgebracht werden müsse, denn ihr Kind habe Fieber und sei ohne Aufsicht. Sie steht erregt vor den drei Russen, die erstaunlich gut deutsch sprechen, und erfindet vom Ertrinken im Teich bis zur drohenden Lungenentzündung alles, was passieren könnte. Es endet damit, dass die Männer von ihren eigenen Kindern und deren Krankheiten und Unarten erzählen und sie als Mutter um Rat fragen. Anschließend wird sie in einem Personenwagen zurückgefahren.

Entsetzt erfährt sie, dass ihr Kind wirklich hoch fiebernd im Bett liegt. Am nächsten Tag steht fest, dass es Masern bekommen hat wie alle Kinder im Dorf. Tagelang sitzt sie neben dem Kinderbett im verdunkelten Zimmer und erwägt die unterschiedlichsten Möglichkeiten für eine Flucht. In die fiebrig heiße Kinderhand legt sie Williams silberne Glocke, betet und bittet um Genesung. Am dritten August sinkt endlich das Fieber des Kindes, aber sie selbst fühlt sich krank, ist ungewöhnlich matt. Da sie schon Masern hatte, ist eine Ansteckung ausgeschlossen. Sie lässt sich am 5. August untersuchen und hört, was sie längst ahnte: Sie ist schwanger.

Noch einmal ist sie voller Hoffnung und Lebensfreude, geht aus der regnerischen Dämmerung dieses Sommerabends nicht in den kleinen, ihr zugewiesenen Raum im Torhaus, sondern wagt sich in das von den Russen besetzte Schloss. Keiner ist da, der ihr wie sonst barsch den Eintritt verwehrt. In der dunkelsten Ecke der Eingangshalle an die Wand geschoben steht ihr Flügel, und sie spielt Williams liebste Musik, spielt zum ersten Mal nach dem Brand das Rondo aus einem der e-Moll-Konzerte von Mozart. Als sie aufhört zu spielen, ist sie nicht mehr allein. Die Türen haben sich geöffnet, und auf der Treppe sitzen russische Soldaten und Offiziere, die Beifall klatschen und nach mehr verlangen. Sie erfüllt die verschiedenen Wünsche. Als es dunkel ist, bringt ein Soldat Kerzen und ein anderer Noten für Chor und Orchester. Sie spielt, und die Russen singen ihre sehnsüchtigen Lieder.

Was sie als Dank für die Musik nehmen würde, fragt einer der Offiziere, als sie aufsteht.

Ihr Kind würde nicht genesen nach der schweren Krankheit, antwortet sie geistesgegenwärtig. Wenn möglich, brauche sie eine Mitfahrgelegenheit nach Berlin. Das Kind müsse dringend zu einem Lungenspezialisten.

Vielleicht sei es irgendwann möglich, ist die Antwort. Man würde ihr rechtzeitig Bescheid geben.

Sie wartet, nimmt sich Zeit für ihre Tochter, liest ihr vor, fährt die geschwächte Kleine in einem Bollerwagen durch den Park, ist unruhig und gleichzeitig unendlich dankbar für das werdende Leben.

Eine Fahrt nach Berlin wird ihr für den 17. August angekündigt, dann kurzfristig abgesagt.

Am 25. August soll die Fahrt nach Berlin tatsächlich stattfinden. Tage vorher hat sie längst die unverfänglich kleine Handtasche mit den notwendigsten Dingen gepackt. Ihrer kleinen Tochter sagt sie nichts, aus Furcht, die Kleine könnte sich vor Aufregung versprechen. In Berlin wird sie eine Arztadresse angeben, die es seit einer Bombennacht 1943 nicht mehr gibt, wird sich mit den Russen fest für die Rückfahrt verabreden und zum verabredeten Termin am angegebenen Ort nicht erscheinen. Sie wird eine Möglichkeit finden, sich zu verstecken, dessen ist sie sich ganz sicher.

Am Vortag der Flucht hält sie es in ihrer Ungeduld nirgends mehr aus, geht vom Haus zur Kirche, zurück zum Haus, schließlich wieder in die Kirche.

Sie setzt sich an die Orgel, beginnt zu üben und hört die Kirchentür zuschlagen. Unten im Kirchenschiff stehen zwei Männer in amerikanischer Uniform. Sie steht auf, tritt an die Empore. Ungläubig, sprachlos, wie gelähmt registriert sie, dass keiner von ihnen William ist. Einen erkennt sie wieder. Er war unter den einquartierten amerikanischen Offizieren im Schloss. Als sie sich nicht regt und nicht antwortet, kommen die beiden wortlos zu ihr. Sie zittert so heftig, dass sie sich auf die Orgelbank setzen muss.

Die Offiziere sind auf der Fahrt von Berlin nach Kassel, haben Sondererlaubnis, ihr eine Nachricht zu bringen. Einen Briefbogen legen sie ihr in die Hand, Durchschlag eines Briefes an Mr. and Mrs. N. Emsby, 126, Lake Side, Chicago, Illinois, U.S.A. Sie begreift die wichtigen Daten: William und ein anderer Offizier wurden am 16. Juli mit einer Sonderkommission in der sowjetischen Besatzungszone betraut, die sie nach Magdeburg und Quedlinburg führen sollte. An einer engen Übergangsstelle zwischen dem amerikanischen und russischen Sektor Berlins wurde ihr Jeep von einem russischen Panzer erfasst. William wurde schwer verletzt und starb am 17. Juli 1945, abends um 23.20 Uhr.

Knapp und ohne Gefühlsäußerung endet die Tagebuchaufzeichnung vom 25. August:

«Die beiden sagten, dass William uns an dem Abend abholen wollte. Sein Sarg wurde am 5. August in die Staaten überführt.»

Der nächste Tagebucheintrag ist vom 10. Oktober.

«Ich war auf dem Friedhof in Halberstadt und habe am Grab von Nathaniel Emser um William und unser Kind getrauert. Es wäre ein Sohn geworden. Ich durfte ihn nicht mehr sehen. An seiner statt habe ich die silberne Glocke unter der Krone des Grabsteins begraben.»

Was zwischen dem 25. August und dem 10. Oktober geschehen ist, weiß ich von meiner Mutter.

Unsere Großmutter hatte einen Fahrradunfall. Auf dem Wirtschaftshof bremste sie zu spät vor einer tiefen Pfütze, rutschte und stürzte. Danach war sie krank, schwebte wochenlang mit einem gefährlichen Fieber zwischen Leben und Tod, war danach verändert, schwach und still.

Von der Fehlgeburt wusste meine Mutter begreiflicherweise nichts. Sie erinnerte sich nur, dass ihre Mutter nie wieder Klavier spielte, kaum noch sprach und nur selten schrieb. Am 25. Oktober 1945 wurde meine Großmutter Marie in Halberstadt von einem Panzerfahrzeug erfasst. Sie starb an der Unfallstelle.

Die letzten Sätze in ihrem Tagebuch habe ich gestern gefunden:

«Draußen warten gelbe Blätter auf die Sonne hinter dem Nebel. Sie werden wieder leuchten; nicht stumpf bleiben wie ich. Unter welken Blättern tragen die Kastanien Knospen für den nächsten Frühling, aber ich bin leer. Wenn die Trauer von mir abgefallen ist, wird nichts mehr sein.»

Die Wiegenglocke

Ein Servierlöffel ist kein geeignetes Instrument, um Erde zwischen Efeuwurzeln aufzugraben. Eine Säge, vielleicht einen spitzen Spaten könnte ich brauchen, ein Schweizer Armeemesser oder Jefim mit den nützlichen Utensilien aus seinen tiefen Jackentaschen. Hätte ich ihn nur nicht gehen lassen.

Drei Zentimeter des Stiels habe ich in die Erde gebohrt, dann bewegt sich nichts mehr. Ein Vorsprung im Stein? Eine dicke Wurzel? Ich ziehe den Löffel nach vorn, nach rechts, nach links, versuche ihn kreisförmig zu bewegen, damit sich das Loch vergrößert. Alles erfolglos. Knapp mein Zeigefinger passt hinein.

Was habe ich mir vorgestellt? Dass ich hier hineinspaziere und mit einem Griff die Glocke finde? Dreiundsechzigjährig ist Nathaniel Emser gestorben, also wachsen seit 1883 Efeupflanzen an diesem Grab. Einhundertundzehn Jahre lang haben sich Wurzeln in Erde gegraben, vermehrt, vergrößert, verästelt und verschlungen. In einem Wurzelbett kann man nicht herumhantieren wie in einem Blumenbeet.

Tief kann die Glocke nicht liegen. Meine Großmutter war zart. Damals, als sie mit dem Vorsatz hierher kam, die Glocke zu vergraben, war sie noch dazu geschwächt. Mit oder ohne Werkzeug war sie wahrscheinlich von der Aufgabe, die Erde aufzugraben, ebenso überfordert, wie ich es gerade bin.

Im blauen Fotoalbum gibt es ein Bild, das nur ihre Hände auf der Klaviertastatur zeigt: feingliedrige Jungenhände, schmal mit stumpfen Fingerkuppen und kurz geschnittenen Nägeln. Meine Mutter hatte die gleichen Hände und hat sie mir vererbt. Fein, aber nicht wirklich elegant. Sie beklagte sich darüber, weil sie so gerne roten Nagellack benutzt und Ringe getragen hätte, was zu unseren Händen nicht passt.

Was könnte meine Großmutter unternommen haben, um die Wiegenglocke in der Erde zu versenken?

Draußen vor dem Friedhof ist plötzlich Lärm wie auf einem Schulparkplatz nach Unterrichtsschluss. Rufen, Türen knallen, Motorgeräusche. In einem der angrenzenden Häuser geht Licht an. Wahrscheinlich kommen die Menschen jetzt von der Arbeit.

Wie jede mitteleuropäische Efeupflanze verbirgt auch der Efeu am Grab Nathaniel Emsers Äste unter seinen schwarzgrünen Blättern. Dicht am Stein kriege ich endlich einen davon zu fassen. Er ist borstig und so dick, dass ich ihn mit Mittelfinger und Daumen nicht umschließen kann. Meine Finger tasten sich bis zum Erdboden an ihm hinunter wie an einem dinosaurierhaften Tausendfüßler. In einem Halbkreis von zehn Zentimetern um ihn herum ist kein anderer Ast. Unter glitschigen Blättern gibt die Erde dem Druck der Hand nach. Meine Finger rutschen in ein Maulwurfsloch.

Jetzt kann ich den Servierlöffel wie eine Schaufel einsetzen. Die Erde ist locker, grobkörnig – eindeutig Maulwurfsarbeit. Wenn diese Biester hier heimisch sind und das Unterste zuoberst gekehrt haben, gleicht meine Grabung allerdings einem Lotteriespiel. Tausend zu eins ist die silberne Glocke schwarz angelaufen und dreckverkrustet im Erdboden versackt wie eine verfaulte Krokuszwiebel.

In einem der Häuser hinter mir wird ein Fenster aufgestoßen. Ich höre eine Stimme grölen, einen dumpfen Aufprall und einen schmerzerfüllten Fluch.

Der Löffel in meiner rechten Hand stößt auf Widerstand. Ungefähr zwanzig Zentimeter tief ist das Loch inzwischen, aber ich muss es breiter machen, um besser arbeiten zu können. Den Durchmesser einer Konservendose sollte es mindestens haben.

«Hau ab!», höre ich jemanden aus dem Fenster brüllen. «Was machste so lang da unten?»

«Geht nich mehr», schreit es zurück.

«Was iss?»

«Nichts iss. Scheiße iss. Vorbei isses.»

»Haste dir verletzt?»

«Das Knie iss im Arsch.»

«Idiot.»

Ich richte mich neugierig auf, um zu sehen, wer in der Abenddämmerung auf einen Friedhof springt und herumkrakeelt wie ein wütender Fußballfan. Die nasse Luft flimmert mir vor den Augen. Verkrampft gebückt habe ich längere Zeit gegraben, das unter der Jeans versteckte Tagebuch hat auf den Magen gedrückt, die Blutzirkulation im Körper ist ins Stocken geraten. Ein großer Junge humpelt schimpfend an der Friedhofsmauer entlang. Ein staksiger Typ, semmelblond, in einem karierten Hemd, dunklen Hosen, hellen Turnschuhen.

Regungslos wie ein bemooster Stein hätte ich auf dem Grab verharren sollen. Das weiß ich, als ich den Jungen sehe und er mich. Einen kehligen Laut stößt er aus, kommt auf mich zu, zieht im gleichen Moment ein Messer. Seine kleinen, unsteten Augen liegen in tiefen Höhlen.

«Komm her!», fordert er. Seine Stimme schwankt pubertär zwischen kindlichem Krächzen und proletenhaftem Gegurgel.

«Kann ich dir irgendwie helfen?»

Meine Ruhe ist noch nicht gespielt. Angesichts des Messers plane ich aber meinen Rückzug. Ein dreißig Zentimeter langes Buschmesser mit olivgrünem Schaft und geschliffener Doppelklinge hat er in der Hand. Ein Rambo-Messer, wie Almas Jungs es sich immer wünschen und nicht bekommen. Zusammen haben wir oft die einschlägigen Hochglanzkataloge für Camping- und Survival-Ausrüstung studiert. Heutzutage kann man sich solche Messer mit der Post kommen lassen wie eine Taschenlampe, ein Zelt und ein Moskitonetz.

«Komm her, hab ich gesagt.» Der Junge humpelt auf mich zu.

Ich weiche hinter den Grabstein des Nathaniel Emser zurück, habe nichts in der Hand. Der Servierlöffel steckt tief in der Erde, wäre auch lächerlich als Verteidigungsmittel.

«Biste weg, Mario?» Eine gepresste Stimme ruft aus dem Fenster. «Sie kommen.»

«Warum suchen sie dich?»

Er stutzt einen Moment, den ich nutze, um noch einen anderen Grabstein zwischen mich und das Messer zu bekommen.

«Bleib stehn», schnauzt er.

«Wenn du das Messer wegsteckst.»

Während ich das anbiete, trete ich schon in den vierten Pfad zurück. Zwei hohe Grabsteine stehen zwischen mir und ihm. Er folgt mir, ich weiche weiter zurück, habe es bald zur Pforte geschafft, die Jefim nur angelehnt hat.

Der Junge durchschaut meine Taktik, will mir den Weg abschneiden. Er humpelt, so schnell er kann; ich sehe meine Chance im Endspurt, rutsche auf einem bemoosten Stein aus, falle auf die Knie und habe verloren. Als ich wieder stehe, ist er dicht vor mir.

«Was willst du von mir?»

«Schnauze. Du hast das Messer im Bauch, wenn du noch 'n Schritt machst.»

Dicht unter der Haut pocht seine Halsschlagader. Die Augen flackern. Lieber sehe ich auf das ordentlich um seinen mageren Hals geknüpfte blaue Halstuch, auf das rot-weiß-schwarze Karo des Flanellhemdes. Der zweite Knopf von oben fehlt, ein Loch ist an der Stelle im Stoff. Er entspricht meiner Vorstellung von einem Mensch, der in Wut oder Panik schlecht zu kontrollieren ist. So dicht dran war ich allerdings noch nie an so einem Typen. Hilflosigkeit erzeugt Brutalität. Man soll weiterreden, sich nicht bewegen. Könnte ja stimmen, was ich gelesen habe.

«Ich habe das ernst gemeint, als ich dich gefragt habe, ob ich dir helfen kann.»

«'ne Scheiße kannst du. Die sind hinter mir her. Mein Knie ist im Arsch, und dann kriegen sie mich auch. Du bist meine Geisel. Raffste das?»

«Natürlich. Wie läuft das ab – was meinst du?»

«Wenn se mich wieder in den Knast packen, schneide ich dir ein Ohr ab oder einen Finger. Das Messer kann alles. Lern es mal kennen.»

Er setzt das Messer unter mein Kinn. Drei Zentimeter breites Metall, kalt und spitz vor meiner Kehle. Ich höre meinen Herzschlag.

Vor der Mauer ruft jemand: «Mario, komm raus! Es hat keinen Sinn!»

Unwillkürlich dreht er sich um, das Messer rutscht und ritzt rechts neben dem Kehlkopf Haut auf, dann gleitet es an meiner Jacke nach unten. Meinen Schrei habe ich im Schreck verschluckt.

Die Augen des Jungen weiten sich, als habe er eine Horrorvision. Ich rede irgendwas, um ihn und auch mich zu beruhigen. Seine Angst hat aber nichts mit mir zu tun.

«Wenn ihr etwas passiert, sind Sie tot.»

Die Stimme des Jeansträgers ist dicht hinter mir. Neben meiner rechten Schulter schiebt sich ein Revolver vorbei, seine Hand, ein schwarzer Lederärmel. Gleichzeitig umfasst sein linker Arm meine Taille und drückt mich zurück. An meinem Hals läuft Blut herab, das spüre ich, regungslos starre ich auf das Buschmesser, das jetzt auf der Höhe meines Magens in der Hand des Jungen zittert.

«Mario – die Bullen kommen», ruft eine Mädchenstimme aus dem offenen Fenster am anderen Ende des Friedhofs.

«Lassen Sie das Messer fallen», sagt der Jeansträger. Seine Pistole zielt auf das Herz des Jungen. Der stiert mich wirr an, zuckt mit jedem Muskel seines Körpers.

Panik überkommt mich. Umfasst vom Arm des Jeansträgers, vom Duft seiner Lederjacke und seines Eau de Cologne, das ich seit gestern Nacht kenne, müsste ich erleichtert sein, aber ich zittere.

Seine Stimme ist dicht an meinem Ohr. «Es passiert Ihnen nichts. Gar nichts.» Er spricht leise, unbeeindruckt – wie gestern Nacht.

«Werfen Sie das Messer weg. Sofort. Und Hände hoch», befiehlt er dem Jungen. Der kann diesen Gegenspieler nicht einordnen. Das mag auch an der ungewohnt formellen Anrede liegen. Gut möglich, dass er in seinem Leben noch nicht gesiezt worden ist.

Von der Friedhofsmauer her ertönt jetzt eine Lautsprecherdurchsage:

«Mario Kahle! Wir wissen, dass du da drin bist und dass du bewaffnet bist. Komm heraus. Der Friedhof ist umstellt. Wir wollen dir helfen, Mario. Du musst nicht zurück ins Gefängnis, wenn du freiwillig und mit erhobenen Händen kommst.»

Der Junge stößt Flüche aus. In sein Gesicht blicke ich lieber nicht. Ich sehe nur auf das Messer in seinen verkrampften Fingern. Die Fingernägel sind abgekaut, ein Nagelbett ist blutig gerissen. Ich weiß, wie schnell das geht und wie weh das tut. Früher, wenn ich nicht einschlafen wollte und nicht mehr lesen durfte, habe ich auch Nägel gekaut. Immer bis zur Schmerzgrenze.

«Mario!» Eine Frauenstimme ist jetzt durch das Mikrophon zu hören. «Hier spricht deine Anwältin. Komm mit erhobenen Händen zur Pforte des katholischen Friedhofs, dann geschieht dir nichts. Alle wollen dir helfen.»

Ich habe mich für informiert und abgebrüht gehalten, was Flüche angeht, aber was Mario Kahle zur Antwort von sich gibt, übersteigt alles Gehörte und treibt mir das Blut ins Gesicht.

«Meinst du wirklich, dass sie dir nicht helfen kann?» Ich frage nur, um abzulenken.

«Die kann nichts. Die schafft gar nichts. Die merkt auch nicht, dass ich sterben will.»

«Warum wollen Sie sterben? Was soll das?», fragt der Jeansträger.

«Die packen mich zurück in den Knast. Egal, was sie da draußen sülzen. Also mach ich die Kleine erst kalt. Du mit der Knarre kannst da auch nichts gegen machen. Zum Sterben iss die gerade gut genug, und ich hab noch 'ne gute Tat getan, bevor ich abkratze.»

Das Blut ist mir längst wieder aus dem Gesicht gewichen.

«Was soll das heißen?», frage ich.

«Was soll das heißen?»

Er äfft mich nach, fuchtelt mit dem Buschmesser vor meinem Magen herum, sticht es dann in meine Jacke. Den Druck der Messerspitze spüre ich auf der Haut. Dann geifert er weiter.

«Weil du 'ne verdammte Judenschlampe bist. Was haste hier sonst zu suchen? Und noch auf Knien vor 'nem Grab, was, was?»

Seine Stimme schnappt über.

Es ist still. Nichts rührt sich auf dem kleinen Friedhof, nichts vor der Mauer. Irgendwo schlägt eine Turmuhr. Ich zähle sechs Schläge. Langsam wird es dunkel. Der Jeansträger drückt mich fester an sich. Sein Kinn berührt meine Schläfe. Er ist gut rasiert. Ich durchsuche fieberhaft mein Hirn nach Worten, die das hilflose Gemüt des Jungen erreichen könnten. Wenn er sein Leben wirklich wegwerfen will, dann wird er es darauf anlegen, sich erschießen zu lassen. So viel Schneid traue ich ihm aber nicht zu. Er ist eher hysterisch, er wird durchdrehen. Beide Optionen bedeuten leider, dass er sein Buschmesser in meinen Magen stoßen wird. – Ein funkelnagelneues Messer, zwanzig mal drei Zentimeter doppelseitig geschliffener Stahl. Schade um meine neue Jacke. Sie hat den hellen Kamelhaarton, nach dem ich ewig gesucht habe, sie war teuer, und ich habe sie erst dreimal getragen. Schade, dass ich das rasierte Kinn des Jeansträgers dann nicht mehr an meiner Schläfe spüre, dass ich die Glocke nicht mehr ausgraben und nicht mehr mit Alma telefonieren kann, nur weil dieses pubertierende Monster, dieser rechtsradikale Nachwuchsstar im Unfrieden mit seiner Welt lebt, die höchstwahrscheinlich beschissen ist. Ihn am Sprechen zu halten ist gut und schön und sicher richtig. Ich entscheide mich nur für eine veränderte Tonart.

»Wie kommst du darauf, dass ich Jüdin bin, du Vollidiot?»

«Biste etwa keine?»

«Nein.»

«Was biste dann?»

«Wessi. Langt dir das, um mich umzubringen?»

«Mensch …»

Die Messerspitze vor meinem Magen verliert ihre akute Einschüchterungskraft.

Der linke Arm des Jeansträgers um meine Taille verstärkt den Druck. Seine Fingerspitzen streichen vorsichtig hin und her über dem dünnen Jackenstoff. Der Kontakt beruhigt. Ich spüre jeden Muskel seines Körpers. Merkwürdigerweise lehnt sich in mir nichts mehr auf gegen seine Nähe, gegen die Umklammerung. Im Gegenteil. Irgendwann habe ich nachgegeben.

«Was iss, wenn ich dir nicht glaube, was?»

Die Messerspitze ist wieder zu spüren.

Erstaunlich, dass es Fragen gibt, die mich im Augenblick stärker interessieren. Die obligatorischen W-Fragen der Erstermittlung: Wer ist er? Was will er? Warum ist er hier? Wie hat er mich gefunden? Und so weiter. Selbstverständlich Fragen an den Jeansträger. Dieser Mario interessiert mich eigentlich nicht, nur die Tatsache, dass er gerade mein Leben bedroht.

Ein Polizeiwagen mit eingeschaltetem Martinshorn nähert sich. Das Geräusch klingt schief, ist alles andere als eine Quarte, schmerzt in den Ohren.

Durch den Lautsprecher kommt erneut die Frauenstimme. Beschwörend, leicht zitternd vor unterdrückter Erregung. Erst jetzt erkenne ich Verena Klinger. Der Junge vor mir heißt Mario. Langsam reimt sich alles zusammen. Er ist ihr Klient: Der Junge aus ordentlicher, arbeitsloser Familie. Um 16 Uhr war die erste Anhörung vor Gericht, die ganz offensichtlich kein gutes Ende genommen hat. Ich spiele hier im falschen Film.

Was hat Verena mir von den Aktivitäten dieses Burschen erzählt? Schlägereien, Belästigung von Ausländern, Grölen von Naziliedern, Randalieren auf dem jüdischen Friedhof. Sitzt in U-Haft, weil er einen Schwarzen krankenhausreif geschlagen hat. Ein Produkt der wieder vereinigten, neu gespaltenen deutschen Gesellschaft. Kein Sonnenkind, sondern eine Kreatur der Nachtseite der Wende.

«Ich kenne deine Rechtsanwältin», sage ich zu dem Jungen.

Er kneift die Augen zusammen.

«Vor der Verhandlung hat sie von dir gesprochen. Sie kann dir wirklich helfen.»

«Einen Scheiß kann die.»

«Glaub mir. Sie will dich rausholen. Sie will dir eine Lehrstelle verpassen.»

«Ich will in den Westen.»

«Da bist du bei ihr doch an der besten Adresse. Sie ist doch Wessi.»

«Wusst' ich nicht.»

«Ich bin auch Wessi. Hab ich schon mal gesagt.»

«Und?»

«Ich könnte dir auch helfen.»

«Sülz nich rum.»

«Ich bin Journalistin. Wenn du dein Messer wegnimmst, kann ich mein Tonbandgerät aus der Jacke nehmen, und wir machen ein Interview. Wenn die Polizei hier gleich ankommt, verrat ich dich nicht. Ich sag nichts davon, dass du mich bedroht und verletzt hast. Von der Geiselnahme ganz zu schweigen.»

«Haste 'nen Presseausweis? Sonst läuft nix.»

Draußen spricht wieder Hauptkommissar Schneider durch den Lautsprecher.

«Natürlich hab ich einen Ausweis.»

Die Fingerkuppen der streichelnden Hand drücken kurze Morsezeichen an meine Taille. Ich entscheide mich dafür, dass sie die Zustimmung des Jeansträgers signalisieren, merke in dem Moment, das seine unteren Finger dabei auf das versteckte Tagebuch klopfen, den Widerstand registrieren und das fremde Objekt kurz orten. Dumm gelaufen, aber unwichtig im Moment. Nach wie vor ist die Pistole in seiner rechten Hand reglos auf Marios Brust gerichtet.

Der Lautsprecher verkündet, dass Marios Anwältin und drei Polizisten auf dem Weg zum Friedhof seien.

Der Jeansträger greift meine Idee auf. «Machen Sie, was sie sagt, und ich verstecke Ihre Messer» (ausgerechnet jetzt muss er fehlerhaft und mit hörbarem Akzent sprechen).

Der kleine Rechtsradikale reagiert prompt: «Ausländersau!» Er klingt zufrieden wie jemand, der ein nagendes Problem gelöst hat. «Ausländersau», sagt er noch einmal, als hätte er Zeit für Betrachtungen.

«Wirklich ein super Rambo-Messer», lenke ich ab. «Meine Neffen wünschen sich das seit Jahren. Wo hast du es gekauft?»

«Ich hab noch nie was gekauft.»

«Werfen Sie es weg», drängt der Jeansträger. «Die Polizei ist gleich da. Werfen Sie es weg! Wo soll ich die Messer verstecken? Sie finden sie dann wieder.»

Mario verändert seine Position nicht, sagt aber, dass hinten in der Friedhofsmauer ein Haus sei, ein offenes Fenster, aus dem er gesprungen sei, dass das Messer unter dem Fenster in der löchrigen Hausmauer sein Versteck habe.

Der Lautsprecher des Hauptkommissars kündigt an, dass die Polizei den Friedhof stürmen werde, wenn Mario nicht endlich einen Laut von sich gebe.

«Schrei einfach: Ich bin verletzt», schlage ich vor und der Junge schreit es tatsächlich. Wild und heiser. Gleichzeitig wirft er das Messer. In hohem Bogen fliegt es über zwei Grabreihen.

«Adieu, Marie.»

Die Stimme des Jeansträgers ist an meinem Ohr. Noch einmal spüre ich den Druck seines Armes. Er sichert die Pistole, küsst meinen Hals, sagt es ein zweites Mal: «Adieu, Marie.»

Mir bleibt keine Sekunde Zeit, mich nach ihm umzusehen.

«Schnell, los, schneller. Wo ist das Tonband? Die kommen dahinten!» Mario steht jetzt der Schweiß auf der Stirn.

Ich hole das Gerät aus der rechten Seitentasche.

«Sieht man Blut an meinem Hals?», frage ich, bevor ich es anschalte.

«Iss nich in die Klamotten gelaufen. War auch nur 'n Kratzer», kommentiert Mario. «Haste dir überall hier holen können, wenn se fragen sollten.»

«Danke für den Tipp», sage ich, schlage den Jackenkragen hoch und spreche ins Mikrophon, frage ihn, warum er aus dem Gericht geflohen ist, was ihm vorgeworfen wird, bitte ihn, mir von seiner Familie zu erzählen.

Das Mikrophon in meiner Hand zittert leicht. Ich friere ohne den Jeansträger im Rücken. Vielleicht ist mir auch kalt, weil die Gefahr vorüber ist

«Mario Kahle! Komm mit erhobenen Händen auf uns zu.» Polizisten stehen jetzt in der Pforte. Aus den Augenwinkeln erkenne ich Verena Klingers Gestalt.

«Ich kann hier nich weg», schreit der Junge. «Die Presse will was von mir wissen.»

Dann verändert er seine Tonlage und spricht vernünftig in das Mikrophon; spricht von seinem Vater, der vor der Wende nicht nur Lehrer, sondern auch aktives Parteimitglied war und deshalb gehen musste, von seiner Mutter, die Kindergärtnerin war, deren Hort nach der Wende aber geschlossen wurde, von seinen Brüdern, die ausgelernt haben, aber keinen Job bekommen, weil es ums Verrecken keine gibt. Er spricht davon, dass er aufgehört hat, für die Schule zu arbeiten, immer weggelaufen ist, um dem Zank zu Hause zu entgehen, dass er irgendwann den «Glatzen übern Weg gelaufen ist». Die haben ihn für sich arbeiten lassen. Er durfte so was machen wie Fenster einwerfen, Hakenkreuze sprühen, Ausländern die Fahrradreifen durchschneiden. Damit verdiente er sich Taschengeld, kaufte davon Kuchen für seine Familie, «weil, dann waren sie ruhig, und ’n bisschen war’s wie früher», sagt er. «Früher», das ist seine Kinderzeit vor der Wende, als alle Arbeit hatten, als er bei den Jungpionieren war.

«Ich war gut», sagt er. «Überall war ich gut. In der Schule, bei den Pionieren. Glaubste das?»

«Ja.»

«Meinen ersten Preis habe ich als Jungpionier eingesackt: Vor zweihundert Mann mit Lautsprecher die zehn Gebote aufsagen – das kann nicht jeder! Ich konnte sie als Erster, und ich kann sie noch.»

Seine Gesichtszüge verändern sich überraschend. Aus Trotz wird Stolz, und das macht ihn rührend kindlich. Mir ist schon klar, dass er nicht vom Alten Testament spricht. Ich deute nur die Frage an, schon belehrt er mich, sagt sein Credo ins Mikrophon, lässt sich nicht unterbrechen:

»Wir Jungpioniere lieben unsere Deutsche Demokratische Republik, wir Jungpioniere lieben unsere Eltern, wir Jungpioniere lieben den Frieden, wir Jungpioniere halten Freundschaft mit den Kindern der Sowjetunion und aller Länder, wir Jungpioniere lernen fleißig, sind ordentlich und diszipliniert, wir Jungpioniere treiben Sport, halten unseren Körper sauber und gesund, wir Jungpioniere achten alle arbeitenden Menschen und helfen überall tüchtig mit, wir Jungpioniere singen, tanzen und spielen gern, wir Jungpioniere sind gute Freunde und helfen einander, wir Jungpioniere tragen mit Stolz unser blaues Halstuch.»

Als er es fertig aufgesagt hat, sieht er mich an wie ein abgestürzter Jungvogel, verletzt, verdurstet, das blaue Halstuch um den Hals geknotet wie den Markierungsring eines Taubenstalls, zu dem er nie wieder zurückfinden wird.

Nur die Messerspitze auf meiner Haut nicht vergessen, denke ich.

«Dann ging alles kaputt», sagt er weiter, «dann haben die Wessis gesagt, wir sind alles kaputte Typen, und wir haben noch draufgeschlagen, damit se Recht haben. Die ham ja für ihr Leben gerne Recht.» Aus der rechtsradikalen Szene ist er nicht mehr herausgekommen. «Zu Hause wollten se mit mir nichts mehr zu tun haben. Ich war dann auch 'ne Glatze. Mit allem, was dazu so gehört. Man muss ja irgendwohin gehören. Das, was de an Haaren bei mir siehst, ist im Knast gewachsen.»

Längst sind wir von Polizisten umstellt, von starken Taschenlampen angestrahlt.

Ich traue diesem Mario nicht wirklich, aber er macht seine Sache gut, sitzt erschöpft auf der Erde vor einem breiten Grabstein. Über seinem Kopf erkenne ich eine Taube im Stein und versuche mich an Jefims Erklärung der Symbole zu erinnern. Es gelingt mir nicht. Mario spricht sachlich, vermeidet vulgäre Ausdrücke. Seine Augenlider flattern nervös. Ein anderes Zeichen der Unsicherheit ist ihm nicht anzumerken.

«Wir hören jetzt auf», beschließe ich und stelle das Tonband ab. «Nächste Woche besuche ich dich.»

«Wo?»

«Im Krankenhaus.» Ich drehe mich zu den Polizisten um.

«Der Junge muss dringend in ein Krankenhaus. Er kann nicht mehr laufen. Wahrscheinlich sind Bänder im rechten Knie gerissen.»

Ich selbst will aus dieser Situation heraus, ohne dass sich einer für mich interessiert.

Zu spät. Schon werde ich gefragt, was ich auf diesem Friedhof mache, wie ich hineingekommen bin.

«Sind Sie Hauptkommissar Schneider?», frage ich zurück und erkläre zügig, dass ich eine Reportage über den Zustand jüdischer Friedhöfe in den neuen Bundesländern mache und zufällig mit dem Jungen zusammengetroffen sei. Ich erkläre auch, dass ich mich entschlossen hätte, eine Reportage über ihn zu schreiben.

Neben dem Kommissar steht Verena Klinger und sieht mich beschwörend an, schüttelt unmerklich den Kopf. Augenscheinlich möchte sie nicht, dass ich unsere Bekanntschaft enthülle. Sie stellt sich offiziell als Anwältin des Jungen vor, überreicht mir ihre Karte, sagt, dass sie mit mir in Verbindung treten möchte. Sie wird ihre Gründe haben.

Ich habe nicht mehr das Gefühl, im falschen Film mitzuspielen. Im Gegenteil. Mir ist es ernst mit der Ankündigung, den Jungen besuchen zu wollen. Dass man etwas tun sollte, ist für mich nicht mehr strittig. Damit bin ich auf Verena Klingers Seite. Ob eine Reportage nützt, ist eine andere Frage.

Ich hätte meinen Fotoapparat hinten auf dem Friedhof liegen lassen, sage ich dann sehr unvermittelt. Ich müsse mich dringend darum kümmern, bevor ich auf dem Friedhof eingeschlossen würde. Von Mario verabschiede ich mich noch. Er liegt inzwischen auf einer Trage und sagt tatsächlich «Danke».

«Passt schon», antworte ich. Almas Jungs favorisieren gerade Sprüche dieser Art. Er grinst und winkt, während er durch die Pforte hinausgetragen und in den Krankenwagen geschoben wird. Ein Temperament wie Aprilwetter hat dieser Junge. Jetzt ist Sonnenschein, vor fünfzehn Minuten, als ich die Messerspitze vor der Kehle hatte, sah es mehr als düster aus.

Wo ist jetzt der Jeansträger?

Seit Tagen taucht er dort auf, wo ich bin. Es wundert mich kaum noch. Vor dreißig Minuten war seine Anwesenheit eindeutig hilfreich. Das ist die eine Seite der Medaille. Auf der anderen Seite ist das Bild undurchsichtig. Wie war es ihm möglich, so schnell auf dem Friedhof zu sein? Ich war weg von dem Hotelparkplatz, bevor er den Kaffee bezahlt haben konnte. Bei aller bewundernswerten Intuition – wie konnte er auf die Idee kommen, mich auf dem jüdischen Friedhof zu suchen?

Ich muss aufhören, an Zufälle zu glauben, wenn es um ihn geht. Er wird mein Auto orten können. Sicher ist so etwas einfach zu bewerkstelligen, wenn man sich das vornimmt. Er ahnt, dass ich in Ewaldsleben etwas gefunden habe, was ihm auch weiterhelfen könnte, bleibt auf meiner Spur, weil die ihn ebenfalls vorwärts bringt. Deshalb war er längst hier, bevor Mario mich bedrohte, hat mich beobachtet, als ich am Grab des Nathaniel Emser war, und als er mich vor Mario schützte, hat seine Hand sekundenschnell das Tagebuch unter dem Jeansstoff ertastet. Diese Überlegungen erscheinen mir viel beängstigender als das Buschmesser an der Kehle.

Ich kann das Grab im Dunkeln nicht wiederfinden, die römischen Zahlen in der Friedhofsmauer sind schon gar nicht zu erkennen. Polizeischeinwerfer an der Friedhofspforte beleuchten weiterhin den Grabstein mit der Taube, vor dem Mario saß, daneben schart sich eine gestikulierende Gruppe von Polizisten um Verena Klinger. Durch die Pforte blinkt immer noch das blaue Warnlicht des Krankenwagens. Wenn ich wieder nach vorne ginge und um eine Taschenlampe bäte, würde ein hilfreicher Polizist mich womöglich begleiten. Vor den Augen eines Polizisten kann ich aber keinen Servierlöffel aus einem unter Denkmalschutz stehenden Grab ziehen, und weitergraben könnte ich unter seinen Augen schon gar nicht. Den metallisch klingenden Widerstand, auf den der Löffel zuletzt traf, habe ich bis jetzt im Ohr. Ein oder zwei Einstiche wird es brauchen, dann habe ich wahrscheinlich Williams Glocke in der Hand.

Ich muss das Grab finden. Ungefähr auf der Mitte des Friedhofs trete ich in eine Reihe, gehe auch in ihr bis zur angenommenen Mitte und versuche im Gegenlicht der Scheinwerfer, den gewölbten Stein des Nathaniel Emser zu erkennen, die auffällig große Krone auf dem Stein zu tasten. Alle Grabsteine vor mir sind gewölbt. Nur einer hat ein spitzes Dach, den habe ich mehrere Male wahrgenommen, wenn ich beim Graben kurz hochsah. Ungefähr zwei Reihen davor könnte also mein Grabstein gestanden haben. Ich gehe in die angenommene Reihe, treffe zwar nicht sofort den richtigen Stein, aber dann gleiten meine Finger endlich erkennend über die schnörkeligen Steinspitzen der Rabbinerkrone, tasten sich am Stein herunter, verschwinden unter den Efeublättern, finden den dicken

Stamm, der sich so garstig anfühlt wie vorher, erreichen das gegrabene Loch. Meine Hand sackt in eine tiefe Öffnung. Das Loch hat sich verändert, ist quadratisch und größer geworden. Es hat mindestens vierzig Zentimeter Tiefe, und der Löffel ist fort. Der Erdboden unten ist sauber, glatt, makellos abgeräumt. Die Glocke, wenn sie jemals dort lag, ist nicht mehr da.

Nachtfahrt

Unterhalb der Friedhofsmauer taste ich mich über das Kopfsteinpflaster der Sackgasse, als ginge ich über bucklige Seifenstücke. Ein Belag aus Schmutz und Dunst liegt auch über meinem Auto. Es glänzt ölig im Schein einer einsamen Straßenlampe, die aussieht, als wäre sie von der Stadtverwaltung, besser noch vom Schrotthändler vergessen worden. Ihr Licht ist dürftig, langt gerade, um das Wageninnere zu kontrollieren. Fenster und Türen sind unbeschädigt, das Radio ist noch da, meine Reisetasche steht an ihrem Platz auf dem Rücksitz, ist unberührt. Das erkenne ich an der versteckten Zugvorrichtung des Reißverschlusses. Den Trick hat Richard mir beigebracht.

Die letzten Tage haben mich offensichtlich nervös gemacht. Vorsichtig bin ich meistens, neurotisch weniger, leider nie so furchtlos wie Alma, die unverfroren in Tiefgaragen parkt, obwohl ihr ständig etwas aus dem Auto gestohlen wird. Richard meint allerdings, sie vergisst abzuschließen. Alles undenkbar für mich. Der Unfall in Frankreich sitzt zu tief, ich habe Angst vor der Angst, vor Panik. Wenn es geht, parke ich unter Laternen, immer im Freien, nie in Tiefgaragen oder Parkhäusern. Ich muss die Lage übersehen, muss weglaufen können.

Heute bin ich ja wohl aus gutem Grund misstrauisch, aber weder Veränderungen noch Fremdkörper sind im Wagen zu entdecken. Also schließe ich auf, starte, fahre los, verwische filzigen Staub und Nieselregen auf der Frontscheibe. Die Düse der Scheibenwaschanlage ist verstopft. Mir ist kalt. Die Heizung arbeitet erst nach zwei Kilometer Fahrt. Ich schalte das Radio an. Eigentlich sollte ich mich jetzt entspannen, aber daraus kann gar nichts werden, weil das Tagebuch mir beim Sitzen in die Magenkuhle stößt. Ich löse den Jeansknopf, öffne den Reißverschluss und fahre die Sackgasse hoch. Insgesamt fühle ich mich nicht besser als in einer Bahnhofstiefgarage um Mitternacht.

Dem Jeansträger traue ich alles zu: dass er das Auto durchsucht hat, ohne eine Spur zu hinterlassen, auch dass er mich jetzt beobachtet. Sein Auto wird irgendwo hinter mir liegen. Ich fahre gegen das Licht. Oberhalb verläuft die Bundesstraße 79. Im Kreuzungsbereich ist sie besonders stark ausgeleuchtet, und ich wage nicht, das Tagebuch aus der Jeans zu ziehen, weil er gerade diese Bewegung zielsicher deuten würde.

Ich liste alles nacheinander auf: Der Verdacht, dass ich etwas verberge, hat ihn zum Friedhof getrieben, dort musste er sich dummerweise zeigen, um mich zu schützen; denn ohne mich kommt er offenkundig nicht weiter. Jetzt muss er mir folgen, weil er das Tagebuch geortet hat. Die Glocke nützt ihm nicht die Bohne ohne weitere Information, und die Glocke hat er ohne Zweifel. Wer sonst sollte an dem Loch im Grab des Nathaniel Emser weitergegraben haben? Er wird das Versprechen, das er Mario gegeben hat, eingehalten haben, wird das Buschmesser wie verabredet in der brüchigen Hausmauer versteckt haben. Ehrensache. Zuvor hat er es aber gut genutzt, hat das Loch mit dem Messer säuberlich ausgeschachtet, die Glocke entdeckt und an sich genommen.

Zwangsläufig wird er sich wieder zeigen müssen, um herauszubekommen, was er damit anfangen kann. Ich muss einkalkulieren, dass er auf die eine oder andere Art und Weise versuchen wird, mir das Tagebuch abzujagen. Also habe ich noch die Chance, herauszubekommen, wer er eigentlich ist. Ein Spinner, ein Agent, ein Ganove? Egal, das kommt ziemlich auf eins raus.

Irgendwo wird er auftauchen. Die Idee gefällt mir. Sehr gut sogar.

Es ist sieben Uhr abends. Um diese Zeit wollte ich zurück in Hamburg sein. Jetzt werde ich nicht mehr fahren. Ich bin müde, hungrig, enttäuscht, wütend. Das macht sich nicht gut auf der Straße. Die Temperaturen werden zurückgehen, hat der Nachrichtensprecher gerade gesagt, in Niedersachsen wird Bodenfrost und überfrierende Nässe erwartet.

Mein Hotelzimmer im «Hotel unter den Linden» erscheint wie eine Fata Morgana vor meinem inneren Auge. Klein, mit perfektem Badezimmer, Bademantel XXL, Minibar, Room-Service, Kirschholz, dunkles Rosa. Ich werde baden, essen, lesen. Vor einer roten Baustellenampel rufe ich Alma an. Sie will immer wissen, was los ist.

«Dachte ich mir schon, dass du noch eine Nacht bleibst.» Sie klingt frohlockend, warum auch immer.

Eine Umleitung führt mich über den dunklen Domplatz, links am Dom vorbei. Das Mahnmal für die deportierten Juden Halberstadts vor dem Dom ist kaum zu erkennen. An der Straßenbeleuchtung muss in Halberstadt noch gearbeitet werden. Der MDR bringt einen Bericht zu den Massakern serbischer Soldaten, den Massenvergewaltigungen moslemischer Frauen.

Der Sprecher verbreitet das alles in einem entsetzlich neutralen Ton. Könnte ebenso gut vom Kampf gegen den Kartoffelkäfer berichten, von Stammeskämpfen in der Jungsteinzeit. Dabei redet er von Europa am Ende des 20. Jahrhunderts.

Ich würde das ganz anders aufziehen, aber jetzt sollte ich lieber nicht daran denken, dass ich eigentlich in Bosnien wäre, wenn alles nach meinen Plänen verlaufen wäre, sondern dass ich in dieser unübersichtlichen Stadt herumkurve, in der nichts nach meinem Plan läuft.

Endlich bin ich am Holzmarkt, sehe rechts die Edelbaracke der Bayerischen Vereinsbank. Der einstöckige Quader ist komplett ausgeleuchtet und angeleuchtet, glänzt silbern, weiß und blau. Ein Ufo vom kapitalistischen Wessi-Stern auf diesem wüsten, dunklen Platz, den es ursprünglich nicht gab. «Den haben 1945 die Bomben kreiert», hat der Gastwirt in Ewaldsleben gesagt. «Und dann hat es Jahre gedauert, bis diese riesigen Trümmer weg waren.» William und meine Großmutter sind hier an ihrem letzten Morgen durch die Ruinen gefahren, als sie vom Friedhof kamen. Damals war vielleicht eine schmale Fahrgasse geräumt, jetzt ist der Holzmarkt weit, viel zu groß für diese kleine Stadt und umbaut mit den hässlichsten Plattenbau-Wohnhäusern der DDR-Nachkriegszeit.

Aber von hier aus kenne ich wenigstens meine Route genau: Spiegelstraße, Friedensstraße, rechts liegt das alte Gymnasium, rechts die Klamrothstraße und mein Hotel.

Ich werde ein Zimmer ohne Verbindungstür verlangen, Campari trinken, entspannen. Auf dem Hotelparkplatz sehe ich keinen 720er BMW. Das will nichts heißen. Im Augenblick ist es mir ziemlich egal, wo der Jeansträger steckt. Aber ich spüre ihn noch – den Kuss auf meinem Hals, und wenn ich ehrlich bin, spüre ich ihn gern.

Ich betrete das Hotel durch den Restauranteingang. Ist der kürzere Weg. Die Hotelhalle ist nicht vollständig zu übersehen. Ich höre eine Stimme von der Rezeption, mein Name wird genannt, ich bleibe stehen und lausche. Die Stimme ist weiblich, sächselnd, gehört der brünetten Empfangsdame. Sie hat ein hübsches Gesicht, klein und herzförmig. Leider folgen im Verlauf Unterarme und Hände eines Preisboxers. Dann ist eine andere Stimme zu hören. Männlich, tief, narzisstisch. Sie begräbt meinen Traum von Badewanne und Minibar wie eine Lawine, die ein Haus unter sich zermalmt. Ich gehe ganz leise rückwärts durch den Eingangsbereich des Restaurants auf den Vorplatz, bin in Sekundenschnelle am Auto, werfe meine Tasche hinein, starte und bin zurück auf der Straße.

Es war Alexanders Stimme.

Warum hat Alma ihr Versprechen gebrochen? Mein Handy ist irgendwo auf dem Grund der Handtasche. Ich steuere einhändig, biege auf die 81 in Richtung Westen, suche das Gerät, wähle Almas Nummer. Besetzt.

Von wem sonst könnte Alexander erfahren haben, wo ich bin? Ich wähle Richards Autotelefon an. Besetzt.

Wer auch immer Alexander von meinen Plänen erzählt hat, er hat nicht richtig zugehört. Sonst würde er mir jetzt in Hamburg auflauern. Nicht in diesem Hotel, das ich offiziell vor vier Stunden verlassen habe. Zu ignorant, um zuzuhören, losgefahren, ohne auf die Karte zu gucken, so verliebt in seine vermeintlich intellektuelle Zerstreutheit, dass mir schlecht wird. Wie konnte ich mir einbilden, ihn zu mögen. Inzwischen hasse ich mich dafür, dieses Spiel zwei Jahre lang mitgespielt zu haben. Dabei ist es nicht das Zerstreute, Unorganisierte, Unpraktische, das mich nervt. Es stört mich nur bedingt, wenn jemand kein Autorad wechseln kann, seine Krankenversicherung nicht kennt, seine Kontoauszüge verschlampt, seine Uhr vergisst, seinen PC nicht bedienen kann, solange er sich damit nur selbst auf die Nerven fällt. Aber Koketterie mit den eigenen Schwächen ist auf Dauer unerträglich.

Üble Gedanken rächen sich auf der Stelle. Ich bin am Hotel selbst losgefahren, ohne auf die Karte zu sehen, und es rächt sich, dass ich zu faul bin, mir Bedienungsanleitungen durchzulesen. Wäre mein Handy nämlich eingerichtet, so nennt man das, wäre ich jetzt imstande, Almas gespeicherte Rufnummern mühelos per Code einzugeben, anstatt sie im Halbdunkeln auf einer fipsigen Tastatur wählen zu müssen, während ich auf einer Straße stadtauswärts fahre, auf der seit bedenklich langer Zeit kein Hinweisschild mehr angebracht war. Die Richtung stimmt, meinem Gefühl nach, aber wer weiß, ob ich dem noch trauen kann. Aus Halberstadt ist man schneller draußen, als man denkt. Anhalten kommt keinesfalls infrage, umdrehen schon gar nicht. Der nächste Ort ist Derenburg. Die Straße windet sich zwischen niedrigen Fachwerkhäusern durchs Dorf, am Ende ist eine Brücke und ein Wegweiser nach Zilly, und das liegt hundertprozentig auf der Strecke nach Westen. An das winzige Dorf mit einer überdimensionalen Schlossruine und dem extravaganten Namen erinnere ich mich von der Hinfahrt. Ich fahre dem Wegweiser nach, auf einer schmalen, holprigen Straße ohne Markierung und Seitenpfosten durch stockfinstere Landschaft.

«Dunkeldeutschland» sagen sie bei uns, und ich fand das immer sehr snobistischen Wessi-Slang.

Das Rücklicht eines Trabis würde hier noch wie eine Alarmleuchte wirken, aber vor und hinter mir fährt kein anderes Auto, kein Schimmer am Horizont deutet auf bewohntes Gelände. Es ist, als führe ich in einen dunklen Sack. Trotzdem erreiche ich einen Ort, der Heudeber heißt und die unübersichtlichste Kreuzung der Region haben dürfte. Man muss um die Kurve und um zwei Ecken gucken können, um die Fahrtrichtungen auszumachen. Der Wegweiser nach Zilly ist halb von einem Umleitungsschild überdeckt, die Kreuzung entpuppt sich nach und nach als Baustellenmoloch. Eine Einheitsumleitung für alle infrage kommenden Ortschaften wird angeboten, man wird durch den düsteren Ort geleitet, in dem auch kaum einer zu wohnen scheint. Schnell bin ich draußen, und wieder ist es dunkel wie in einer Geisterbahn, bevor das erste Gespenst kommt. Nach fünf Minuten – und das ist eine verdammt lange Zeit, wenn man außer kahlen Obstbäumen nichts sieht – mündet die Straße in einen ungepflasterten Feldweg. Das war es. Aus, vorbei, U-Turn, zurück nach Heudeber in das magische Baustellenkarussell. Das Ganze noch einmal, nur andersherum. Ich lande wieder im Nichts.

Wo ist der Jeansträger? Er lauert mir doch ohnehin auf. Dann kann er jetzt auch auftauchen und – Deus ex Machina – den richtigen Weg kennen. Ich will in ein Hotel. Inzwischen würde ich ein Dorfgasthaus nehmen, aber diese Dörfer hier kennen keine Anzeigentafeln, keine Leuchtreklamen, die einem den Weg zu einer wie auch immer gearteten Restauration weisen würden. Gaststätten haben sie sicher. Irgendwo muss es doch eine Möglichkeit geben, sich vor lauter Dunkelheit zu betrinken.

Ich versuche noch einmal Alma zu erreichen. Sie würde mir jetzt Energie einflößen und mich durch irgendeine absurde Vorstellung zum Lachen bringen. Wahrscheinlich würde sie sagen: «Mini, du bist eine Heldin in finsterer Nacht und mitten in einem Roman von

Georgette Heyer. Unausweichlich wird vor dir gleich ein abgelegenes, strohgedecktes Wirtshaus auftauchen, milder Lichtschimmer in der Dunkelheit, Stroh und Stall für Kutscher und Pferde, Wärme und Geborgenheit für dich. Am lodernden Kaminfeuer findest du einen ebenfalls gestrandeten, irrsinnig gut aussehenden Duke oder Viscount. Es gibt roten Burgunder, gebratenes englisches Huhn und alles was dazugehört.»

Leider ist Almas Telefon immer noch besetzt.

Für mich gibt es nur den Autoatlas. Anhalten, Licht machen, suchen, die richtige Straße finden, losfahren, ankommen. Das klappt immer. Manche Dinge des Lebens sind so überwältigend einfach. Man muss sie nur machen.

«Sie ist nie träge, aber störrisch wie ein Esel.» Das hat meine Mutter von mir gesagt, wenn ich nicht «funktionierte», wie das in ihrem Wortschatz hieß. Sie lachte dann ihr wunderschönes, entwaffnendes Lachen, und ich tat, was sie wollte. Nur um ihr zu gefallen. Manche Dinge vergisst man nie. Irgendwann tut Erinnerung auch nicht mehr weh.

Hinter dem Autoatlas ist Vivil aus dem Handschuhfach gerollt. Das hilft zum Überleben. Ich werde jetzt in den Westen durchfahren, von der einmal gefundenen B6 nicht mehr weichen, als würde ich auf Schienen fahren. Ein Hotel werde ich mir in der ersten vernünftigen Stadt im Westen suchen. Das scheint Bad Harzburg zu sein. Bis dahin muss ich durch Drübeck, Ilsenburg und Stapelburg gekommen sein. Die Namen präge ich mir in der richtigen Reihenfolge ein. Die Temperaturskala zeigt zwei Grad über null an, ich habe meinen toten Punkt überwunden, der Wagen ist voll getankt, schließlich wollte ich heute nach Hamburg fahren.

Die Straße wird steil und kurvig. Überholen unmöglich. Ich liege hinter einem Lkw. Die Telefone von Alma und Richard sind immer noch besetzt. Dann streiten sie, oder jeder arbeitet seine Telefonliste ab. An Durchkommen ist in dem Fall nicht zu denken.

Der zuständige Radiosender, die erwünschte Symbiose aus Verkehrsfunk und Hits, heißt hier Radio Brocken und ist gestört wie alle anderen Sender. Auf einem dritten Programm kämpft sich Beethovens Triple-Konzert durch rauschende Ätherwellen. Das macht auch keinen Spaß. Dafür ist die Musik zu schade. In Jerusalem habe ich das Konzert zum letzten Mal gehört. Atemberaubend perfekt und zum Niederknien schön. Wenn ich Ehrfurcht jemals erklären wollte, würde ich es damit versuchen. Jetzt stelle ich lieber das Radio ab, denke mich zurück.

Zusammen mit Ruth Bernstein war ich in der Philharmonie. Neben Alma ist Ruth die einzige Person, mit der ich über meine Eltern rede. Sie drängt immer auf die Aufklärung des Unfalls damals im Mai 1977. Nicht zuletzt denkt sie an das Geld, das die Versicherungen uns vorenthalten. Inzwischen ist der Fall verjährt.

Immer wieder hat sie mich dazu gebracht, den Morgen im Garrigue zu rekapitulieren, jede Äußerung meiner Eltern über das gestohlene Bild, jede Person, die sich dafür interessiert hat, jedes Ereignis des vorangegangenen Tages, des Morgens im Hotel, jede einzelne Nuance des Überfalls. Ich erinnere mich an den Schrei meiner Mutter und weiß, dass ich danach Furchterregendes erlebt haben muss; ich sitze aber vor meinem Gedächtnis wie vor einem flimmernden Fernsehschirm. Störung. Ende. Keine Stimmen, Gerüche, Bewegungsabläufe. Nichts ist abrufbar. Erinnerung liegt so tief wie der Brunnen einer Raubritterburg, sagt Ruth. Beharrlich dreht sie die Winde hinunter in den dunklen Gedächtnisschacht, in dem Vergessen und Erinnern um ihren Platz kämpfen.

Wenn ich allein im Dunkeln fahre, das Radio ausgestellt habe und mich nicht besonders konzentrieren muss, geraten meine Gedanken unversehens zwischen die Zeitlinien, beschwören Vergangenheit, blenden unbewältigte Gegenwart aus, springen hin und her, vor und zurück, unzähmbar wie Flöhe. Manchmal ist es mir, als sähe ich mich auf dem Rücksitz, so wie ich damals war, kurz vor dem Unfall. Neunjährig, sehr klein, weißes T-Shirt, rosa und weiß gestreifte Latzhose, barfuß in Sandalen, die Nibelungensage auf den Knien. Hagen tötet Siegfried. Meine Mutter schreit auf. Ein Blitz spaltet meine Welt. Ich bin auf einem fremden Kontinent, als ich wieder zu mir komme. Meine Erinnerungen an den roten BMW haben nichts zur Aufdeckung des Falls beigetragen. Die Latzhose und das Buch habe ich noch. Alma wollte beides dem Weihnachtsbasar der Gemeinde stiften. Sie wird sehr mildtätig, wenn die erste Adventskerze brennt. In diesem Fall habe ich sie angefallen wie ein Raubtier. Sie fand mich unbarmherzig, verbockt, undankbar, sie kann so unsensibel sein wie ein Presslufthammer.

Drei Autos liegen innerhalb weniger Minuten hinter mir und dem Kleintransporter. Die Straße ist schmal, steil, führt kurvig durch den Wald. Das Thermometer ist unter 1 Grad Celsius gefallen und es nieselt. Überholen wäre idiotisch. Es versucht auch keiner. Nur der letzte Wagen in der Schlange schert ab und zu aus, checkt mit fetten Scheinwerfern ungeduldig die unübersichtliche Lage, ordnet sich dann resigniert wieder ein. Typisches Wessi-Gebaren. Richard fährt so. Alexander dagegen schaltet willig herunter in den dritten Gang, fährt im Trott, was mich noch mehr aufregt.

Was er jetzt wohl macht im «Hotel unter den Linden»? Höchstwahrscheinlich wird er mit dem Baedeker neben dem Teller zu Abend essen und in Ermanglung anderer Gesellschaft den unterbeschäftigten Kellner über den historischen Ort aufklären, an dem er arbeitet. Der Arme wird sich einen ausgefeilten Vortrag anhören müssen, und wenn er das Gähnen kaum noch unterdrücken kann, wird er erfahren haben, dass das Hotel eine Villa und vor dem Zweiten Weltkrieg Eigentum der Familie Klamroth war, dass die Erben es nach der Wende zurückbekommen haben, weil zwei Klamroth-Brüder zum Widerstand gehörten und nach dem 20. Juli 1944 gehängt wurden, dass die Familie sich nach der Wende beeindruckend kompromisslos für den Aufbau der Stadt eingesetzt und viel riskiert hat.

Säße ich jetzt mit Alexander beim Abendbrotessen, würden wir uns in die Haare kriegen, weil er sagen würde: «Einzig und allein in solchen Fällen ist es zu rechtfertigen, dass eine Familie ihren Besitz zurückbekommt.»

«Klar», würde ich antworten. «Du hast den Durchblick, Alexander.»

«Was soll das nun wieder heißen?», würde er fragen, und ich würde antworten: «Wie wäre es mit der These, dass in Bonn nur da zurückerstattet wird, wo es auffallend unmoralisch wäre, es nicht zu tun? In allen anderen Fällen verteilen sie den fetten Kuchen lieber neu und kassieren ab.»

«Du hast keinerlei Verständnis für die soziale und moralische Verantwortung, die die Regierung nach der Wende zu tragen hatte», würde er sagen. «Alte Vorstellungen von Eigentum verstellen nur den Blick für einen Neuanfang.»

«Ich habe kein Verständnis für Politiker, die anderer Leute Eigentum verkaufen und gleichzeitig auf das Grundgesetz schwören», wäre wahrscheinlich meine Antwort.

»Ich bitte dich, Marie! Diesen gedanklichen Ductus kann ich nicht akzeptieren», würde er sagen. «Lass bitte das Grundgesetz aus dem Spiel. Was hat das mit der Forderung nach neuem sozialem Denken zu tun?»

«Unter anderem sichert es den Bürger vor entschädigungsloser Enteignung. Artikel 14, Paragraph 3. Schon mal was davon gehört?»

«In eurem Beharren auf einer angemessenen Entschädigung steht ihr einem sozialen und moralischen Umschwung der neuen deutschen Gesellschaft im Weg. Euer Besitzstandsdenken setzt reinigende Kräfte sozialer Prozesse außer Kraft.»

«Klar», würde ich wieder sagen.

Am Anfang habe ich Auseinandersetzungen mit Alexander spannend gefunden, aber sie sind langweilig geworden. Er kommt nicht klar zwischen seinem vergilbten Che-Guevara-Poster auf dem Klo und den vom Papa geerbten Bayer-Aktien auf der Bank. Seine pubertären Utopien nerven mich und noch mehr der gleich bleibende Chianti-Pegel im Blut, der ihn unter anderem dazu verführt, Eigentum nach rein geographischen Gesichtspunkten gutzuheißen, was bedeutet: Besitz in der Toskana ist sakrosankt, das Gleiche in Sachsen-Anhalt aber unmoralisch.

Vor mir bremst der Lkw in Intervallen. Ich bremse ebenfalls. Es wird glatt.

Der letzte Wagen in der Schlange schert wieder aus. Diesmal setzt er zum Überholen an. Das kann nicht gut gehen. Als der Wagen neben mir liegt, scheint der Fahrer seinen Fehler zu erkennen, bremst, schleudert, rammt meinen Kotflügel, reißt sein Steuer herum und schießt links zwischen die Bäume. Die Kolonne steht. Zum Glück hat der Idiot sich nicht um einen Baum gewickelt. Das wünscht man auch dem größten Angeber nicht. Der Lkw-Fahrer ist als Erster zur Stelle. Soviel ich in der Dunkelheit erkennen kann, steigen die Fahrer der hinteren Wagen aus, auch der Fahrer des Unfallwagens. Ich habe Herzklopfen, stelle den Motor ab, bin einfach fertig. Zu allem, was jetzt kommt, habe ich schon gar keine Lust mehr. Adressen, Versicherung, womöglich Polizei. Alles im Dunkeln bei überfrierender Nässe.

Meine Tür wird geöffnet.

«Marie?»

Ich stelle mich tot vor Erleichterung. Irgendwo musste er sein mit der Glocke, ohne die ich nicht weiterkomme. Ich hatte schon befürchtet, ihn abgehängt zu haben. Das muss er nicht wissen. Erstens. Zweitens wird er die Situation ausnutzen, sich holen, was er seit Tagen sucht. Er wird das schwarze Heft finden, das ich schließlich doch in meine Tasche geschoben habe, und die steht offen auf dem Beifahrersitz. Er wird versuchen, es an sich zu nehmen, wird damit verschwinden wollen. Ich lauere auf die erste verräterische Bewegung wie eine Katze.

Aber er kümmert sich nur um mich. Schüttelt, streichelt, redet auf mich ein, horcht an meinem Herzen, das schlägt wie ein Gong.

«Marie –»

Ich mag es, wie er meinen Namen sagt.

«Marie –»

Er ist immer noch gut rasiert. Ich mag sein Rasierwasser. Höchste Zeit, zur Besinnung zu kommen.

«Es geht mir gut. Danke.»

Vielleicht gewöhne ich mich daran, dass er da ist, wo ich bin.

Sein Auto lag hinter meinem.

Abendessen

Wie verabredet gehe ich zur Bar, finde den Jeansträger aber in der Halle auf einem Plüschsessel. Braun wie Erdnussbutter. Sein Blick wandert über die Struktur der Decke. Metallische Bienenwaben, durchsetzt mit flachen Kristallleuchten, tellergroße Aschenbecher, verkehrt herum. Er sieht aus wie jemand, der körperlichen Schmerz unterdrückt.

«Was ist verkehrt?»

Ich setze mich in den benachbarten Plüschsessel. Grün wie unreife Oliven. Internationale Hotellobby-Musik. «Sound of Silence», für Orchester arrangiert. So kann man jede Melodie ruinieren.

«Ich war schon in der Bar», sagt der Jeansträger. «Absolut unmöglich.»

«Aber ich habe Hunger.»

«Man kann es aufs Zimmer bekommen.»

Ich inspiziere die Bar. Dunkle Eiche, wulstig gedrechselt, Plüsch, rot und orange gestreift, Radiomusik, eine Skatrunde, Hemdsärmel, lautstark. Fernseh-Talkshow-Geplapper im Nebenraum, bestellte Lacher im Off, davor Biergläser und zufriedene Ehepaare.

«Gibt's kein Restaurant?»

«Hat um 22 Uhr geschlossen.»

«Wie lange arbeitet der Room-Service?»

«Bis 24 Uhr.»

«Das ist doch gut.»

«Standard in amerikanischen Hotelketten.»

Er steht dicht hinter mir. Wenn ich wollte, könnte ich mich anlehnen. Arroganter Blick aus dunklem Eis. Ich muss mich gar nicht umsehen.

Vor einer halben Stunde wollte er mir helfen, das Hotel zu finden, ist dann selbst geblieben. Wegen des Schnees, sagte er, während wir beide voneinander wissen, dass jeweils der eine etwas hat, was der andere in Besitz nehmen will. Erst wenn er sein Ziel erreicht hat, wird er mich in Ruhe lassen. Dasselbe kann ich von mir sagen.

Der Fahrer des Unfallwagens hat geleugnet, mich gerammt zu haben. Flinke Augen in einem Fleischpaket von Gesicht, massiger Riese, aber nur Schuhgröße vierzig. Der Lkw-Fahrer aber hatte die Polizei längst gerufen. Es ging schnell. Die Unfallstelle lag zweihundert Meter vor der Ortseinfahrt von Bad Harzburg. Der Jeansträger bestätigte meine Aussage, der Riese blieb bei seiner, die Polizei bestand ihm gegenüber auf Alkoholtest und Lackuntersuchung. Das eine auf dem Revier, das andere – natürlich erst am nächsten Morgen – in einer vereidigten Werkstatt.

«Warum streitet dieser Idiot ab, mich gerammt zu haben?», habe ich den Jeansträger gefragt, bevor wir an der Unfallstelle in unsere Autos stiegen.

«Er will Zeit gewinnen. Egal warum.»

«Aber ich habe keine Zeit.»

«Warum nicht?»

Es ging ihn nichts an, aber ich habe diese und andere Fragen beantwortet, zögernd, vorsichtig. In dem Moment wollte ich selbst Zeit gewinnen, überlegte erfolglos, wie ich jemals an die Glocke herankommen würde, wenn er abführe.

Room-Service ist eine gute Idee, wenn man ein schönes Zimmer hat. Mein Standardzimmer, das einzige, was in der von mir anvisierten Preisklasse noch frei war, liegt im dritten Stock und gehört damit zu den Zimmern, in die Haustiere mitgebracht werden dürfen.

Schon unten in der Halle stehen Wasser- und Fresstöpfe für die lieben kleinen Begleiter. Alles gut und schön. Ein Zimmer, in dem vorher ein fremder Hund mit seiner Begleitung gewohnt hat, ist allerdings weniger gut. Pelzige Luft, Hundegeruch, überlagert von süßlichem Körperpuder und Airfresh-Spray, Duftnote Fichtennadel. Hundehaare im Sessel. Wer weiß, wo ich noch andere finde. Es ist widerlich, macht depressiv.

«In meinem Zimmer kann ich nicht essen», sage ich und begründe das kurz. «Ich esse hier unten bei der Skatrunde ein Wurstbrot.»

«Mein Zimmer ist in Ordnung», sagt er. «Wir können tauschen. Mir macht das nichts aus.»

«Sie meinen das nicht im Ernst.»

El Condor Pasa aus dem Lautsprecher. Jaulende Klangschlaufen.

«Doch, gewiss.» Es sieht aus, als würde sein Schmerz noch heftiger. Augen wie Gletscher.

Ich gehe auf sein Angebot ein. Ich werde mein Gepäck holen, verabreden wir. Oben im elften Stock liegt sein Zimmer. Dort werden wir gemeinsam essen, danach wird er mit seiner Tasche in die Hundeetage gehen.

Kann mir egal sein. Hauptsache, ich kann schlafen.

Sein Zimmer ist eine Suite. Die Präsidentensuite, versteht sich. Es gab nichts anderes mehr, sagt er. Entschuldigt sich für die Farben der Einrichtung. Ein Keulenschlag aus Karottenrot, Erbsengrün, Erdnussbraun und Messing.

«Sie brauchen einen anderen Hintergrund, aber – nicht zu ändern», sagt er auf Französisch. Lächelt.

«Ich brauche nur etwas zu essen, aber – schnell», antworte ich. Zur Abwechslung auch französisch.

«Alors, Marie. Da spricht jemand meine Sprache.»

«Besser Sie wissen, dass ich Sie verstehe.»

«Ich ahnte es.»

Sein Lächeln ist wie Schnee im Mai. Ich sehe die finsteren Mienen über Lodenmänteln in Ewaldsleben, erinnere mich, wie sie sich aufhellten, als er kam, etwas sagte und lächelte.

«Sie haben fast keinen Akzent.» Er muss gemerkt haben, dass ich es mag, wenn er lächelt.

Er will das Buch, ich die Glocke. Nicht vergessen.

Wir studieren die Karte: Königinnenpastete, Champignoncremesuppe, Roastbeef mit Remoulade, gemischter Salat, Harzer Stracken, Harzer Roller. Ich erkläre ihm, dass eine Königinnenpastete in dieser Region keinesfalls eine «terrine de maison» ist, sondern lasche Blätterteigbecher, gefüllt mit geschmacksneutralem Ragout von der Farbe eines Aufwischlappens, dass ein Stracken fünfzehn Zentimeter dünne, knüppelharte Mettwurst ist und dass ein Roller ein Käse sein soll und aussieht wie eine weißlich umschimmelte Riesenraupe, im Kern ockerfarben, glasig, ungefähr fünf Zentimeter Durchmesser.

«Wo stehen die Hauptgerichte?», fragt er und blättert auf die nächste Seite. Da ist schon die Getränkekarte.

«Sie brauchen etwas Heißes», bestimmt er. Schlägt die Suppe vor.

«Gute Idee, aber sie wird nicht heiß sein», sage ich.

«Doch. Es wird sehr, sehr heiß.»

Jede Hotelküche werfe um diese Zeit nur noch die Mikrowelle an, sagt er.

Roastbeef mit Remoulade erklärt er zum Hauptgericht, davor soll es gemischten Salat geben. Stracken und Roller müsse er erst sehen, bevor er sie bestellen könne. Rotwein oder Weißwein? Er findet einen Bordeaux auf der Karte, den er kennt und offensichtlich akzeptiert. Am Telefon bittet er noch um einen Camembert. Zurückhaltend freundliche Stimmlage, aber sehr bestimmt. Er soll ihn bekommen.

«Alors. Es wird ein richtiges Essen.»

Als wir darauf warten, öffnet er die Minibar. Wasser, Whisky, Gin, Cognac, Bier und deutschen Sekt. Mumm dry. Er fragt mich, ob ich ihn für trinkbar halte.

«Passabel», sage ich.

«Was möchten Sie?»

Sein Gesicht ist von der Kühlschrankleuchte angestrahlt. Er ist blass. Ich erkenne die Geste wieder, mit der er sein Haar unwirsch zurückwirft, erkenne die steile Falte über der Nasenwurzel, den konzentrierten Blick aus vereistem Metall. Ich sage lieber nicht, dass ich mich an die letzte Nacht erinnere.

«Wenn ich gleich Rotwein trinke, brauche ich jetzt Wasser.»

«Gaseuse?»

Ich nicke. Er öffnet Wasser und Sekt. Ist konzentriert bei der Sache wie ein Profi oder ein Kind. Von der Seite betrachtet, wirkt er verletzlich.

Wir warten. Könnten jetzt über die absurde Szene auf dem Friedhof in Halberstadt reden; darüber, was passiert ist, als er gegangen war, oder wie er ungesehen den Platz verlassen konnte oder ob er das Messer in der Mauerritze versteckt hat. Ich könnte jetzt das Gespräch auf das Grab des Nathaniel Emser und auf die Glocke bringen, erfahren, warum er mir nachspioniert – wenn ich geschickt wäre. Aber ich kann ohne Essen nicht mehr denken. Er lässt sein Sektglas stehen, läuft durchs Zimmer, schaltet das Oberlicht aus, macht alle Tischlampen an.

Wir reden nicht, sind gehemmt. Wie auf einem Empfang, auf den man zu früh gekommen ist, die wenigen anderen nicht kennt, die Situation nicht beherrscht. Wichtige Dinge, die zu besprechen wären, werden nicht besprochen, weil man damit zu tun hat, routinierte Gelassenheit an den Tag zu legen.

Die Lampenschirme verströmen warmes Licht, vermengen die schrillen Farben wie ineinander laufende Mischproben im Deckel eines Schulmalkastens.

Die Luft des Zimmers ist stickig. Ich stehe auch auf, habe mein Wasser ausgetrunken, gehe zum Fenster, auf den Balkon, lehne mich über die Brüstung. Davor liegt Wald, still und schwarz. Ein Bach rauscht wie ein Wasserfall. Der Himmel ist verhangen. Schneeflocken taumeln aus dem Dunst.

Er kommt auch heraus, steht dicht hinter mir, legt ruhig seinen linken Arm um meine Taille, zieht mich zurück.

«Wir sind im elften Stock», sagt er neben meinem Ohr. «Ich habe Angst.»

«Wovor?»

«Davor, dass du dich zu weit herauslehnst, dass dir schwindlig wird.»

«Warum haben nur immer alle Angst um mich?»

«Ganz einfach. Dir darf nichts passieren.»

«Wie meinst du das?»

«Du würdest es nicht glauben, wenn ich es sagte.»

Seine Hand liegt fest um meine Rippen. Wie am Nachmittag.

Er könnte doch, während ich hier stehe, lässig in meiner Tasche nach dem Tagebuch suchen.

Er hat die Waffen gewechselt. Benutzt plötzlich das freundschaftliche Du. Er wird seinen Plan verfolgen. Gibt vor, um mich besorgt zu sein, obwohl wir uns nicht kennen und nichts voneinander wissen. Ich durchschaue ihn nicht.

«Maurice?»

«Marie.»

Eine Frage, eine Antwort.

Wir stehen wie am Nachmittag. Ich sehe die Pistolenhand vor mir, das Buschmesser, spüre die Messerspitze in der Nabelgegend, den Armdruck des Jeansträgers gegen meine rechte Schulter. Ich bin von ihm umfangen wie am Nachmittag, unsere Körper sind gegeneinander gepresst, atemlos, als hätten sie die vertraute Position entbehrt und zurückgewonnen, gestanzt und geformt füreinander wie Kugel und Lauf einer Pistole.

Ich brauche keinen Schutz mehr. Er lockert seine Umarmung nicht. Es gibt keine Gefahr mehr oder eine andere.

«Marie. Ich möchte dich küssen.»

Zittern spüre ich, Müdigkeit, Hunger, sein Gesicht an meinem, Schneeflocken vor unseren Augen. Ich möchte schlafen und küssen, lieben, essen, reden, ruhen und jagen. Ich will die Glocke. Ich will alles.

Die Champignoncremesuppe ist lauwarm und schmeckt nach Maggi, das Roastbeef entpuppt sich als kalter Schweinebraten, die Remouladensauce ist aus abgestandener Mayonnaise und gehackten Zwiebeln, die Baguette staubtrocken, der gemischte Salat entpuppt sich als gehackter Chinakohl in Branntweinessig, der Camembert ist eingetrocknet und der Bordeaux vom falschen Jahrgang.

Unsere Augen verspeisen Sahneweiß, Erdbeerrosa, Dottergelb, Limonengrün, Schokobraun, Topasgold. Trinken Purpur. Sie sind hungrig, durstig, verschlingen sich.

«Marie?»

«Ja?»

«Ich muss diesen Pullover ausziehen. Stört es dich?»

Er trägt seinen hellen Rollkragenpullover. Ich kenne ihn vom ersten Tag in Ewaldsleben. Dass er nicht kratzt, weiß ich seit heute Nachmittag.

«Meine Jacke ist auch zu warm.»

Ich stehe auf.

«Warte!»

Er nimmt mir die Jacke ab, lässt sie zusammen mit seinem Pullover fallen, wir streichen über dünne T-Shirts, setzen den Kuss fort, den der Zimmerkellner, den unser Hunger unterbrochen hat.

«Maurice?»

«Nein!»

«Bitte!»

«Jede, die du hast.»

«Der Tisch muss raus.»

«Gut.»

Bevor ich den Verstand aufgebe, muss ich wissen, wo er die Glocke hat. In den Taschen seiner Jeans kann sie nicht sein. Das habe ich getastet. Ein bisschen unfair, aber es passt zum Spiel.

«Maurice.»

«Ja.»

Er versucht im Gegenzug herauszufinden, ob ich das Heft wieder in meiner Jeans versteckt habe. Er findet es nicht, beherrscht im Moment das Spiel vollkommen. Bleibt ungestört.

«Maurice.»

«Warum?»

«Der Zimmerkellner kommt gleich.»

«Alors.»

Ende des Spiels. Langsam, widerwillig.

Er nimmt schließlich seinen Schlüsselbund, sein Portemonnaie vom Tisch. Legt Trinkgeld auf einen Teller.

Ich öffne die Balkontür. Draußen treibt der Wind den Schnee in schrägen Bahnen heran, verfängt sich in den Gardinen. Sie wehen wie Wäsche an der Leine. Die Papierservietten fliegen vom Rolltisch. Schneeflocken schmelzen in meinem Gesicht, auf meinen Armen.

Ich lehne an der Wand, habe Wind und Schnee wieder ausgeschlossen, beobachte, dass er das Papier aufhebt, sorgfältig den Tisch durch den kleinen Flur schiebt, die Tür öffnet und wieder schließt. Er bleibt dort, lehnt sich mit dem Rücken gegen die Tür, sieht mich an, atmet tief durch, lacht, sagt meinen Namen. Einmal, zweimal.

Was ist mit mir los? Habe ich schon vergessen, wie aufregend es sein kann, zu küssen und zu umarmen? Wie geht mein Plan weiter? Weiß ich es nicht mehr, oder hatte ich gar keinen? Habe ich mich womöglich aushebeln lassen?

Noch einmal: «Marie?»

«Ja?»

«Darf ich bleiben?»

Unwiderstehlich, strahlend. Ein Champion auf der Siegertreppe.

«Bleib genau da stehen, wo du stehst.»

«Warum?»

«Warte einfach.»

Und wieder: «Marie?»

«Ja?»

«Bleib da, wo du stehst.»

Ich bin wie vereist von seiner Stimme.

Er geht in das Zimmer, in dem ich noch nicht war. Ist schnell zurück, kommt langsam auf mich zu, hat seine Lederjacke angezogen.

«Maurice?»

«Warte einfach!»

«Warum?»

«Es war eine gute Idee von dir.»

Bilde ich es mir ein, oder sind Stimme und Augen wieder in der Gefrierzone, überziehen mich wie Raureif?

«Ich hatte keine gute Idee, von der ich wüsste», sage ich, schiebe meine Hände tief in die Jeanstaschen. Kriege kaum Luft.

Er greift in die rechte Brusttasche seiner schwarzen Jacke, blickt zur Seite. Ich atme wieder.

«Öffne deine Hände. Bitte.»

Ich möchte sein Gesicht in meine Hände nehmen. Aber ich werde ihn nicht anrühren.

«Marie.»

Ich nehme die Hände aus den Taschen, er ergreift wortlos die linke Hand, küsst die Innenfläche, sieht mich an.

Ich möchte seine Augen küssen.

«Du hast danach gesucht, glaube ich», sagt er auf Französisch. Er lässt einen kleinen, kühlen Gegenstand in meine Hand gleiten.

«Wir haben noch etwas zu besprechen, bevor du mich rauswirfst, petite Marie.»

Im schwarz angelaufenen Silber der Glocke erkenne ich sofort die Initialen und das Taufdatum von William Emsby. WE, 03071916. Buchstaben und Zahlen sind verschnörkelt kursiv geschrieben, nadelfein graviert. Ich präge mir die Zahlenfolge ein, verbinde sie mit einer Vorstellung, das greift tiefer ins Gedächtnis. 3. Juli 1916. Chicago. Ein heißer Tag am Michigansee, Taufsonntag, die Damen tragen weiße, dünnste Spitze, Amerika hat noch nicht in den Ersten Weltkrieg eingegriffen.

Ich kämpfe gegen meine Sprachlosigkeit wie ein Erstickender um Luft. Verstellen kann ich mich nicht, die Zeit für Spiele ist abgelaufen. Schweigen füllt das Zimmer. Ich halte die Glocke in den Lichtkegel der hellen Lampe vor dem Schreibtisch. Im Spiegel kann ich Maurice sehen. Seitlich auf der Sofalehne sitzend, mich beobachtend. Indifferent, interessiert? Im Gegenlicht ist sein Gesichtsausdruck nicht auszumachen.

«Warum hast du die Glocke aus dem Grab genommen?» Ich drehe mich nicht zu ihm um, spreche in den Spiegel.

«Ich habe sie für dich geholt.»

«Mir kommen die Tränen.»

«Du musst es nicht glauben.»

«Warum solltest du etwas für mich tun?»

«Wie gesagt: Du würdest es nicht glauben, wenn ich es dir sagte.»

«Meinst du im Ernst, ich hätte es nicht ohne dich geschafft?»

«Ja und nein. Du hättest sie irgendwann gefunden, aber die Polizei hätte dich heute nicht mehr suchen lassen. Daran habe ich gedacht.»

«Das stimmt. Ich hatte gerade genug Zeit, um das Grab wieder zu finden. Dann kam schon ein Polizist.»

«Es wäre klug gewesen, das Loch wieder mit der Erde zu füllen. Das habe ich nicht gemacht – wegen dir – sagt man das – wegen dir?»

Ich gebe seinem Lächeln nicht nach.

«Man sagt ‹deinetwegen›, wenn man wirklich gutes Deutsch spricht. Wie tief lag die Glocke?»

«Du warst schon an ihr vorbei.»

«Wann hast du es gemerkt?»

«Das Loch war zu eng, um darin mit dem Messer zu arbeiten. Ich habe es ausgeschachtet. An der vierten Seite fiel sie heraus, zusammen mit einem Stein.»

«Warum hast du mir die Glocke dann nicht in Halberstadt gegeben, wenn du sie für mich geholt hast?»

«Ich wollte sie dir im Hotel geben.»

«Woher wusstest du, dass ich zurück ins Hotel wollte?»

«Als du am Hotel geparkt hast, bin ich nur einmal um den Block gefahren, um dir nicht sofort aufzufallen.»

«Wie hast du dann erfahren, dass ich doch weitergefahren bin?»

«Die Dame an der Rezeption ist ziemlich laut.»

«Aber die kann mich unmöglich gesehen haben.»

«Deine Schwester hat dort angerufen, und irgendeinem Herrn, der in der Lobby wartete, wurde daraufhin ausgerichtet, dass du in wenigen Minuten im Hotel ankommen würdest.»

Wenn die Glocke in meiner Hand schmelzen oder brechen könnte, wäre sie jetzt zerstört. Ich hasse Alma, aber meine Familie geht ihn nichts an.

«Dann hättest du doch logischerweise im Hotel auf mich warten müssen», sage ich, rede immer noch in den Spiegel.

«Als du nach zwanzig Minuten immer noch nicht an der Rezeption aufgetaucht warst, habe ich auf dem Parkplatz nach deinem Auto gesehen und mich dafür entschieden, dass du doch nach Westen gefahren bist.»

«Ich habe mich verfahren. Du konntest mich eigentlich nicht finden.»

«Heute ist mein Glückstag, petite Marie.»

Ich seh sein Lächeln und würde mich am liebsten mit ihm schlagen.

«Du folgst mir seit vier Tagen auf Schritt und Tritt. Warum?»

«Das ist eine komplizierte Geschichte.»

«Ich finde, das ist keine Antwort.»

«Stimmt.»

«Warum bist du immer da, wo ich bin?»

«Wir suchen beide das Gleiche, denke ich.»

«Woher weißt du, was ich suche, woher weißt du immer, wo ich bin?»

«Intuition?»

«Willst du dich über mich lustig machen?»

«Ich möchte dich nur umarmen.»

«Unsinn.»

Unsere Augen treffen sich im Spiegel, taxieren einander. Meine lehnen ab. Ich bin auf der Hut, lege die Glocke auf den Tisch, drehe mich zu ihm um, verschränke meine Arme.

«Du weißt, was ich gefunden habe?»

«Ein Buch, ein Tagebuch, mit dem einige Fragen beantwortet werden können. Du hast es in der Ruine oben im Kamin gefunden.»

«Der Mörtel hat mich verraten. Später der Ruß. Stimmt's?»

«Außerdem war ein frischer Abdruck auf einem der anderen Bücher zu sehen.»

«Hast du sie in der Hand gehabt?»

«Alle. Abrechnungsbücher, oder?»

«Ja. Nur Haushaltsabrechnungen. Alles von der Mamsell geschrieben.»

«Eine Mamsell war eine Köchin?»

«Ja.»

«Das Tagebuch sieht so ähnlich aus wie die Rechnungsbücher, oder? Darum war es mit in der Kiste.»

«Das nehme ich an.»

«Es war das Tagebuch deiner Großmutter?»

«Du bist kein Hellseher, oder?»

«Ich war heute Mittag im Restaurant. Du weißt, wie leer es war. Ein paar Gesprächsfetzen habe ich mitgehört.»

«Ich habe das Tagebuch keinmal erwähnt.»

«Deine Fragen, alle, die ich verstehen konnte, deuteten darauf hin, dass du frisch aus dem Buch erworbene Informationen bestätigt oder erweitert haben wolltest.»

«Weißt du, warum – besser – mit welchem Recht ich in dieser Ruine etwas gesucht habe?»

«Du bist die Enkelin des ehemaligen Eigentümers.»

«Woher weißt du das? Vom Gastwirt?»

«Natürlich.»

«Meine Motivation muss also nicht weiter diskutiert werden, aber deine. Wie kommst du in diese Ruine, auf diesen Dachboden, was willst du hier?»

«Ich folge einer Spur, greife nach dem kleinsten Splitter, um verstreute Dinge wieder zusammenzubringen.»

«Das soll mich zufrieden stellen?»

«Im Moment, ja.»

«Das Tagebuch oder ich – wer ist der Splitter?»

«Du bist zweierlei. Erstens das Medium. Ich habe dich beobachtet, hatte im Gespür, dass du etwas finden würdest. Das Tagebuch ist vielleicht ein Splitter.»

«Warum hast du nicht versucht, es mir wegzunehmen?»

Er steht auf, kommt auf mich zu.

«Natürlich war das mein erster Plan. Es gab zwei Gründe dagegen.»

«Und?»

«Erstens: Ich könnte das Heft nicht lesen, nicht deuten, selbst wenn ich es hätte. Zweitens: Wie soll ich an ein Heft herankommen, das du immer auf der Haut trägst?»

«Woran willst du das erkannt haben?»

Ich stecke beide Hände in die Hosentaschen, erinnere mich daran, wie er über meine Jeans gestrichen hat, als er auf dem Friedhof hinter mir stand.

Jetzt steht er vor mir, lacht.

«Im Hotel hast du zu gerade gesessen, dir heimlich den Jeansknopf aufgemacht, tief geatmet. Dabei hast du kaum etwas gegessen.

In deinen Jackentaschen war kein Buch, Brusttaschen haben Damenjacken nicht, eine Handtasche hattest du nicht bei dir. Für mich stand aber fest, dass du das Buch immer bei dir tragen würdest.»

«Du sprichst wie ein Anwalt.»

«Stimmt meine Diagnose?»

«Könnte sein. Ein Medium war das eine – was sonst noch?»

Er legt seine Hand an meinen Hals, als wäre es das Natürlichste der Welt.

Zeit, schon wieder die Waffen zu wechseln? Zeit, aufgeschobene Fragen zu beantworten? Sein Gesicht ist so nah. Neu für mich, dass meines in der Umarmung nicht gegen einen Jackenknopf gepresst wird, dass ich meinen Kopf nicht weit in den Nacken legen oder auf einen Stuhl steigen muss, um zu küssen.

Ich streife die Lederjacke über seine Schultern. Sie fällt auf den Boden.

Ich küsse sein Gesicht. Kühl wie Wachs, bis auf den Mund.

«Warum warst du feindlich?», frage ich.

«Ich kann mich gut erinnern, dass du es warst.»

«Nur der Versuch, einen intelligenten Gesprächsansatz zu finden.»

«Es kann nicht alles gelingen. Schneekönigin.» Wir lachen, während wir uns den Atem nehmen.

«Aus welchem Grund hast du mir die Glocke gegeben?»

«Ich komme nicht mehr weiter. Ich brauche deine Hilfe.»

«Du brauchst meine Hilfe, weil du keine Zeit mehr hast?»

«Stimmt. Ab Montag bin ich für eine Woche in den USA.»

«Du weißt, dass ich am Montag nach Israel fliege.»

«Du kommst nach Deutschland zurück. Ich nicht, aber ich muss in dieser Sache hier weiterkommen.»

«Was suchst du wirklich?»

«Ein Bild für einen sehr wichtigen Klienten.»

Es ist denkbar, dass seine Aussage einen Funken Wahrheit enthält.

«Und du bist Anwalt?»

«Ja.» Aus dem Kühlschrank holt er den Sekt, den vor dem Essen keiner trinken mochte. Ich will einen Schluck aus seinem Glas nehmen, lasse es beinahe fallen, weil ich unvermutet ein Pfund Bleikristall in der Hand habe.

«Wie kommst du darauf, in Ewaldsleben zu suchen?»

«Eine Spur führt dahin.»

«Das heißt also: Was ich gefunden habe, kann ein Schlüssel sein zu dem, was du suchst. Ist das deine Hoffnung?»

«Korrekt, und was suchst du?»

«Die Reisetasche meiner Großmutter», lüge ich. Es geht mir zu schnell. Ist noch zu früh, die Wahrheit zu sagen. «Es muss noch anderes darin sein», erfinde ich weiter. «Briefe, Tagebücher, Schlüssel. Vor allem Schmuck.» Zu spät bedenke ich, dass er in meinem Gespräch mit Verena Klinger gehört haben könnte, dass Briefe und Tagebücher meiner Großmutter beim Brand des grauen Zimmers vernichtet worden sind.

«Kann die Glocke dazu nützen, die Tasche zu finden?» Er wird mir ebenso wenig glauben wie ich ihm, aber er hätte meine Lüge auffliegen lassen, wenn er den Teil des Gesprächs mit Verena richtig gedeutet hätte.

Erleichtert nehme ich die Glocke wieder in die Hand.

Sie ist wirklich flach und breit, fast quadratisch, ungefähr 3 × 3 Zentimeter, so wie meine Großmutter sie beschrieben hat. Oben ist ein fester Ring angebracht, zum Aufhängen. Der untere Rand ist von einer schmalen Bordüre aus stilisierten Blättern geschmückt. Bis auf eine kleine, runde Öffnung ist sie auch unten geschlossen. Den kurzen Schwengel kann man nur ahnen. Er macht eher Krach als einen Ton, was logisch ist. Schließlich ist in dem Gehäuse kaum Platz.

«Und?», fragt er. «Wozu hat man das?»

Er steht hinter mir, küsst meinen Hals da, wo er in die Schulter übergeht.

«Kannst du dir eine ganz normale Wiege vorstellen?»

«Ich habe eine kleine Schwester. Sie lag in einer großen, weißen, ordentlichen Wiege, wenn ich mich richtig erinnere.»

«Und über der oberen Stange hängt normalerweise ein Vorhang, den man vor- und zurückschieben kann, und daran hängt man dann an einer festen Schnur so eine Glocke auf.»

«Wie viele Babys hast du schon erlebt?»

«Fünf», antworte ich automatisch.

«Und dann? Was sollen die Babys mit der Glocke machen?»

«Das ist doch logisch.»

«Erklär es mir.»

Ich drehe mich zu ihm um. Was die Glocke angeht, gibt es Wichtigeres zu besprechen, denke ich.

«Sie ist so geformt und durchdacht, dass eine Babyhand sich aus der Wiege nach ihr streckt, sie greift, an ihr zieht und Krach macht. Sie glänzt irisierend, bewegt sich. Das Baby ist immer damit beschäftigt, wenn es wach ist. Es kann sich mit der Glocke bemerkbar machen, seine Intelligenz wird durch die Beobachtung eines beweglichen Objekts gefördert. Langt das?»

Er lacht.

«Das ist unfair.»

«Was?»

«Du hast mich dabei ertappt, dass ich gerne etwas weiß.»

«Wenn ich lache, bete ich dich an. Das ist alles.»

«Das ist in Ordnung.»

«Aber?»

«Deine Konzentration ist nicht mehr in Ordnung.»

«Das ist nur eine Frage des Objekts.»

«Was ist jetzt mit den Initialen und den Buchstaben auf der Glocke?»

Wir sitzen in dem Kingsize-Präsidenten-Bett, den Rücken an gesteppten Taft gelehnt. Bei der Dekoration des Zimmers muss jemand an Champagner in Kristall auf Chippendale-Silber gedacht haben. Präsidentialer Pomp, dämmriges Licht, Soap-Opera live umgibt uns, aber es zählt nicht. Im Moment sind wir erschöpft, lachen unter glänzenden Kingsize-Laken, sind zufrieden wie zwei, die Kirschen geklaut und aufgegessen haben, bevor sie entdeckt wurden.

Ich überlege, wie viel er wissen darf und warum ich kein schlechtes Gewissen habe, in einer geschmacklosen Präsidentensuite im Oberharz mit jemandem zu schlafen, dessen Nachnamen ich nicht einmal kenne. Wahrscheinlich ungewöhnlich, aber natürlich, vielleicht, weil wir es sind.

«Wo lebt dein Klient?»

Gegenfragen sind dienlich, wenn man nicht antworten will.

«Du meinst, ich bin zuerst dran?»

«Korrekt.»

Er lacht. Ich bin durchschaut. Es dauert wieder eine Zeit, bis ich zu Wort komme.

«Also, wo lebt er?»

«In Paris.»

«Hat er immer schon dort gewohnt?»

«Sein Leben lang.»

«Wie lange sucht dein Klient nach dem Bild?»

«Seit 52 Jahren.»

«52 Jahre.» Ich wiederhole die Zahl, um Zeit zu haben, um eine Vorstellung zu entwickeln.

1993 – 52 = 1941. Paris 1941. Zweiter Weltkrieg. Paris ist besetzt. Hakenkreuz statt Trikolore. Auf Plätzen, in Straßen und Häusern wimmeln Wehrmachtssoldaten herum wie Ameisen. Ein Bild wird gestohlen.

«Wo wurde das Bild gestohlen?»

«Im Haus meines Klienten.»

«Wann wurde der Diebstahl entdeckt?»

«Ende Juni 1941.»

«Wurde die Polizei eingeschaltet?»

«Sofort.»

«Wer wurde verdächtigt?»

«Jedes Familienmitglied, alle Hausangestellten, jeder, der im Haus gewesen ist – ohne Erfolg.»

«Was ist das für ein Haus?»

«Schwer zu sagen. Groß. Unübersichtlich wie ein Stadtteil. Hat aber nur einen Eingang. Außerdem gibt es einen Concierge.»

«Man konnte also feststellen, wer im Haus war, als der Diebstahl bemerkt wurde.»

«Ja. Doch.»

«Ist erwiesen, dass der Tag des Diebstahls identisch ist mit dem Tag der Entdeckung?»

«Du hast Talent.»

«Maurice?»

«Mon cœur.»

Wenn ich mich nicht an sein Knie gelehnt hätte, um ihn bei meiner nächsten Frage anzusehen, hätte ich vielleicht nie bemerkt, dass seine Pupillen sich in Sekundenschnelle derart weiten, dass sie die Iris verdrängen. Nur ein schmaler Kreis schließt sich dann um schwarzen Glanz. Ich möchte die Zeit anhalten, mich ausruhen, meinen Namen hören und alle anderen, die er mir gibt.

Als er meine Frage schließlich beantwortet, stellt sich heraus, dass der Tag des Diebstahls nie präzise ermittelt werden konnte.

«War dein Klient 1941 Soldat?»

«Er ging damals erst zur Schule.»

«Dann hat er den Fall sozusagen geerbt, sucht jetzt für seine Familie in der zweiten Generation?»

«Korrekt. Es gibt schon eine dritte.»

Er will Cognac holen, um das Essen zu vergessen, steht auf, wickelt sich in ein Handtuch. Das Handtuch verdeckt knapp eine sichelförmige Blinddarmnarbe, die mein Mund schon entdeckt hat. Ich möchte keinen Cognac, nur, dass er sofort zurückkommt. Es ist lächerlich, wie wenig ich über ihn sagen könnte, wenn er nicht mehr zurückkäme. Land, Stadt, Beruf. Austauschbare Informationen. Es ist so wenig. In meiner wachen Müdigkeit weiß ich nur, was ich gesehen, gespürt und gefühlt habe. Ich möchte, dass er sofort zurückkommt, dass der Zustand wieder hergestellt wird.

Ich beobachte, wie sorgfältig er Cognac auf zwei Rotweingläser verteilt. Er hat mich nicht gefragt, ob ich etwas trinken möchte.

«Gibt es außer der Familie deines Klienten noch irgendjemanden, der nach dem Bild sucht oder sich dafür interessiert?»

Ich bekomme mein Glas, nehme es, weil ich das Thema nicht wechseln will.

«Ja und nein. Es gibt innerhalb der Familie offensichtlich schwere Unstimmigkeiten darüber, was mit dem Bild geschehen soll, wenn es wieder auftauchen sollte.»

«Möglicherweise besteht die Gefahr einer familiären, aber feindlichen Übernahme?»

«Du solltest immer da sein, um zu sagen, was ich meine.»

«Um was für ein Bild handelt es sich eigentlich?»

«Ein außergewöhnlich kleines Ölbild von Corot.»

«Ein kleines Ölbild von Corot.»

Wiederholen als Trick. Nachsprechen als Aufschub, Atempause nach der Schrecksekunde. Es klappt nicht immer. Der Cognac zittert in meiner Hand. Wellen von flüssigem Bernstein. Ich konzentriere mich, den Aufruhr im Glas zu stoppen, stelle es fort, begegne seinem Blick. Grau. Eis auf Asphalt.

«Touchez, Marie.» Er strahlt, lässt sich neben mich fallen.

«Du meinst, ich bin jetzt dran?»

«Korrekt.»

Er lacht. Ich auch.

Vorsichtig tauchen wir aus dem ersten Schlaf. Die Nacht ist hell vom Schnee. Flocken gleiten an den Fenstern vorbei, haben es nicht mehr weit, bis sie unten aufeinander fallen, sich türmen und ruhen. Ich spüre meine Haut, Millionen von Zellen, als wäre sie in dieser Nacht von Millionen Flocken berührt worden.

Wir liegen wortlos wach. Schöner als träumen, wenn jede Bewegung Berührung ist.

Träumen. Ich denke an die letzte Nacht, an die Angst, aus der er mich geweckt hat. Wir sehen uns nicht, spüren jede Regung, fragen und antworten. Ich spreche von dem Traum, der meine letzten Kinderjahre beherrscht hat.

Der Unfall. Er will jede Einzelheit. Der blaue Morgen über dem Pont du Gare, das Ölbild von Corot, der Koffer neben mir, Elternzank vor mir, Sonne im Garrigue, ein roter BMW von hinten, der Schrei meiner Mutter.

«Weiter», sagt er ruhig, spürt, dass ich mich verkrampfe. «Marie.» Er ist da. Seine Lippen sind dort, wo die Schlagader läuft, unter dem Ohr, da wo Zärtlichkeit Beruhigung ist.

«Als ich wieder zu mir kam, waren Stimmen da.»

Nach fünfzehn Jahren erinnere ich mich endlich daran, was dann geschah. Ich erzähle es ihm, erlebe es wieder: Rufe und Schreie von groben, lauten Stimmen, Klopfen, Treten gegen das Auto. Mein hämmerndes Herz versackt in Angst, meine Zunge ist gelähmt. Ein Ruck an der Tür, Geruch von Leder und Thymian im warmen Wind, ein blasses Gesicht dicht vor meinem, der kalte Blick, der Griff nach dem Koffer. Ein Schlag, Schmerz, Dunkelheit.

Was haben sie alles mit mir angestellt, um diese Szene rekapitulieren zu können, um mir Angst und Albtraum zu nehmen. Kindliche Musik- und Maltherapie, Gruppen- und Einzeltherapie, psychoanalytische Auslotung der Tiefenperson, Urschreitherapie. Alles habe ich mitgemacht. Nur geschrien habe ich nicht. Mein Gedächtnis reichte bis zum Schrei meiner Mutter. Nie weiter. Als hätte er eine Mauer in meiner Seele hochgezogen, hinter der sich die Angst verkrochen hat.

Schubweise wie ein Bild im Internet baut sich die Szene jetzt ein zweites Mal vor mir auf. Schärfer, vielschichtiger. Ich hänge im Gurt, mein Herz rast, hämmert, dass es wehtut. Beißende Hitze spüre ich am Körper, so als wäre ich in Ameisen gefallen. Den Kopf kann ich nicht bewegen, den Mund nicht öffnen, nur die Augen kann ich öffnen, schließen und wieder öffnen. Meine Haare sind über das Gesicht gefallen wie ein Schleier, vor dem sich der Kopf des Mannes bewegt. Den haben meine Augen festgehalten – als hätten sie den Raubzug eines Panthers aufgezeichnet:

Glatt, blass mit schwarzem Haar, harten Augen. Langsam schiebt er sich an mir vorbei, sein Blick späht und entdeckt etwas, ich will schreien, mich bewegen, bin wie gelähmt. Er greift zielsicher nach vorn, zieht den Arm schnell wieder zurück. Ich spüre einen Schlag und gellenden Schmerz.

Wir sprechen weiter. Worte, die Müdigkeit und Erregung bedecken. Draußen wird es hell. Wir schlafen.

Frühstück

D*as Zimmer an der Nordwestecke* des Hotels hat breite Glastüren in beide Himmelsrichtungen. Blauer Himmel, Morgensonne, verschneite Tannen gegenüber am Berg. Auf dem Gipfel ruht eine Wolkenbank, rosa und grau, zerfasert wie Zuckerwatte in Tannenzweigen aus gezuckertem Eischnee.

Auf der Straße werden aus der Pracht Kälte, Glätte, das heißt Schneeketten, zumindest vernünftige Winterreifen. Beides habe ich nicht, denke besser nicht daran.

Meine Welt besteht noch aus vier Quadratmetern Wärme, aus Kissen und Decken, dem Widerschein der Sonne.

Im Badezimmer summt sein Rasierapparat. Seine Stimme hat mich geweckt.

«Zimmer 947, Frühstück für drei Personen, bitte. Kaffee, heiße Milch, Toast, Croissant, Gelee, Honig und Zimt. Ja, Zimt. Exakt.» Und noch einmal: «Richtig verstanden, Zimt.»

Auftrag erteilt, Gespräch beendet.

«Du hast Schinken vergessen.» Ich melde mich aus den Kingsize-Bettdecken. «Schinken, Spiegeleier, gebratenen Speck, frische Mohnbrötchen, Orangensaft.»

Er dreht sich halb zu mir, stützt sich auf den Ellenbogen. Die Fenster spiegeln sich in seinen Augen. Ebenso gläsern klingt seine Stimme.

«Das ist nicht dein Ernst, oder?»

«Wieso nicht? Rufst du noch einmal an?»

«Nein.»

«Warum nicht?»

«Es ist Barbarei.»

«Aber ich mag es.»

«Marie!»

Wenn er meinen Namen sagt, bannt er mich. Ich halte nicht durch, fange an zu lachen. Er lacht auch.

Die Wahrheit ist, dass ich nie Spiegeleier zum Frühstück esse, auch Schinken nicht, und dass ich Speck nicht mag.

Tatsache ist auch, dass er zur Diktatur neigt, was ich geahnt habe.

Warum kann ich mich jetzt an das Profil erinnern? Warum nicht damals, als sie mir unzählbare Bilder vorgelegt haben, um den Schuldigen suchen zu können? Jetzt erinnere ich mich daran, was damals passiert sein muss, als meinen Eltern ein Bild und das Leben gestohlen wurden. Kopf, Haltung, Bewegungen des Mannes haben meine Augen an jenem Morgen festgehalten, ins Gedächtnis gebrannt und nie wieder freigegeben. Erst heute Nacht. Eine Datei, auf der Festplatte gespeichert und abgestürzt, taucht wieder auf, ist aus dem Sumpf befreit. Ich sehe das Profil des Mannes vor mir. Ein aschfahler Panther. Augen farblos, wie Phosphor im Tageslicht, darüber die fliehende Stirn, glänzend zurückgekämmtes Haar. Irgendetwas, vielleicht das Gel in den Haaren, roch wie Kamillenseife, angenehm kühl, vermischte sich mit dem Geruch von Leder und Thymian im Wind. Die Haut seiner Wangen war großporig wie billiges Schaumgummi.

Warum gibt mein Gedächtnis diesen Vorfall nach fünfzehn Jahren frei? Warum hier, vor dem Panorama aus funkelndem Weiß, Rosa und Himmelblau, dem summenden Rasierer im Hintergrund, dem Frühstückstisch vor der Tür?

Noch erschreckender: Warum kam die Erinnerung in der vollkommensten Nacht, die ich je erlebt habe?

Ich werde ihm nichts erzählen.

Der Gedanke vertreibt mich aus meiner Schläfrigkeit. Ich sitze, umschlinge meine unter der Bettdecke hochgezogenen Knie, sehe mein Spiegelbild. Normalerweise sehe ich gut aus, aber nicht so gut wie jetzt. Das ist schön, aber keine Erklärung meines Problems. So einfach wird eine schwer wiegende Gedächtnislücke wie meine nicht zu schließen sein. Klinisch ausgedrückt: Wenn eine phasische Amnesie durch einmaligen Sex zu therapieren wäre (die Doppeldeutigkeit von ‹einmalig› macht in diesem Fall durchaus Sinn), dann hätte das die Neurologie, die Psychiatrie längst revolutioniert. Möglicherweise auch die Kriminologie.

Was dieser Nacht vorausging, ist wichtig. Im legeren Fachjargon könnte man die Fakten folgendermaßen zusammenfassen: Seitdem ich Maurice begegnet bin, irritiert er mich, ich fühle mich von ihm in die Enge getrieben. Ich erkenne an mir alte Muster klaustrophobischer Ängste, Fluchtreflexe, träume wieder den alten Albtraum, werde darin bedroht, fühle mich paralysiert. Seit gestern Nachmittag reagiere ich anders auf ihn. Ich mag seine Nähe. Zuerst aber war Widerstand, er hat ihn eindeutig ausgelöst, und ich muss versuchen, den Zusammenhang zu klären.

«Woran denkst du, Marie?»

Ich habe nicht gehört, dass er aus dem Badezimmer gekommen ist.

«Warum?»

«Es macht dich schön.»

«Ich sage es dir ins Ohr.»

Er ist längst bei mir.

«Warum hast du Frühstück für drei Personen bestellt?»

«Wenn man für drei bestellt, bekommt man genug Kaffee, und er ist heiß. Sieh dir die riesige Thermoskanne an. Mit der Milch ist es das Gleiche.»

«Machst du das immer?»

«Ja.»

«Langt es nicht, für zwei zu bestellen, wenn man allein ist?»

«Nein. Dann bekommt man nicht eine, sondern zwei lächerliche kleine Kannen mit kaltem Kaffee. Also doppeltes Unglück.»

Wir sitzen uns an dem gedeckten Rolltisch gegenüber, als trügen wir Uniform. Weiße Hotelbademäntel, Haare gewaschen, nass zurückgekämmt, barfuß, ein Minimum von Berührung ist garantiert. Warm genug ist es auch. Elf Stockwerke über Schnee und Eis produziert die Hotelheizung Südseeklima vor Alpenpanorama. Maurice beginnt in Höchstgeschwindigkeit zu essen, entdeckt, dass kein Zimt geschickt worden ist, mäkelt berechtigt an der Qualität der Milch herum, verspricht mir den besten Milchkaffee der Welt, wenn ich in Paris bin. Ich annektiere das Johannisbeergelee und das einzige Croissant, ohne auf Einwand zu stoßen, und denke, dass mich im Moment ein anderes Problem interessiert. Dessen Lösung ahne ich zwar, aber es ist an der Zeit, Sachverhalte klarzustellen.

«Warum hast du ausgerechnet in Ewaldsleben nach dem Bild deines Klienten gesucht?»

Er schenkt sich Kaffee nach.

«Habe ich es nicht schon gesagt? Eine Spur führt dahin.» Er spricht Französisch. Kühler Anwaltston. Kann er haben.

«Vermutlich wäre der gegnerischen Partei mit dem Versuch der Konkretisierung gedient.»

«Ohne Zweifel: In diesem Fall hat der Kontrahent eigenhändig den Pfahl ins Fleisch gestoßen.»

«Einspruch: Diese verschlüsselte Feststellung des Klägers ist Indoktrination der Geschworenen, um eine schlüssige Beweisführung umgehen zu können.»

«Der Beweis drängt sich durch verifizierte Tatsachen auf.»

«Es wird sich herausstellen.»

«Alors», sagt er, wie früher mein Fechtlehrer, wenn er mich aufforderte, Fechterstellung einzunehmen, la position de garde. Wir taxieren uns über unseren Kaffeetassen. Sein Fuß streichelt meine Zehen. Das tut nichts zur Sache, ist ein Nebenschauplatz. Es kann losgehen.

«Ecoute, Marie.»

Und jetzt kommt genau die Geschichte, die ich befürchtet habe.

Alle Personen, die sich im Frühjahr und Sommer 1941 frei im Haus seines Klienten bewegen konnten, sind überprüft worden. Das Bild wurde nicht gefunden, kein Hinweis, kein hinreichender Verdacht. Trotz äußerst scharfer Suche. Zwei Spuren konnten nicht verfolgt werden.

«Welche Spuren konnten nicht verfolgt werden?»

«Die Spur von zwei deutschen Offizieren, die von Januar bis Juni 1941 im Haus meines Klienten einquartiert waren. Einer der Offiziere hieß Rüdiger von Ewald.»

«Kein ungewöhnlicher Name.»

«Dein Großvater?»

«Möglich. Was ist weiter über den Betreffenden zu erfahren gewesen?»

«Rüdiger von Ewald, geboren am 17. Juli 1893 in Ewaldsleben, Provinz Sachsen, Deutschland. Gutsbesitzer, Offizier, verheiratet mit Marie, geborene Gräfin Lautenberg aus Böhmen.»

«Stimmt alles.»

Die Blöße hätte ich nicht zeigen dürfen.

«Seit wann waren zwei Bilder von Corot in eurer Familie?»

Suggestivfragen sind erlaubt. Gefährlich wie Finten beim Fechten. Nach dem nächsten Stoß werde ich schnell mit dem Rücken an der Wand stehen, wenn ich nicht aufpasse.

«Wie kommst du darauf?»

«Du hast gesagt, dass deinen Eltern damals ein Corot gestohlen wurde.»

«Mein Vater war Galerist. Das Bild, das ihm gestohlen wurde, war nie in unserem Privatbesitz.»

«Erinnerst du dich an das Bild?»

Schlag abgewehrt. Er hält die Bindung lose aufrecht. Ich mache mit.

«Ich könnte es malen, so oft musste ich die Reproduktion ansehen.»

«Es ist nie wieder aufgetaucht?»

«Nie. Richard und Alma lassen es nach wie vor suchen. International, in allen Auktionshäusern.»

«Beschreib es für mich.»

«Erst muss ich genug Kaffee getrunken haben.»

«Die Tassen sind klein, ich gebe dir gleich noch einen neuen Kaffee.»

«Du bist perfekt.»

«Weil du es bist.»

Ich schiebe meinen Fuß unter seinen, bleibe auf der Hut. Die nächste Attacke kommt bestimmt.

«Also: Das Bild zeigt eine weitläufige, idyllische Landschaft. Weiden am See spiegeln sich im Wasser, im Dunst verschwommen. Den Vordergrund beherrscht eine alte, weit ausladende Weide, links darunter sieht man eine Frauengestalt, die sich am Stamm in die Höhe reckt, um einen Zweig zu pflücken. Kleine Kinder spielen zu ihren Füßen. Helles Nebelgrau und Schilfgrün sind die dominierenden Farben des Bildes, nur die zierliche Frau trägt ein rotes Tuch um die Taille, alles ist überzogen von silbrigem Glanz, typisch für Corot. Das Format des Bildes: Ungefähr 40 × 50 cm, Öl auf Leinwand.»

Er gießt Kaffee und Milch in unsere Tassen. Während ich spreche verändert sich der Ausdruck seines Gesichts, als würde eine Wolke darüber jagen. Was darin konzentriert und gelassen war, wirkt sekundenlang irritiert, erschrocken. Es ist schnell vorbei, bebt höchstens nach wie der Schall eines Gongs. Er sammelt sich, sagt nichts, schraubt nachdenklich den Deckel auf die Kaffeekanne.

«Was ist, was stimmt nicht?»

«Perfekt beobachtet», sagt er schließlich, «aber nicht das Bild, das ich suche.»

Er müsste erleichtert sein, wirkt konsterniert.

«Was weißt du über den Corot deiner Großmutter?»

Wieder eine gekonnte Finte. Muss ich neidlos anerkennen. Ein Stoß aus dem Handgelenk. Ich habe Mühe, ihn abzuwehren.

«Sicher kann man nicht sein, dass es einen Corot gab. Es wurde nie davon gesprochen, was merkwürdig ist, wenn man bedenkt, dass meine Eltern mit der Kunst dieser Epoche handelten, oder? Ich weiß nur, dass meine Großmutter eines der Bilder in ihrem Studierzimmer besonders liebte. Es hing seitlich neben dem Flügel. So, dass sie es immer sehen konnte, wenn sie spielte. Es muss ein Landschaftsbild gewesen sein. Das weiß ich aus dem Gespräch mit Verena Klinger, das du mitgehört hast, oder?»

«Gut», sagt er nur. Gut pariert, sagen seine Augen.

Der Kampf macht Spaß. Leider ist meine entscheidende Motivation Vertuschung von Tatsachen. Ich bringe es nicht über mich, zuzugeben, dass mein Großvater seiner Frau einen Corot geschenkt hat, als er aus Paris kam. Dabei steht es präzise so im Tagebuch. Als ich die Notiz gelesen habe, war ich noch beeindruckt von dem Geschenk. Wenn es sich aber tatsächlich um den Corot handeln sollte, den Maurice sucht, wäre es mir unendlich peinlich.

«Kannst du das Bild beschreiben, dass deinem Klienten gestohlen worden ist?», frage ich. Eine vorsichtige Auslage von meiner Seite, ich suche Aufschub. Bin außerdem überzeugt, dass sein Klient nur virtuell vorhanden ist. Es steckt mehr dahinter als irgendein vornehmer Franzose mittleren Alters, der halbjährlich in einer Kanzlei anruft, um sich nach dem Stand der Nachforschungen zu erkundigen. Wahrscheinlich steckt Maurice selbst mittendrin.

«Das Sujet ist ähnlich. Weiden am Wasser, Licht hinter Dunst, Perlmuttglanz überall. Öl auf Canvas, in einem auffällig schweren Rahmen. Eichenholz, geschnitzt, vergoldet, ca. 15 × 25 cm. Das Bild ist sehr klein, passt mühelos in einen kleinen Koffer.»

Großvater Ewald, der blond gelockte Hüne, leidenschaftlicher Verfechter preußischer Tugenden, dem die Anständigkeit noch zu den Ohren herauskam. Er kann doch damals nicht alle Prinzipien vergessen und ein Bild entwendet haben wie ein gemeiner Dieb? Und wenn, warum?

«Wie hieß der andere Offizier?», frage ich.

«Sebastian von Hase. Hast du vielleicht von ihm gehört?»

«Ja. Im Tagebuch wird er oft erwähnt. Er war ein Freund und Regimentskamerad meines Großvaters. Ist in der gleichen Woche gefallen. Neben Goebbels war dieser Sebastian von Hase Patenonkel meiner Mutter.»

«Du meinst – den Goebbels?» Seine Kaffeetasse bleibt in der Luft stehen.

«Ja. Goebbels war ein guter Freund von Großvater Ewald. Ein fabelhafter Patenonkel anscheinend auch. Vielmehr seine Frau. Es kamen immer pünktlich Supergeschenke aus Berlin. Eine Puppenküche mit handgemalten Fliesen und richtigem Herd, Puppenkoffer aus Leder mit fertiger Puppengarderobe und so weiter. Makaber, mitten im Krieg. Muss trotzdem umwerfend gewesen sein.»

Maurice setzt seine Tasse auf dem Unterteller ab, sagt immer noch nichts. So viel Sprachlosigkeit hätte ich bei ihm nicht vermutet.

«Was ist? Haben deine gründlichen Recherchen nicht ergeben, dass mein Großvater ein waschechter Nazi war, Parteigenosse der ersten Stunde? Mit Goebbels befreundet, bei Hitler zum Essen eingeladen?»

Meinen Fuß ziehe ich fürs Erste unter seinem fort.

«Ich kenne viele Deutsche, aber es ist mir noch nie einer begegnet, der offen zugibt, dass seine Familie mit den Mächtigen befreundet war.»

«Es gibt Feiglinge, die dabei waren und es verschweigen. Es gibt andere, die de facto nichts mit dem Regime zu tun hatten, aber Schuld auf sich nehmen. Wenn du so willst, heften sie sich die kollektive Schuld des Volkes an. Mein Vater gehörte zu ihnen. Er ist mit der NS-Vergangenheit nie fertig geworden. Den Teil der Familiengeschichte meiner Mutter hätte er lieber totgeschwiegen.»

Ich erzähle ihm vom blauen Fotoalbum, das ich nur ansah, wenn mein Vater es nicht merkte.

«Gibst du mir deinen Fuß wieder?»

Ich schiebe meinen ausgekühlten Fuß zurück und lass ihn wärmen.

«Sicher hast du etwas über die Familie dieses Sebastian herausgefunden?»

«Sie lebten in Berlin-Pankow. Er war einziger Sohn, der Vater fiel im Ersten Krieg, die Mutter kam 1945 bei einem Bombenangriff um, die Wohnung ist vollständig zerstört und ausgebrannt. Sebastian von Hase ging direkt von Paris an die russische Front, fiel im November 1941, sein Feldgepäck wurde gelistet. Keine Anhaltspunkte für den Besitz eines Ölgemäldes. Nirgendwo. Außerdem war er in einem anderen Flügel des Hauses untergebracht. Kam nicht täglich mit dem entwendeten Bild in Berührung.»

Die Degenspitze zielt auf Großvater Ewald, auf mich, auf ein Eingeständnis. Ich will es noch herauszögern.

«Maurice, wie lange suchst du schon nach dem Bild deines Klienten?»

«Seit zwei Jahren.»

«Seit wann bist du Anwalt?»

«Seit zwei Jahren.»

«Immer in der gleichen Sozietät?»

«Ja.»

«Ist es üblich, einem Neuling sofort den unübersichtlichen, im Prinzip verjährten Fall eines sehr wichtigen Klienten zu übertragen?»

Das Messer in seiner Hand hört für Sekunden auf, den Toast zu durchschneiden. Seine Augen sind weit geöffnet, hellgrau, nahezu erstaunt.

«Touchez?»

Meine Zehen stoßen sacht gegen seine Fußsohlen.

Unsere Augen beobachten, wägen ab, dann lacht er.

«Du kämpfst gut, mon cœur.»

Das ist unfair. Er weiß, dass ich schmelze, wenn er das sagt, wenn er lacht.

«Deine Taktik ist auch ganz passabel. Ist noch Kaffee für mich da?»

Ich halte ihm die leere Tasse entgegen, die er mir abnimmt und wegstellt. Morgenlicht steht mir gut, meint er. Wenn ich wirklich noch mehr Kaffee wollte, müsste er meine Hände wieder loslassen. Ich bestehe auf meinem Kaffee, aber wir lassen uns nicht los.

Meine Mutmaßung ist sicher nicht falsch: Es steckt mehr hinter seinem Auftrag, als er sagt, aber er bleibt bei der Tarnung wie ich beim Verschweigen wichtiger Fakten. Beide vermuten wir voneinander, dass wir Informationen zurückhalten, lassen uns nicht aus den Augen, versuchen durch Fragen Blößen zu ermitteln. Wie im Fechtkampf ist es wichtig, einen günstigen Abstand zum Gegner zu halten und durch Bindung die gegnerische Waffe zu beherrschen.

Ich versuche eine einfache letzte Attacke. Ich werde seinen Beschützerinstinkt zu wecken versuchen, werde erzählen, was ich nicht sagen wollte: Dass ich mich ausgerechnet heute Nacht an die abstoßende Visage des Mannes erinnert habe, der uns in Südfrankreich überfallen hat. Bevor ich einräume, dass seine Mutmaßungen über meinen Großvater den Tatsachen entsprechen, bevor er meine gewaltige Blöße wahrnimmt, möchte ich seine aufdecken, die es möglicherweise aber gar nicht gibt, aber mir fällt nichts Besseres mehr ein.

Also: Attention. En garde!

«Ich musste tatsächlich Fechten lernen», sage ich.

«Hast du dich dagegen gewehrt?» Er reagiert. Ich kann meinen Plan verfolgen.

«Nicht wirklich gewehrt. Im Grund brauchte ich nur minimale Kenntnisse für eine Theateraufführung, aber meine Schwester hat es als Therapie gesehen und mich weitermachen lassen. Sie haben immer auf den Erfolg irgendeiner Therapie gehofft.»

«Warum brauchtest du Therapien?»

«Gegen Albträume, Angst, Gedächtnisverlust nach dem Unfall.»

«Hat es genützt?»

«Teilweise. Irgendwann haben die Träume aufgehört, die Angstzustände ließen nach, aber ich konnte mich nie erinnern.»

«Gestern Nacht in Halberstadt hattest du wieder den Traum, vergiss das nicht.»

«Heute Nacht, hier, habe ich mich an den Unfall erinnert, an den Diebstahl. Zum ersten Mal.»

«Was genau hattest du vergessen?»

«Den Moment des Diebstahls, den Mann, der den Koffer aus dem Auto holte und mir gegen den Kopf schlug – ich weiß jetzt, was damals passiert ist. Ich sehe ihn vor mir.»

«Erzähl es, bitte.»

Er küsst meine Finger, seine linke Hand streicht den Bogen zwischen Schulter und Hals bis zum Ohr. Den Teil meines Körpers, der einem Küstenbogen gleicht, den er liebt, den er besitzen möchte. Besorgte Anspannung steht in seinen Augen, konzentrierte Wahrnehmung eines außenstehenden Betrachters. Ich bin der eine Fechter, er weiß nicht, dass er der andere ist. Es fällt mir schwer, ist wie Betrug. Er meint zu beobachten, während ich ihn in den Kampf hineinziehe, auf eine Blöße hoffe. Haargenau schildere ich ihm den Mann, der in das Auto einbrach, meine Eltern verbluten ließ, den Koffer nahm, mich verletzte, der nicht ahnte, dass ich ihn sah.

Mein Degen federt, stößt nach vorn, seine Augen verengen und weiten sich ungläubig. Dann sitzt der Stich, hat offensichtlich getroffen, sein Handgriff wird fest und starr, im nächsten Moment lässt er mich los, geht zum Fenster. Steht regungslos, sagt meinen Namen, flüstert ihn tonlos.

Draußen funkelt der Schnee in der Sonne, er wendet mir den Rücken zu, steht vor dem Fenster. Ein Schattenriss.

Ich stehe auf, trete hinter meinen Stuhl, warte, sage nichts. Ich habe im Dunkeln gefochten und getroffen. Der Kampf ist vorbei. Jetzt muss Licht geschaffen werden, der Gegner muss aus dem Schatten treten. Ich bin wie gelähmt, kann das Schweigen nicht brechen. Es zieht sich um mich zusammen, nimmt mir die Luft, saugt mich leer, als würde ich in einer Plastiktüte vakuumisiert.

Er dreht sich nicht um, sagt nur wieder meinen Namen. Fragend, als wollte er sich vergewissern, dass ich noch im Zimmer bin.

Ich trete neben ihn vor das Fenster. Wir berühren uns nicht, sehen uns nicht an. Mein Herz rast, die Haut sticht, als wäre ich in einen Kaktus gefallen, mir wird schwindlig. Ich kenne die Symptome.

«Marie.»

«Mach schnell!»

«Es gibt diesen Mann. Du hast mir gerade gesagt, dass ich den Mörder deiner Eltern kenne.»

Schnee

Erst als wir draußen durch den Schnee laufen, merke ich, wie wacklig meine Knie sind. Ich muss hinaus, irgendwohin, wo ich weit sehen kann, wenn ich nicht weiterweiß. Er geht mit mir. Ich muss nichts erklären.

Wir bringen das Gepäck in sein Auto, fahren mit der Seilbahn auf den Berg. An der Talstation wimmeln Schwärme von Winterurlaubern wie Bienen vor dem Einflugloch. Lärm verdeckt unsere Sprachlosigkeit. Laute Gespräche, quängelnde Kinder, harter Tritt von Skistiefeln hundertfach auf Fliesen klackend, auf Holzbohlen polternd. Ein Wald aus hoch gestellten Skibrettern stakt mit der Menschenschlange vorwärts. Ohne Berührung, ohne Worte stehen wir dazwischen, fahren schließlich durch eine Tannenschneise nach oben; sie ist dunkel und eng wie ein Schacht. Ich habe immer Schwierigkeiten mit Seilbahnen, fühle mich doppelt hilflos an diesem Morgen, an dem ich erleichtert sein könnte. Ich habe mich erinnert. Er kennt den Mörder meiner Eltern, weiß, wo er lebt. Es gibt diesen Mann. Ich müsste befreit sein und bin es nicht. Im Gegenteil. Ich wollte irgendetwas bewegen, als ich Maurice den Überfall schilderte, wollte wissen, wie er reagiert, habe mutwillig eine Lawine ausgelöst. Sie hat mich selbst überrollt, macht mich stumm.

Was ist, wenn Nacht und Morgen Anfang und Ende zugleich waren? Ich habe Angst davor, dass ich ihn nie wieder berühren kann, wenn wir alles gesagt haben.

Oberhalb der Bergstation laufen wir auf dem steilen Weg zur Bergspitze, sprechen immer noch nicht. Wollen die vielen Menschen um uns herum auch Aussicht und Weite, oder streben sie zur

Bratwurstbude an der Skischanze? Gut, dass sie da sind und quasseln, alles andere kann mir egal sein.

Ein Handy klingelt. Es ist meines. Die Polizei in Harzburg bestätigt den mir zugefügten Schaden. Ein zerbeulter Kotflügel, ein zertrümmerter Scheinwerfer. Ich bemühe mich zuzuhören und mich auf den Schaden zu konzentrieren, der meinem Auto vor fünfzehn Stunden zugefügt wurde. Der scheint weit entfernt und unerheblich im Vergleich zu der Beschädigung, die ich vor fünfzehn Jahren hinnehmen musste. Die ist beängstigend nah gerückt.

Der Polizist gibt sich viel Mühe. Ich soll mich sofort mit der Werkstatt in Verbindung setzen, denn es ist schon 10.25 Uhr. Ich soll mir die Telefonnummer notieren. Ich sage, dass ich etwas zu schreiben habe, merke sie mir. Ich merke mir jede Nummer. In der Werkstatt spreche ich einen Meister, werde noch einmal über den Schaden informiert und verabrede den Abholtermin. 12.55 Uhr.

Maurice hat ebenfalls sein Telefon herausgeholt, ruft die Auskunft, dann den Flughafen an, bucht um, nimmt den letzten Flug. 18.30 Uhr, Eurowings, Hannover–Paris, für Maurice Dauvignac. Zum ersten Mal höre ich seinen Nachnamen.

18.30 Uhr statt 14.30 Uhr. Geschenkte Zeit. Umbuchen als Gesprächsanfang. Sein Profil wirkt verletzlich, dreht mir das Herz um.

«Marie.»

«Ja?» Ich sehe ihn nicht an.

«Ich habe gestern gesagt, dass es in der Familie meines Klienten Unstimmigkeiten gibt.»

«Ja.»

«Da ist die Wurzel. Der Unfrieden zwischen meinem Klienten und seinem Bruder ist alt. Der Mann, den du gesehen hast, der den Koffer gestohlen hat, arbeitet für diesen Bruder.»

«Du meinst, der Bruder ist der große Ganove und der Panther führt die Befehle aus, ist der Crétin, der die Dreckarbeit erledigt?»

«Leider. Ich wollte, es wäre nicht so, aber es stimmt.»

Vor uns liegen die Bratwurstbude, ein kleines Restaurant und ein Glühweinstand, der gerade öffnet. Drei Magnetfelder. Die Masse wird nur teilweise davon angezogen. Viele laufen weiter wie wir auf dem Weg, der zum Aussichtsplatz führt.

«Crétins bekommt man eigentlich nie zu sehen, wenn sie gut sind. Wieso kennst du einen Handlanger des Bruders deines Klienten?»

«Für Außenstehende fungiert er als Chauffeur.»

«Woher weißt du, dass er mehr ist als nur Chauffeur?»

«Du hast dir die Antwort vorhin selbst gegeben: Man hat mir den Fall übertragen, weil ich eingeweiht bin. So kann man es nennen. Ich kenne die Familie schon lange. Es sind Freunde meiner Familie. Ich kenne sie, solange ich denken kann.»

Seine Stimme klingt gepresst, als würde er sich lieber die Zunge abbeißen.

«Kennst du auch den Crétin?»

«Er hat mir Jagen und Schießen beigebracht.»

«Wo war das?»

«Auf Korsika», sagt er, wirft unwirsch seine Haare aus der Stirn. Offensichtlich wird er in dieser Sache nicht gerne ausgefragt, aber da muss er durch.

Eine Zeit lang beobachte ich unsere hellen Wildlederstiefel, die nebeneinander durch den Schnee laufen. Es ist die gleiche Marke. Ich erinnere mich an das Sohlenprofil im Ruß vor dem Kamin in Ewaldsleben, sehe die Stiefelspur im Teppichboden vor seinem Hotelzimmer, bleibe stehen, drehe mich um. Im Schnee zeigen unsere Fußspuren das gleiche Sohlenprofil, das gleiche Emblem unter dem Absatz.

Ich hocke davor, betrachte es genau.

«Ein Profi bist du nicht, Maurice.»

«Kommt drauf an.» Er hockt mir gegenüber. Unsere Knie berühren sich. Ein kurzer Elektroschlag. Ich tue so, als merkte ich es nicht, ziehe mein Knie zurück.

«Wer solche Profilspuren hinterlässt, hat nicht viel zu verbergen oder ist ungeschickt.»

«Such's dir aus.» Er spricht französisch, klingt unbeeindruckt, frech. «Eigentlich spricht es für mich.»

Augen wie graues Eis an diesem Morgen.

«Du bist mir in den letzten Tagen immer gefolgt, weil du gehofft hast, ich würde das Bild finden, das du suchst?»

«Stimmt nur zum Teil.»

Wir gehen weiter. Er hat mir seine Hand gegeben, um aus der Hocke hochzukommen. Ich habe sie wieder losgelassen.

«Die Familie sucht das Bild seit zweiundfünfzig Jahren, hast du gesagt.»

«Ja. Sie suchen aber nicht zusammen. Das wäre zu schön, zu einfach. Es steht fest, dass der Bruder meines Klienten auf eigene Faust sucht, nur für sich, mit fragwürdigen Mitteln, aus fragwürdigen Motiven. Eifersucht, Habgier, alles, was du willst. Er wird das Bild nie der Familie zurückgeben, wenn er es in die Hände bekommt.»

«Sind meine Eltern gestorben, weil diese Leute dachten, mein Vater hätte den Corot, den sie suchen?»

«So muss es gewesen sein.»

Wir sind am Aussichtspunkt angekommen. Eine kleine Plattform, umzäunt, schwarz von Menschen, Fotoapparate klicken wie bei einer Pressekonferenz. Wir finden einen Platz, stehen dicht nebeneinander am Geländer, sehen die Landschaft vor uns in der Sonne. Die Sicht ist weit und klar. Berge und Täler unter glitzerndem Schnee, als wäre die Welt an diesem Morgen neu geschaffen worden. Aber ich kann kein Glücksgefühl in mir aufspüren. Ich bin wie verschüttet unter einem Berg von Misstrauen. Er kennt diesen Mann, ist vertraut mit dem, der den Tod meiner Eltern verschuldet hat. Woher weiß ich, dass er nicht mit ihm zusammenarbeitet, nicht schon alles von mir wusste, bevor wir uns trafen, dass er nicht alles geplant hat, was in den letzten Tagen, was gestern, was heute Nacht war?

Wir stehen dicht nebeneinander, sagen nichts, bewegen uns nicht. Die Enge ist Berührung, und wir wehren uns nicht dagegen. Meine braune neben seiner schwarzen Jacke, so nah, als wäre kein Leder dazwischen, unsere Hände dicht nebeneinander am vereisten Rohr des Geländers.

1200 Meter hoch liegt der Brocken am östlichen Horizont. Ein ungebackener Hefekloß unter Puderzucker. Frost glitzert blau in der Luft, beißt in den Fingern, erzwingt Bewegung. Ich wage den Sprung in undurchsichtiges Wasser.

«Wie willst du mir beweisen, dass du nicht mit diesem Bruder und seinem Crétin unter einer Decke steckst?», frage ich, wende mich zu ihm.

Vor zwei Stunden noch hätte ich die harte Falte zwischen seinen Augenbrauen berührt.

«Ich kann es nicht beweisen, Marie.»

Keine Antwort könnte ihn mehr entlasten. Das rede ich mir jedenfalls ein. Hätte er nicht eintausendunddrei Gründe parat haben können, um seine geistige Ferne zu diesen Ganoven unter Beweis zu stellen?

Neue Besucher drängen auf die Plattform. Wir machen unseren Platz frei, gehen gegen den Strom zurück.

«Wenn ich dir Namen und Adressen gäbe, wenn ich dir sagen würde, wo euer Bild ist, wenn du die Polizei einschalten würdest – es würde nichts nützen.» Er spricht wieder französisch, klingt arrogant. Wäre er nicht bemüht freundlich, wenn er etwas verbergen wollte?

Ich balanciere auf einem Drahtseil zwischen Misstrauen und Hoffnung, schlage meinen Rollkragen hoch bis über das Kinn. Den Pullover hat er mir geliehen, besser aufgezwungen, als er hörte, dass meiner untragbar ist, dreckig vom Ruß.

«Warum würde es nichts nützen?», frage ich.

«Es wäre kein Beweis dafür, dass ich auf der richtigen Seite stehe.»

Wenn er wollte, würde er gleich ein Dutzend Beweise aus dem Hut zaubern.

«Maurice, gibt es nicht einen Beweis, der dir einfällt?»

«Besteht Interesse daran?»

Unverschämter Anwaltston.

«Könnte sein», sage ich, werde langsamer, bleibe hinter ihm.

«Marie.» Er dreht sich nach mir um, geht rückwärts vor mir her. «Was soll das heißen?»

«Dreimal darfst du raten.»

«Willst du, dass ich es beweisen kann?»

«Ja.»

«Absolut?»

«Unbedingt.»

Er fragt nicht, ob ich vertraue und glaube. Das wäre auch nicht zu beantworten. Ich weiß nur, dass es richtig ist, was ich gleich tun werde, dass ich mich nicht betrüge. Als er anhält, laufe ich auf ihn zu, lasse mich von seinen Armen aufhalten, einfangen. Als wären wir Monate getrennt gewesen, als sollte es Monate andauern, stehen wir im Menschenstrom, der sich um uns öffnet und schließt wie um eine Insel.

«Welchen Beweis hast du dafür, dass der Crétin das Bild gestohlen hat?»

«Daten, Fakten, das Bild selbst.»

Als er das sagt, verschlucke ich mich fast.

Wir sind am Glühweinstand stehen geblieben. Er hat darauf bestanden, dass ich etwas Heißes trinke. Er fand meine Haut unter dem Rollkragen eiskalt und gefühllos wie Porzellan an den Lippen. Die Beuge zwischen Hals und Schulter hat er wiedererobert und will sie besitzen. Ich habe sie ihm geschenkt.

«Meinst du wirklich, dass es das Bild ist, das meinen Eltern gestohlen wurde?», frage ich. «Corot hat unzählbare Bilder gemalt. Weite Landschaften, Weiden am Wasser. Wie sicher kannst du dir sein?»

Ich wärme meine Hände an dem Tonbecher, auf dem der Berg und die Drahtseilbahn abgebildet sind.

«Das Überfalldatum macht mich sicher, was danach passierte, auch.» Er trinkt einen großen Schluck. Mir ist der Glühwein noch zu heiß.

«Erzähl. Ganz genau, bitte.» Ich halte mein Gesicht dicht über den heißen Dampf, berausche mich an dem Duft von Zimt und Nelken.

«Gleich, wenn wir weitergehen. Trink deinen Becher aus, wir müssen dein Auto rechtzeitig abholen.»

«Du bist der Boss, oder?»

«Soll ich es ändern?»

«Bloß nicht. Du wärest unkenntlich.»

Er küsst mich unter dem Ohr, zieht mich zur Theke, wo wir die Becher abgeben. Ich überlege, ob ich meinen nicht behalten will, aber der Funken Sentimentalität verglüht schnell. Der Becher ist zu braun. So viel Hässlichkeit kann durch nichts verklärt werden.

«Der Überfall auf deine Eltern war am 24. Mai 1977? In der Provençe, zwischen dem Pont du Gare und Uzes?»

«Genau.»

Wir laufen bergab zur Seilbahnstation.

«Ende Mai 1977 war ich mit meinem besten Freund Philip in Korsika», sagt er. «Philip ist der Sohn des Bruders meines Klienten. Der Bruder selbst heißt Yves. Wir flogen oft zusammen nach Korsika. Die Familie besitzt dort Land, südlich von Calvi, direkt an der Küste. Bastian war immer dabei. Bastian ist der Crétin, wie du ihn nennst. Hast du die Beziehungen verstanden so weit?»

«Lass es mich einmal wiederholen: Der böse Bruder deines Klienten ist Yves, sein Sohn, dein Freund, ist Philip, der Crétin heißt Bastian. Korrekt?»

«Perfekt.» Er bleibt stehen.

«Was ist? Was hast du?» Ich frage, weil die Falte zwischen seinen Augenbrauen noch tiefer scheint, weil er mich ansieht, als würde er zweifeln, verzweifeln, versteinern – etwas von allem. Meine Finger sind kalt, deshalb küsse ich ihn, die Stirnfalte, seine Augen, seinen Mund, bis er wieder lebt.

«Es nützt nichts, Marie. Ich kann dich nicht belügen.»

«Also?»

«Der Klient – es ist mein Vater!»

«Ich habe es geahnt. Du warst also mit deinem Vater zu Besuch bei deinem Onkel Yves in Korsika, Philip ist dein Vetter, und Bastian ist nach wie vor der Crétin.»

«Bastian war für uns die wichtigste Person.» Wir laufen immer weiter, und er spricht. «Bastian hat uns alles beigebracht. Segeln, Motorboot-, Mopedfahren, Schießen, am Strand Feuermachen, Pirschen, was du willst. Er war furchtbar autoritär dabei, nur Yves gehorchte er wie ein Sklave. An dem Wochenende Ende Mai 77 war Bastian nicht da. Wir langweilten uns ohne ihn, Yves und mein Vater waren gereizt, telefonierten ständig. Am Samstagabend wurde Bastian zurückerwartet, sollte mit dem Motorboot aus Frejus kommen. Es wurde spät, dunkel, er kam nicht. Um halb zwölf gingen wir schließlich schlafen. Zwei Stunden später wachte ich auf. Der Mond schien direkt in mein Gesicht. Ich hörte die Stimme von Yves draußen auf der Terrasse, dann die von Bastian. Ich ging ans Fenster und sah Bastian über den Rasen kommen. Der Mond warf seinen Schatten schräg über den Rasenplatz, der Aluminiumkoffer in seiner Hand glänzte wie Silber. Auf der Terrasse begrüßten sich die beiden mit Handschlag, Lachen und Schulterklopfen. Das war sehr ungewöhnlich. Normalerweise war Yves mit seinen Untergebenen kalt wie ein Eiswürfel. Ich war neugierig geworden und ging auf den Flur bis zur Treppe, um unten in die Halle sehen zu können. Die beiden waren schon im kleinen Arbeitszimmer von Yves. Ich hörte die Stimme meines Vaters, dann Bastians. Er redete ununterbrochen, es wurde still, ein Klicken war zu hören, dann schrien Yves und mein Vater. Es klang entsetzt, fast hysterisch. Ich schlich die Treppe hinunter bis vor die Tür des Zimmers. Ein Spalt stand offen, und ich sah die drei Männer vor dem geöffneten Koffer knien. Gegen den Kofferdeckel gelehnt war das Ölbild, das du beschrieben hast. Die Schreibtischlampe darüber beleuchtete es direkt. Ich blieb stehen, sah das Bild an und hörte, wie Yves fluchte und Bastian beschimpfte. Es war das falsche Bild. Yves sagte immer wieder, was für ein Vollidiot Bastian sei, weil er den Koffer nicht kontrolliert habe, bevor er damit nach Korsika gekommen sei. Bastian verteidigte sich. Er hätte sich lieber beeilt, weil der Überfall nicht gut verlaufen sei, und dann kam alles heraus: dass es zu einem Unfall gekommen war, dass Bastian nicht wusste, ob es Tote gegeben hatte. Yves fragte nach Zeugen, Bastian sagte, dass außer René, der das entgegenkommende Auto gesteuert habe, niemand am ganzen Berg gewesen sei und dass niemand sie verfolgt habe. So spät sei es wegen Seenebel geworden. Yves sagte, das sei eine dumme Geschichte, aber nicht zu ändern, irgendwann würden sie mehr Glück haben. Er ohrfeigte Bastian mehrmals, nahm das Bild, stellte es im Bücherbord vor alte Lederbände. Da steht es noch. Es steht da in Korsika seit fünfzehn Jahren in einer dunklen Bücherwand. Heute Morgen, als du das Bild beschrieben hast, habe ich gehofft, dass ich mich irre. Aber als du Bastian beschrieben hast, war alles klar.»

Wir sind kurz vor der Seilbahnstation. Ein herrenloser Schlitten steht zwischen den Bäumen. Ich setze mich. Weiß nicht, ob mir schwindlig oder schlecht wird. Maurice ist neben mir, fragt nichts, hält mich fest.

Bilder jagen sich: mein Krankenzimmer in Avignon, von weißen Tüchern verhängt, die Särge meiner Eltern in der Friedhofskapelle unter einem Berg von Rosen, Alma in ihrer Lockenpracht, frisch verheiratet, im dritten Monat schwanger, das offene Doppelgrab, in das ich am liebsten hineingesprungen wäre. Ein Tod aus Versehen. Gestorben für mafiose Granden aus Korsika, die auf Verdacht stehlen und sterben ließen, für die der Tag verdorben war, weil sie ein falsches Bild ausgepackt, die ihren Diener beschimpft und verprügelt hatten wie einen Hund, die das Bild achtlos zur Seite stellten und vergaßen.

Seine Familie hat meine zerstört, sein Onkel, sein Vater – ich weiß nicht, ob ich das aushalte, verstecke mein Gesicht in seiner Umarmung, will nicht weiterdenken.

Das Bild ist wieder da. Nach fünfzehn Jahren ist der Corot wieder aufgetaucht. Ich stelle mir meine Mutter vor, meinen Vater. Was würden sie akut mit der Botschaft anfangen?

«Maurice?»

«Ja?»

«Wo liegt Calvi in Korsika?»

«Nördlich von Ajaccio an der Westküste.»

«Warst du einmal tagsüber in dem Zimmer, in dem unser Bild steht?»

«Oft.»

«Wie viele Fenster hat es?»

«Nur eines.»

«Kann man das Meer sehen?»

«Nein. Es liegt auf der anderen Hausseite.»

«Südosten oder Nordosten?»

«Nordosten. Es ist das Eckzimmer, ganz präzise.»

«Wie wird das Haus beheizt?»

«Durch offene Kamine im Winter. Wichtige Zimmer haben bewegliche elektrische Heizungen für den Notfall. Sonst nichts.»

«Wann warst du zuletzt dort?»

«Silvester.»

«Der Corot stand am gleichen Platz?»

«Ja. – Warum willst du das alles wissen?»

«Du hast mir gerade erzählt, dass das Bild fünfzehn Jahre lang unter optimalen äußeren Verhältnissen aufbewahrt worden ist. Trocken, gleichmäßig temperiert, keine direkte Sonneneinstrahlung, eher im Halbdunkel, bei normaler Luftfeuchtigkeit. Das ist wichtig. Ganz egal, was jetzt passiert.»

Er hockt vor mir, lacht, zieht mich an den Händen hoch. Ich bekomme kaum Luft in seiner Umarmung.

«Was ist?», frage ich, als ich eine Chance habe.

«Du würdest es nicht glauben, wenn ich es sagte.»

Er spricht französisch wie gestern Abend auf dem Balkon, als er das Gleiche sagte. Davor war dieser Satz, der mir unheimlich vorkam: Dir darf nichts passieren.

Warum sollte er sich um mich Sorgen machen, denke ich, als wir in die Bergstation gehen und auf unsere Gondel warten. Einen Grund gibt es. Desillusionierend, aber realistisch. Er braucht mich noch, um seinen Corot zu finden. Das wird es sein. Schließlich haben wir erst ein Bild geortet. Eines, das gar nicht zur Debatte stand. Das wichtige steht noch aus. Ich bin an der Reihe.

«Marie?»

«Ja?»

«Was hast du? Was fehlt?»

«Mir ist kalt», sage ich, weil das in jedem Fall stimmt. Ich kann schlecht lügen, wenn ich friere.

Es kommt keine Gondel hoch, das System ist blockiert. Ich sehe die Tannenschneise hinunter. Gondeln baumeln am Drahtseil wie vertrocknete Pflaumen. Der Panik bin ich zum Glück entkommen. Es ist schon fast zu spät, um mein Auto pünktlich abzuholen, aber wir könnten es schaffen.

«Wir nehmen den Schlitten, auf dem ich eben gesessen habe», schlage ich vor.

«Das wäre unfair», sagt Maurice.

«Komm. Bitte. Der Schlitten steht doch nur herum.»

«Marie! Irgendein kleiner Junge hat seine Mama bis zum Gipfel begleitet, ist fotografiert worden, mault herum, hat kalte Finger, hat keine Bratwurst bekommen, weil er lästig war, freut sich die ganze Zeit auf seinen Schlitten, dann ist er weg. Das willst du verantworten?»

Ich überrede ihn.

Jede Minute der letzten vierundzwanzig Stunden möchte ich aufbewahren können in einem Zeitspeicher. Stunden, Minuten, Sekunden möchte ich zusammenfalten wie eine Decke, um sie einmal hervorholen zu können, wenn ich sie brauche. Verstecken, wärmen, träumen. Irgendwas.

Die Schlittenabfahrt ist ein Blitz durch Baumstämme, durch schmale Schneisen, in Fluchtpunkte aus Schnee und Licht. Ich bin hinter seinem Rücken, meine Arme unter seine Jacke geschoben, mein Kinn auf seiner Schulter, Wind im Gesicht. Wir schreien und lachen, der Weg ist steil, kurvig und fast leer. Zum Glück. Oberhalb des Hotels fährt Maurice den Schlitten zwischen die Bäume, wir lassen uns fallen, fallen übereinander in den Schnee wie in Watte.

«Maurice?» Ich will es ihm jetzt sagen oder gar nicht. Sein Gesicht ist direkt über meinem. Mich blendet die Sonne.

«Schnee steht dir gut», sagt er. «Mein Pullover sowieso, Sonne, sogar, wenn sie dich blendet. Weißt du was?» Er wechselt plötzlich, spricht französisch.

«Was soll ich wissen?»

«Ich möchte jeden Tag wissen, wie dir die Sonne steht oder Wind, Regen. Egal, was.»

«Ich weiß etwas Wichtigeres.»

«Weißt du, was ich dir gerade gesagt habe?»

«Maurice! Mein Großvater hat den Corot mitgenommen. Im Juni 1941. Er hat ihn meiner Großmutter geschenkt, als er aus Paris kam. 20 × 30 Zentimeter, Öl auf Leinwand, dicker, vergoldeter Holzrahmen, Corot, Weiden am Fluss. Es steht alles im Tagebuch.»

Seine Augen verengen sich, dann rollt er uns durch den Schnee. Am Ende liegt er unten und mein Gesicht ist über seinem.

«Marie?»

«Ja.»

«Ist das wahr? Bist du dir sicher?»

«Ganz sicher.»

«Ich war überzeugt davon, dass dein Großvater das Bild mitgenommen hat. Jetzt kann ich es nicht glauben.»

Er schließt die Augen vor der blendenden Sonne, ich wärme mein Gesicht an seinem, meine kalten Hände unter seinem Pullover. Ich könnte es lange so aushalten.

Im Ort gehen die Feuerwehrsirenen. Zwölf Uhr. Samstagmittag.

«Wir müssen mein Auto holen.» Ich will aufstehen, er hält mich fest, lacht mit geschlossenen Augen.

«Was gibt es da zu lachen?»

«Wir müssen so viele Dinge tun», sagt er.

«Zum Beispiel?» Ich halte sein Gesicht in meinen Händen, taste die Wangenknochen, die eckigen Kieferknochen küsse den großen Mund.

«Bei Licht betrachtet, hast du einen richtigen Quadratschädel. Weißt du das?»

«Willst du wissen, was sich darin gerade abspielt?» Er lacht, hat seine Augen gegen die blendende Sonne geöffnet.

«Ich muss nicht nachdenken. Es dreht sich nur um das Bild. Du hast deinen Corot geortet, jetzt kommen die Fragen.»

«Stimmt nicht, aber wie du willst. Frage Nr. 1: Was für eine Rolle spielt die Glocke vom jüdischen Friedhof?»

Wir stehen auf, schütteln und klopfen uns den Schnee von Jacken und Jeans.

«Auf der Glocke ist eine Nummer, okay?»

«Ja.» Er sucht an meinem Hals nach Schnee. «03071916.»

«Weißt du, was die Nummer bedeutet, Maurice?»

«Du sagst es mir gerade.»

«Die Nummer gehört zu einem Konto bei der Credito Helvetia in Zürich. Zu dem Konto gehört ein Safe, und in dem Safe ist, wenn wir Glück haben, dein Corot.»

«Sag das noch einmal», verlangt er.

In der Hotelgarage steht ein junger Mann am Auto, wie ein Pilz aus dem Boden gewachsen. Verstellt uns den Weg. Shell-Uniform im Format 80 × 200 cm, blonder Bürstenhaarschnitt, Nussknackerlächeln, das noch nicht einmal die Backenzähne erreicht. Er will Schneeketten verkaufen.

«Warum warten Sie nicht, bis ich die Ketten unten an Ihrer Tankstelle kaufe?», fragt Maurice. Stimme und Miene wie ein Handkantenschlag.

«Den Hotelberg kommen Sie ohne Ketten hinunter, und wenn Sie später auf der Bundesstraße merken, dass Sie Ketten brauchen, kehren Sie nicht zu unserer Tankstelle zurück, sondern fahren weiter zur nächsten», droht der Supermann.

«Gute Idee. Genau das werde ich tun.»

Während wir die Schranke passieren, nimmt Maurice meine Hand, küsst die Innenfläche. Ich halte seine Hand fest, weiß, was er sagen würde, wenn es nötig wäre: Der Typ war dreist, undurchsichtig. Ich war unangenehm, wollte es sein. Ein Abzocker! Verkleidet, aufdringlich. In Tiefgaragen hört jeder Spaß auf.

Weiß er oder ahnt er, dass ich Angst hatte?

Wir fahren längst auf der Harzhochstraße. Sie ist geräumt. Man braucht keine Schneeketten. Ich lasse seine Hand nicht los, möchte am liebsten schlafen.

«Was ist nach Kriegsende in Ewaldsleben passiert?»

Ich erzähle von der Liebe zwischen William und meiner Großmutter Marie. Eins nach dem anderen: von der neidisch beobachteten Liebe. Dem Brand im grauen Zimmer. Der Rettung des Bildes. Dem Abzug der Amerikaner. Dem Morgen auf dem jüdischen Friedhof am Grab des Nathaniel Emser. Der Übergabe des rotledernen Puppenkoffers mit dem Corot.

Wir greifen nach dem gerade servierten Rotwein, stoßen an auf den wieder gefundenen Kunstbesitz einer französischen Familie: Beutegut eines deutschen Wehrmachtsoffiziers, verborgen in einem

Patengeschenk des Propagandaministers des Dritten Reiches, einem amerikanischen Besatzungsoffizier deutsch-jüdischer Abstammung nach Kriegsende 1945 zu treuen Händen übergeben zwecks Aufbewahrung im Safe einer Schweizer Bank. Europäische Zusammenarbeit der ersten Stunde.

Wir sind hintereinander hergefahren bis zum Flughafen. Halb fünf Uhr nachmittags, das Hotelrestaurant eine Oase nach Schneematsch und Glatteis auf der Autobahnfahrt. Unser Hunger war elementar. Er gerät in Vergessenheit, weil wir uns wiedersehen.

Dann bestellen wir Steak und Folienkartoffeln mit Kräuterbutter, Salat mit amerikanischem Dressing. Da kann wenig schief gehen, das sind Grundnahrungsmittel vom Grill und aus dem Kühlschrank. International verlässlich wie Croissants mit Gelee.

«Für mich gibt es ein Ultimatum», sagt er. «Bis zum 24. Mai muss ich das Bild gefunden haben.»

«Fünfzig Jahre lang suchen, und dann muss es plötzlich ein bestimmter Tag sein?»

Er nimmt meine Hand, streicht mit dem Daumen die Lebenslinie hinunter bis zur Handwurzel, sieht mich an, als wollte er mich auf andere Gedanken bringen.

Was er ungesagt lässt, ist, dass ich manches nicht verstehen kann und dass er nichts erklären wird.

«Was ist am 24. Mai?», frage ich, obwohl er mich auf andere Gedanken gebracht hat.

«Die Hochzeit meiner kleinen Schwester.»

«Du willst sagen: Bis dahin kümmern wir uns nur darum, dein Bild in die Hände zu bekommen.»

«Hilfst du mir?»

«Wenn du mir in Korsika hilfst.»

Unsere Hände sind schon zusammen, unsere Gläser stoßen lautlos aneinander.

«Und wie komme ich an den Safe in Zürich heran? Ich kann schlecht mit einer Babyglocke zum Direktor der Bank gehen und verlangen, er solle mich zu dem Safe führen, der zu der Nummer passt.»

«Mit der Glocke hast du keine Chance. Weißt du, was du brauchst?»

«Nein. Keine Ahnung.»

«Du musst William Emsbys Familie finden. Wir brauchen seinen Erben plus Erbschein für den Nachlass.»

«Wenn es sonst nichts ist!»

Er lehnt sich zurück. Lacht, und ich lache mit, weil das Vorhaben so absurd ist. Sogar der Kellner lacht, der in diesem Moment das Essen serviert.

«Weißt du, was furchtbar wird?», fragt Maurice, Messer und Gabel schon in der Hand.

«Sag's mir!»

«Es kann eigentlich nicht gelingen, Williams Erbschein aufzutreiben, dazu einen lebenden Angehörigen, der dich begleitet und der dann, wenn alles erledigt ist, einsieht, dass der Inhalt des Safes nicht ihm, sondern dir, vielmehr mir gehört – das wird furchtbar. Nichts weiter. Frag mich irgendetwas, das diesen Fall betrifft, und wir stehen vor zehn verschlossenen Türen. Um die Wahrheit zu sagen: Ich weiß nicht, ob wir überhaupt an das Bild herankommen. Rechtzeitig – ist noch eine ganz andere Frage.»

«Das Essen wird kalt, Maurice.»

Wir stürzen uns geradezu darauf, verschlingen es in wenigen Minuten. Wahrscheinlich ist alles aus einem englischen Tiefkühlcontainerschiff über Polen in die EU zurückgeschmuggelt, aber es schmeckt so frisch, als wären Rinderweiden und Kartoffelfelder direkt zwischen Restaurant und Rollfeld.

«Wir müssen die Familie von William Emsby finden.» Mein grober Hunger ist gestillt, die Feststellung hat leider nichts von ihrer Aussichtslosigkeit verloren. Ich bitte den Kellner um noch mehr Kräuterbutter.

«Und? Hast du eine Vorstellung?»

«Wir wissen, dass William aus Chicago kam. Irgendwo im Tagebuch erwähnt meine Großmutter sogar die Adresse. Sie wollte mit ihm fortgehen, auswandern. Er hat immer wieder von dem Haus gesprochen, in dem sie wohnen würden. Es lag direkt am Michigan-See. Riverside oder Lakeside – so ähnlich. Sogar die Hausnummer steht im Tagebuch. Nr. 126. Das weiß ich.»

«Und weiter?»

«Du bist nächste Woche in den USA. Du bist sogar in Chicago, oder stimmt das nicht?»

«Natürlich. Warum sollte es nicht stimmen?»

«In Ordnung. Drüben gibt es starke jüdische Verbände. Ich kann herausfinden, an wen man sich in New York oder Chicago am besten wendet, um eine bestimmte jüdische Familie in den Staaten ausfindig zu machen. Als Erstes nimmst du dir im Hotel das Telefonbuch, ich sage dir die genaue Adresse aus dem Tagebuch, und du findest heraus, ob immer noch irgendwelche Emsbys dort oder überhaupt in Chicago wohnen. Williams Großvater war Bankier. Vielleicht kann man erfahren, welche Bank einem Emsby gehört hat oder gehört oder ob er Partner irgendeiner Bank war.»

«Unterdessen fusioniere ich kurzfristig zwei Konzerne.»

«Das hast du längst alles vorbereiten lassen, oder nicht?»

«Du weißt, wie lange ich in der Sozietät bin?»

«Zwei Jahre.»

«Exakt! Und das bedeutet, dass ich noch zu denen gehöre, die vorbereiten. Verstehst du, was ich damit sage?»

«Du dürftest gar nicht mehr hier sein, sondern müsstest seit vorgestern 24 Stunden am Tag im Büro sitzen.»

«Seit zwei Wochen 24 Stunden am Tag.»

«Am besten komme ich mit dir, um zu erklären, was dich von der Arbeit abgehalten hat.»

«Das würde nützen. Sie würden mir alles verzeihen, wenn sie dich dafür bekämen.»

In Restaurants kann man zusammen lachen, die Hände ineinander verschlingen, in Augen eintauchen wie in einen Swimmingpool. Mehr nicht.

Der Kellner steht schon wieder da, schnell wie ein Hase. Rückt und räumt, will beschäftigt werden.

«Ich werde auch in Israel recherchieren», sage ich, um etwas zu sagen. «Es gibt dort viele Register.»

«Warum fangen wir nicht in Halberstadt mit der Suche an, wenn die Familie von dort kommt?», fragt er und bestellt noch ein Glas Rotwein.

Die Idee ist so einfach, dass sie die Lösung sein könnte.

«Ich kann noch anfangen zu telefonieren, bevor ich Montag nach Israel fliege.»

«Wann geht deine Maschine?»

«Zwei Uhr nachmittags.»

«Dann komme ich gerade in Chicago an. Halb Amerika, der Atlantik und das Mittelmeer werden zwischen uns liegen, Marie.»

«Fast ein ganzer Breitengrad.»

«Du musst bald losfahren. Es wird dunkel, glatt.» Die Teller sind abgeräumt, unsere Hände wieder zusammen. Sein Zeigefinger zeichnet den Umriss meiner Hand nach, beginnt beim kleinen Finger, gleitet hoch und hinunter, verweilt auf der dünnen Haut zwischen den Fingern. Ich wusste nicht, wie empfindlich ich dort bin.

Nach einer Weile kommen wir auf den Gedanken, Williams Familie über die amerikanischen Streitkräfte zu suchen. Ich weiß zumindest das Datum, an dem Williams Sarg im August 1945 nach Chicago überführt worden ist.

«Das ist gut», sagt er. «Amerikanische Militärs, die mir helfen würden, kenne ich über meinen Vater.»

«Siehst du deinem Vater ähnlich?»

«Warum fragst du das?» Seine Augen verengen sich.

«Nur so. Ich bin neugierig.»

«Hundertprozentig», sagt er.

«Weißt du, was die Suche nach dem Bild sehr komplizieren könnte?», frage ich und schiebe meine Finger langsam zwischen seine, bis meine Fingerkuppen die Mulden zwischen seinen Fingern berühren.

«Im Augenblick fällt mir nichts dazu ein», sagt er abwesend, und ich beobachte die Wirkung meines Vorstoßes in der Verdunklung seiner Iris.

«Wie hast du das gemacht, so gleichzeitig? Das ist gut.» Er versucht den Fingerkuppen-Kompaktangriff an mir.

«Das muss einseitig bleiben», erkläre ich, «weil meine Finger einfach dünner sind, spitzer auch. Du musst deine Finger nicht spreizen, nur entspannen, und ich passe dazwischen.»

«Mach es noch einmal.»

«Darf es noch etwas sein? Kaffee, Cappuccino?» Der Kellner steht vor unserem Tisch, streicht über seine grüne Schürze, hört interessiert zu.

«Kaffee oder Cappuccino?»

«Cappuccino.»

«Zwei Cappuccino und die Rechnung bitte.» Beim Sprechen haben wir uns nicht aus den Augen gelassen, auch unsere Hände nicht voneinander getrennt.

«Was ist kompliziert?», fragt er, als die Tassen auf dem Tisch stehen.

«Nichts. Jetzt.»

«Und später?»

«Das Konto in Zürich muss nicht mehr existieren. Williams Familie kann es längst aufgelöst haben.»

«Doppelt wichtig, dass wir die Familie finden. Es gibt aber schon jetzt etwas, das alles doppelt schwierig machen wird.»

«Was kann das noch sein?»

«Bastian.» Beide Hände hat er jetzt um meine Hand gelegt.

«Der Crétin?»

«Er ist auf dem Weg nach Deutschland, Marie. Er wird alles ausspionieren. Was ich gemacht habe, wo ich gewohnt habe, wen ich gesehen habe. Das ist sein Weg zu arbeiten.»

«Seit wann weißt du das?»

«Seit einer Stunde. Ich habe im Auto telefoniert.»

Ich bin schon lange der Überzeugung, dass mehr hinter diesem Bild steckt, als er zugibt, und ich sage ihm das. Kein Mensch kann mir einreden, dass ein Clan über zwei Generationen hinweg für ein Landschaftsbild von Corot Tod und Teufel in Bewegung setzt.

Er sieht mich an wie jemand, der erstaunt über seine Brillengläser blickt, und antwortet nicht darauf.

«Kannst du mit einer Pistole umgehen?», fragt er beiläufig auf dem Weg ins Parkhaus, als würde er sich danach erkundigen, ob ich den Freischwimmer habe.

«Ja.»

«Wie schätzt du dich ein?»

«Gut bis sehr gut.»

«Besitzt du eine?»

«Ja.»

«Was für ein Modell?»

«Eine Sportpistole eben.»

«Die taugen allemal nichts. Hast du sie bei dir?»

«Nein. Sie ist in Hamburg.»

«Vergiss sie.»

Am Auto holt er seine Pistole aus dem Handschuhfach. Klein, schwarz, eine Walther PPK. Bei offener Tür sitzen wir auf dem Beifahrersitz. Er erklärt mir Magazin, Spannung, lässt mich zweimal üben.

«Nimm sie mit. Trag sie bei dir.»

«Wegen Bastian?»

«Für den Notfall. Welchen auch immer.»

«Warum sollte es einen geben?»

«Bastian wird morgen in Ewaldsleben sein, oben am Kamin, unten in der Gastwirtschaft, im Hotel. Spuren liest er besser als ein

Indianer. Du musst das wissen, ehe er irgendwo vor dir steht. Sie suchen in Ewaldsleben wieder nach dem Bild, seit sie wissen, dass ich dort danach suche. Bastian war natürlich vor Jahren schon da. Mindestens zweimal, immer ohne Erfolg. Er hat in der Sache kein Glück, und das macht ihn wütend. Jetzt hat er den Verdacht, dass ich etwas gefunden habe, weil ich so lange da geblieben bin. Morgen wird er alles über dich in Erfahrung bringen, von da an wird er nicht nur mich beschatten, sondern auch dich.»

«Dem bin ich nie im Leben gewachsen.»

«Er ist nicht zimperlich in seinen Methoden. Du musst dich auf ihn einstellen.»

«Ich kann das nicht.»

«Du kannst noch ganz andere Sachen, von denen du nichts weißt, petite Marie.»

Es verschlägt mir den Atem. Bis zu dieser Sekunde habe ich vor jedem verschwiegen, dass ich eine Waffe besitze. Bei allen, die ich kenne, hätte es Hysterie ausgelöst, Zweifel an meinen Wertvorstellungen, seelischen Notstand. Ich hatte immer ein sehr sonderbares Gefühl, wenn ich die Pistole in der Hand hielt.

Natürlich hat man eine Waffe, um sie im Notfall zu benutzen. Das ist logisch. Aber dieses Selbstverständliche bei ihm erschreckt mich trotzdem. Ich bin nicht darauf vorbereitet. Uns trennt ein Graben. Darüber liegt ein Brett. Ich soll zu ihm kommen, nicht er zu mir.

Ich rühre seine Pistole nicht an. Lehne meinen Kopf zurück.

Er beugt sich über mich, zieht die Autotür zu.

Offene Fragen

Montagnachmittag, 16.30 Uhr, 15. Februar 1993. Tel Aviv, Flughafen Ben Gurion. Heftiger Wind biegt Palmen, jagt Staub durch die Luft, fährt mir auf der Gangway in die Haare.

Die Flughafenprozedur ist ausnahmsweise schnell vorbei. Vor dem Gebäude rennen junge Soldaten hin und her, beugen sich über einen Supermarktwagen. Bombenalarm. Ich mache einen weiten Bogen, gelange zum Taxistand, will sofort nach Jerusalem.

Der Taxichauffeur kümmert sich nicht um den Alarm.

«Dummer Scherz», sagt er auf Russisch, so viel kann ich gerade noch verstehen, packt meine Tasche schnaufend in den Kofferraum. «Im Augenblick gibt's keine Anschläge. Wir haben Ramadan.» Als wäre das ein verbrieftes Recht auf innenpolitische Ruhe. Demonstrativ öffnet er mir die Tür im Fond, gehört zu der Sorte, die nicht reden will. Sein Bauch wölbt sich wie eine Wassermelone, das rot-weiß gepunktete Hemd darüber ist straff wie ein Spannbettlaken. Sein Profil erinnert mich an ein Flusspferd. Taxifahrer sind meistens meine ersten Interviewpartner. Überall. Aber er stellt das Radio an, also frage ich ihn nichts. Seine Meinung zur deutschen Wiedervereinigung, zu Rabins Politik, sein Herkunftsland, seine eigene Geschichte – alles würde mich interessieren. Während der halbstündigen Fahrt nach Jerusalem könnte ich eine Menge erfahren.

So lehne ich mich zurück, sehe aus dem Fenster.

Um diese Zeit sitzt Maurice längst in Chicago zusammen mit Firmenmanagern und anderen Rechtsanwälten in irgendeinem Büro. Ob sie am Flughafen auch in ein Taxi gestiegen sind oder abgeholt wurden? Big Business, franko-amerikanische Firmenfusion.

Klingt eher nach Geschäftswagen mit Chauffeur. Stretch-Limousine wie im Kino. Wir haben nicht darüber gesprochen.

Es gab viele Fragen, die wir vergessen haben, solange wir zusammen waren. Am Sonntag mussten sie zwischen Tür und Angel am Telefon erörtert werden:

Wer darf wissen, was wir wissen?

Kann man Alma und Richard einweihen oder nur Richard? Esther Bernstein in Jerusalem? Besser niemanden? Kommt man mit der halben Wahrheit aus, erzählt man nur vom Tagebuch, von William, der Wiegenglocke, dem Bild im Puppenkoffer, verschweigt fürs Erste die näheren Umstände des Unfalls 1977, das Bild in Korsika?

Maurice verhängt vollständiges Redeverbot, was die Corots betrifft. Wirft mir vor, dass ich überhaupt in Erwägung ziehe, jemandem von den Bildern zu erzählen. Alma darf nichts wissen, Esther Bernstein auch nicht. Die Lage ist zu unübersichtlich. Wenn wir beide Bilder in die Hände bekommen wollen, dann dürfen erst einmal nur wir zwei davon wissen, möglicherweise werden wir später Richard hinzuziehen, aber keine der Frauen. Frauen reden immer. Er trägt das alles in einer geschäftsmäßigen Arroganz vor, für die ich ihn gleich ohrfeigen könnte.

Allerdings gebe ich ihm Recht, was Alma betrifft. Nachrichtensperre hält sie nie durch, verkümmert wie eine ungewässerte Geranie, wenn sie nicht über alles reden kann, was sie bewegt. Für Esther Bernstein lege ich meine Hand ins Feuer.

«Du weißt, was ich meine, Marie. Es steht gar nicht zur Debatte.» Stimme und Antwort aus Zement. Man kann sich den Kopf daran einschlagen oder es lassen. Ich streite mich nicht am Telefon.

Wie können wir uns schnell verständigen, falls es nötig sein sollte?

«Es ist nötig, mon cœur. Ständig. Ich werde nie wieder einschlafen, ohne dich vorher zu hören.» Stimme und Antwort aus Samt.

Man darf sich nur nicht lange ausruhen bei ihm. Zwischen Jerusalem und Chicago sind acht Stunden Zeitunterschied. Wenn er schlafen geht, werde ich wach. Er meint, dass er jeden Abend früh in seinem Hotelzimmer sein wird, um noch zu arbeiten, um pünktlich schlafen zu gehen. Also jeden Abend nach 23 Uhr Ortszeit, Chicago. Das ist sieben Uhr morgens in Jerusalem. Jetzt in vierzehn Stunden wird er mich anrufen, mich wecken.

Die Landschaft wird bergig, junge Pinien wachsen zwischen Felsbrocken und Geröll. Steine, rund geschliffen von der Zeit, groß wie Bocciakugeln für Dinosaurier, leuchtend, als wären sie aus Sand und Goldstaub geformt. Der Stein der judäischen Wüste, der Stein, aus dem Jerusalem gebaut wurde.

Als ich die Stadt hoch auf ihren Bergkuppen liegen sehe, wird es dunkel, beginnt zu regnen. Esther Bernsteins Haus liegt in der deutschen Kolonie. Ich erinnere mich, wie enttäuscht ich war bei meinem ersten Besuch, weil mir alles so urdeutsch vorkam in diesem Planquadrat der Stadt. Wenige Straßenzüge entfernt beten Gläubige an der Klagemauer, tönt der Ruf des Muezzin vom Minarett, hier stehen großbürgerliche Vorortvillen mit roten Ziegeldächern und grünen Fensterläden hinter Lattenzäunen unter hohen Bäumen. Ich drücke eine gusseiserne Klingel, öffne eine verschnörkelte Gartenpforte, als würde ich eine Freundin in Zehlendorf besuchen.

Esther steht im Türrahmen, wie ich mich an sie erinnere. Sehr groß, schlank, gelassen, elegante hellgraue Kleidung, Perlen am Hals und in den Ohrläppchen.

«Lass dich ansehen», sagt sie nach der ersten Umarmung. Ihr Blick ist ernst, hat Röntgenqualität.

Als wir in ihr Wohnzimmer gehen, fragt sie ohne Umschweife: «Wie heißt er?» Sie spricht ein distinguiertes Ostküsten-Amerikanisch.

«Maurice», antworte ich, und mir offenbart sich die Chance, meine anderen Neuigkeiten hinter ihm zu verstecken. Wenn man mir schon ansieht, dass es ihn gibt – was mir unbegreiflich ist –, dann kann ich den Umstand auch ausnützen. Von allem reden, nur nicht von den Corots. So haben wir es verabredet. Maurice hat die Wiegenglocke bei sich, ich habe das Tagebuch. Jeder braucht einen vorzeigbaren Beweis für den Ernstfall.

Esther weiß schon von Alma, dass ich in Ewaldsleben war, dass ich ein Tagebuch unserer Großmutter gefunden habe. Mit ihr gibt es genug zu besprechen. Ich bestelle Grüße, sie fragt nach Richard, Alma, den Jungs, nach meiner Arbeit, irgendwann nach Maurice.

Es fällt mir schwer, ihr zu verschweigen, dass ich mich an den Überfall erinnert habe, dass ich weiß, wo unser Bild steht. Aber die Umstände, unter denen ich mich erinnert habe, die vierundzwanzig Stunden mit Maurice, entfallen ohnehin als Gesprächsthema. Ich beschränke mich auf unser Zusammentreffen in Halberstadt. Das langt.

«Wenn du etwas verschweigen willst, bekommst du ein Gespür dafür, welche Dinge dein Gegenüber beschäftigen», hat Maurice gesagt. «Lass dir ihre Probleme erzählen.»

Leichter gesagt als getan. Esther ist eine Sphinx. Sie hat mir noch nie von sich erzählt. Am Inhalt des Tagebuches ist sie nur wenig interessiert. Ihre Fragen drehen sich um die frühe Kindheit meiner Mutter. Kinderpsychologie ist ihr Steckenpferd. Abzuschätzen, welche körperlichen und geistigen Möglichkeiten des Menschen sich schon in den ersten Lebensmonaten offenbaren, wie ihre rechtzeitige Förderung oder Vernachlässigung sich auswirkt auf die spätere Entwicklung und Erscheinung des Menschen. Wann die seelischen Kräfte eines Kindes sich zeigen. Diese Fragen möchte sie am Beispiel meiner Mutter durchsprechen. Esther interessiert sich nicht für den historischen Aspekt, fragt nicht weiter, hält das Tagebuch nachdenklich in der Hand, blättert, bewundert die gleichmäßig schöne Schrift meiner Großmutter Marie. Bevor sie zu gegenwärtigen Themen überwechselt, versuche ich sie abzulenken.

«Wann hast du eigentlich meine Eltern kennen gelernt?», frage ich. «Davon hat nie jemand gesprochen.»

Wir trinken Tee in Esthers Wohnzimmer. Gardinen, Polster, Tapeten sind von derselben Stoffrolle. Hellgraue Seide überall. Es ist wie Schwimmen im Nebel.

«Im Dezember 1965. Du warst noch nicht geboren.»

Sie sucht sich den dünnsten Zimtstern aus einer Glasschale. Ich mag keine Kekse, aber der Duft ist wunderbar, erinnert mich an Maurice.

«Deine Mutter ging auf einer Antiquitätenmesse in New York an unserem Stand vorbei, sah mich unverwandt an. Ich ordnete Schmuck und sah sie auch an. Es war, als würden wir uns erkennen. Ihr Blick verfolgte mich auf eigentümliche Weise. Nach wenigen Minuten kam sie zurück. Sie ließ sich Kameen zeigen, konnte sich zu keinem Kauf entschließen. Es war früh am Tag. Nur wenige Besucher. Schließlich begannen wir zu reden. Sie sagte zu mir, dass sie bei meinem Anblick unwillkürlich an ihre Mutter gedacht habe, dass ich wie eine deutsche Dame wirke, und ich sagte ihr, dass ich Deutsche sei. So fing es an.»

Esther schenkt neuen Tee in hauchdünne, weiße Porzellanschalen, sieht mich währenddessen beunruhigt an. Ich frage trotzdem weiter. Sie erzählt, sitzt aufrecht im Sessel, streicht mit der rechten Hand über den linken Arm, von der Handwurzel bis zum Ellbogen, hin und zurück. Dabei klingeln silberne Armreifen.

Sie wuchs in Hamburg, in Harvestehude auf. Ihr Vater war Journalist und wurde 1935 entlassen. Sie zogen nach Hannover, wo er bis 1938 das Wochenblatt der jüdischen Gemeinde herausgab. Esther erlebte dort bis zu ihrem zehnten Lebensjahr sehr bewusst das Leben der diskriminierten Juden, erinnert sich, dass sie auf der Straße beschimpft und mit Steinen beworfen wurden.

Dann schweigt sie.

Ich rechne nach: Sie muss 1934 in Hamburg in die Schule gekommen sein, hat mit der Sütterlinschrift lesen und schreiben gelernt. Sie macht mir also vor, dass sie das Tagebuch nicht lesen kann. Davon bin ich überzeugt. Sie wird den Anblick dieser Buchstaben wahrscheinlich nicht ertragen können.

«Wann seid ihr ausgewandert?», frage ich. Esther soll sich noch nicht aus dem Gespräch zurückziehen.

«Meine Eltern wollten nie auswandern, aber nachdem mein Vater 1938 sechs Monate in einem Konzentrationslager war, haben sie sich von Schweizer Verwandten Papiere für Luxemburg beschaffen lassen. Dort haben sie als Erntehelfer gearbeitet. Mich und meine Schwester schickten sie nach Paris zu einer Tante.»

«Wie war das für euch?»

«Es war aufregend, bis wir merkten, dass wir vom Regen in die Traufe gekommen waren, weil wir nun in einer französischen Schule als Deutsche missachtet wurden. Aber wir lernten im Schnellverfahren Französisch, um nicht so aufzufallen.»

«Wann konntet ihr eure Eltern wiedersehen?»

«Nach Kriegsausbruch gelang es meinem Vater, vier Schiffspassagen nach New York zu bekommen. Eine Woche vor ‹Dünkirchen› lief das Schiff in Antwerpen aus. Wir gelangten getrennt an Bord und wussten erst Stunden nachdem es abgelegt hatte, dass wir es geschafft hatten, zusammen zu entkommen.»

Esthers Stimme bekommt etwas Abschließendes, aber als ich sie nach ihrem ersten Freund in New York frage, lacht sie.

«Natürlich hatte ich einen ersten Freund, wie alle anderen Mädchen. Er war ein Jude, obwohl ich das nicht wollte», sagt sie. «Auch der zweite. Aber es waren ganz normale Jungen aus Brooklyn, das war wichtig für mich.» Sie atmet einmal lang durch und schiebt ihre silbernen Armreifen hin und her. Dann erzählt sie weiter: «Ich hab dann auch ein ganz normales amerikanisches Leben gelebt: Ging zur Schule, aufs College, heiratete – allerdings einen europäischen Juden. Seines Geschäftes wegen zogen wir nach Chicago, dort bekam ich unsere Kinder und kümmerte mich um sie, bis sie groß waren.»

«Und dann?»

«Dann ist es passiert», sagt Esther. «Es ist ganz einfach passiert. Als ich sechzig war, habe ich meine erste selbständige Reise gemacht und bin nach Israel gefahren, nach Jerusalem. Ich habe es nicht wieder verlassen.»

Sie lacht, als sie in mein ratloses Gesicht sieht.

«Das kannst du vielleicht noch nicht verstehen, aber meine Ehe ist nicht mehr von Belang, und meine Kinder sind selbständig. Mit meinem Mann bin ich weiterhin gut befreundet, ich fahre auch jedes Jahr einmal nach Chicago, aber meine eigentlichen Freunde, mein wirkliches Leben habe ich hier in Jerusalem gefunden.»

Ich denke an meine Reportage, frage weiter.

«Interessiert es euch, was in Deutschland heute passiert?»

«Nein, wir reden kaum darüber», sagt Esther.

«Wie war es vor drei Jahren während der Wende und der Wiedervereinigung?»

«Es hat mich nicht sonderlich bewegt, weißt du? Sicher ist es natürlich und wünschenswert für die Deutschen. Aber vereint oder nicht vereint, altes oder neues Deutschland: Zwischen uns, zwischen den europäischen Juden, ist Deutschland ein schwieriges Thema. Wir meiden es stillschweigend, wenn du verstehst, was ich meine.»

«Gibt es keinen Weg, um damit fertig zu werden?»

«Nein. Was geschehen ist, kann nie vergessen werden», sagt Esther, setzt sich kerzengerade auf, blickt durch mich hindurch, als wäre ich nicht da. «Es wird auch nicht verziehen. Menschen sind viel zu klein, um das verzeihen zu können, was neuerdings als Holocaust bezeichnet wird. Man kann einen neuen Anfang machen. Das haben wir getan.»

Sie geht früh zu Bett, ist nach dem Gespräch verändert. Ich habe das Gefühl, etwas falsch gemacht zu haben. Es ist so, als würde ich sie nicht mehr kennen.

Am nächsten Morgen regnet es immer noch. Ich liege tief unter der Decke. Warte auf den Anruf von Maurice. Über meinem Fenster muss die Dachrinne verstopft sein. Wasser klatscht auf das Fenstersims, als wäre darüber ein Badewannenhahn aufgedreht. Ich habe von einem Wasserfall geträumt, dann von einer Ruine, in der ich das gestohlene Bild fand. Sie lag an einem waldigen Berghang, sah den Burgen am Rhein verdächtig ähnlich. Die kenne ich von vielen Sonntagsausflügen. In Korsika war ich noch nie. Es gab auch einen Aussichtsturm, Fensterhöhlen von Efeu umwuchert und Reisebusse. Irgendwann ging ich einen schmalen Flur entlang, dunkelrot gestrichen, öffnete am Ende des Gangs eine Tür und stand vor dem Corot. Nebel und Wasser schimmerten wie flüssiges Perlmutt, ich ging in den Dunst hinein zu den Weiden am See, sah die zierliche Frau mit dem rotem Tuch und zu ihren Füßen spielende Kinder. Dicht hinter mir war Maurice. Er umarmte mich.

Endlich klingelt es. Seine Stimme am Telefon ist nah. Sein Mund an meinem Ohr, als wäre er bei mir. Viele tausend Kilometer zwischen uns sind nicht existent. Er wird schlafen, ich werde es noch einmal versuchen, dann schlafen wir zusammen. In Chicago ist Nacht, der Himmel über Jerusalem noch dunkel. Irgendwo kreist ein Satellit, bringt unsere Worte über den halben Globus. Technik ist die vollkommenste Dienerin der Sehnsucht.

Die realen Botschaften sind weniger günstig. Maurice weiß von keiner Sekunde Zeit, die ihm für private Angelegenheiten zur Verfügung stünde. Er hat noch nichts in Erfahrung gebracht, hat kein Telefonbuch im Zimmer, nur eine Bibel. Morgen wird er sich um Adressen und Stadtpläne kümmern. Er hat eine Durchwahlnummer und einen eigenen Anrufbeantworter. Jederzeit kann ich ihm eine Botschaft senden. Ich merke mir die Nummer. Dann schlafen wir.

Vier Regentage hat es erst in diesem Winter gegeben, sagt Esther Bernstein. Das Land braucht Wasser. Sie gießt Frühstückstee auf. Kaffee gibt es bei ihr prinzipiell nicht.

«Hat meine Mutter dir jemals etwas von der amerikanischen Besatzungszeit erzählt?»

Ich sitze schon am Tisch und toaste hauchdünne Weißbrotscheiben, die ich dann diagonal durchschneiden und in den Toastständer stellen muss.

«Unsere Freundschaft begann 1965. Wir haben nie über den Krieg gesprochen. Dein Vater wollte es unbedingt, aber ich habe es abgelehnt.» Sie wischt Tropfen von der silbernen Teekanne, poliert mit langsamen Bewegungen. «Ich konnte diese Gesprächsthemen nicht ertragen. Deine Mutter hat mich verstanden.»

«Was du mir gestern erzählt hast, wusste sie nicht?» Ich muss so viel wie möglich über meine Mutter erfahren und frage, obwohl ich ahne, dass Esther nicht sprechen möchte. Sie hat ihre Probleme. Ich will meine lösen.

Minutenlang schweigt sie, hantiert in der Küche herum.

«Von mir hat deine Mutter es keinesfalls erfahren», antwortet sie endlich. «Vielleicht von meinem Mann damals, aber ich glaube nicht, dass er darüber geredet hat. Seine Familie war in Buchenwald. Alle.»

Ich höre ihrer Stimme an, dass gestern gestern war, dass sie die Erinnerung nicht fortsetzen will, dass sie dieses Gespräch gleich abbrechen wird. Ich nenne schnell den Namen von William Emsby, so wie man einen Fuß in die Tür stellt, bevor sie zuschlägt.

Esther trinkt Tee in kleinen Schlucken, streicht Honig auf Toast ohne Butter, sieht mich nicht an. Innerlich ist sie mir fern, äußerlich ist sie verschmolzen mit ihrer Einrichtung, assimiliert wie ein Chamäleon. Gestern Abend war es perlmuttgrau irisierende Seide. Jetzt sitzen wir in einer kleinen, weiß lackierten Küche, die Geräte sind aus Aluminium oder Silber. Sie trägt einen hellgrauen Faltenrock, eine weiße Bluse, ihr Haar elegant hochfrisiert wie eine weiße Kappe. Nur die Augen sind blau, alarmierend wie die Signalleuchte eines Ambulanzwagens im Schnee.

«Was ist mit diesem William?», lenkt sie schließlich ein.

«Er war Besatzungsoffizier in Ewaldsleben. Verunglückte tödlich im August 1945 in Berlin. Ein amerikanischer Jude aus Chicago. Ich suche seine Familie.»

Das ist überschaubares Terrain. Sie schenkt neuen Tee ein, isst den bestrichenen Toast.

»Es gibt zwei Möglichkeiten», konstatiert sie, ohne zu fragen, warum ich etwas über William wissen möchte. «Man kann in Chicago recherchieren, da lebt meine Familie. Das wäre hilfreich. Man kann hier in Israel recherchieren. Hast du heute Abend Zeit?»

Sie nimmt mich mit zu einer Lesung im Goethe-Institut, hat sich dort mit einem Freund verabredet, von dem sie meint, dass er mir helfen könnte.

Eine Schauspielerin liest Gedichte aus dem Briefwechsel zwischen Nelly Sachs und Paul Celan. Esther hat mich auf das Publikum vorbereitet. Vorwiegend «Jeckes». Deutsche Emigranten der dreißiger Jahre und Überlebende des Holocaust. Sie ist lange in ihrem Antiquitätengeschäft in der Altstadt aufgehalten worden, hat gut verkauft und ist bester Stimmung, aber wir kommen spät. Alle Zuhörer sitzen schon. Auf den ersten Blick wirkt die Versammlung wie das Publikum eines Akademiekonzertes in der Aula einer deutschen Universität: lauter Professoren mit Brille und grau gelockter Gattin, Alter zwischen siebzig und neunzig. Der Unterschied ist die persönliche Geschichte, die jeder hier zwangsläufig haben muss. Totenstill ist es in dem kahlen Vortragsraum. Atemlos verfolgen alle die Worte. Mir stockt fast das Herz, als ich zusammen mit ihnen Celans Verse höre, und ich weiß nicht, wie ich ihnen danach begegnen soll. Aber nach dem Vortrag ist die Stimmung wie ausgewechselt. Der schönen Schauspielerin ist applaudiert worden, es gibt Wein, Stimmengewirr, Gelächter. Esther ist umringt von Menschen, die wissen wollen, wer ich bin. Ich trinke mit ihnen, sage, dass ich gerade aus Deutschland gekommen bin. Genau das war ihre Hoffnung, sagen sie. Sie selbst sind Deutsche, sie leben damit, wollen darüber reden, wollen ihre Sprache sprechen. Ich lerne Isaac Sternberg und seine Frau Ruth kennen. Beide sind emeritierte Professoren für Geschichte, sind klein, gebeugt, stark kurzsichtig, sie ähneln sich auf seltsame Weise. Isaac stellt sein Leben dar wie einen Schattenriss: Achtzehnjährig von seinem Vater in ein Kibbuz-Ferienlager geschickt, durfte er nie wieder zurück nach Polen. Seine Familie ist in Treblinka umgekommen, er hat gemeint, damit fertig zu sein. Dann hat er in Yad Vashem eine Dokumentation über das Ghetto in Lodz gesehen und auf einer Fotografie seinen Vater und seinen Bruder erkannt. Nach fünfzig Jahren. Danach war er krank. Isaac und Ruth wollen über Deutschland reden, alles über Deutschland wissen. Gut für meine Reportage. Wir verabreden uns für den nächsten Tag, spätnachmittags im Atena, dem berühmten «Jeckes»-Café in der Weststadt.

An diesem Abend sind Esther und ich mit Ben Monar verabredet. Esther hat ihn angerufen, gefragt, ob er sich um mein Problem kümmern könne. Sofort hat er zugestimmt. Unter einer Bedingung: dass wir nach der Lesung mit ihm essen gehen.

Esther hat ihn mir angekündigt: «Stout and square, big brown eyes, most charming, generous, liberal, extremely curious.»

Alles bewahrheitet sich während der Autofahrt durchs nächtliche Jerusalem. Nur ist er noch neugieriger als ich, weiß sofort die Eckpfeiler meiner Biographie, beschließt, dass er mein Vater sein könnte, wenigstens in Israel. An der dritten Ampelkreuzung duzen wir uns, und ich frage ihn aus. Natürlich ist er auch aus Europa – aus Wien. 1938 dreizehnjährig von vorsichtigen Eltern nach Israel in ein Kibbuz-Sommerlager geschickt, ist er erst 1956 als Journalist nach Europa zurückgekehrt. Seine Eltern hat er Jahre später in New York ausfindig machen können. Ich wage nicht, nach dem Wiedersehen zu fragen, und er sagt darüber kein Wort.

Er führt uns zu «Fink's». Esther bleibt vor der Tür stehen und bittet ihn um Nachsicht. Sie möchte nach Hause, sagt, es würde ihr zu viel, die Lesung habe sie sehr mitgenommen. Er küsst ihre Hand, dann umarmen sie sich wortlos. Ich habe Herzklopfen, bin beschämt.

Das Restaurant vertuscht meine Hilflosigkeit anfangs. Ein lang gestreckter Raum, Flaschen in dunklen Holzregalen, die hohen Wände ochsenblutrot gestrichen, bedeckt mit Bildern und Fotos in unterschiedlichsten Rahmen, tief hängende Lampen über der umlagerten Bar. Shalom, shalom – Ben kennt alle, alle kennen Ben. Der Besitzer umarmt ihn. In einer Fensternische hat er einen Tisch reserviert. Inzwischen ist es halb elf. Wir bestellen die Pfeffersteaks, für die Fink's Bar berühmt ist. Ich versuche das Unbehagen abzustreifen, das ich seit Esthers Abschied verspüre.

«Du weißt nicht, warum sie gegangen ist, ob sie wirklich deprimiert war, müde, abgeneigt, stimmt das?» Ben hat in Sekunden erfasst, was in mir vorgeht.

«Kann man auf meiner Stirn lesen?»

«In deinen Augen, meine schöne junge Dame. Esther ist schwierig, aber wir verehren sie alle. Sie ist spät zu uns gekommen, das weißt du?»

Der Rotwein wird serviert. Ben umfasst den grünen Stiel des Glases mit seinen praktischen Händen, schaut mich fragend an.

«Gestern hat sie mir viel von sich erzählt. Seitdem bin ich ihr fremd», sage ich.

«Das ist es, das passt zu ihr. Sie hat einen neuen Anfang gemacht, will mit alten Problemen nichts zu tun haben. Vergangenheit ist tabu, Gegenwart ist alles. Verstehst du? Sie steht sich oft selbst im Weg. Ich kenne niemanden, der sich intensiver mit dem Holocaust auseinander setzt als sie, und niemanden, der es vehementer abstreitet. Sie lebt zwei verschiedene Leben, und manchmal fürchte ich, sie hält es nicht durch.»

«Wie war dein Leben, Ben?»

«Erst einmal wollen wir aufs Leben trinken», er hebt sein Glas. «Le chaim.»

Wir stoßen an. Ben leert sein Glas bis zur Hälfte und sagt es noch einmal. Le chaim.

Er hat einen Kibbuz im Jordantal mitgegründet, Geschichte studiert, in den Semesterferien einen Job bei einer englischsprachigen Zeitung angenommen, Blut geleckt, sein Studium abgebrochen, ist Journalist geworden. Zusammen mit dem jungen Staat Israel ist Ben Monar erwachsen geworden. Als Chefredakteur kommentierte er dreißig Jahre lang die wichtigen politischen Ereignisse, hat alle «Großen» Israels, alle Repräsentanten ausländischer Staaten kennen gelernt, interviewt und durchs Land begleitet. Darunter waren Eisenhower, de Gaulle, schließlich auch Konrad Adenauer, 1966.

Dann weigert er sich, noch länger über sich zu reden.

«Was hat Esther mir da erzählt?», fragt er. «Du suchst jemanden, der 1840 in die USA ausgewandert ist?»

Ich erzähle die Geschichte. Vom missratenen Thoraschüler, dem Sohn des Rabbiners Nathaniel Emser, der 1848 als Goldsucher nach Amerika ging, bis zum Begräbnis der Wiegenglocke durch meine Großmutter Marie im Oktober des Jahres 1945 auf dem jüdischen Friedhof in Halberstadt.

«Mein Gott, es regt mich auf. Ich kann nicht weiteressen.» Ben lässt Messer und Gabel neben das Pfeffersteak fallen, trinkt einen großen Schluck.

«Weißt du, was du da sagst? Was das ist? Das ist ein Thriller!» Seine Augen treten fast aus den Höhlen.

Ich habe nur erwähnt, dass wir in dem Koffer den Schmuck meiner Großmutter vermuten. Die Bilder habe ich ausgelassen, von Bastian ganz zu schweigen.

«Unbedingt müssen wir die Familie finden.» Ben Monar isst vehement weiter. «Emsby/Emser sagt mir nichts. Aber wir fahren nach Tel Aviv, Beth Hatefusoth. Schon davon gehört?»

Ich verneine.

«The Nahum Goldmann Museum of Jewish Diaspora, Tel Aviv.

Da können wir, wenn wir Glück haben, erfahren, wo Williams Familie aufzutreiben ist.»

Wir verabreden uns für den übernächsten Tag. Mit seinem Auto wollen wir nach Tel Aviv fahren.

Jerusalem im Regen kenne ich nicht. Die Temperaturen liegen unter 10 Grad Celsius. Es ist kalt, nass, macht nicht viel Spaß. Vor meinem Interview um zwölf Uhr mittags gehe ich am Damaskustor in die Altstadt. Der Basar ist überdacht, ich bin im Trockenen und immer auf der Suche nach einem spontanen Interview. Im Torbogen hocken Frauen vor Kräuterbüscheln, der Duft von Salbei, Basilikum und Minze hängt in der Luft. Ich drängele mich durch die lauten Gassen, zwischen wimmelnden Kindern und ihren Müttern in bunten Kleidern und weißen Kopftüchern hindurch. Ich gebe Acht, dass die kleinen Araberjungen mich nicht umfahren, die zweirädrige, schmale Zulieferkarren für die Läden durchs Gedränge schieben, dabei Schreie ausstoßen wie hungrige Krähenkinder. Sie müssen auf sich aufmerksam machen. Keine Straße des Basars ist eben, das rutschige Kopfsteinpflaster führt bergauf oder bergab. Als Bremse dient den Jungen ein alter Gummireifen, der vor ihren Füßen am Boden mitschleift und den sie wie römische Wagenlenker besteigen, um ihre beladenen Wagen auf abschüssigem Weg mit Tempo durch die Menge zu den Ständen zu lavieren. Geschlachtete Hammel, gerupfte Hühner hängen dort, Nüsse aller Sorten stehen in Säcken, prall bis zum Platzen, Früchte zu Pyramiden geschichtet, Gewürzpulver in offenen Kästen, bunt wie Tuschkastenfarben. Paprika, Chili, Safran, Zimt. Zwischen den Läden kleine Handwerkerstände: Schuster, Kesselflicker, Flickschneider. Verwegene Gesichter unter karierten Kefijes. Es riecht nach frischem Brot, geröstetem Kaffee, Kardamom und Zimt.

Maurice müsste neben mir sein. Ich kaufe hundert Gramm kastanienbraunen Zimt für das Frühstück in zehn Tagen. Wo auch immer das stattfinden wird. Spätestens in zehn Tagen, hat er am Telefon gesagt, und dass er es nicht so lange aushält. Mir geht es nicht besser. Ich will ausblenden, dass er fehlt, aber es funktioniert nicht. Die durchsichtige Tüte mit dem Zimt versenke ich in der Brusttasche meiner Lederjacke, wo eigentlich die Pistole von Maurice sein sollte. Natürlich habe ich die Waffe nicht nach Israel mitgenommen.

Freitagabend letzter Woche. Oberstes Parkdeck am Flughafen. Er muss einchecken, er muss das Auto bei Avis abgeben. Wir müssten uns schon verabschiedet haben, stehend an der Autotür, mit angespanntem Blick auf die Uhr, aber er hat die Tür zugezogen.

«Die Pistole ist in deiner Tasche. Du nimmst sie mit.»

«Willst du Streit?»

«Dazu ist leider keine Zeit, mon cœur.»

«Gut. Verschieben wir es.»

Er lacht. Der Abendhimmel ist hell von Schnee und Scheinwerferlicht. Ich sehe, wie die Pupille seine Iris verdunkelt, ziehe sein Gesicht zu mir und küsse die harte Falte zwischen seinen Augen, berühre sie mit der Zungenspitze, küsse sie wieder, probiere noch einmal, wie mein Mund in die Rundung seiner Schläfe passt, wie dünn die Haut über seinen Wangenknochen ist.

«Marie. Pass auf. Jeden Augenblick. Dir darf nichts passieren.»

«Das sagst du jetzt zum dritten Mal.» Beim Sprechen berühren sich schon unsere Lippen.

«Warum? Was ist?»

«Du weißt es.» Seine Hand ist an der Stelle zwischen Hals und Schulter, die ich ihm morgens im Schnee geschenkt habe.

«Mir darf nichts passieren …?»

«… weil ich dich liebe, vom ersten Augenblick an.»

Wann war dieser Augenblick – irgendwann werde ich ihn fragen. Nicht am Telefon.

Bevor ich heute Morgen losgegangen bin, habe ich ihm noch ein

Fax geschickt mit Adressen und Telefonnummern, die Esthers Mann aus Chicago nach Jerusalem gefaxt hat. Sie sollen Maurice in Chicago helfen. Die Hebrew Immigrant Aid Society, die Spiritis-Library, das Jewish Community Centre, Chicago. So sind die Informationen, die vielleicht dazu führen, William Emsbys Familie zu finden, einmal rund um den Globus gefaxt.

«Hey, young lady! You are dreaming to buy some souvenirs from my shop?» Ein junger Araber fängt mich ab, lenkt mich ab. Guckt listig, bewegt sich flink wie ein Kobold zwischen Gasse und Laden hin und her, lacht wie Pumuckl, lockt mich an einer Kreuzung des Basars in die kleine Gasse, in der sein Laden liegt, verkauft mir ein Osterei aus golden gesprenkeltem Lapislazuli. Dann ist er tief befriedigt über diesen Geschäftsabschluss so früh am Morgen, dass er türkischen Kaffee kommen lässt. Wir sitzen, und Khalil erzählt mir von seinem Leben in der Wüste Sinai, wo er bis zu seinem dreizehnten Lebensjahr aufgewachsen ist. Dann musste er mit Eltern und Brüdern nach Israel ziehen, weil der Stamm nicht alle ernähren konnte. In Israel lernte er lesen, schreiben und rechnen. Jetzt ist er vierundzwanzig wie ich, hat sein Lädchen an der Peripherie des Basars, verkauft Schmuck, kleine Teppiche, Halbedelsteine und ein Sammelsurium von religiösen Souvenirs: holzgeschnitzte Krippen, Pietà, Jesus am Kreuz für die Christen, siebenarmige Leuchter und Davidsterne für die Juden, Spielzeugmoscheen für Mohammedaner. Jedenfalls in seinem Laden bestehen die Konfessionen friedfertig nebeneinander. Khalil ist verheiratet, und seine Frau bekommt ihr erstes Kind. Sooft er kann, fährt es zurück in den Sinai, wo die Männer noch abends am Lagerfeuer Pfeife rauchen, Geschichten erzählen und unter freiem Himmel schlafen. Das soll sein Kind auch erleben, denn das Leben in der Wüste ist das Schönste, die wertvollste Erfahrung, die ein Mensch machen kann, sagt er.

Vor dem Fenster seines Ladens bleibt ein Mann stehen. Ich sehe ihn im Halbprofil: weißer Burnus, schwarz-weiß karierte Kefije, sandhelle Augen, verhauenes Gesicht. Einer, der keine Geschenke sucht. Ich verspüre Alarm, denke, dass er ist wie Bastian. Der Typ kommt herein und entpuppt sich als Onkel aus dem Sinai. Mir ist schlecht vor Aufregung und Ärger, weil ich übertrieben reagiert habe.

«Irgendwann wird er vor dir stehen. Ich kann es nicht ändern. Du musst dich darauf vorbereiten, Marie.» Maurice hat Recht, aber wie bereite ich mich darauf vor, dem Mörder meiner Eltern zu begegnen?

Der Onkel ist angereist, um das Geschäft, um Ausländer und die Altstadt von oben zu sehen. Khalil kann gleich mit allem dienen. Sie nehmen mich mit auf das Dach des Basars. In großer Pose zeigt Khalil hinunter auf die Altstadt, erklärt mit dem Pathos eines Besitzers den Verlauf der Via Dolorosa, die Kuppeln der Grabeskirche, die Al-Aqsa-Moschee, den Felsendom, verweist ergriffen – und immer zweisprachig – auf die Kirche gegenüber, im Garten Gethsemane, wo Jesus weinte.

In einer Redepause frage ich ihn, welcher Religion er angehört.

«Ich glaube nichts», sagt er, lacht dabei ausgelassen. «Ich bin Beduine, ich bin Natur.»

Er übersetzt Frage und Antwort seinem Onkel, der mich ansieht, dann auf sich zeigt, nickt und sich verneigt. Khalil übersetzt, dass sein Onkel genauso denkt wie er.

Später frage ich ihn nach Deutschland.

Ja, nun, er weiß, wo es liegt. Der Onkel auch. Mehr nicht.

«Ich will nichts wissen», grinst er. «Politik ist für mich uninteressant.»

Weiß er etwas über den Holocaust?

«Natürlich», er klingt entrüstet. «Schließlich ist Israel mein Land. Ich weiß, was die Deutschen an den Juden getan haben, aber ich weiß auch, was die Juden den Palästinensern tun.» Er zuckt mit den Schultern und sagt noch einmal, er kümmere sich nicht um Politik, weil es nur Ärger bringe.

«My interest is simple. You want to know?», fragt er listig.

Natürlich will ich es wissen.

«It's who feeds me today and who kills me tomorrow.»

Er übersetzt seinem Onkel die beiden Sätze. Ihr Lachen schallt über die Dächer von Jerusalem.

Für mein Interview muss ich ins jüdische Viertel der Altstadt. Dort ist die Welt organisiert, sauber, leer. Die Architektur schlicht, einheitlich nach dem Sechstagekrieg gebaut mit dem hellen Stein der judäischen Wüste, der Wärme und Licht ausstrahlt.

Esther hat mir für diesen Tag Interviews bei zwei Professoren organisiert. Der Erste ist Direktor eines kleinen Museums, in dem das Jerusalem der ersten Tempelperiode (800 v. Chr.), die damals entstandene Davidstadt und die Grabkatakomben an einem zimmergroßen Modell und mit Hilfe eines Dia-Tonband-Vortrages erklärt werden. Der Professor ist noch nicht da, eine junge Studentin zeigt mir das Modell. Der Professor fehlt nach wie vor. Ich komme in den Genuss der dreidimensionalen Dia-Show. Rahel zeigt mir am Modell Standorte für geplante Neubauten der Stadt und erklärt, dass es in Jerusalem keinen Spatenstich ohne Protest der Orthodoxen geben kann, denn während der ersten Tempelperiode haben gut situierte Bürger Jerusalems ihre Toten in Höhlen begraben, und wo man gräbt, sagt sie, findet man in Jerusalem sofort ein altes Grab. Natürlich ist das höchst aufschlussreich für die damalige Ausdehnung der Stadt. Ebenso natürlich steht jedem Neubauplan ruckartig militante Pietät im Weg, denn jedes Grab ist für gläubige Juden einmalig und unantastbar bis in alle Ewigkeit.

Der Professor, ein Überlebender von Treblinka, entschuldigt sich telefonisch, seine Frau sei krank. Freitagmorgen würde er mich gerne um zehn Uhr empfangen. Bevor ich gehe, frage ich Rahel, ob sie sich für Ereignisse in Deutschland, zum Beispiel für die Wiedervereinigung interessiere. Sie zuckt mit den Achseln. Sie habe davon gehört, ja, aber es habe sie nicht sonderlich interessiert. Sie ist höflich.

Ich frage weiter, ob sie in ihrer Familie einen Bezug zu Europa habe? Natürlich kämen die Familien aus Europa. Ihr Vater sei aus Italien und ihre Großmutter mütterlicherseits aus Deutschland. Beide seien in Lagern gewesen, erst nach dem Krieg eingewandert. Aber sie würden nie darüber sprechen, nicht über Deutschland, nicht über die Lager, kein Wort über die Nazis. Rahel macht mir freundlich und ein bisschen schüchtern klar, dass sie in einer Welt aufgewachsen ist, in der über Deutschland geschwiegen wird.

Hat sie jemals den Namen Emser oder Emsby gehört?

Nein, es tut ihr Leid.

Vor einem Platzregen fliehe ich in ein kleines Restaurant, kaufe mir vorher die «Jerusalem Post». Das Restaurant ist «glatt koscher», voll besetzt, achtzig Prozent der Gäste sind männlich, davon die Hälfte mit Bart und Kippa.

Ich ergattere einen letzten Stuhl, sitze einer damenhaften Frau gegenüber, die kurz vor mir gekommen zu sein scheint. An ihrer Regenjacke aus schwarzem Lackleder rinnen Tropfen herab. Von innen sind alle Scheiben des Restaurants beschlagen.

«Der Regenschutz ist gut, des Essens wegen bin ich nicht hier», sagt sie und mäkelt an der Speisekarte herum. Zierlich, brünett, dunkle Pagenfrisur. Sie spricht englisch, posh-english. Passt gut zu dem nervösen Gesicht. «Wählen Sie die Nummer drei. Der Hummus ist hier ordentlich. Sie wissen, was das für ein Gericht ist?»

«Ja, wenn Sie es hier empfehlen, werde ich es bestellen.»

«Sie sind doch die kleine deutsche Journalistin, die gestern Abend in der Goethe-Gesellschaft war, oder irre ich mich?»

«Wie können Sie von mir wissen?» Ich bin völlig irritiert.

Kurz taxiert sie mich, reckt den leicht krumm gezogenen Rücken zu intellektueller Fragehaltung nach vorn, verbirgt so ihre Kurzsichtigkeit, streckt mir die rechte Hand hin, stellt sich vor, ohne mich anzusehen, schüchtern bis unwirsch. Miryam Laronne. Ihre Hand war für eine Sekunde in meiner Hand wie ein dünnes, kleines Brett.

Ich stelle mich ebenfalls vor.

«Ich habe den Frosch getroffen», sagt sie, lacht hinter vorgehaltener Hand. «Bin über alles informiert, was in der Stadt passiert, und die Stadt ist ein Dorf. Jeder kennt hier jeden.»

Der Frosch ist Ben Monar, aber er hat ihr nichts von meinem Anliegen erzählt, nichts von der geplanten Fahrt nach Tel Aviv. Nur, dass man auf mich aufpassen müsse, weil es zu gefährlich sei, so allein in der Weltgeschichte herumzurecherchieren.

«Da hat er natürlich Unrecht», sagt Miryam Laronne. Sie ist selbst Journalistin. «Aber um junge, schöne Journalistinnen kümmert sich der Frosch nur zu gerne.» Sie lacht bissig. «Außerdem bin ich sicher, dass Sie sich verteidigen können. Sie sind doch nicht auf Männer angewiesen, oder?»

«Das wäre ja noch schöner», sage ich und weiß nicht so ganz, wohin das Gespräch führen soll.

«Keine Sorge», sie grinst frech. «Ich verschleiße nur Männer.»

Wir bestellen beide den traditionellen Hummus, der schnell serviert wird.

Draußen wechselt endlich das Wetter. Die Sonne schiebt eine breite Lichtbahn durch den Dunst im Raum. Miryam gibt mir ihre Visitenkarte. Ich soll sie anrufen, wenn ich noch Zeit habe, dann zeigt sie mir ein vernünftiges Restaurant in Ost-Jerusalem.

«Wissen Sie schon, was heute in der Zeitung steht?» Sie deutet auf die «Jerusalem Post».

«Ich habe sie noch nicht einmal aufgeschlagen.»

«Dieser Gabriel Rosner hat wieder eine Bombe hochgehen lassen. Die Jeckes-Kolonie raucht vor Empörung.»

Am Nachmittag um 15.15 Uhr habe ich mein zweites Interview bei ebendiesem Professor Gabriel Rosner. Esther schätzt ihn, hat mir den Termin besorgt, sagt, er sei erfrischend unsentimental.

Mount Scopus, Hebrew University of Jerusalem, Block V, sechster Stock, Zimmer 619. Gabriel Rosner lehrt deutsche Geschichte, ist gegenwärtig Dekan. Mit seinen Akten und Büchern finde ich ihn in einem kleinen Zimmer, dessen Fenster in einen lichtlosen Hinterhof führt. Draußen vergoldet die Nachmittagssonne jeden Stein. Nur in diesem Raum kann man ohne das Licht einer großen Neonleuchte nicht arbeiten, was schmerzlich ist, wenn ein Wackelkontakt die Lampe abschaltet.

Gabriel Rosner, Jahrgang 1943, wirkt westeuropäisch lässig und unwirsch. Er ist mittelgroß, athletisch schlank, trägt ein weißes T-Shirt unter offenem Hemdkragen, ein sportlich kariertes Jackett, Jeans, spricht deutsch mit französischem Akzent, und sein schmaler Kopf, das kurz geschnittene lockige Haar, der Schnitt seiner braunen Augen erinnern an Jean-Paul Belmondo. Dessen Charme fehlt ihm leider vollständig.

Seit dem Vortag ist er der Buhmann der Fakultät. In einer Fernsehsendung hat er es gewagt, die Kinder der Siedler von Hebron mit der Nazi-Jugendorganisation, mit der HJ, zu vergleichen.

Bevor ich mein geplantes Interview beginne, befrage ich ihn zu seiner Äußerung. Nichts anderes hat er erwartet. Seine Antworten kommen prompt, sind längst vorbereitet. Ein Sturm der Entrüstung werde über ihn kommen, sie werden versuchen, ihm die Professur abzuerkennen, prognostiziert er, zuckt die Schultern, verteidigt sich unwirsch mit modernen wissenschaftlichen Denkweisen: Er habe die Hitlerjugend nur als Synonym für die gefährliche Indoktrination von Jugendlichen benutzt und verachte seine Landsleute dafür, dass sie den Vergleich mit einem Phänomen der Nazi-Zeit so empört zurückwiesen. Er gehöre zu denen, die schon in Israel geboren seien, er fordere nicht mehr und nicht weniger als eine objektive Betrachtung der Phänomene.

Dabei übersieht er offensichtlich die Gemütslage von Tausenden. Das geben mir Isaac und Ruth Sternberg zu verstehen, die ich nach dem Interview im Café Atena treffe.

In ihren Augen darf man kein Wort aus der Zeit des Holocaust isolieren und es zur Definition anderer Schrecken benutzen. Für sie ist die Shoah keine Ansammlung von diskutierbaren Phänomenen.

«Weißt du, es ist so», sagt Isaac und umgreift mein Handgelenk, «die Shoah ist wie ein Land, in dem wir alle waren.»

«Ein Wort genügt, und wir sind wieder dort», sagt Ruth. «Das meint er, musst du wissen.»

«Was habt ihr denn noch gesprochen, Kindchen?», fragt Isaac, als Kaffee und Florentiner gebracht werden.

Das berühmte Café Atena hat den Gemütlichkeitswert einer Werkskantine. Resopaltische, erdnussbraun, abwischbare Stuhlpolster, aspiringrün, Neonröhren, nackt. Dafür ist der Kaffee heiß, schmeckt wie frisch geröstet und gemahlen, die Florentiner sind knackig und hauchdünn wie in einem Wiener Café.

Isaac und Ruths Augen warten hinter starken Brillengläsern, gestatten mir knapp einen Schluck, kaum einen Bissen.

«Er ist eine wichtige Stimme. Überall in der Welt spricht er für Israel. Hat er nichts begriffen, dieser Rosner?», fragt Isaac.

«Doch», antworte ich. «Er geht kühl mit der Vergangenheit um, aber er sagt auch, dass die gelassene, manchmal sogar bewundernde Beurteilung des modernen, wieder vereinigten Deutschlands nur wie loser Staub auf der Erkenntnis des israelischen Volkes liegt. Die Erfahrungen der Shoah werden von Generation zu Generation weitergegeben, und die erlittene Erniedrigung wird weiterleben im Bewusstsein von Tausenden. Das sind genau seine Worte.»

«Dann ist er doch nicht so ein Schnösel, wie wir dachten», sagt Isaac und greift nach Ruths Hand.

«Nein», sagt sie. «Er ist nur jung, Isaac.»

«Ihm geht es um die Gegenwart», sage ich.

«Wie meinst du das, Kindchen?»

«Er hat gesagt: Die Gegenwart ist bestimmt vom Vernichtungswunsch der arabischen Nachbarländer, seit der Gründung Israels. Da spielt die Musik für uns, an der Front müssen wir überleben, alles andere ist Geschichte.»

«Dieser Rosner hat Recht, er hat Recht, was das betrifft», ereifert sich Ben Monar, als er mich am nächsten Morgen abholt, um mit mir nach Tel Aviv zu fahren. «Ich bin alter Kibbuznik. Ich weiß, wovon er spricht.»

«Dann teilst du seine Meinung?»

«Vollständig. Die Araber interessieren sich überhaupt nicht für das, was wir da geschaffen haben.» Im letzten Moment hält er vor einer roten Ampel. «Sie wollen es nicht. Es ist ihnen vollständig egal. Sie wollen einzig und allein, dass wir verschwinden! Den geflohenen Palästinensern haben sie jede Assimilation verweigert, um den Hass gegen uns aufrechtzuerhalten.»

Wir fahren durchs morgendliche Jerusalem nach Nordwesten. Hügel auf und ab, von einem Stau zum nächsten, wie in jeder Großstadt der Welt. Am King David Hotel biegt Ben in die Hoteleinfahrt und fragt mich, ob ich etwas dagegen hätte, wenn wir noch eine andere Dame mitnähmen, die dringend etwas in Tel Aviv zu erledigen habe.

«Sieh sie dir genau an! So eine Frau wie Ayala triffst du nicht alle Tage. Ich sag dir warum: Zwei Tage nach offiziellem Kriegsende des Sechstagekrieges 1967 wurde ihr Mann das erste Opfer des so genannten Stillen Krieges; wurde über Syrien oder Jordanien abgeschossen, sein Flugzeug, seine Leiche unauffindbar. Verbrannt, versandet oder verschleppt. Man weiß es nicht. Er könnte noch leben. Damals war sie vierundzwanzig. Sechsundzwanzig Jahre sind seitdem vergangen. Sie hat nie wieder geheiratet.»

Die rassige Rothaarige, die einsteigt, begrüßt mich sehr freundlich, trägt schwarzes Leder und schwarze Seide. Ihr Händedruck ist ein Knochentest. Ich setze mich auf den Rücksitz.

Ben erklärt ihr, wer ich bin, und besteht darauf, dass sich Ayala zur deutschen Wiedervereinigung äußert.

«Ben!» Sie gähnt unwillig und sagt, dass sie so früh am Morgen nur ehrliche Antworten geben könne, ob ich die hören wolle? Natürlich will ich. Es gebe nichts, sagt sie, was sie jemals weniger interessiert habe als die deutsche Wiedervereinigung. Damit ist das Thema erledigt. Aber zu anderen Dingen lässt sie sich bereitwillig ausfragen, und ich erfahre noch, dass Ayala beim Militär ist, hochrangiger weiblicher Offizier, speziell verwendet als Ausbilderin für Selbstverteidigung und Nahkampf.

«Deine Fragen klingen so, als würde dich jemand bedrohen, meine junge Dame», sagt Ben. Er hat einen sechsten Sinn für das, was verschwiegen wird.

«Ruf mich an, falls du mehr wissen willst.» Ayala zwinkert mir zu, zieht eine Visitenkarte aus der Brusttasche ihrer schwarzen Seidenbluse, dann diskutieren die beiden auf Hebräisch ein brennendes Problem, das Moshe heißt.

Ich höre die Sprache gerne, verstehe kaum ein Wort und kann mit ungeteilter Aufmerksamkeit über die Nachrichten aus Hamburg nachdenken, die ich seit fünfzehn Stunden mit mir herumschleppe wie eine Bleikugel am Fuß.

Die Äußerungen Gabriel Rosners im israelischen Fernsehen haben natürlich auch in Deutschland eingeschlagen wie ein Blitz. Prompt war am gestrigen Abend die Redaktion am Telefon. Richi persönlich: Israelische Jungen und Mädchen 1993 in einem Atemzug genannt mit HJ und BdM! Siedlerkinder = Nazijugend! Ein gefundenes Fressen für die deutsche Pressemeute – vielleicht auch für die ausländische. Ich soll unbedingt am Mount Scopus um ein Interview mit Gabriel Rosner bitten. Möglichst sofort!

Es verschlug Richi die Sprache, als ich ihm sagte, dass ich das Interview schon in der Tasche habe, Foto und Text Fax-fertig. Er nannte mich Schätzchen, sprach von erstklassiger Platzierung meines Artikels, und ganz zum Schluss sagte er:

«Gestern hab ich mich doch ’ne Stange über dich gewundert!»

«Wieso? Was ist los?»

«Du hast ja sonst ’nen tadellosen Geschmack.»

Er schmatzte beim Reden, hatte sicher wieder eine Tüte Paprika-

Chips unterm Tisch und Slim-fast-Dosen gegen den Durst. Zwischen Kauen, Malmen und Schlucken habe ich aus Richi herausbekommen, dass er an meiner Stelle hinunter zur Pforte gegangen sei. Er persönlich, denn an der Pforte hätten sie gesagt, ein Herr sei da, ich müsse persönlich kommen und etwas Wichtiges abzuholen. Er, Richi, habe gesagt, dass ich käme, und wäre selbst nach unten gefahren. Schon aus Neugierde. Am Eingang habe ein Boxer mit einem Strauß auf mich gewartet. Sehr elegant gekleidet, aber ein Gesicht aus Leder, durchlöchert wie ein Sieb, Haare schwarz glänzend zurückgekämmt, graue Schläfen, Augen wie Abwassertümpel, faszinierend fies, und dann mindestens dreißig langstielige rote Rosen im Arm. Für mich. Er sei niemand von Fleurop, sondern ein Freund, habe der Boxer gesagt, und wo er den Strauß privat abgeben könne. Dalassen wollte er die Rosen nicht. Jeder Zoll ein mediterraner Typ, habe aber fabelhaft deutsch gesprochen, allerdings mit französischem Akzent.

Der beflissene, strohdumme Portier habe in dem Moment schon meine Adresse rausposaunt. Er habe ihn nicht rechtzeitig daran hindern können.

Dann die Frage, die von Richi kommen musste: «Ich weiß ja, dass du ältere Semester bevorzugst, aber was ist denn das für 'ne Variante, Schätzchen?»

Ich sah Richi vor mir, wie er bei der Frage seine Füße auf den Tisch legt, seine Himmelfahrtsnase mit dem Zeigefinger massiert, dann neue Chips aus der Tüte fingert und in den Mund schiebt.

«Hast du gesagt, dass ich in Israel bin?»

«Wer bin ich denn? Natürlich nicht. Nein, aber dein Typ hat es heute Morgen telefonisch hier oben im Büro herausbekommen. Besser, du weißt es. Vielleicht wartet er mit dem Strauß am Flughafen auf dich. Dass du Samstag zurückkommst, hat unsere Änne auch gesagt.»

«Entlass sie, okay?»

«War das nicht richtig, Schätzchen?»

Wenn ich in der vergangenen Nacht geschlafen habe, dann ohne es zu merken. Pausenlos habe ich überlegt, wie ich es Maurice sage, ohne hysterisch zu wirken. Als es dann so weit war, habe ich nichts von Bastians Auftritt in Hamburg erzählt. Maurice rief morgens um halb acht an (halb zwölf, Ortszeit Chicago), war noch nicht im Hotel, sondern im Flur vor einem Konferenzraum. Endphase eines Verhandlungsmarathons – er war kurz angebunden, hatte zwei kurze Nachrichten. Die erste: Er kann sich bei einem Thomas Middelton vorstellen, dessen Mutter eine geborene Emsby war. Adresse: Chicago, Upper Lake Side 126.

Die zweite Nachricht: Er betet mich an. «Je t'adore. Adieu, Marie.»

Gesprächsdauer fünfundfünfzig Sekunden.

Esther habe ich auch nichts von Bastian erzählt, obwohl ich nah daran war. Sie hat mit Alma telefoniert, als ich gestern Abend zu ihr ging. Das hat mein Mitteilungsbedürfnis gestoppt. Ich konnte hören, dass Alma sie längst auf einer ganz vertrauten Schwatzschiene hatte. Sie redeten über mich, tratschten und schwatzten über wirkliche und vermutete Probleme, besprachen Dinge, die nur mich etwas angehen.

Bei dem kurzen Gedanken an Alma sitze ich kerzengerade und falle wie geschlagen wieder zurück in den Sitz.

In meinem Kopf überstürzt sich alles, ist wie Weckerklingeln, Faustschlag und Wasser ins Gesicht auf einmal. Wenn Bastian meine Hamburger Adressen herausgefunden hat, findet er auch meine Familie, ruft Alma an oder steht bei ihr vor der Tür. Wieso bin ich nicht schon gestern Abend darauf gekommen, dann hätte ich heute Morgen am Telefon nicht gezögert, Maurice von Bastian zu erzählen. Denn wenn Bastian es geschickt anfängt, wird Alma von mir erzählen, ganz vorn anfangen, als müsse sie einen Psychiater bei der Anamnese unterstützen. Von meiner behüteten Kinderzeit, dem Unfall – sie wird alles erzählen. Und wenn Bastian bis zu dem Moment noch nicht begriffen hat, wer ich bin, dann wird er es nach einem Gespräch mit Alma spätestens wissen. Wenn dieser Mann in Hamburg Bastian gewesen ist, ursprünglich nach Deutschland gereist, um Maurice auf die Schliche zu kommen, dann hat er wirklich nicht lange gebraucht, um auch meine Spur aufzunehmen. Genauso hat Maurice die Lage eingeschätzt.

Dorot

Wir sind gleich da, meine junge Dame!»

Ben Monar hält schon am Bahnhof in Tel Aviv, verabredet mit der Rothaarigen, dass er sie um sechzehn Uhr am Hilton wieder abholen werde. Durch die geöffnete Wagentür kommt warmer Wind, Palmen biegen sich vor dem blauem Himmel, Anemonen blühen in Töpfen, Passanten laufen in T-Shirts und Sandalen herum. Hier ist Frühling.

«Entschuldige, dass wir uns gar nicht um dich gekümmert haben», sagt Ben. «Ich wollte dir auf der Fahrt schon einen langen Vortrag über das Museum halten, damit du weißt, was dich erwartet, aber Ayala hat immer schreckliche Probleme. Sie muss dir auf der Rückfahrt ihre Geschichte erzählen, da hast du dann auch gleich einen neuen Artikel für dein Blatt.»

«Ich kann jede Geschichte brauchen», stimme ich zu und frage im selben Atemzug, ob ich im Hilton Zeit haben werde, ein Telefongespräch zu führen.

Um die Zeit ist Maurice sicher noch im Hotel. Ich könnte ihn mit meiner Hiobsbotschaft erreichen, bevor er in seine Abschlusskonferenz verschwindet.

Ben sagt, dass er mir nicht nur Zeit zum Telefonieren zugestehen, sondern mir auch den Strand vor den Hotels zeigen und hinterher mit uns in Jaffa essen will, falls Ayala und ich Lust dazu haben. Er jedenfalls hat sich für heute freigenommen. «Das hoffe ich von dir auch», sagt er mit einem rührend besorgten Seitenblick. «Man kann nicht immer arbeiten.»

Ich fühle mich seit Richis Anruf, als wäre ich in eine Papierpresse gekommen, und offensichtlich sieht man mir das an. Aber Ben schiebt meinen Zustand auf die Arbeit. Gut so. Kein Wort, zu niemandem, das haben Maurice und ich abgemacht.

Ben fährt schon über den Yarkon, die nördliche Stadtgrenze von Tel Aviv. Auf dem angrenzenden Campus der Universität liegt das Beth Hathefutsoth, das Nahum-Goldmann-Museum der jüdischen Diaspora.

Schließlich landen wir auf dem Parkplatz des Botanischen Gartens der Universität.

«Nun bitte kein Blick auf Blumen und Palmen, meine junge Dame», befiehlt er. «Wir haben zu tun.»

«Wer war Nahum Goldmann?», frage ich und steige vor dem hellen Steinkubus des Museums aus dem Auto.

«Er war Gründer und erster Vorsitzender des Jüdischen Weltkongresses. Ein Mann, der sofort 1933 nach Amerika gegangen ist und für die Zukunft Israels gearbeitet hat, bis er starb. Er ist achtundachtzig Jahre alt geworden. Mit zweiundachtzig hat er sein letztes Buch veröffentlicht. Komm, wir gehen rein! Du kannst alles im Haus sehen und kaufen.»

Die Ausstellung zeigt auf drei Etagen die Geschichte des jüdischen Volkes von der Zeit der Vertreibung aus Israel vor zweitausend Jahren bis zur Gegenwart. Konzipiert ist das Ganze wie eine Show. Geschichte, Tradition und Überlieferungen jüdischen Lebens überall auf der Welt werden lebendig in Wandzeichnungen, Rekonstruktionen, audiovisuellen Darstellungen, Dokumentarfilmen und interaktiven Multimedia-Vorstellungen.

«Lass uns gleich in den dritten Stock gehen», schlägt Ben vor. «Erst wollen wir arbeiten. Und wenn du danach noch immer mehr wissen willst, gehen wir durch das Museum. Ist das so in Ordnung?»

Mir ist alles recht, was mich zügig zur Lösung meiner Fragen führen könnte.

Ich folge ihm ins Dorot. Dorot heißt Generationen und ist das Douglas-E.-Goldmann-Zentrum für jüdische Genealogie.

Ben Monar ist auch hier bekannt wie ein bunter Hund.

«Shalom, shalom!» von allen Seiten. Er stellt mich einer Freundin vor. Leni, fünf Jahre jünger als Ben, zusammen mit ihm im Kibbuz aufgewachsen. Während Ben mit seinen achtundsechzig Jahren rosig und glatt aussieht, blank wie ein Bratapfel, ewige Neugier in den braunen Augen, ist Lenis Gesicht ein stumpfer Faltenwurf. Darin ein müder Blick, aber auch der bekommt einen Schimmer von Leben, als sie den Freund auftauchen sieht.

«Leni, mein Mädchen, hast du deine Datenbank schon angeworfen? Ich komme.» Sie nehmen sich in die Arme, ich werde vorgestellt nebst meinem Anliegen.

«Da ist dat Püppchen hier genau richtig», sagt Leni mit kehliger Stimme im schönsten rheinischen Platt. Ihre Stimme hat Musik, Leben, Herzlichkeit. Sie ist in Düsseldorf geboren und zusammen mit einer großen Schwester dem Holocaust entkommen.

«Weiter, Kinder, weiter. Wir haben zu tun», sagt Ben, aber bis wir an unserem Arbeitsplatz sind und bevor Leni den Computer anstellt, weiß ich viel über ihre Familie, ihre jetzigen Lebensumstände, ihre Ansichten und habe alle Antworten auf meine Interviewfragen sofort notiert.

Im Dorot ist eine Datenbank eingerichtet worden, in der Genealogien jüdischer Familien aus der ganzen Welt gespeichert sind. Leni öffnet das Programm. Ich muss alles angeben, was ich über William Emsby weiß: Sein Tauf- und Todesdatum, ersten Wohnsitz, Kontinent, Staat, Stadt, Einwanderungsdaten, Herkunftsland und Namen der Ahnherren, Namensänderung, Führerscheinbesitz, Übertritt zum Protestantismus. Mehr weiß ich nicht. Leni tickert alles ein, und dann kommt der spannende Moment: der Druck auf die Enter-Taste. Es beginnt zu ticken und klicken – dauert eine Ewigkeit, und dann kommt die große Enttäuschung. File not found. Kein Emser, kein Emsby hat jemals einen Eintrag geschickt oder etwas angefordert.

«Nicht verzweifeln», sagt Leni, «wir machen weiter.»

Mit den gleichen Daten befragt sie ein anderes Programm, das herausfinden kann, ob der Name Emser oder Emsby in Stammbäumen anderer Familien gelistet ist.

Wieder tickert und klickt das Gedächtnis von Generationen, gurgelt, versackt in Geräuschlosigkeit, sendet erneut kurze Morsezeichen, scheint zu würgen, dann spuckt es einen Namen aus, wir schreien alle drei gleichzeitig. Löhnberg – steht in dem kleinen Kästchen, das jetzt metallisch leuchtet.

«Dat will nichts anderes heißen, als dat wir bei den Löhnbergs mal reingucken sollten», interpretiert Leni.

Ich umarme ihre Schultern, küsse die faltige Wange.

«Nu mal nich zu früh gefreut, Püppchen, kann noch immer schief gehen!»

Sie ruft den Stammbaum der Familie Löhnberg auf. Eine schlesische Familie, erste urkundliche Nachweise 1765. Ein weit verzweigter Baum, sie blättert zweihundert Jahre herunter bis 1944.

«Iss immer wieder neu schrecklich», sagt Leni.

«Weiter», sagt Ben Monar.

Ich bin still.

Leni klickt einen Befehl an, der unter den vielen Namen die Überlebenden des Holocaust heraussucht.

Zwei Jungen. Hans und Egon. Ihre Daten kann man aufrufen. Beide sind 1945 aus Argentinien nach Israel gekommen. Beide sind schon gestorben, Hans war Psychiater in Haifa, Egon Lehrer für Physik und Mathematik in Jerusalem. Wo ist die Verbindung zu William Emsby? Leni gibt den Namen ein, ein Verweis auf Hans Löhnberg erscheint, sie klickt sich in seine Biographie. 1946, ein Jahr nach der Immigration, hat er seinen Namen hebräisiert, sich Ibrahim Laronne genannt. Rechts unten im Bildschirm ist erneut das Feld: Connection to …?

Wieder gibt sie den Namen Emsby ein. Im gleichen Moment wird der Name von Ibrahims Ehefrau rot unterlegt.

«Jetzt kommt's. Weiter, weiter, Leni.»

Delia Laronne wird aufgerufen.

Geburtsname: Elisabeth Rothmann alias Elisaweta Rubinschanskij, geboren in Chicago, Illinois, 1925. Vater Josef, Geiger, Mutter Larissa, Sängerin. Beide aus Minsk, Weißrussland. Emigration 1905 mit ihren Familien.

Hebräischer Name: Delia Laronne. Grund für den Wechsel: Verehelichung mit Ibrahim Laronne.

Religion zur Zeit der Geburt: Protestantisch. Übergewechselt zum mosaischen Glauben.

Grund für den Wechsel: Verehelichung mit Ibrahim Laronne.

Religiöse Feiern in ihrem Leben: Taufe 1925, Konfirmation 1939, Verehelichung mit Ibrahim Laronne 1947.

Dann geht der Mausklick auf das nächste Feld: Live Events – Ereignisse ihres Lebens. Ein Register von neun Punkten öffnet sich.

1. Verlobung mit William Emsby, Chicago, Illinois, USA, Ostersonntag 1944.
2. Juli 1945 – Tod William Emsbys.
Schwere Erkrankung (Schizophrenie)
3. 1946 – Heilung und Auswanderung nach Israel
4. 1947 – Übertritt zum mosaischen Glauben
5. 1947 – Beginn des Medizinstudiums
6. 1948 – Geburt einer Tochter Sarah
7. 1954 – Totgeburt eines Sohnes
8. 1954 – Erneute psychische Erkrankung. Schnelle Gesundung
9. 1970 – Tod von Ibrahim Laronne

Keiner sagt etwas. Das Leben der Delia Laronne alias Elisabeth Rothmann liegt vor uns wie ein Raum, den man nur vorsichtig betritt, wenn man nicht bestürzt an der Tür stehen bleibt.

Das nächste Feld: Death.

Delia Laronne ist 1985 gestorben. Todesursache: Kein Eintrag. Quelle: Todesanzeige in der «Jerusalem Post».

Verantwortlich für alle vorangegangenen Daten war Delia Laronne selbst. Eingabedatum: 9. April 1980. Ihre Jerusalemer Adresse ist angegeben.

Leni klickt weiter.

«Was, was, was – –? Stopp, stopp! Geh noch einmal zurück auf Current Adress.»

«Du bist immer so aufgeregt, Ben. Nur mit der Ruhe», sagt Leni, geht im Programm zurück.

«Da!», triumphiert Ben. «Hab ich es nicht gesehen? Jerusalem, Derekh Yeriho. Weißt du, wer da wohnt, meine junge Dame? Na?»

Ich schüttele nur den Kopf.

«Miryam Laronne! Die Spinne. Sie nennt mich Frosch, und ich sage Spinne. Wir lieben uns nicht, aber das macht nichts. Na, fällt's dir wieder ein? Sie hat mir gestern von dir vorgeschwärmt. Hat dich im Restaurant getroffen. Wenn du Glück hast, kann sie dir helfen. Schließlich trägt sie den Namen.»

«Und so viele Laronnes wird es im Land nicht geben», sagt Leni. «Davon würd ich wissen.»

«Das Land ist klein.» Ben klopft mir aufmunternd die Schulter. «Solange es um Immigranten zwischen 1933 und 1950 geht, kann man fast alles herausbekommen.»

«Miryam hat mir ihre Karte gegeben. Kann ich Sie von hier anrufen?»

«Darf ich dir einen Ratschlag geben, meine junge Dame?»

«Natürlich. Welchen?»

«Behandle Miryam Laronne wie ein rohes Ei. Das soll heißen: Fall nie mit der Tür ins Haus, kündige dein Vorhaben nicht am Telefon an. Verabrede dich nur mit ihr. Sie ist eine Mimose.»

«Kannst Glück haben. So viel steht fest», sagt Leni. «In jedem Fall druck ich es für dich aus, Püppchen. Ein Zentimeter Gedrucktes ist noch immer besser als eine Stunde voller Worte.»

Danach habe ich gegessen und getrunken und weiß eine Stunde später nicht mehr, ob es Fleisch oder Fisch gewesen ist, Wasser oder Wein. Ich bin durch das Museum geführt worden und kann nicht sagen, was ich gesehen habe.

Ich sitze am Strand von Tel Aviv, grabe meine Füße in warmen Sand, sehe Kinder spielen, höre Akkordeon und Klarinettenklänge, sehe junge Mädchen im Kreis tanzen und bin doch nicht da. Ausgebrannt fühle ich mich, traurig, fünfzig Jahre zurückversetzt und gespalten in drei Menschen: Elisabeth Rothmann, William Emsby und meine Großmutter Marie.

Eine Woche ist es her, seit ich in Ewaldsleben ihr Tagebuch gefunden habe, seit mich Maurice aus meinem Albtraum geweckt hat. Seit sieben Tagen und Nächten verwebt sich mein Leben mit anderen Leben, schlucke ich fremde Schicksale, speichere sie in mir ab. Das eine letzte Schicksal von Elisabeth Rothmann war zu viel. Mein Gehirn hat eine höhere Aufnahmekapazität als mein Herz. Das blockiert, verweigert, kann die Trauer nicht ertragen, die Elisabeth krank gemacht und meiner Großmutter das Leben genommen hat. William Emsby – was wäre damals geschehen, wenn er nicht verunglückt wäre? Wie war diese Elisabeth, die auf ihn wartete? Was hat sie krank gemacht? Sein Tod oder der Verrat ihrer Liebe?

Ich sehe Wasser bis zum Horizont, leuchtend blau. Sand läuft durch meine Finger zurück in Sand.

Ben findet mich, zeigt auf seine Armbanduhr. «Hast du deine Telefonate schon erledigt, meine junge Dame? Wir wollen gleich weiter.»

«Nein», sage ich und: «Danke, dass du mich erinnerst.»

«Darf ich dir noch einen Ratschlag geben?»

«Ja. Immer.»

«Nimm dir die Dinge nicht so zu Herzen.»

«Warum nicht?»

«Unser Beruf macht dich sonst kaputt.»

«Es vermischt sich gerade, Ben. Mein Leben mit dem Beruf. Vielleicht ist es das?»

«Nein. Ich habe dich beobachtet. Du musst dich härter machen.»

«Wie?»

«Ich habe nur zwei Erfahrungen.»

«Kannst du sie sagen?»

«Willst du sie hören?»

«Ja.» Ich lasse mich von seiner ausgestreckten Hand hochziehen, sehe das wuchtige Gesicht unter weißen Haaren im Wind am Meer, stehe ihm Auge in Auge gegenüber und höre, was er sagt.

«Du bist allein. Jeder andere auch. Wenn es ernst wird, ist man allein.»

«Und die zweite Erfahrung?»

«Das Leben ist so furchtbar, wie es schön ist. Glaub mir.»

16 Uhr, Hilton Hotel, Tel Aviv. Ich rufe Miryam Laronne an. Sie ist am Telefon, wird von Freitag bis Sonntag mit Freunden nach Jericho fahren. Wenn ich meine, sie noch einmal sehen zu müssen, bevor ich abfahre, dann geht es nur an diesem Donnerstagabend. Ihre Stimme schwankt zwischen Reserviertheit, Freude und Spott. Normalerweise wäre mir die Gesprächssituation unangenehm, aber alles ist anders als sonst, alles kann mir egal sein, wenn sich Delia Laronne nur als Strohhalm entpuppte, wenn unsere Recherche damit auch nur einen Millimeter weiterkäme. Ich werde das Essen mit Ben und Ayala absagen müssen. Wie ich nach Jerusalem komme, weiß ich noch nicht. Alles Überlegungen, die ich Miryam Laronne natürlich nicht mitteile. Ihr gegenüber erkläre ich mich einverstanden mit allem. Um 21 Uhr soll ich in der Halle des American Colony Hotels auf sie warten.

Das Gespräch hat drei Minuten gedauert. Sofort danach wähle ich die Nummer von Maurice. 16.03 Uhr Tel Aviv – 08.03 Uhr Chicago. Er ist nicht mehr in seinem Hotelzimmer. Ich rufe an der Rezeption an. Die Gruppe von Picard Industries ist gerade abgeholt worden. Ob ich eine Nachricht für Mr. Dauvignac hinterlassen will?

Natürlich nicht. Weder auf dem Anrufbeantworter noch in der Rezeption könnte ich hinterlassen, dass Bastian in Hamburg aufgetaucht ist. Was sollte Maurice mit einem naiven Hilfeschrei anfangen? Er würde sich aufregen, es würde ihn belasten. Er erfährt es morgen früh genug, wenn er mich anruft. Dann kann ich von Miryam Laronne berichten und er von seinem Termin bei Eric Middelton am Lake Side 126, bevor er schlafen geht.

Ben wartet in der Lobby auf Ayala. Ich gehe zurück an den Strand, habe zum Glück heute Morgen Bermudas angezogen, brauche nur die Schuhe auszuziehen, um am Wassersaum entlangzulaufen, allein zwischen der Skyline von Tel Aviv und dem Meer, das unter der Westsonne liegt wie ein Fass königsblauer Tinte. Der Wind ist warm, und ich werde müde, suche mir eine Liege vor dem Hotel.

Sonnenlicht dringt durch meine Augenlider. Blau und Gold und Weiß. Ich sehe den Computerbildschirm, er wärmt mich wie eine Sonne, ist blau wie das Meer vor mir, darin weiße Balken, beschriftet mit Daten und Namen. Die Balken nehmen ab und zu, steigen und fallen, schwanken auf und nieder. Zwei Menschen sitzen in einem Boot, sprechen und lachen, wiegen sich schweigend auf dem Wasser. William und meine Großmutter Marie.

Es ist 17 Uhr, als Ben mich weckt.

Um 21.45 Uhr, als ich in einem alten Ledersessel der Lobby des American Colony Hotels fast schon eingeschlafen bin, erscheint Miryam Laronne in elegantem Schwarz und erklärt, dass sie traditionell zu spät komme. Es sei nicht mehr zu ändern, meistens sei sie mit Männern verabredet, die es nicht anders erwarteten und auch nicht besser verdienten. Dann macht sie mir Komplimente zu meiner ebenfalls schwarzen Garderobe. Nur mein Hemd ist Zahnpastaweiß, und sie nimmt sich vor, Schwarz zukünftig nicht immer nur mit Grau, sondern auch wieder mit Weiß zu tragen. Die Kombination sei eigentlich alltäglich, aber ein weißes Männerhemd habe doch einen gewissen Kick. Meine Phantasie rankt sich nur noch um die Speisekarte. Ich habe Hunger, aber Miryam besteht darauf, mir erst das Hotel zu zeigen. Hundertfünfzig Jahre alt, von hohen Palmen umgeben, mit einem Patio, verwinkelten Treppenhäusern und vergitterten Haremssälen. Palast eines Paschas, Herberge der amerikanischen Kolonie, finanziert von einer Familie aus Chicago, später Nobelhotel, in dem schon Lawrence of Arabia und Peter Ustinov abgestiegen sind.

Endlich sitzt Miryam mir mit ihrem intelligent gekrümmten Rücken gegenüber, es gibt arabische Vorspeisen, scharf und mild und köstlich, Brot, Butter, trockenen Weißwein. Miryam will wissen, wie das Interview mit Gabriel Rosner verlaufen ist, und karikiert ihn vom gelockten Kopf bis zu den Teenagerjeans, von der unpassenden Belmondo-Attitüde bis zu den unsensiblen Ansichten. Ben Monar bekommt eine verbale Dusche ab. Nicht zu knapp. Ihre Worte schillern in allen Regenbogenfarben vor Ironie und Sarkasmus, aber nie wirklich böse. Dafür mag sie Männer zu gerne, Frauen hingegen weniger. Ich sei keine Ausnahme, sagt sie, denn ich sei zum Glück noch keine Frau, könnte vielleicht die Tochter sein, die sie leider nicht habe.

Gabriel Rosner kann mir egal sein, aber Ben verteidige ich entschieden, erzähle ihr vom heutigen Tag, von der Fahrt nach Tel Aviv, vom Museum.

Vorzugsweise spricht Miryam Laronne über sich selbst, aber in diesem Fall fragt sie nach. Das Museum interessiert sie. Das macht es mir leicht, und ich komme schnell zum Punkt, gebe ihr die ausgedruckte Computerdatei.

Sie liegt neben ihrem Teller, Miryam liest, stutzt flüchtig, schneidet dabei in das gerade servierte Lammfilet.

«Wollen wir erst essen?», schlägt sie vor. «Bis ich meine Brille gefunden habe, ist das Essen kalt. Dafür ist es zu gut, oder?»

Ich stimme zu, schon aus Hunger, aber ich habe gesehen, dass ihr schon der kurze Blick auf den Zettel die Sprache verschlagen hat. Sie will Zeit gewinnen.

«Haben Sie eigentlich eine Waffe?», frage ich, während sie kurzsichtig in ihrer Tasche kramt, die mehr Survival-Rucksack als Taschentuchträger zu sein scheint.

«Natürlich», antwortet sie, ohne hochzusehen.

Der Kaffee wird schon serviert, als sie ihre Brille findet.

Nachdem sie gelesen hat, sind ihre Augen unter dem schwarzen Pagenpony ungläubig auf mich gerichtet, blau wie geschliffener Amethyst.

«Delia Laronne alias Elisabeth Rothmann – das steht da? Im Dorot? Sie haben es auf dem Bildschirm gelesen?»

«Ja – auf der Suche nach William Emsby.»

«Verantwortlich für die Angabe der Daten – Delia Laronne, 1980? Das haben Sie auch gelesen?»

«Ja. Wissen Sie, wer das war?»

«Delia Laronne war meine Mutter.»

Miryam hebt und senkt ratlos die Schultern. «Ich kannte sie kaum – vielmehr – ach, das ist unwichtig.»

«Vom Eintrag dieser Daten wussten Sie nichts?»

«Nein.» Sie hält ihre Lesebrille noch einmal vor die Augen, überfliegt den Computerausdruck ein zweites Mal, schüttelt den Kopf, zischt empört den Namen «Sarah».

«Ist das einer Ihrer Namen?», frage ich.

«Ja. Mein erster Name. Sarah Yahel Miryam Laronne.»

«Yahel ist noch schöner als Miryam.»

«Miryam war die Wahl meines Vaters. Um mich gab es nur Streit.»

Mit einem Zug trinkt sie ihre Tasse aus, schüttelt sich dezent und stellt sie wieder ab. Ich probiere meinen Kaffee. Er ist kalt, abgestanden, aufgekocht und wieder kalt geworden.

Das Essen war sehr gut. Darin stimmen wir überein.

Miryam bestellt zwei Gläser Wein bei dem vorbeieilenden Ober. Ich werte das als Ermutigung, weiter zu fragen.

«Hat Ihre Mutter Ihnen gegenüber jemals den Namen William Emsby erwähnt?»

«Meine Mutter hat nur einmal in ihrem Leben Gebrauch von mir gemacht.»

Eine unvermittelte Äußerung, Antwort auf eine ungestellte Frage. Miryam wälzt die Utensilien in ihrer Tasche um, findet Zigaretten, spricht weiter.

«Was da auf dem Computerzettel steht, weiß ich auch erst seit 1980. An dem Datum, das hier vermerkt ist, am 9. April, muss sie in Tel Aviv im Dorot gewesen sein. An dem Abend jedenfalls ließ sie mich kommen, um mich in ihre Akten einzuweisen und um sich zu verabschieden – ja, so kann man es nennen: um sich zu verabschieden.»

Miryam drückt die erste Zigarette schon wieder aus, zündet sich eine zweite an. Sie raucht hastig und sehr elegant.

«Für längere Zeit verabschiedet?», frage ich ratlos.

«Für immer, das ist korrekter.» Sie trinkt einen winzigen Schluck, atmet tief durch, als würde sie gleich unter Wasser tauchen.

«Meine Mutter hatte eindeutige Zeichen ihrer alten Nervenkrankheit registriert und sich untersuchen lassen. Ein Arzt in Tel Aviv hatte ihr die Selbstdiagnose bestätigt. Sie sagte zu mir, dass sie dieses Mal nicht wieder davonkommen würde. Das erklärt ihren Besuch im Dorot. Sie wollte für alle Zeit dokumentieren, dass es sie als denkendes, leidendes Wesen gegeben hat. Auf mich als Datenträger und Biographen wollte sie sich bestimmt nicht verlassen. Mit Recht.» Miryam schnippte Asche von ihrer Zigarette. Wiederholte, nervöse Fingerbewegungen, wie kurze Morsezeichen.

«Wussten Sie vorher nichts von der Krankheit Ihrer Mutter?»

«Doch, mehr als ich jemals verkraften konnte, um ehrlich zu sein. 1954 habe ich miterlebt, wie sie nach der Geburt des toten Babys verrückt wurde – ja, anders kann man es nicht nennen. Ich war damals sechs Jahre alt. Seitdem hatte ich keine Mutter mehr. Ich glaube, sie gab mir die Schuld daran, dass das Baby nie gelebt hat. Während der Schwangerschaft hat sie sich unentwegt über mich geärgert. Ich weiß nicht mehr, warum. Jeder Tag endete mit Heulkrämpfen auf meiner oder ihrer Seite. Ich bin ihr aus dem Gesicht geschnitten, habe ihr Temperament. Das muss in solchen Gesprächen wahrscheinlich auch gesagt werden. In mir hat sie sich gehasst. Später habe ich Geige gespielt und Musikwissenschaften studiert, bin Journalistin geworden, habe alles getan, um mich am Leben zu halten zwischen Eltern, die bis zur Selbstaufgabe arbeiteten. Sie waren Ärzte. Beide. Neurologen.»

«War Ihr Vater 1947 der Arzt Ihrer Mutter? Hat er sie geheilt?»

«Ja, der klassische Fall: Arzt liebt Patientin. Patientin liebt einen anderen», kommentiert Miryam spöttisch, wirkt im selben Augenblick traurig und sagt, das Schicksal ihrer Mutter habe sie erstaunlich unberührt gelassen.

«Es war zu spät. Ging zu schnell. Damals, abends im April 1980, hat sie mir erstens ihre Geschichte erzählt, zweitens angekündigt, dass sie sich in eine Nervenklinik einweisen lassen würde und wüsste, dass sie nicht wieder herauskäme; drittens übergab sie mir ihre Akten und das Haus. Am nächsten Tag waren wir bei einem Notar. Vor meinen Augen hat sie Vollmachten auf meinen Namen ausgestellt und ihr Testament zu meinen Gunsten aufgesetzt. Aus der Kanzlei ließ sie sich von einem Taxi nach Tel Aviv in die Klinik bringen. So konnte sie sein: beherrscht und organisiert. Ihre andere Seite war das exakte Gegenteil. Fünf Jahre lang habe ich sie einmal in der Woche besucht. Sie war nie wieder meine Mutter, immer eine andere – aber lassen wir das.»

Sie trinkt einen Schluck Wein, nimmt eine neue Zigarette und lehnt sich im Stuhl zurück, wobei ihre nach vorn gezogenen Schultern die Stuhllehne nicht berühren.

Ich zünde ein Streichholz an, gebe ihr Feuer und frage nach William Emsby.

«Soweit ich das beurteilen kann, ist er der Schlüssel zu ihrer Krankheit, zu ihrem Selbsthass.» Beim ersten tiefen Zug produziert Miryam an der Spitze der Zigarette eine Flamme, schnell und klein wie ein Irrlicht. «Meine Mutter hat es an dem Abend damals so ausgedrückt. Die Geschichte ist kurz. Wollen Sie sie wirklich hören?»

«Ja, bitte.»

«Dann rauchen Sie auch eine Zigarette. Ich kann es nicht ertragen, wenn mir jemand beim Rauchen zusieht.»

Ich gehorche. Wir bestellen noch zwei Glas Wein.

«War Ihre Mutter Studentin, als sie William kennen lernte?»

«Weit gefehlt! Elisabeth Rotmann war Krankenschwester. Tochter eines Geigers, der immerhin im Symphonieorchester spielte, aber im Vergleich zu den Emsbys waren meine Großeltern bettelarm und gesellschaftlich indiskutabel. Chassidim. Eingewandert aus Weißrussland. Elisabeth kam 1943 als Pflegerin für die alte Dame ins Haus der Emsbys, verliebte sich in den Enkel William und hat es geschafft. Mit den Worten hat sie die Soap-Opera, die sich damals in dem Emsby-Palast abgespielt haben muss, selbst charakterisiert: Tochter russischer Einwanderer heiratet Erbprinzen. In dem Stil ungefähr. Ostern 1944 war Verlobung, dann meldete sich William freiwillig zur Armee. Damit wurden die Unstimmigkeiten zwischen den beiden offensichtlich. Meine Mutter sagte, sie habe ihn stärker geliebt als er sie; sie sei zu nervös, zu intellektuell, zu fordernd für ihn gewesen.

Sie wollte ihn mit Haut und Haar, tags und nachts. Unklug damals, unklug ohnehin. Daran ist es gescheitert. Ich würde so weit gehen, zu behaupten, dass die Liebe am Sex gescheitert ist. Es klappte nicht. Sie war versessen darauf und er nicht. Nicht mit ihr. Die Geschichte war im Grunde zu Ende, bevor er nach Europa ging. Als dann sein Brief kam, im Juli 1945, war sie am Boden zerstört, aber der Familie hat sie nicht gesagt, dass er die Verlobung aufgelöst hatte. 1980 sagte sie, sie habe damals zum ersten Mal gespürt, dass sie zwei Wesen in sich trage. Das zweite, eingebildete Wesen war die Frau, die William abgöttisch liebte und begehrte, die er noch in Europa heiraten wollte. Er hat ihr das alles geschrieben. Sie hat mir den Brief gezeigt. Krank wurde sie nach der Rückführung des Sarges und der Beerdigung in der Familiengruft unten am See. Es war mehr, als sie ertragen konnte. Insgeheim fühlte sie sich auch schuldig, weil die Familie in Amerika nichts wusste von der aufgelösten Verlobung.

Die Emsbys haben sie während der zweijährigen Krankheit finanziell großzügig unterstützt und vor allem danach. Als meine Mutter wieder gesund war, entschloss sie sich, Amerika aufzugeben und nach Israel zu gehen. Sie konnte mit der Lüge schlecht leben, und in dem letzten Sanatorium hatte sie meinen Vater kennen gelernt, der sie beschwor, ihm nach Israel zu folgen. Williams Eltern baten sie, zusammen mit einem befreundeten Notar der Familie, zum Sunday-Lunch. Ein letztes Mal war sie in dem Haus, über das sie gerne regiert hätte. Nach dem Essen gab es eine feierliche Ansprache des alten Emsby, und sie wurde zur Erbin über ein Schweizer Konto erklärt, das William gehört hatte.

1980 sagte sie mir, dass Williams Eltern von Anfang an gegen die Verbindung gewesen seien und sich nach Williams Tod mit dem Schweizer Konto freigekauft hätten von jeder weiteren Verpflichtung. Geld als Dessert und Schluss. Auf dem Weg nach Israel war sie in Zürich und hat das Konto geräumt. Es war ein kleines Vermögen, das sie in den Aufbau der neurologischen Klinik in Haifa steckte. Mehr kann ich Ihnen über die Beziehung unserer Familie zu William Emsby nicht erzählen.»

Das Schweizer Konto des William Emsby. Ich bin sprachlos. Eine Felswand öffnet sich wie im Märchen, zeigt einen Weg. Ich muss nur den Mut haben, ihn zu gehen.

Der Ober kommt an unseren Tisch, erneuert die heruntergebrannte Kerze, hat ungefragt zwei neue Gläser Wein mitgebracht und meint, wir hätten gleich eine Flasche bestellen sollen.

«Nein», sagt Miryam. «Falsch gedacht! Die Flasche wäre längst leer. Jetzt haben wir noch ein neues Glas.»

«Wir schließen gleich.» Diese Information wollte der Ober loswerden, sonst wahrscheinlich nichts.

Ich überlege, wie ich in mein Problem einsteigen könnte, ohne Miryam zu schockieren, aber sie kommt mir zuvor.

«Wissen Sie, Marie, was mich an der Geschichte reizt, seitdem ich von ihr weiß?»

Miryam hat beide Ellenbogen auf den Tisch gestützt. Ihr spitzes Kinn liegt auf den zusammengelegten Händen, ihre Augen blinzeln, haben einen schwärmerischen Glanz, den sie – darauf angesprochen – sicher ableugnen würde.

«Was ist es?»

«William Emsby. Wie war er? Wie sah er aus? Ich hätte beide gerne gekannt. Ihn und sie. Wie war sie, wer war sie – die Gegenspielerin meiner Mutter – diese betörende Frau aus Deutschland, die er mit in die Staaten bringen wollte?»

«Es war meine Großmutter.»

Miryams Gesicht hat sich auf den abgestützten Armen weit über den Tisch geschoben. Die Augen unter dem schwarzen Pagenpony sind zu hellen Schlitzen verengt.

«Dann sind wir ja fast verwandt», sagt sie und lächelt zum ersten Mal.

Versteckt

Tel Aviv – Frankfurt, Samstag, den 20. Februar. Die Maschine ist mäßig ausgebucht, der Getränkewagen scheppert von hinten heran, den Passagieren ist das Abendessen serviert worden, am Horizont versackt die Sonne. Mein Fensterplatz erlaubt mir einen unverstellten Blick auf das kosmische Spektakel. Als brennender Klumpen fällt sie in die Dunkelheit. Keine Lichtbahn auf dem Wasser, keine Dämmerung. Meteorologisch ist das bestimmt zu erklären, mir dient es als Vorbote anstrengender Zeiten.

«Darf ich Ihnen etwas zu trinken anbieten?» Der Steward ist an meinem Platz angekommen, er hat abgebissene Fingernägel. Alles andere passt zur Lufthansa-Uniform. Ich bestelle Rotwein und Wasser, nehme die Plastikhaube von meinem Tablett: Waldorfsalat, Mediterranean Prawns Camembert, Oetker-Pudding. Gabel und Messer quäle ich aus der Plastikhülle, reiße Pfeffer- und Salztüte auf, verspüre Wolfshunger und kriege kaum etwas hinunter. Mein Magen, meine Kehle sind zugeschnürt von Unruhe.

Ich habe Maurice nicht mehr richtig sprechen können, er verstand nichts, ich ihn nur andeutungsweise. Freitagmorgen und Samstagmorgen das Gleiche.

Ich bin süchtig geworden nach seiner Stimme und der Illusion seiner Nähe, aber ich könnte es ertragen, ihn achtundvierzig Stunden nicht zu hören, vorausgesetzt, natürlich, es wäre geplant, ihn nicht zu hören, vorausgesetzt, es wäre nicht in dieser Situation, in der ich in Ratlosigkeit versinke, als wäre ich nachts ins Moor geraten. Ich weiß nicht, ob sein Besuch an der Upper Lake Side Erfolg hatte, er weiß nichts von Miryam Laronne. Beides ist jetzt nicht wichtig. Im Moment zählt, dass er nichts von Bastian weiß. Ich fahre nach Hamburg zurück, muss mit diesem Ganoven rechnen und hätte gerne noch eine Gebrauchsanweisung von Maurice.

Esther nahm die miserable Telefonverbindung mit Chicago gelassen hin, sagte, ich müsse mich darauf gefasst machen, ein oder zwei Tage kein Gespräch führen zu können. Weder Trost noch Hilfe, wenn die Zeit drängt.

Alles schien sich gegen mich verschworen zu haben. Auch das Faxgerät war lahm gelegt, weil kein Papier mehr da war. Neues gab es nicht zu kaufen, weil Shabbath war.

Am frühen Nachmittag endlich, sieben Uhr in Chicago, war die Verbindung perfekt, aber Maurice war nicht mehr da. Bis Dienstagabend, das weiß ich, bereist die Manager- und Anwaltsgruppe Firmenkomplexe in Texas und Kalifornien. Wenn ein Telefonanruf von ihm bei Esther durchkommen sollte, wird sie es mir sagen, wenn ich sie aus Frankfurt anrufe. So habe ich es mit ihr abgemacht, bevor sie in die Synagoge ging.

Dann habe ich Ayala angerufen, Bens rothaarige Offiziersfreundin, Ausbilderin für Nahkampf und Antizipation der mentalen Verfassung des Feindes. Irgendjemanden musste ich um Rat fragen; wenn schon nicht Maurice, dann wenigstens einen Profi. Woher sollte ich sonst erfahren, wie ich mit der Tatsache umgehen soll, dass dieser Bastian in Hamburg möglicherweise auf mich wartet?

Am Telefon war Ayala kurz angebunden, bot aber an, mich zum Flughafen zu bringen, da sie ohnehin abends in Tel Aviv zum Essen verabredet sei. In den fünfundvierzig Minuten habe ich eine Menge gelernt.

Das Bord-TV zeigt unseren Standort an. Wir befinden uns über der Adria, noch neunzig Minuten bis Frankfurt.

Im Transit des Frankfurter Flughafens befolge ich Ayalas ersten Rat und registriere auf dem langen Weg zu meinem nächsten Flugsteig Flugpassagiere, Ankunfts- und Abfahrtstabellen, Zielorte und wartende Fluggäste der benachbarten Flugsteige.

«Du weißt selbst aus Erfahrung, dass du manchmal keine Lust verspürst, noch irgendetwas zu beobachten», dozierte Ayala, während wir aus den Bergen hinunter nach Tel Aviv fuhren. «Wenn du nach einer anstrengenden Reise und einem ermüdenden Flug auf dem Rollweg zwischen den Terminals stehst, gibst du dich am liebsten gelangweilt, routiniert, stierst auf die Werbung rechts und links – genau deswegen hängt sie da –, oder du hypnotisierst deine Schuhe in der Angst, dass Ende der Rollbahn nicht früh genug kommen zu sehen. Diese stereotypen Verhaltensmuster musst du dir verkneifen, stattdessen unauffällig andere Flugpassagiere beobachten: vor dir Gehende, Entgegenkommende, besonders die Überholer. Das gilt für jeden Ort im Flughafen und hat zwei Gründe: Erstens kannst du – mit extremem Glück – Gesicht, Figur, Haltung einer gesuchten Person entdecken. Zweitens und viel wichtiger ist der Zwang zur ständigen Präsenz, den du dir so auferlegst. Verstehst du? Keine Sekunde darfst du nachlassen, musst immer auf der Hut sein, wissen, was um dich herum passiert.»

«Erst am Flugsteig telefonieren, dabei die Eingangstür und den Flur im Auge behalten» – das war Ayalas zweiter Ratschlag, den ich nicht berücksichtigen kann, weil ich nicht weiß, ob ich überhaupt nach Hamburg fliege. Aus der Transithalle versuche ich Maurice in Houston, Texas, zu erreichen. Dort ist jetzt Mittag. Nach dem minutiösen Reiseplan, den er mir noch vor seiner Abfahrt in den Verlag gefaxt hat und den ich während des Landeanflugs über Frankfurt studiert habe, sitzt er gerade beim Lunch im Privathaus eines texanischen Senators. Private Residence – klingt nach Luxus-Lunch am Swimmingpool unter Palmen. Die Gruppe logiert im Houston Hilton.

Die Hotelrezeption bestätigt mir die Ankunft von Mr. Dauvignac, verbindet mich mit seinem Zimmer, zum Glück läuft ein Anrufbeantworter. Ich gebe meinen Standort an, sage nur, dass ich ihn dringend sprechen muss, hoffe, dass er rechtzeitig zurück ist, bevor ich nach Hamburg fliege, und dass ich es vom Flugsteig aus noch einmal versuchen werde.

Ayalas dritter Rat bleibt damit auch unberücksichtigt: «Mach dich unabhängig von telefonischer Krisenbegleitung. Es macht dich unsicher, du hängst wie am Tropf, vernachlässigst die wichtigsten Regeln. Du bist allein. Wenn es darauf ankommt, ist man meistens allein.»

Zumindest eine andere Regel befolge ich. Ich verlasse das Telefon nicht, ohne eine fingierte, zweistellige Nummer anzuwählen, damit kein imaginärer Feind durch den Druck auf die Wahlwiederholtaste meinen Gesprächspartner ermitteln könnte. Dann gehe ich so schnell und zielgerichtet wie möglich an den Läden vorbei, folge dem Wegweiser zu den Flugsteigen, obwohl ich noch nie unentschiedener war.

Ayala wollte die Details meiner Geschichte nicht wissen. Ich durfte nur ihre gezielten Fragen beantworten. Mit dem so gewonnenen Hintergrundwissen hat sie mir meine Lage folgendermaßen vor Augen geführt:

Ich besitze Information über ein wertvolles Objekt, das zwei rivalisierende Gruppen in ihren Besitz zu bekommen versuchen. Ich habe eindeutig Partei für eine der Gruppen ergriffen, werde möglicherweise innerhalb der nächsten Woche das Objekt in Händen haben, bin also hochgradig gefährdet. Die Gefahr ist zu personifizieren. Bastian ist mir auf den Fersen. Gegner kann man nicht hoch genug einschätzen. Seine Recherchen in Halberstadt haben ihn auf die richtige Spur gesetzt, er ist mir nach Hamburg gefolgt. Ich muss mich auf Folgendes einstellen: Bastian wird mich ausspionieren und versuchen, die bewusste Information aus mir herauszubekommen. Er ist charmant, gerissen, brutal und technisch hoch qualifiziert. Das – sagte Ayala – müsse man annehmen. Einen brutalen Dummkopf würde kein Boss ins Ausland schicken. Außerdem müsse dieser Mann nicht so abstoßend sein, wie ich das aufgrund meines traumatischen Erlebnisses als kleines Mädchen annähme. Was Richis Beurteilung anging, war Ayala auch skeptisch. Wer einem Homosexuellen nicht gefiele, könne durchaus massive Ausstrahlung auf eine Sekretärin haben.

Das bedeutet im Klartext: Ich muss damit rechnen, dass er jemanden gefunden hat, der bereit ist, ihm Informationen über mich zu geben, dass er versuchen wird, mich unter Druck zu setzen.

«In welchem Stockwerk liegt deine Wohnung?», hat Ayala dann gefragt.

«Im vierten Stock.»

«Dachgeschoss?»

«Ja.»

«Veluxfenster? Balkon?»

«Beides.»

«Hast du einen eigenen Sicherungskasten in deinem Stockwerk?»

«Nein. Alle Sicherungskästen sind unten im Keller.»

«Treppe, Aufzug, Feuerleiter?»

«Treppe und Feuerleiter am Nachbarhaus.»

«Das langt. Mehr Unsicherheitsfaktoren kann es auf einem Haufen gar nicht geben. Wenn du es irgendwie einrichten kannst, fahr nicht in deine Wohnung», riet mir Ayala noch an der offenen Autotür. «Alles ist einzusehen, du kannst dich nicht frei bewegen, du kannst nicht telefonieren, denn er war schon da, deine Wohnung ist verwanzt. Wenn du zum angegebenen Zeitpunkt am Flughafen ankommst, kannst du dich nicht einmal bei Freunden verstecken, weil er dich finden würde. Außerdem bringst du deine Freunde in Gefahr. Du kannst zwar Judo, bist schnell – aber du bist diesem Mann nicht gewachsen, dich trennen Welten von ihm, vergiss das nicht. Mach dir nichts vor. Du verteidigst dich wahrscheinlich zum ersten Mal in deinem Leben ernsthaft, während er den circa hundertsten Auftrag ausführt. Er arbeitet sklavisch ergeben für einen Boss, das setzt kriminelle Kapazität frei.»

Ayala trug ein hellblaues Kostüm aus Waschseide, sah rasant aus im Südwind, mit fliegenden roten Haaren. In der Luft lag Sand, der Geruch von Meerwasser war wie Salz auf den Lippen.

Die Rollwege zwischen den Terminals in Frankfurt sind ermüdend lang. Ich bin unruhig und übernächtigt. Ayala hatte Recht: Ich will entgegenkommende und überholende Passagiere nicht registrieren, niemanden beobachten, sondern Werbung anstarren und auf einem Wartesessel am Flugsteig vor mich hin dösen wie ein Fisch. Ich will in meine Wohnung, in die Badewanne, ins Bett und nicht absurdes Theater spielen. Bewegungslos, stumm wie ein runder Stein möchte ich liegen, bis Maurice kommt, mich aufhebt, an die Hand nimmt. Stattdessen werde ich als kleiner, eckiger Glassplitter hin und her geschüttelt wie in einem Kaleidoskop wegen einer französischen Familienfehde, die mich nichts angeht, mit der ich nichts zu tun haben will.

Ich weiß genau, dass ich mittendrin stecke.

Der Flug nach Hamburg wird schon zum zweiten Mal aufgerufen, und jetzt wird mein Name genannt. Der Flugsteig 26 ist noch zwei Ausgänge von mir entfernt. Am Flugsteig 25, auf den ich gerade zulaufe, rufen sie gleichzeitig den Flug nach Zürich auf. Sehr viele Passagiere sind noch auf dem Gang, eilen an mir vorbei, kommen wahrscheinlich aus einer verspäteten anderen Maschine, wollen den Flug nach Zürich nicht verpassen.

«Marie Zacharias, bitte zum Flugsteig 26, Marie Zacharias, bitte umgehend zum Flugsteig 26.» Ich kann den Schalter des Flugsteigs schon sehen. Es ist der Letzte am Ende des Ganges. Neben der Stewardess lehnt ein großer Mann im hellen Regenmantel, spricht mit ihr, bringt sie zum Lachen. Sein Kopf ist dicht neben ihrem braunen, im Nacken von einer Samtschleife gehaltenen Haar, seines glänzt unter dem Strahler schwarz gelackt, streng nach hinten gekämmt, endet in Nackenlöckchen. Für Sekunden dreht er sein Gesicht ins Halbprofil, und ich sehe ein blendend weißes Gebiss, währen er kurz lacht, helle Augen, eine fliehende Stirn, darunter eine flache Nase. Das Profil eines Panthers.

Er ist es. Wenn ich weitergehe, hat er sein Ziel erreicht. Gerade noch bin ich Teil einer Gruppe, wende meinen Schritt wie alle anderen nach links und bin auf dem Flugsteig nach Zürich. Die Wartehalle ist noch voll besetzt, die Passagiere stehen aber schon auf, die Maschine ist einsteigebereit. Aus dem Lautsprecher tönt der letzte Aufruf für den Flug nach Hamburg, wieder wird dreimal mein Name genannt. Ich kann vor Herzklopfen kaum noch denken, versuche es trotzdem.

Wenn ich von diesem Flugsteig nicht zurück auf den Gang gehe, wenn ich jetzt einfach nach Zürich fliege, tue ich etwas Sinnvolles. Mittwoch will sich Miryam Laronne mit mir in Zürich treffen. Zürich ist die Lösung. Ich werde nach Zürich fahren, abtauchen, auf Miryam Laronne warten. Mehr als diese zwei Namen kann ich nicht denken, repetiere sie in verschiedenen Satzstellungen. Ich darf jetzt keinen Fehler machen. Wenn ich nicht rechtzeitig erscheine, startet der Flieger nach Hamburg ohne mich. Das ist gut so. Ich muss umbuchen. Das kann ich aber erst machen, wenn die Hamburger Maschine weg ist, sonst nehmen sie das Löschen meines Namens dort noch am Computer wahr, und Bastian sieht neben der Stewardess auf den Bildschirm.

Ich entscheide mich zu warten, bis der Nachbarflugsteig geschlossen wird, traue mich nicht zurück auf den Gang. Bastian wird bis zur letzten Sekunde warten, als Letzter in die Maschine gehen. Ich stehe mit dem Rücken zum Schalter, will nicht auffallen, starre wie hypnotisiert auf eine simple Lufthansa-Werbung. 1 × 2 Meter Lufthansa-Gelb mit blauem Lufthansa-Kranich. Wenn ich die Augen so verdrehe, dass vermutlich nur noch das Weiße zu sehen ist, kann ich den Gang sehen. Wer mich beobachtet, muss an meinem Verstand zweifeln.

Weiß Bastian inzwischen, wie ich aussehe, oder nicht? Ayala hat gesagt, ein Foto von mir würde ihm nicht viel nützen, er müsse mich wirklich gesehen, außerdem auch gerochen haben, um mich dann immer finden zu können. Eine animalische Fähigkeit, die er nutze. Deshalb hat er sich nicht gescheut, im Verlag am Empfang nach mir zu fragen, deshalb flirtet er jetzt mit der Stewardess, weil er sicher sein kann, dass er mich dann aus nächster Nähe beobachten und abspeichern kann. Er muss mich nur einmal vor sich haben, und das darf ihm nicht gelingen.

Der Flug nach Hamburg muss jetzt weg sein. Ich höre Schritte und Frauenstimmen aus der Richtung kommen. Wenn es die Stewardessen vom Bodenpersonal sind, bin ich auf der sicheren Seite. Ich verdrehe meine Augen nach rechts, um zu sehen, wer vorbeigeht. Zwischen zwei blauen Uniformen geht ein eleganter Regenmantel: Bastian. Er ist nicht nach Hamburg geflogen. Meine Enttäuschung ist so groß, dass ich etwas kaputt machen könnte. Ein Loch in das gelbe Werbeplakat boxen, eine Fensterscheibe zerschlagen. Die verkrampfte Wut im Körper befreien durch einen Knall.

Was kann Bastian daran gehindert haben, nach Hamburg zurückzufahren? Was hat er vor? Weiß er so sicher, dass ich auf dem Flieger aus Tel Aviv war, fahndet er jetzt weiter? Die nette Stewardess mit der Samtschleife wird ihm zu allen möglichen Informationen verhelfen. Er muss nur behaupten, dass er ein Freund meiner Eltern ist, dass er mein Freund ist. Irgendetwas. Ayala hatte Recht: So abstoßend, wie ich angenommen hatte, ist er wirklich nicht. Wer animalischen Charme mag und gegerbte Haut, fliegt vermutlich auf ihn.

Eine kleine Chance gibt es, ihn fürs Erste auszuhebeln: Der Flieger nach Zürich muss in der Luft sein, bevor er herausbekommt, dass ich drin bin.

Der Schalter ist noch besetzt, ich kann kurzfristig umbuchen. Einen Moment bin ich versucht, die Stewardess am Schalter zu bitten, meine Daten zurückzuhalten, aber dann verzichte ich darauf. Ich würde auf mich aufmerksam und mich verdächtig machen.

«Bitte beeilen Sie sich», sagt sie, überreicht mir die Bordkarte. «Der Flug ist ohnehin schon verspätet.»

Als ich durch den leeren Warteraum gehe, kommt mir noch der Gedanke, dass ich unbemerkt aus der Transithalle hinunter zum Bahnsteig hätte gelangen können. Vermutlich säße ich dann schon im Zug nach Hamburg, derweil Bastian mich auf dem Flughafen noch für Stunden suchen würde. Zu spät. Aber einmal muss ich noch versuchen, Maurice zu erreichen. Ich drücke die Wahltasten, spüre den Blick der Stewardessen im Rücken. Er ist in seinem Zimmer. Drei Tage und zwei Nächte lang habe ich ihn nicht gehört, sechzig Stunden, dreitausendsechshundert Minuten haben wir uns nicht gesprochen.

«Was ist los? Was ist passiert? Wo bist du? Was war in Jerusalem mit dem Telefon los? Mit dem Fax?» Er lässt mich kaum antworten, ist dann für Sekunden sprachlos, als ich meine Situation skizziere, während ich in die ungeduldigen Gesichter der Stewardessen sehe. Sie machen schon Zeichen, wollen die Tür schließen.

«Sie warten auf mich, Maurice. Ich bin in einer Stunde in Zürich, weiß nicht, wo ich hin soll, wie ich mich vor ihm verstecken kann, habe kein Gepäck, kaum noch Geld.»

«Ruf mich an, sobald du in Zürich bist. Ich bleibe so lang im Hotel. Irgendetwas fällt mir ein. Marie?»

«Ja?»

«Hast du das Tagebuch bei dir?»

«Natürlich – hast du die Glocke? Wir werden sie in wenigen Tagen brauchen.»

«Natürlich. Was ist los?»

«Nachher. Ich sag's dir nachher. Ich ruf dich an.»

Seine Stimme ist für mich wie eine Droge. Ich beobachte mich selbst, als wäre ich eine durchsichtige Testperson in einem Arznei-Werbespot: Das injizierte Mittel schießt durch die Adern, kommt sekundenschnell zu den äußersten Punkten des Blutkreislaufs, wirkt auf der Stelle. Das Wunder ist da, wie bei Popeye, wenn er Spinat gegessen hat. Aus Hänfling wird Kraftstrotz. Süchtige habe ich bis zu diesem Zeitpunkt nicht wirklich verstanden. Man kann es mit dem Verstand allein nicht erfassen, wie man sich vor und dann nach dem Milligramm Stoff fühlt.

«Tut mir so Leid, dass Sie abbrechen mussten», sagt die mütterliche Stewardess in der Gangway. Ein Steward verriegelt sofort die Tür, als wir den Flieger betreten. Jedes Geräusch ist Musik, das mich von diesem Flughafen verabschiedet.

In der Business-Class sei es fast leer, fährt die Stewardess fort, kein Wunder am Samstag, deshalb habe sie beschlossen, mich zu fragen, ob es mir etwas ausmache, gleich vorne zu bleiben. Es gebe hier auch noch ein kleines Nachtessen.

Ich finde alles wunderbar. Lasse mich führen, setzen, bewirten. Der Tag war lang.

Zehn Minuten früher als geplant landet die Maschine in Zürich. Ich bin noch nicht durch die Passkontrolle, als mein Telefon klingelt.

Ich nenne meinen Namen. Höre nichts, erwarte instinktiv Alma am anderen Ende der Leitung, weil sie meine Ankunftstermine immer genauso exakt im Kopf hat wie die Stundenpläne ihrer Kinder.

«Du weißt, dass ich gerade gelandet bin?», frage ich, begreife zu spät, dass ich unverzeihlich unvorsichtig losgeredet habe. Im Display-Fenster steht eine mir unbekannte Frankfurter Nummer.

«Es gibt immer nette Stewardessen, die helfen», sagt eine Stimme, die ich noch nie gehört habe, aber sofort zuordne.

«Woher haben Sie meine Nummer?», will ich wissen, höre mich kaum sprechen vor Herzklopfen, vor Rauschen im Ohr. Angst überzieht mich wie Nesselfieber. Gleichzeitig weiß ich, dass ich nichts mehr sagen darf, nie etwas hätte antworten dürfen. Was bin ich für ein Schaf! Wenn er mich nicht sehen, fühlen oder riechen kann, will er mich wenigstens hören. Das ist wie ein Puzzlestein für ihn. Hat Ayala gesagt.

«Es gibt Freundinnen im Büro», antwortet er. Ich stelle mein Telefon vollständig ab. Alles, denke ich, ist zu ertragen, solange er nicht Alma erpresst. Außerdem habe ich keine Freundin im Büro. Er wird Änne meinen. Richis Sekretärin, die Mutter unserer Abteilung. Das muss seine Quelle sein. Änne fliegt auf südländische Machos. Ich zeige meinen Pass vor, wundere mich, dass meine Hand nicht zittert. Die Polizistin vergleicht mich auffällig lang mit meinem Passbild, lächelt dann freundlich, wünscht mir einen angenehmen Aufenthalt.

In der Ankunftshalle stehen nur vereinzelt Passagiere. Grünliches Licht über der stillen, riesigen Halle verströmt Aquariumsatmosphäre. Neben der geschlossenen Cafeteria finde ich ein Kreditkartentelefon und rufe Maurice an.

Es erstaunt ihn nicht besonders, dass Bastian meine Handynummer herausgefunden hat.

«Ein Kinderspiel für ihn», sagt er. «Wenn er von deinem Aufenthalt in Israel weiß und die Ankunftszeit deines Fliegers, dann selbstverständlich auch deine Handynummer. Sei froh, dass er dich nicht schon in Frankfurt angerufen hat.»

Ich bin unfähig, etwas zu sagen.

«Marie? Bist du noch da?»

«Ja.»

«Stell dein Telefon ab, kauf dir morgen ein neues.»

«Okay. Mein Telefon ist ab jetzt tot. Was ist mit mir?»

«Marie. Ecoute.» Er hat einen fertigen Plan, spricht nur noch französisch, so schnell, dass ich kaum folgen kann. Auf Befehl krame ich Papier und Kugelschreiber aus meiner Tasche, schreibe einen Namen, eine Nummer und eine Adresse auf, versenke den Zettel in meiner Brusttasche, speichere alle weiteren Informationen im Kopf.

«Soll ich anrufen, wenn alles geklappt hat?», frage ich zum Schluss.

«Ja, ruf mich an. Du musst jetzt schnell sein, Marie. Geh sofort los und frage möglichst niemanden nach irgendetwas. Bastian ist längst hinter dir her. Er wird die Boden-Stewardessen ausgefragt haben und kann dich jetzt beschreiben. Hier habe ich alles abgesagt, es gibt noch einen Nachtflug, ich fliege in sechs Stunden. Morgen oder übermorgen bin ich bei dir. Gut?»

Nie war irgendetwas besser.

Nicht weit vom Telefon ist ein Geldautomat. Was den betrifft, erhebt sich nur die Frage: Wird der Automat meine Karte behalten? Wird er sagen: Keine Auszahlung möglich, oder bekomme ich Geld, obwohl ich meine Kreditlinie längst überschritten haben muss?

Es tickert, dann folgt das Auszahlungsgeratter, meine Karte kommt angeflutscht, die Scheine sind in meiner Hand. Dreihundert Schweizer Franken. Glück gehabt.

Ich nehme ein Taxi in die Innenstadt, spreche englisch, was der Taxifahrer nicht gut kann. Genauso hat es Maurice erhofft.

Swisshotel Zürich. Am Marktplatz. Stadtteil Oerlikon. Während der Fahrt sehe ich uninteressiert geradeaus, der Taxichauffeur verkneift sich das Gähnen, kann nicht mit mir sprechen, kassiert mürrisch ab, während schon die Tür geöffnet wird und zwei Geschäftsleute fragen, ob das Taxi sie in die Innenstadt fahren könne. Sehr gut. Mich beachtet in dem Moment keiner.

Das Hotel entspricht exakt der Beschreibung von Maurice. Smart, riesig, unpersönlich. 32 Stockwerke. 347 Zimmer. Eine intakte Business-Durchgangsstation. Draußen der Marktplatz von Oerlikon ist leer gefegt, derweil die Eingangshalle des Hotels genauso belebt ist wie zur Frühstückszeit. Hier besteht die Welt aus Nadelstreifen und Aktenkoffern. Die Rezeption ist blockiert von einer Gruppe russischer Geschäftsleute. Da fragt keiner, wo mein Gepäck ist, ob ich reserviert habe.

Ich laufe in der Halle herum, habe den Eingang im Blick. Warte, ohne es zu zeigen. Setze mich, rufe Alma an. Sie liegt längst im Bett, Richard ist gerade aus New York zurück. Ich störe. Sehr gut. Kurze Information von meiner Seite: Ich besuche noch eine Freundin in der Schweiz, mein Handy ist kaputt, ich werde mich melden und am nächsten Wochenende kommen.

Besser konnte ich es nicht treffen. Erstens ist Alma in desinteressierter Stimmung, zweitens hat Bastian keinen Kontakt zu ihr aufgenommen. Auf dem Tisch liegt die «Neue Zürcher Zeitung». Ich annektiere das Blatt, lese die Schlagzeilen, beobachte die Tür.

Nach zehn Minuten läuft der Plan von Maurice: Ein kleiner, schmaler Regenmantelträger kommt durch die Drehtür. Aschblondes schütteres Haar, sauber gescheitelt, hohe, schmale Stirn, darunter liegen die freundlichsten Augen der Welt tief in den Höhlen.

Bernhard Sacherlin – Studienfreund von Maurice aus St. Gallen, Schweizer.

«Sie sind Marie», sagt er liebenswürdig. «Besser und kürzer konnte Maurice sie nicht beschreiben.»

Wir gehen auf die Drehtür zu. Ich würde die Beschreibung zu gern kennen, leider fragt man so was nicht. Er lässt mich zuerst durch die Tür, und ich kann sehen, dass er unter Schal und Regenmantel einen Smoking trägt.

«Ich habe Ihren Abend gestört. Das tut mir Leid.» Was soll ich sonst sagen?

«Sie ahnen gar nicht, wie froh ich war, dort wegzukommen», beruhigt er mich. «Außerdem nehmen meine Gastgeber an, dass ich heute Nacht noch hoch nach Moritz fahre», fügt er hinzu, öffnet über Fernsteuerung sein Auto, lässt mich einsteigen, schließt sorgfältig die Tür.

«Das hätten wir erst mal geschafft», sagt er, lächelt vorsichtig, startet das Auto. «Wie geht es Ihnen, nach diesem Abend?»

«Danke. Ich glaube, es geht mir gut jetzt.»

Er fährt schon los, bietet mir ein Pfefferminzbonbon an, nimmt selbst auch eins, erklärt mir, was er sich zusammen mit Maurice ausgedacht hat:

Leider wird er mich nicht mit in seine Wohnung nehmen können, da Bastian zuallererst dort nach mir suchen würde, wenn er gemerkt hätte, dass ich nicht im Swisshotel Zürich abgestiegen wäre.

«Kennen Sie Bastian?», will ich wissen.

«Ja und nein», ist die bedächtige Antwort. «Ich war mit Maurice in Korsika vor fünf Jahren, im Sommer. Ich habe Bastian häufig gesehen, aber mehr nicht.»

«Morgen früh ist er spätestens in Zürich.» Ich leite den Gesprächsfaden wieder auf die brennende Spur.

«Das denke ich auch», sagt Bernhard Sacherlin. «Darum hab ich zusammen mit meiner Freundin einen Vorschlag zu machen. Sie ist Innenarchitektin und richtet auf Bestellung Wohnungen ein, absolut bezugsfertig. Gerade hat sie eine fertig gestellt, da ist ihr Auftraggeber kurzfristig abgesprungen. Ein Amerikaner. Dumme Geschichte. Er hat seiner Bank massiv geschadet durch eine Firmenpleite. Es stand sogar in der Zeitung. Nun wird er nicht nach Zürich in die Zentrale kommen. Die Wohnung ist am rechten Seeufer. Wir haben keinerlei Beziehung sonst in die Gegend. Da wird Bastian Sie bestimmt nicht suchen. Maurice fand die Idee sehr brauchbar.»

«Klingt unglaublich gut», sage ich, ganz benommen von dem langsamen Vortrag. Sein feiner Schweizer Dialekt beruhigt wie ein Schaukelstuhl.

«Da bringen Sie mich jetzt hin?»

«Ja. Erst einmal holen wir Isabella ab, das ist meine Freundin, dann fahren wir mit ihr dorthin. Ich kenne die Wohnung gar nicht.»

«Dann hat Ihre Freundin auch meinetwegen das Fest verlassen?»

«Sie war noch glücklicher darüber als ich», sagt er.

Isabella ist schon umgezogen, als wir kommen. Schwarze Jeans, schwarzer Rollkragenpullover, schwarzhaarig, schwarzäugig, einen halben Kopf größer als ihr Freund, die Stimme so energisch wie die Kurzhaarfrisur.

Sie zeigt mir und ihm die Neubauwohnung im dritten Stock in

der Bellerivestraße vor dem China-Garten, geht immer voran, erklärt, nennt Vorzüge und Nachteile, als wäre ich ein ernst zu nehmender Kaufinteressent, nachts um 23.30 Uhr. Dann lacht sie selbst über sich und meint, das könnte mir für ein paar Tage ja alles ziemlich egal sein, und fragt, was ich brauche außer den Dingen, die sie mir prophylaktisch mitgebracht hat. Schließlich ist morgen Sonntag.

«Du hast das imposant gemacht. Wirklich.» Bernhard Sacherlin ist – die Hände in den Regenmanteltaschen – durch die Dreizimmerwohnung geschlendert, kommt in die Küche, wo wir am Kühlschrank stehen.

«Es hat alles, was man braucht, Bella, aber gut, dass wir nicht so wohnen.»

«Es wäre auch zu klein für uns, Schatz.»

«Darf ich hier meine Pfeife rauchen?»

Ihr Busen hebt sich aufgebracht unter dem schwarzen Rippenpullover. Natürlich darf er nicht. Geruch von Pfeifenqualm ist nie wieder herauszubekommen. Schließlich will sie die Wohnung neuwertig anbieten.

«Sie rauchen doch nicht? Oder Ihr Freund, wenn er kommt?», fragt sie mich strikt. «Sonst müssen Sie es leider lassen. Sie können aber aus dem Wohnzimmer, dem Schlafzimmer und aus der Küche auf den Balkon treten und dort rauchen mit Blick auf den Zürichsee. Der Seewind wird den Geruch schon wegblasen.»

«Wir rauchen nicht», lüge ich. Es beruhigt sie auf der Stelle.

«Den Maurice sollen wir anrufen, wenn wir hier sind», sagt Bernhard Sacherlin. «Ich hab es ihm versprochen.»

Jeder Raum hat einen Telefonapparat. In der Küche ist es ein Wandgerät mit Stehpult, Kalender, Notizzetteln, Pinnwand.

«Es ist wirklich schlau durchdacht. Jede Einzelheit», sage ich bewundernd. Isabella lächelt zufrieden.

«Mögen Sie die Kontraste und die Materialien?», fragt sie.

«Sehr, ich mag Samt und Leder sehr.»

Bernhard Sacherlin erreicht in dem Moment Maurice, und ich bin froh, dass ich nicht mehr sagen muss, denn die Bezeichnung «Kontraste» dient als Umschreibung dafür, dass in dieser Wohnung alles rot ist. Bordeauxrot, Camparirot, Feuerwehrrot, Tomatenrot in Kombination mit schwarzem Leder. Das geht mit Sicherheit aufs Gemüt. In welcher Form, muss ich abwarten.

Bernhard teilt Maurice mit, dass alles geklappt hat wie geplant – spricht unaufgeregt, liebenswürdig, als hätte er Karten fürs Kino besorgt. Nach einer kurzen Weile sagt er dann zu mir gewandt, dass Maurice mich in einer halben Stunde anrufen wird, und diktiert ihm die Nummer.

«Und, Maurice, ich habe mich erinnert» – hängt er noch schnell an das Gesprächsende dran – «Pitti, Saal des Saturn! Modisch verschoben, hast du absolut Recht. Super. Wirklich.»

«Was war denn das?», fragt Isabella neugierig, als er aufgelegt hat.

«Ein Code!» Bernhard lächelt. Sagt nichts weiter.

«Ich bin sehr gespannt auf Ihren Maurice», sagt Isabella. «Er ist der Einzige von Bernhards Freunden, den ich noch nicht kenne. Wann war er zuletzt hier, Schatz?»

«Vor einem Jahr. Wir waren in Moritz Skilaufen, wie immer. Aber du hattest keine Zeit.»

«Wie immer», setzt sie hinzu und zuckt mit den Achseln. «Manche Leute müssen ständig für ihr Geld arbeiten, ihr reichen Buben.» Sie küsst ihn leicht auf die Wange. «So, jetzt lassen wir die Marie schlafen.» Isabella beendet den Abend, indem sie bestimmt, wie müde wir alle sind. In meinem Fall hat sie nur allzu Recht. Dann nimmt sie mich in die Arme und schlägt vor, dass ich «Bella» sage und «Bernhard» und dass wir darauf noch einen kleinen Schluck trinken sollten. Hinter einer Schranktür der roten Einbauküche verbirgt sich eine gut bestückte Bar.

«Schließlich wollte der Herr Bankier alles Lebensnotwendige in seiner Wohnung vorfinden», erklärt sie. «So ein Budget bekomme ich nicht oft.»

Das Notwendigste für mich ist das funktionierende Telefon, eingetragen unter fremdem Namen in einer fremden Stadt.

Maurice ruft rechtzeitig an, um Eingang in meinen ersten Traum zu finden.

Vierundzwanzig Stunden später ist er da, und es verstreichen weitere Stunden, bevor wir über lästige Personen sprechen.

Maurice ist nach Genf geflogen, konnte seinen Flug auf eine amerikanische Linie umbuchen. So wird es für Bastian schwer, herauszufinden, was er wissen will. Er kann nicht englisch sprechen.

«Warum spricht er eigentlich so gut deutsch?», frage ich Maurice, der neben mir in der campariroten Küche steht. Zuvor hat er mir aus seinem Koffer ein weißes Hemd gegeben. Gebügelt, gestärkt, lang wie ein Minikleid. Bademäntel hat die Wohnung leider nicht. Ich mache Kaffee, er macht die Milch heiß. Wir stehen so dicht nebeneinander, als hätte die Küche keinen Raum für zwei.

«Bastian ist Jahrgang 1946 und in Süddeutschland geboren. Sein Vater war französischer Soldat aus Korsika, seine Mutter die Tochter eines Bäckers aus Karlsruhe. Er ist ein Besatzungskind, unehelich – das ist das Ärgste für ihn, immer noch. Vierzehn Jahre hat er bei seinen Großeltern gelebt mit seiner Mutter, dann wollte die einen Frisör heiraten, den Bastian nicht ausstehen konnte. Es kam zu Zank und Prügeleien, schließlich ist Bastian nach Korsika abgehauen, zu seinem Vater. Der war Tankstellenbesitzer inzwischen, verheiratet schon vor dem Krieg. Drei Söhne, alle kräftig, für Bastian wieder eine Katastrophe. Keiner wollte ihn. Er sah seinem Vater so ähnlich, dass die Sache nicht zu leugnen war. Der hat schließlich meinen Onkel um Hilfe gebeten, seitdem ist Bastian bei uns. Er kann alles. Er wird immer geholt, wenn es ...»

Maurice unterbricht den Satz, hört auf, die Milch zu rühren, hält den Atem an, steht steif wie ein Klotz.

«Ich weiß es doch längst, Maurice», sage ich und berühre seinen Rücken, seine Wirbelsäule unter dem dünnen gestreiften Hemd, taste von der Taille hoch bis in die Halswirbel. «Er ist immer dabei, wenn es etwas Besonderes zu tun gibt. Das wolltest du doch sagen, oder?»

«Marie.»

«Solang du da bist, macht es mir nichts aus», sage ich, aber es stimmt nicht ganz. Das Gespenst ist im Raum.

Er dreht sich zu mir um, sieht mich nur an.

«Du warst damals vierzehn», sage ich. «Was hättest du tun können?»

Die Wohnung ist perfekt für alle, die sich nur synchron bewegen wollen. Wir tun nichts anderes.

Der zweite Versuch, Frühstück zu machen, gelingt. Wir sprechen über Isabella, die Maurice gestern vom Flughafen abgeholt und hierher gebracht hat – über ihre Perfektion, ihre kühle Klugheit, ihren pathetischen Geschmack, ihren rigorosen Charme.

«Sie ist gut für Bernhard», sagt Maurice, «alles schön und gut. Sie wird ihn auf Trab halten. Nur Zimt hat sie nicht gekauft.» Hinter einer kleinen Schranktür über den Herdplatten hat er das Gewürzregal gefunden, das nicht viel mehr als Salz, Pfeffer und bedenklicherweise Curry enthält.

Ich erinnere mich an die zerknautschte, kleine Zellophantüte vom Basar am Damaskustor, die inzwischen bei meinem Notebook verstaut ist. Der Duft in der Tasche meiner Lederjacke war so stark, dass ich mich fühlte wie ein wandelndes Weihnachtsplätzchen. Zurück in der Küche, halte ich die Tüte in der rechten Hand hinter dem Rücken.

«Rate, was ich im Basar für dich gekauft habe.»

Seine Augen weiten sich andächtig, als er die Tüte öffnet, den Duft inhaliert, den goldenen Hellbraunton bewundert, mit dem Zeigefinger Staub vom Tütenrand abstreift und probiert. Er bedankt sich, als hätte ich ihm alle Schätze des Orients mitgebracht. Danach stehe ich neben ihm und beobachte, wie er die Milch zum dritten Mal kocht und mit einem Schneebesen schäumt, die großen weißen Café-au-lait-Tassen zur Hälfte mit Kaffee füllt, die Milch vorsichtig hineingießt, ohne den Schaum zu beschädigen, zum Schluss eine Messerspitze Zimt in ein kleines Teesieb gibt und durch vorsichtiges Klopfen an den Stiel des Siebes eine hauchfeine Puderwolke darüber verteilt, dunkler in der Mitte, goldbraun gesprenkelt an den Rändern. Ich sehe seinen konzentrierten Blick, ernsthaft wie der eines kleinen Jungen, wenn Ostereier, Nikolauskekse oder Eiscreme aufgeteilt werden. In dem Moment denke ich, dass ich ein Kind von ihm möchte. Einen schwarzhaarigen kleinen Burschen mit eisgrauen Augen, der im Bademantel beim Frühstück sitzt und aufmerksam zusieht, wie man seinen Becher füllt.

«Woran denkst du?», fragt Maurice, und ich antworte, dass ich Durst habe und Hunger.

Wir sitzen uns am Tisch vor dem Küchenfenster gegenüber, die bauchigen Tassen zwischen den Händen, trinken in großen Zügen den Kaffee, der heiß und köstlich ist.

Wenn wir nicht trinken, setzen wir die Tassen nicht ab, sondern halten sie umfasst, als wollten wir die Hände wärmen, und sehen uns an, wortlos, wie man sich manchmal ansieht, nachdem man zusammen etwas Ungewöhnliches erlebt hat. Musik vielleicht, Bilder, Natur. Irgendwas. Man sieht den anderen an und überlegt, wie man das Erlebte in Worte fassen kann oder ob man es stehen lassen will, unberührt, unbenannt. So sehen wir uns jetzt an. Zum ersten Mal am Morgen nach dieser Nacht. Worte gibt es schon, nur leise müssen sie sein, also stehen wir auf, flüstern, als wollten wir die Nacht fortsetzen.

Wir sprechen über uns – immer wieder, obwohl wir uns solche Themen aus Zeitmangel nicht leisten können. Es ist Montagmorgen. Wir müssen einen Plan entwickeln, Miryam Laronne anrufen.

Es dauert zwanzig Minuten, bis Maurice jede Einzelheit über meinen Besuch im Nahum-Goldmann-Museum, über das Zustandekommen des Treffens und jede Frage und Antwort des Gesprächs mit Miryam Laronne im Restaurant des American Colony Hotels erfahren hat.

«Dann sind wir ja fast verwandt – das hat sie gesagt?»

Wir sitzen auf dem riesigen bordeauxroten Samtsofa im großen Wohnzimmer, vielleicht fünfzig Zentimeter Platz zwischen uns. Meine Knie sind hochgezogen, von den Armen umschlungen. Wir haben uns nicht berührt, weil wir nicht sicher sein können, wie lange wir dann noch sprechen würden. Maurice zündet sich eine Zigarette an, gibt mir Feuer. Vermutlich denken wir beide an Isabella, aber wir können dieses Gespräch schlecht auf dem Balkon führen.

«Fast verwandt – weil die große Liebe ihrer Mutter die große Liebe meiner Großmutter war. Das hat was, findest du nicht?»

«Es hat was, das stimmt. – Haben wir einen Aschenbecher?», fragt er, und es klingt verdächtig nach erwünschter und gewohnter Dienstleistung.

«Jeder spülmaschinengetestete Teller, den du in der Küche findest, ist ein fähiger Aschenbecher», sage ich. Er lacht, steht auf, beugt sich über mich, küsst mein Ohrläppchen. Es ist fast ein Biss.

«Diese Farbe ist so bombastisch und dann noch aus Samt, aber Rot steht dir.»

«Ich trage nie rote Sachen.»

Er geht in die Küche und stellt, als er zurückkommt, einen weißen Suppenteller auf den mit Leder bezogenen Couchtisch, legt seine Zigarette auf den Rand, nimmt meine und legt sie daneben.

«Du brauchst nicht mehr als ein weißes Hemd.» Er kniet vor mir, umarmt mich ganz, wie ich da sitze mit meinen umschlungenen Knien.

«Ich habe mich in dich verliebt, als du ein weißes Hemd anhattest. Genau wie jetzt.»

«Wann war das? Nachts, als du mich geweckt hast?»

«Nein, zwei Tage davor.»

«Erzählst du es?», frage ich.

«Als es dunkel geworden war, bin ich noch einmal nach Ewaldsleben gefahren. Dein Auto stand vor der Gaststätte. Zwei Tage lang hatte ich es schon beobachtet, am Schloss und am Hotel, ich wollte endlich wissen, wer dazu gehört.»

«Genauso ist es mir mit deinem Auto auch gegangen.»

«Und was hast du gedacht, als du mich dann gesehen hast?»

«Das kommt später. Jetzt bist du dran.» Ich strecke mich lang auf dem Sofa aus, mein Kopf liegt in seinem Schoß, und seine Finger streichen meine Haare zurück. Von der Stirn bis zu den Haarspitzen, von den Schläfen bis zu den Haarspitzen wie mit einem Zauberkamm.

«Willst du, dass ich schlafe?», frage ich.

«Erst wenn du meine Geschichte gehört hast.»

«Also», sage ich, «du hast mein Auto gesehen ...»

«Ich habe die Tür zum Wirtsraum aufgemacht und stand in dem kleinen dunklen Flur oder Windfang, egal. An der linken Wandseite hängt doch ein großer Kneipenspiegel, erinnerst du dich?»

«Ja.»

«Als Ankommender kann man alle Anwesenden im Raum und an der Bar sehen, ohne selbst gesehen zu werden.»

«Außerdem sind die Türangeln verdächtig gut geölt dafür, dass in dem Laden sonst nichts funktioniert», sage ich.

Er lacht und küsst mich.

«Was dann?», frage ich, als es möglich ist.

«Dann? Ich stand im Dunkeln und sah dich auf einem Barhocker vor dem beleuchteten Tresen. Du hast mit dem Gastwirt gesprochen, dir erst die Lederjacke, dann den Pullover ausgezogen.»

«In dem Raum war eine Affenhitze», sage ich.

«Ja, wunderbar heiß, denn schließlich hast du da in einem weißen Herrenhemd gesessen und auf Betreiben des Gastwirts ein Glas Kräuterschnaps getrunken und hast gelacht über das, was er erzählt hat. Die Lampen über dem Tresen haben dein Haar beleuchtet, dein Gesicht, und immer wenn du dich bewegt hast, habe ich deinen

Hals und den Ansatz der Schulter in der Öffnung des Hemdes gesehen.»

«Warum bist du nicht hereingekommen?»

«Ich glaube, ich hätte nichts sagen können in dem Moment. Ich habe dich zum ersten Mal gesehen und wollte dich allein – nur für mich. Deinen Mund, deine Augen, wenn du sprichst, lächelst, wenn du zuhörst, nicht weißt, ob du lachen darfst, deine Halsbeuge, die Linie deines Rückens, wenn du gerade auf einem Hocker sitzt, deine Knie unter den Jeans. Alles.»

Ich bin zwischen seinen Händen, die seine Worte an meinem Körper nachzeichnen, und bin nicht entsetzt wie sonst, wenn mich jemand besitzen will.

«Wie ging es an dem Abend weiter mit Miryam Laronne?»

Wir sind doch auf den Balkon gegangen, haben uns Pullover und Jacken angezogen, rauchen eine zweite Zigarette. Die Asche fliegt mit dem Westwind fort, sobald man die Hand über das Geländer hält.

«Miryam hat mich noch abends um elf Uhr in ihre Wohnung gebeten und war zu jeder umständlichen Suche in ihren Akten bereit, von denen sie selbst sagte, dass es nichts Unübersichtlicheres, Chaotischeres gebe. Ihr Haus liegt unterhalb des Ölbergs an der Straße nach Jericho. Man hat einen Touristen-Blick auf die Altstadt. Die angeleuchtete Kuppel des Felsendoms war aus dem Küchenfenster zu sehen, und auf jedem Fensterbrett saß mindestens eine Katze.»

«Nein!»

«Magst du keine Katzen?»

«Indiskutabel.»

«Hunde?»

«Muss nicht sein, aber – Verhandlungssache.»

«Gut.»

«Weiter, weiter. Was hat sie in ihren Akten gefunden?» Da ist wieder sein Anwaltston. Abweisendes Profil, eisheller Blick auf irgendeinen entfernten Gegenstand. Eigenartig vertraut inzwischen. Nur ungeschoren kann ich ihn nicht lassen.

«Sofort, Maître. Ich atme nur kurz zwischen zwei Sätzen.»

«Alors.» Er lacht, um mich zu entwaffnen.

«In ihren Akten fand sie tatsächlich das Testament ihrer Mutter Delia Laronne alias Elisabeth Rothmann zu ihren Gunsten.»

«Gab es irgendwelche Beweise, dass diese Delia – also Elisabeth – Erbin des Schweizer Kontos von William Emsby war?»

«Ja. Das Dokument hat sie mir gezeigt.»

«Was hat ihre Mutter dazu gesagt? Also: Was hat Delia Laronne ihrer Tochter Miryam über die Auflösung des Kontos bei der Credito Helvetia in Zürich erzählt am Abend, bevor sie für immer in einer Nervenheilanstalt verschwand?»

«Nicht viel. Sie war mit einem persönlichen Schreiben von Williams Vater an den Chef der Bank ausgerüstet, mit der beglaubigten Sterbeurkunde von William, mit der notariellen Übertragungsurkunde seines Kontos zum Zweck der Kontoauflösung zu ihren Gunsten. Ihr Termin bei der Bank muss auch vom alten Emsby arrangiert worden sein. Sie erschien pünktlich, legte alle Schriftstücke vor, musste sich ausweisen und ließ das Geld auf ein Konto in Jerusalem überweisen. Sie wollte sich eine neue Existenz in Israel aufbauen.»

«Hast du auf einer der Urkunden die Kontonummer gelesen?»

«Es ist die Nummer der Wiegenglocke: 03071916.»

«Wusste Miryam, wie viel Geld damals auf dem Konto war?»

«30 000 Dollar.»

«Nicht schlecht. Und von dem Safe wurde nie gesprochen?»

«Nein. Ihre Mutter hat nichts erwähnt.»

«Dann müssen wir damit rechnen, dass es kein Fach im Safe gibt.»

«Wenn Miryam Mittwoch kommt, werden wir es erfahren.»

«Wie hast du sie dazu gebracht, so schnell nach Zürich zu kommen?»

«Ich habe ihr die Wahrheit gesagt. Nicht ganz. Von den Bildern habe ich nichts gesagt, nur dass ich gefährlich lebe, solange der Inhalt des Koffers nicht zurück in Paris ist. Normalerweise kommt sie erst im Sommer nach Zürich, wenn es in Israel unerträglich heiß ist.»

«Keiner weiß, ob William überhaupt mit dem Koffer in der Schweiz war. Zehn zu hundert, dass er keine Gelegenheit hatte, nach Zürich zu kommen. Es ist eine phantastische Hoffnung. Mehr nicht. Es kann gar nichts werden.»

«Es ist eine Chance, Maurice.»

Er zuckt mit den Achseln.

Wir bringen den Suppenteller-Aschenbecher zurück in die Küche. Er lässt Wasser darauf laufen. Isabella hat sich für mittags um eins angekündigt.

Ich rufe Miryam Laronne an, verabrede mich mit ihr, dann nehme ich mein Handy – denn Änne im Verlag hat ein ISDN-Telefon mit Display – und melde mich für die ganze Woche krank. Schließlich müssen sie ihren Terminplan jetzt ohne mich machen.

Von allen Fenstern aus sieht man über die Anlagen des China-Gartens direkt auf den Zürichsee. Die Sicht ist klar, nachdem es am Tag zuvor nur geschneit hat. Der See liegt dunkel zwischen den Stadtteilen. Am gegenüber liegenden Südufer erkennt man Häuser zwischen Bäumen, übereinander getürmt am Hang.

«Da drüben in Kilchberg liegt irgendwo das Haus von Bernhards Eltern», sagt Maurice. «Seine Mutter lebt noch. Wenn hier ein Fernglas wäre, würde ich es sofort finden.»

«Es ist eines da», sage ich. «Isabella ist eben perfekt.»

Er sagt nichts. Wir stehen am Küchenfenster, sehen hinaus. Seine Augen verengen sich zu Schlitzen, die Stirnfalte gräbt sich tief in die Haut.

«Warst du oft bei Bernhards Eltern, als du in St. Gallen studiert hast?»

«Ständig. Mir ist nie aufgefallen, was für ein schmaler Teich der See ist. In Chicago ist man dagegen wie am Meer. Man kann hier und da an der Küste entlang sehen, aber das gegenüber liegende Ufer ist weiter entfernt als Frankreich von England.»

Ich frage, wie seine Woche in Chicago war.

Die Fusionsverhandlungen waren anstrengend, hingen am seidenen Faden, wurden aber erfolgreich abgeschlossen. Der Besuch an der Upper Lake Side 126 war desillusionierend.

«Hatte die Adresse irgendetwas mit William zu tun?»

«Ja und nein. Erica Middelton, geborene Emsby, bewohnt mit ihrer Familie auf einer Restparzelle des Seegrundstücks ein schönes, aber vergleichsweise kleines Haus. Sie ist eine entfernte Verwandte von William. Immerhin. Fünfundzwanzig Jahre jünger als er. Sie konnte sich natürlich nicht an ihn erinnern, wusste aber, dass er der Jüngste war und dass es keine lebenden Geschwister von William gibt. Sein Vater hat sich nach 1945 völlig aus den Geschäften zurückgezogen, die Bank gab es seit 1929 nicht mehr, das große Haus am See stand fünfzehn Jahre lang leer und wurde an eine Versicherungsgesellschaft verkauft. Keiner wollte oder besser konnte mehr darin wohnen. Es ist ein Prachtbau von 1901. Die Wohnung des Butlers war üppiger als heute das Penthouse eines Bankiers, hat Erica gesagt.»

«Wusste sie, wo Williams Eltern gewohnt haben?»

«Sie hat nicht mehr davon gesprochen. Seine Eltern sind 1963 bei einem Autounfall umgekommen. Erica sagte, sie könne sich so genau erinnern, weil es der 21. November war, der Tag vor der Ermordung Kennedys. Williams Vater war damals zweiundsiebzig, seine Mutter siebzig Jahre alt. Der schriftliche Nachlass wurde in die Hände eines befreundeten Rechtsanwalts gegeben, der inzwischen auch gestorben ist. Ich habe mit der Sozietät gesprochen, die den Emsby-Nachlass übernommen hat. Sie waren sehr höflich, aber auch sehr zurückhaltend. Wenn wir exakt wüssten, wonach wir suchten, und unsere Recherche durch juristisch formulierbare Anliegen rechtfertigen würden, könnten wir einen Antrag auf Akteneinsicht stellen. Den Antrag habe ich gestellt, aber sie werden mauern. Völlig normal. Wer würde es anders machen? Der Clan ist nach wie vor da und reich. Sie sind überall drin: Eisen, Stahl, Öl. Es war kinderleicht, das in Erfahrung zu bringen. Natürlich denken sie, man will ihnen über eine unklare, jüdische Erbangelegenheit in Europa Geld aus der Tasche ziehen. Wenn der Antrag überhaupt Erfolg hat, dann dauert es. Und zwar Monate. Jahre.»

Er sieht aus dem Fenster, abgewandt, vereist. Genauso gut hätte er sagen können: Es ist aussichtslos. Wir werden das Bild nie finden. Es ist zu spät. Alles war umsonst.

Ich frage nicht noch einmal, warum der Termin so wichtig ist, den er sich gesetzt hat. Der 24. Mai, der Hochzeitstag seiner Schwester. Es macht keinen Sinn. Ich weiß nichts, aber ich fürchte, dass jenseits dieses Datums etwas Furchtbares geschehen wird. In jedem Fall. Auch wenn er das Bild findet.

«Wir brauchen die Akteneinsicht nur, wenn wir am Donnerstag mit Miryam keinen Erfolg in der Bank haben», sage ich.

Er antwortet nicht, hört mich nicht.

Ich gehe in das andere Zimmer, weil er allein sein muss mit dieser stummen Wut, deren Ursprung ich nicht kenne.

Später lässt er sich neben mich fallen, legt seinen Kopf in meinen Schoß, liefert sich aus – meinem Mund, meinen Händen. Ich schmelze das Eis. Es wird immer wieder geschehen. So viel weiß ich schon von uns.

Pünktlich um eins dreht sich der Schlüssel, und Isabella erscheint. Keine Tasche für mich, keine Plastiktüte für den Kühlschrank, dafür einen Sack voll schlechter Nachrichten für uns alle.

Bastian ist im Moment bei Bernhards Mutter. Zum Glück war die alte Dame so gerührt über den überraschenden Besuch, dass sie Bernhard sofort anrief, um ihm im Beisein von Bastian davon zu erzählen. Der wollte angeblich nur Bernhards Adresse, die er in jedem Telefonbuch gefunden hätte. Sie hat ihn genötigt, zum Mittagessen zu bleiben, was uns einen Vorsprung von höchstens dreißig Minuten verschafft.

Bastians Plan ist offensichtlich: Er wird mit ihr Erinnerungen austauschen an korsische Sommerferien vor fünf Jahren, als er die neugierige alte Dame über die ganze Insel chauffiert hat, und danach alles von ihr über Bernhard erfahren. In ihrem Mutterstolz wird sie Bastian erzählen, was er so schnell von niemandem sonst hätte erfahren können.

«Dieser Bastian will herausbekommen, wo Bernhard euch versteckt haben könnte», sagt Isabella. «Seine erste Hoffnung war natürlich, dass die Marie bei Bernhards Mutter ist. Nach dem Gespräch dort wird er alles über mich erfahren haben. Er wird bis ins Detail wissen, was für Projekte ich in der letzten Zeit hatte. Ganz besonders diese Wohnung hat Bernhards Mutter interessiert. Sie war einmal mit mir hier und kennt die ganze Geschichte mit der Absage. In diesen Sekunden wird er beschließen, hier nachzuschauen, denn was liegt näher, als dass ihr euch hier versteckt?»

«Es ist mein Fehler. Ich habe Bernhards Mutter als Risikofaktor nicht bedacht», sagt Maurice.

«Auf seine Weise ist Bastian genial», sage ich, «ich muss ihn kennen lernen.»

«Darauf kann ich gut verzichten», sagt Isabella. «Jetzt packt, was zu packen ist, und runter in mein Auto. Wir fahren am Seeufer Richtung Rapperswil. Da hab ich eine sehr nette Freundin. Der Bernhard meint, ein Hotel oder eine Gaststätte können wir uns nicht leisten.»

«Das würde Bastian sicher als Erstes herausbekommen», bestätigt Maurice. «Aber wir laufen um drei Ecken und bestellen uns ein Taxi. Du musst sofort zurück in deinen Laden. Alles andere ist verdächtig. Dass du in der Mittagspause wegfährst, ist ja nichts Ungewöhnliches, oder?»

Während wir redeten, haben wir alles zusammengesammelt, was uns gehört, und stehen schon in der Tür, als Maurice zurück in die Küche geht und die Zimttüte holt.

«Zimt vergessen», kommentiert Isabella. «Die Sorgen möcht ich haben.»

«Kein Zimt, Isabella, Stoff zum Überleben, goldbrauner Koks.»

Er lacht. Ihre schwarzen Kirschenaugen sehen entgeistert hinter ihm her, als wir die Treppen hinunterlaufen.

«Ciao! Ich steh in der Tiefgarage.» Sie tritt in den offenen Fahrstuhl. «Fahrt ihr nach Rapperswil, in die Altstadt, Am Markt 5, ein kleiner Designladen. Vroni Radmayer. Ich werde sie vorbereiten. Ruft mich an, ja?»

«Nein. Alles zu gefährlich für dich! Sag es ab, vergiss uns. Es wird schon laufen. Wir melden uns.»

«Adieu, Isabella, und danke – tausend Dank.»

Die Fahrstuhltür schiebt sich schon zu. Sie hält sie mit ihrem Schuh einen Spalt geöffnet.

«Maurice – Bernhard sagt es mir nicht –, was bedeutet: Pitti, Saal des Saturn?»

«Die schönste Madonna der Welt.»

Isabella hebt ihren Daumen, als wollte sie «Bingo» sagen, und nimmt den Fuß aus der Tür.

Baurstraße, Dufourstraße, Adlerstraße, dann sind wir auf der großen Seestraße. Nach Straßennamen sehe ich immer, egal wie schnell und gehetzt ich bin. Maurice hat einen Stadtplan aus der Wohnung mitgenommen. Ein Taschenbuch, das man studieren kann, derweil man läuft. Alle Verkehrsmittel sind eingezeichnet, und wir landen akkurat vor dem Taxistand in der Seestraße.

Bastian ortet jedes Taxi, sagt Maurice, aber wir haben keine Zeit, uns auf öffentliche Verkehrsmittel umzustellen. Wie wir vorher ausgemacht haben, sagt Maurice dem Fahrer, dass wir zum Universitätsspital müssten, und fragt, ob das in fünfzehn Minuten zu schaffen sei. «Freilich, wenn's pressiert», sagt der Fahrer. Dann legt Maurice seinen Arm um mich, sagt, dass alles gut wird, dass ich mich nicht sorgen soll. Ich spiele die Entkräftete, lege meinen Kopf auf seine Brust, lasse mich apathisch küssen, wir streicheln unsere Finger, sagen sonst kein Wort. Ein erschüttertes junges Paar auf dem Weg ins Krankenhaus. Perfektes Konzept.

Im Spital suchen wir uns die Cafeteria, kaufen Wasser und ein Schinkensandwich, belegen einen Stehtisch, das schafft Normalität.

«Es war perfekt», sagt er nach dem ersten langen Schluck.

«Mit der Nummer könnten wir zum Film», erweitere ich unser Eigenlob.

Wir stoßen die halb gelehrten Wassergläser aneinander, freuen uns, als hätten wir ein Match gewonnen.

«Dabei sind wir Bastian noch lange nicht los, Maurice.»

«Macht nichts. Wir sind dieser schwülen Wohnung entkommen.»

«Exakt. Tomatenrote Bettwäsche steht dir nicht besonders.»

«Schwarze Kacheln in der Dusche?»

«Negativ. Durch schwarze Klobürste verschärft, sogar pervers.»

«Aber Isabella ist wunderbar.»

«Die Wohnung stünde ihr perfekt.»

«Bernhard würde darin zermalmt.»

Wir lachen, reden unnützes Zeug und meinen nur uns mit jedem Wort, das wir nicht sagen, bis wir es nicht mehr aushalten.

«Marie?»

«Ja?»

«Wann heiraten wir?»

«Jederzeit.»

Wer uns jetzt zusieht, kann denken, dass einer von uns gerade gesund geworden ist oder ein Examen bestanden hat. Uns ist es egal.

Credito Helvetia

Miryam Laronne besucht einmal im Jahr ihren Psychiater in Zürich, wohnt im Baur au Lac und verfällt damit euro-amerikanischen Sitten der Vorkriegszeit, die sie sich in Jerusalem nie leisten würde. Degenerierte Noblesse passt außerordentlich gut zu ihr. Sie ist hoch empfindlich, exzentrisch, weiß beides und pflegt es. Damit, erklärt sie, schwächt sie eingebrannte Angstmuster ihres Unterbewusstseins, Schwelbrände im Gebälk ihrer morschen Gene: den Horror, so krank zu werden wie ihre Mutter. Schizophrenie ist erblich.

«Aber es muss einen ja nicht erwischen», sagt sie achselzuckend.

Es ist Mittwochabend. Ich treffe sie in der großen Steinhalle des Baur au Lac. Im silbergrauen Kostüm wartet sie auf einem Wandsofa in der Nähe des Flügels, beäugt die Vorgänge in der Halle, hat Champagner bestellt, raucht und ist entzückt von meiner Verkleidung, die ich ihr als taktisch notwendige Maßnahme erkläre. Seit Montagabend habe ich mich in einen Schickimicki-Bi-Boy verwandelt, kämme meine Haare mit Gel aus der Stirn, habe mir in einem Edelsportgeschäft Designerklamotten zugelegt, laufe in edlen Sneakers herum, trage eine schwarze Plastik-Digital-Armbanduhr und die grüne Tenniskappe verkehrt herum, schiebe die Ärmel des XXL-Sweatshirts lässig über die Ellbogen und sehe unter schweren Lidschatten durch eine spacige Sonnenbrille. Röhrenenge schwarze Lederhosen und ein Goldkettchen lassen auf meine sexuelle Schieflage schließen.

«Wer mich mit Ihnen sieht, Marie, der denkt entweder, dass ich eine sehr attraktive Tante oder vollständig pervers bin und mir kleine Jungens halte. Beides finde ich sehr amüsant.»

«In meinen richtigen Sachen fühle ich mich wohler.»

«Das glaube ich Ihnen gern, aber als Frau stehlen Sie mir die Show. So sind Sie mir lieber.»

«Hoffentlich finden Sie es auch in Ordnung, wenn ich mich morgen mit Ihnen so in der Bank treffe? Ich muss mich verkleiden. Sonst erkennt mich dieser Bastian auf der Stelle.»

«Ich finde es wunderbar schräg.»

«Haben Sie etwas dagegen, wenn ich mich in dem Gespräch mit dem Direktor als Journalistin ausweise?»

«Tun Sie das unbedingt. Ich wollte Sie darum bitten. Zu Hause habe ich mich mit Freunden beraten, die meinen, dass Öffentlichkeit, besonders deutsche Öffentlichkeit, in diesem Fall ein Schutz sein kann.»

«Stimmt», sage ich. «Wahrscheinlich besteht nirgendwo die Presse ähnlich konsequent auf der Wahrung jüdischer Rechte wie die deutsche – nach 1945.»

«Eben», sagt Miryam und schnippt ihre Zigarettenasche in bleischweres Kristall. «Nichts könnte also wirkungsvoller sein als eine junge deutsche Journalistin, die dokumentiert, wie ich als Nachkomme deutsch-russischer Juden bei einer Schweizer Bank den vorenthaltenen Teil eines Kontos einklage, das 1946 guten Glaubens aufgelöst wurde.»

«Wird denn in Israel im Zusammenhang mit europäischen Banken von Unterschlagungen geredet?», frage ich. «Ist denn bekannt, dass Banken jüdische Konten nach 1945 einfach geschlossen und den Zaster behalten haben?»

«Ein weites Feld», Miryam sieht mich kurz aus weit geöffneten Amethystaugen an. «Wenn Sie nächstes Mal in Jerusalem sind, Marie, dann sollten Sie das recherchieren. Ich habe inzwischen keine Lust mehr für so aufregende Projekte, und im Augenblick ist für mich nur der morgige Tag wichtig. Wie wird der Direktor der Bank auf meine Anfrage reagieren?»

«Er kann sich gar nicht sperren», behaupte ich. «Wenn Sie die Fakten offen legen, werden Sie umgehend Erfolg haben.»

«Es soll ein sehr charmanter Mann sein, und wir wollen nur das Beste von ihm annehmen.» Miryam nimmt das geschliffene Champagnerglas, hält es gegen das Licht der Kronleuchter, lässt die Facetten funkeln.

«Wenn jemand etwas Unrechtmäßiges getan hat», sage ich, «dann war das ein anderer ebenso charmanter Bankdirektor vor fünfzig Jahren, als Ihre Mutter hier war.»

«Stimmt. Das gäbe noch eine schöne Geschichte.»

«Woran arbeiten Sie im Moment?»

«Ich schreibe nur noch über mich selbst.» Miryam lacht spöttisch. «Die Leute lesen es, zahlen dafür. Also?»

«Es liest sich wunderbar. Großes Kompliment für Ihr letztes Buch.»

«Hatten Sie in den letzten Tagen Zeit, es zu lesen?»

Ich hatte mehr Zeit, als mir lieb war. Erzwungene Ruhe verwandelt Zeit in einen Tunnel, aus dem man nur herauswill. Nichts anderes. Mit anderen Worten: Warten blockiert Kreativität.

Nicht einmal Lesen machte mir Spaß, und Miryams Buch habe ich erst anderthalb Stunden vor meinem Aufbruch ins Baur au Lac angefangen. Sozusagen kurz vor dem Tunnelausgang.

Seit Montagnachmittag habe ich mich in einer Pension am Stadtrand aufgehalten, die im vierten Stock eines verlassenen Speichergebäudes liegt und vorzugsweise von Schwulen frequentiert wird. Aus meinem Fenster hatte ich einen unverstellten Ausblick auf eine fensterlose Ziegelwand und in der Pension unverblümten Einblick in homosexuelle Langeweile, die nicht viel anders ist als hetero- oder bisexuelle Tristesse. Schmale, ausgeflippte Jüngelchen lümmelten in schrillen Klamotten auf Sperrmüllsofas, warteten auf den Abend, auf ihre Lover, auf Geld von der Mama oder darauf, dass sie rausgeschmissen werden.

Bevor Maurice am Montag nach Korsika gefahren ist, hat er mir Geld zum Einkaufen neuer Sachen und zum Bezahlen eines erstklassigen Hotels gegeben. Seine Vorstellungen von Mindestansprüchen sind fürstlich. Ich passe mich ja gerne an, aber ich könnte es gar nicht zurückzahlen.

Indirekt hat er mich auf die Idee mit der Schwulenabsteige gebracht. Aber natürlich habe ich ihm nichts davon gesagt. Er wäre sonst gar nicht abgefahren.

«Was hasst Bastian am meisten?», habe ich ihn gefragt.

«Schwule», war die Antwort. «Er hasst und meidet sie wie ein Vampir den Knoblauch.»

«Wie gut kennt Bastian dich eigentlich, wenn es um persönlichen Stil geht, zum Beispiel um die Wahl eines Hotels?», habe ich in einem anderen Zusammenhang gefragt.

«Da bin ich nicht besser als der Rest der Familie, und er weiß das: Fünf Sterne sind gerade gut genug.»

Das erledigt mein Problem, dachte ich und ließ mir noch seinen Stadtführer geben, bevor er fuhr.

Unter der Rubrik «Praktische Hinweise» hatte ich nämlich schon das entscheidende Stichwort entdeckt: «Schwule».

Darunter waren ein homosexuelles Begegnungszentrum, mehrere Bars und ein T&M-Club verzeichnet.

Ich kaufte also meine Fancy-Sportklamotten und behielt sie gleich an, ließ beim nächstbesten Frisör meine Haare mit Gel in den Nacken schniegeln und legte nachtblauen Lidschatten auf. So verkleidet ging ich zur Dämmerzeit ins Odeon und bestellte Cola. Reinkommen war unproblematisch, angequatscht werden ein Leichtes. Urs hieß er, ganz in hautengem, schwarzem Leder, mit wasserstoffblondem Stacho und grünem Lidschatten. Figur und Gesicht wie der David von Michelangelo. Ob ich jemanden hätte, der sich um mich kümmere, fragte er und streichelte mein Knie, das nicht knochig genug ist für einen Jungen. Höchste Zeit, mein Geschlecht und mein Anliegen aufzudecken. Ich schilderte Bastian, den Schwulenhasser, Hausfrauenschwarm, Latinomacho, den Ganoven und was ich von ihm zu befürchten hätte. Urs war schockiert und hingerissen von der Idee, diesem Phantom eins auszuwischen. Er versteckte mich zwei Tage lang in dem alten Speicher und versprach mir, sich um mich zu kümmern. Zwei große Scheine von Maurice verstärkten seine Hilfsbereitschaft.

Maurice hatte mich um keinen Preis allein lassen wollen, aber es war klar, dass wir zu zweit in Zürich zu auffällig wären. Es war dann seine Idee gewesen, nach Korsika zu fahren und mich erst in Paris wieder zu treffen, wenn alles vorbei wäre. Das Haus in Korsika ist im Augenblick verlassen, sein Onkel seit Wochen in Südafrika, Bastian hier in Zürich, und so könnte Maurice den Corot meiner Eltern aus Korsika ohne große Gefahr entführen. Das Hausmeisterehepaar dort wundert sich anscheinend nicht, wenn ein Familienmitglied kommt, etwas holt und sofort wieder verschwindet. Sie wundern sich prinzipiell über nichts mehr, sagt Maurice. Dann aber hat er alle Pläne wieder umkrempeln wollen und mich mitnehmen. Fünf wunderbare Minuten lang haben wir uns die Spritztour als eine Art wilde Hochzeitsreise ausgemalt an unserem Stehtisch im Universitätsspital, bis wir alles wieder verworfen haben, wegen Miryam.

Nichts war unvorstellbarer, als sich zu trennen, nichts wichtiger, als den Termin mit ihr einzuhalten. Nichts wilder als die Freude auf Paris. Am Donnerstag nehme ich den Nachtzug nach Paris. Wir sehen uns Freitagmorgen in Paris, Gare de l'Est, 6.45 Uhr.

Miryam lädt mich nach dem Champagner in eine Pizzeria ein. Sie möchte unbedingt mit mir in die Stadt, auf die Straße, in ein normales Restaurant, um zu genießen, welchen Eindruck sie mit mir macht. Beim Kellner, der so aussieht, wie ich mir einen Bodyguard Mussolinis vorstelle, erkundigt sie sich nach der einfachsten und damit nach der besten Pizzeria der Stadt. Ich schiebe meine Space-Brille zurück auf die Nase, benehme mich so flapsig wie möglich, als sie mit mir durch die Halle geht, um ihren Schlüssel abzugeben.

An der Rezeption lehnt elegant im Burberry Bastian und spricht mit der Dame vom Dienst. Mir stockt das Herz, ich stolpere fast über eine der dicken Perserbrücken, die überflüssigerweise überall den schönen Marmorfußboden verdecken, und schaffe es schließlich, kurz hinter Miryam Laronne stehen zu bleiben, kann sie aber nicht mehr warnen. Sie legt ihren Schlüssel nicht etwa wortlos auf den Rezeptionstisch, sondern hält ihn in der Hand, wartet darauf, dass Bastian seine Unterhaltung mit der hübschen Blonden beendet. Er hat einen kunstvoll verpackten Karton in der Hand und fragt in bestem französischen Akzent nach der Zimmernummer von Maurice Dauvignac.

«Da muss ich nachschauen», antwortet die Blonde. «Was sagten Sie – Dauvignac?»

«Oui, Maurice Dauvignac.» Er müsse vorgestern oder gestern im Hotel eingetroffen sein. Verabredungsgemäß wolle er dieses kleine Paket abgeben.

«Nein», bedauert die Blonde. Der Monsieur aus Frankreich sei leider nicht unter den gemeldeten Gästen des Hauses.

Ich beobachte Miryam Laronne, wie sie auf Bastian schaut, der in dem Moment nach mir fragt. Vielleicht sei seine Begleiterin schon angekommen, Marie Zacharias, eine junge Journalistin aus Hamburg? Nein? Vielleicht irre er sich auch im Namen: eine kleine, grazile Person, dunkelhaarig, in schwarzen Hosen, Lackschuhen, rehbrauner Lederjacke?

Miryam Laronne legt ihre Hand auf Bastians Arm, fragt, ob sie kurz unterbrechen dürfe.

Er wendet sich ihr zu, versenkt seine Pantheraugen in ihren Blinzelblick und fragt, ob er ihr irgendwie behilflich sein könne. Ich sehe, wie sie ihn anlächelt und dann nur ihren Schlüssel abgibt, während ich keine Luft mehr bekomme und Mühe habe, zum Taxi zu kommen, das vor dem Portal wartet.

«Michelangelo in der Gertrudstraße», sagt der Portier dem Taxifahrer, und der gnädigen Frau Laronne wünscht er einen hübschen Abend mit dem Herrn Neffen.

Im Taxi sagen wir kein Wort. Erst über der Pizza mit Mozzarella und Spinat sprechen wir über Bastian. Sie findet ihn attraktiv, sagt, seine Augen hätten eine ungeahnte Sogwirkung, sein Mund sei absolut erotisch. Das müsse sie ihm zugestehen, auch wenn er mir bedauerlicherweise nachspioniere.

Zweimal konnte ich schon beobachten, dass er, zumindest bei Frauen, mühelos erreicht, was er will. Miryams Einschätzung ist dann wohl leider richtig.

«Sie müssen ganz vorsichtig sein», beschwöre ich sie. «Maurice sagt, dass keiner Bastians Methoden gewachsen ist. Er riecht seine Fährte, bekommt alles raus.»

«Keine Sorge. Mir hat er ein bisschen zu viel Gel in den Haaren.» Sie lacht, will dann wissen, was für ein Typ Mann Maurice ist, und verpflichtet mich, ihn ihr irgendwann vorzuführen.

Ob ich Maurice heiraten würde, fragt sie. Ich schüttele den Kopf, sage, er sei kein Mann zum Heiraten, nichts für den Alltag, nichts für mich. Im Moment meine ich das. Wort für Wort. Eine Schnapsidee war das, am Stehtisch geboren. Ich weiß zu wenig über ihn, über seine Sippe, oder schon zu viel. Mir ist ganz schlecht vor lauter Unübersichtlichkeit und Unberechenbarkeit. Lächerlich komme ich mir vor in dieser schwulen Aufmachung. Bastians Auftritt im Baur au Lac sitzt mir tief in den Knochen, und der gehört zu den Dauvignacs wie der Staub an ihren Schuhsohlen. Alles eine Mischpoche. Ich will zu Alma, mich zwischen ihren Jungs und Hunden verkriechen. Aber die Sache mit den Bildern muss erst bereinigt werden, dazu bin ich verpflichtet. Wenn man einen Großvater hat, der in Pariser Palais Bilder klaut, warum auch immer, dann muss man dafür geradestehen. Andere Verbrechen, die an dem Bild kleben, sind mir egal, ich will es dort abliefern, wo es hingehört. Unseren Corot hätte ich auf dem Wege natürlich gerne zurück. Dann wäre ich weg.

Ich stelle mir Maurice vor, höre ihn lachen, kann alles, was ich mir gerade vorgenommen habe, gleich abschreiben.

Meine Pizza habe ich währenddessen verschlungen, ohne zu merken, ob die Peperoni darauf waren, die ich extra bestellt hatte. Miryam wird vom herumflanierenden Chef der Pizzeria angesprochen. Ein mittelalterlicher, geschniegelter Vincenzo. Das Restaurant ist gemütlich, die Pizza sehr gut, nur meine Rolle habe ich satt. Dieser Pizza-Boss sieht mich an, als wäre ich so pervers, wie ich aussehe, behandelt mich, als wäre ich der Gigolo dieser Dame, will mich eifersüchtig machen, indem er mit ihr flüstert und ihren Arm streichelt. Ich kriege eine Gänsehaut, wenn ich das sehe. Miryam reagiert niederschmetternd arrogant, und ich bewundere sie. Sie ist fünfundvierzig Jahre alt, eine sensible, kluge Frau, erfolgreich, sehr gut aussehend, und soweit ich es erlebt habe, hat sie alle Männer sofort zu ihren Füßen oder auf Distanz. Jedenfalls da, wohin sie sie haben will.

Erst beim letzten Schluck Rotwein komme ich zur Ruhe, und beim Espresso planen wir den nächsten Tag. Vierzehn Stunden trennen mich noch vom Schritt über die Schwelle der Credito Helvetia am Paradeplatz in Zürich.

Ein pompöser klassizistischer Bau. Nach Geld riecht es hier noch weniger als im Mausoleum der Medici. Ein Duft aus kostbarem Holz und Marmor, aus edlem Papier und poliertem Metall hängt in den Räumen. Geld gleich Macht, Macht gleich Moral und verdammt sei der, dem anderes in den Sinn kommt.

Miryam ist sehr chic, in hellgrauem Flanell kombiniert mit Schwarz. Ihr Hut ist ein Turban aus Samt, die Aktentasche aus Krokoleder wie die Stiefeletten. Ich schluffe ungezogen hinter ihr zum Aufzug, ernte strafende Blicke. Knöchelhohe Turnschuhe, die man um Himmels willen nicht zubinden darf, verhindern jeden natürlichen Gang. Da muss ich mich nicht weiter anstrengen. Mein Schirmkäppi ist heute himbeerrot-metallic. Urs hat es mir zur Erinnerung geschenkt, dafür mein grünes Modell bekommen, das sensationell zu seinem Lidschatten passte. Kaugummis habe ich gleich zwei im Mund. Statt Frühstück. Ich bekam nichts hinunter.

Im Aufzug spielt Miryam die strenge Tante, fordert mich vor dem Liftboy auf, das Kaugummi herauszunehmen. Ich gehorche, setze mir dafür die Sonnenbrille auf, was sie auch sofort rügt. Ich verschränke muffig die Arme vor der Brust und beobachte uns drei in der Spiegelwand des Aufzugs. Eine Szene für einen Videoclip bevor der erste Schrei ertönt, gefolgt von hartem Keyboard-Sound.

Oben erwartet uns Herr Raumeli, Assistant Director, comme il faut: Kastenschultern unter grau meliertem Kastenkopf hinter Goldrandbrille, marineblauer Nadelstreifen, himbeerroter Hermesschlips, alles in circa 1,86 Meter Höhe. Er entschuldigt seinen Vorgesetzten, der zu wichtigen Gesprächen in den Kantonsrat gerufen worden sei. Kurzfristig natürlich. Er, Walter Raumeli, sei zwar im Team, wenn er das so nennen dürfe, auf die Probleme von Altkonten spezialisiert, biete der gnädigen Frau aber an, den Termin zu verschieben, falls sie an der Autorität seiner Person auch nur den leisesten Zweifel hege. Jedes Wort in übertrieben exzellentem Oxford-Englisch.

Miryam macht eine sehr charmante Handbewegung, blinzelt unter ihrem schwarzen Pony und antwortet, sie nehme nur zu gern mit Herrn Raumeli vorlieb, könne sicherlich nicht besser aufgehoben sein als bei ihm.

Er spielt, sie spielt. Beide sind klug und machen ihre Sache fürs Erste phantastisch.

Dann werde ich eingeführt, lüfte mein Schwulenkäppi und meine Identität. Ich muss mich ausweisen, er will meinen Pass und dann den Presseausweis sehen. Zögert aber, als er mich mit meinem Passbild vergleicht. Ich fordere ihn auf, Richi anzurufen. Mit dem habe ich das schon gestern von einer öffentlichen Telefonzelle aus abgemacht. Aber ich habe vergessen, Änne einzukalkulieren, die von Bastians Charme wahrscheinlich längst eingewickelt worden ist. Sie wird ihm jeden Standort von mir melden, und wenn ich Pech habe, wird Bastian jetzt erfahren, wo ich bin.

Herr Raumeli mustert mich besorgt und bittet bei seiner Sekretärin um eine Telefonverbindung zum Verlag. Er traut mir nicht, hat für einen perversen Vogel wie mich keine Gebrauchsanweisung. Dabei kann ich so tadellos konservativ aussehen. Er müsste nur ein bisschen Phantasie aufbringen.

Als er das Telefon abnimmt, höre ich Ännes hohe Stimme am anderen Ende der Leitung.

Sie hat ihn nur mit Richi verbunden, aber sie hat die Nummer von Herrn Raumeli im Display. Von diesem Moment an tickt für mich die Uhr.

Nur keine Panik, sage ich mir. Nur keine Panik.

Herr Raumeli erkundigt sich auf das Allerfreundlichste bei Richi und muss zur Kenntnis nehmen, dass ich wirklich Journalistin und tatsächlich bei dem Blatt angestellt bin. Sie seien ein offenes kooperatives Haus, klagt dann Herr Raumeli, sie hätten eine vorzügliche Präsentation in den Medien, soweit überhaupt nötig. Eine Journalistin verkleidet ins Haus zu schmuggeln sei nicht vonnöten, eine herabwürdigende Behandlung seines traditionell offenen Hauses.

Die Erklärung meiner Maskerade hat er mir also nicht abgenommen, sondern hat sich dadurch nur verunsichern lassen. Auch gut.

Herr Raumeli versichert Richi wortreich, dass die Bank nichts zu verbergen habe, dass ich mich davon überzeugen könne, wie sorgfältig Kunden über Jahrzehnte hinweg betreut würden, dass Frau Laronne es gar nicht nötig gehabt habe, sich an die Presse zu wenden. Intern könne man jedes Problem zügig regeln.

Jetzt bin ich erst wach.

Herr Raumeli glaubt also, dass die ganze Aktion von der Zeitung und nicht von Miryam Laronne eingefädelt wurde. Wunderbar. Noch besser, dass Richi am anderen Ende den Braten anscheinend riecht und mich keineswegs fallen lässt, sondern im Gegenteil als spürsichere Mitarbeiterin aufdeckt.

Die Geschichte gefällt mir.

Miryam wird gebeten, ihr Anliegen vorzutragen. Sie tut es wortreich und breitet ihre Unterlagen aus. Als sie fertig ist, kommt prompt die erwartete Antwort: Diese Vorgänge lägen so weit zurück, dass sie nicht EDV-gelistet seien. Es gebe natürlich eine Akte 03071916. Er habe sie griffbereit. Daran könne man alle Vorgänge genau nachvollziehen.

Sein Griff geht ins Leere. Die Akte ist nicht am vorgesehenen Platz im Regal hinter ihm.

Er telefoniert mit seiner Sekretärin, fragt, warum die angeforderte Akte nicht vorliege. «Herr Sander wird sofort in …» – diese viereinhalb Worte sind zu hören, bevor Herr Raumeli mit unwilligem Kopfschütteln die Mithörtaste der Anlage abschaltet.

Ich krame in einer Tasche meines Anoraks, Miryam bewundert die schneebedeckte weite Sicht aus der Chefetage, keiner hat etwas gehört.

Herr Sander – den Namen muss man sich merken, denke ich.

Herr Raumeli verkündet, dass die Akte unverzüglich nach oben gebracht werde.

Dann sitzen wir uns auf tannengrünen Plüschsesseln gegenüber, zwei Quadratmeter massives, poliertes Walnussholz zwischen uns, hinter Herrn Raumelis geradem Rücken ragen die Zwillingstürme des Fraunmünsters in den blauen Frosthimmel. Über Zürichs weißen Dächern scheint die Sonne.

Wir bekommen Kaffee, und Herr Raumeli studiert noch einmal die von Miryam mitgebrachten Urkunden.

Ohne Zweifel sei sie die rechtmäßige Erbin des genannten Kontos und wie sie ihm hoffentlich zugestehe, werde weder Zeit- noch Personalaufwand gescheut, um ihrem Ersuchen nachkommen, um der Strapaze ihrer Reise aus dem fernen Israel Rechnung zu tragen, aber er könne ihr gleich sagen, dass es zwar solch geringstellige Nummernkonten am Anfang des Jahrhunderts gegeben habe, dass es aber solche Safenummern nicht gebe, auch nie gegeben habe. Die Nummern im Tresorbereich hätten damals anderen Registraturabteilungen unterstanden. Er sei sich da absolut sicher. Einen Safe zu der 03071916 könne es gar nicht geben, wir müssten leider falsch informiert sein, unterlägen einem Irrtum, das hätte er bedauerlicherweise schon des Öfteren erleben müssen.

Man muss die Menschen nur reden lassen. Irgendwann sagen sie etwas, nur um etwas zu sagen, und das ist dann genau das, was man hören will.

Punkt 1: Herr Raumeli hat am Anfang von sich behauptet, er sei in diesen Fragen spezialisiert. Also benötigt die Bank Spezialisten, also gibt es Erklärungsbedarf.

Punkt 2: Kontonummern sind aus verwaltungstechnischen Gründen nicht identisch mit Safenummern – bedauerlicherweise hat er das schon anderen vor uns beibringen müssen.

Die armen, falsch Informierten sitzen ihm dann vermutlich ebenso aufgeschmissen gegenüber wie jetzt Miryam Laronne, entschuldigen sich womöglich noch für den Umstand, den sie den hoch bezahlten Herren gemacht haben, und verlassen das illustre Haus auf Nimmerwiedersehen.

Ich frage noch nichts, hoffe auf die Macht des Vier-Augen-Prinzips.

Dann kommt der Dolchstoß für mich: Tatsächlich sagt Miryam zu mir, dass sie die kostbare Zeit in Zürich nicht durch unnützes Warten verschwenden wolle, von der Zeit des Herrn Raumeli ganz abgesehen. Wenn er so genau wisse, das die Akte keinen Hinweis auf ein Fach im Safe enthalte, könne man ja ebenso gut auf sie verzichten.

Ich traue meinen Ohren nicht. Weiß nicht, was in sie gefahren ist. Herrn Raumeli beobachte ich, der zum ersten Mal lächelt und offensichtlich weiß, wie gut ihm das steht und auf andere wirkt. Sie lächelt zurück, weiß auch, wie gut ihr das steht. Spielt sie ihm die Beeindruckte vor, um ihn in Sicherheit zu wiegen? Wenn sie aber den Rückzug ernst meint, wie kann ich sie aufhalten, ohne sie zu verletzen?

Herr Raumeli meidet jeden Blickkontakt mit mir, lächelt auf Miryam ein, greift dabei zum Hörer, wahrscheinlich, um die Akte zurückzukommandieren, als es klopft und ein Mann mit Aktenordner das Chefzimmer betritt.

«Wo ist Frau Zabel, warum haben Sie die Akte nicht bei Frau Zabel im Sekretariat abgegeben?» Herrn Raumelis Ton ist aufgebracht.

«Meine Frau Koch war gerade anderswo, Ihre Frau Zabel war nicht im Raum, Herr Raumeli, und da dachte ich, wenn's doch pressiert, bringe ich die Akte schnell selbst.»

Ich atme tief und danke der Macht des Zufalls in Zeiten der Kaffeepause von Chefsekretärinnen: Vor uns steht Herr Sander.

«Völlig unnötig, Ihre Arbeit zu unterbrechen», sagt Herr Raumeli kurz angebunden. «Es wäre ausreichend gewesen, auf die Damen zu warten.»

Herr Raumelis Reaktion gefällt mir nicht, schon gar nicht, als er andeutet, dass sich das Problem inzwischen erledigt habe.

«Ja, wollen Sie mir den Herrn nicht wenigstens vorstellen, wenn er sich so bemüht hat?», fragt Miryam ganz Grande Dame.

Herr Sander muss kurz vor der Pensionsgrenze stehen, sieht aber nicht so aus wie jemand, der vierzig Jahre lang mit den Akten, die er verwaltet, zu Staub getrocknet und verbröselt ist. Er ist eher der Typ sehniger Senioren-Bergführer. Sonnengebräunte Haut, quicklebendige, unbebrillte Augen, österreichischer Akzent: Küss die Hand, gnädige Frau. Jederzeit sei er bereit, einer schönen Dame eine Akte durch persönlichen Einsatz zu präsentieren.

Miryam konzentriert sich vollständig auf Herrn Sander, und der redet. Er könne der gnädigen Frau doch ansehen, dass sie die Akte sehen möchte, natürlich einen Blick werfen wolle auf die Unterschrift ihrer verehrten Frau Mutter. Dann liegt die Akte vor ihr, und er wendet hilfreich und schnell die wenigen Blätter, über die sie sich beugt, weil sie ihre Brille wahrscheinlich so schnell nicht finden kann.

Gebannt stehe ich daneben, sehe beim Umblättern eine großzügige Männerhandschrift und frage nach dem Schriftstück.

«Einen Moment, das Fräulein (meine Stimme hat er inzwischen richtig eingeordnet), dies ist eine Auszahlungsbestätigung vom 29. Juni 1945. Da war der Kontoinhaber, der Herr William Emsby, hier und hat sich, wie man ersehen kann, 20 000 Dollar auszahlen lassen.»

Jetzt geht es um Sekunden.

«Schauen Sie, Herr Raumeli und Herr Sander», sage ich (die Reihenfolge der Ansprache folgt dem ehernen Gesetz, das besagt: Brich nie die Befehlskette), dabei hole ich aus meinem gelben Plastikrucksack das Tagebuch meiner Großmutter Marie.

«Schauen Sie, was hier steht und ob Sie uns nicht helfen können.»

Mit Klebezetteln habe ich die Seiten gekennzeichnet, aus denen zu ersehen ist, dass William Emsby im Juni 1945 als Offizier der abziehenden amerikanischen Besatzungsarmee in Sachsen-Anhalt einen roten Puppenkoffer von meiner Großmutter Marie von Ewald übernahm mit dem Vorsatz, den Koffer in ebendieser Bank, der Credito Helvetia am Paradeplatz in Zürich, zu deponieren.

Bloß nicht aufhören zu reden.

«Ich möchte nur Folgendes erklären», sage ich. «Jetzt, wo offensichtlich geworden ist, dass William Emsby in seiner Urlaubswoche Ende Juni des Jahres 1945 tatsächlich in Zürich gewesen ist, muss man doch mit höchster Wahrscheinlichkeit annehmen, dass er sein Versprechen wahr gemacht hat. Der Koffer muss hier in einem Safe der Bank aufbewahrt sein», folgere ich so leidenschaftlich wie möglich. «Bitte helfen Sie uns, ihn zu finden. Der Inhalt kann ein Menschenleben retten.» Klingt pathetisch, macht aber Eindruck.

«William Emsby dachte wohl, der Safe könne die gleiche Nummer haben wie sein Konto, deshalb gab er meiner Großmutter diese kleine silberne Glocke, um sich damit auszuweisen, falls es nötig sein sollte.»

Aus der Brusttasche meines mit Nieten besetzten schwarzen Nylonanoraks hole ich die Wiegenglocke, lege sie Herrn Raumeli in die Hand und rede gleich weiter.

«Herr Raumeli und Herr Sander, gibt es nicht eine Möglichkeit, herauszufinden, ob William Emsby hier in Zürich am 29. Juni 1945 einen Safe eingerichtet hat?»

«Ja freilich kann das ermittelt werden, mein Fräulein, verehrte Frau Laronne. Aber natürlich.» Herr Sander ist ganz Begeisterung. «Ich wundere mich schon seit langem, dass so wenig danach gefragt wird. Grad so, als würden die Leut' sich nicht darum kümmern, wo ihre Familienvermögen geblieben sind. Wir haben in unserer Abteilung ein PC-Programm entwickelt. Es wird keine Antwort schuldig bleiben. Davon bin ich überzeugt. Ja. Wir können sofort nachschauen. Darf ich die Damen bitten, mir zu folgen? Herr Raumeli, möchten Sie der Suche beiwohnen?»

Herr Raumeli schaut aus dem Fenster.

Aus Herrn Sanders Darstellung werden dann drei Punkte klar.

Der erste Punkt: Am 29. Juni 1945 hat William Emsby bei der Credito Helvetia einen Safe eingerichtet.

Das ist schon einmal Gold wert, denke ich.

Der zweite Punkt: Beim Um- und Ausbau der Tresorräume der Bank sind 1985 diejenigen Safefächer, die vierzig Jahre lang nicht mehr in Anspruch genommen worden waren, aus Platzgründen aufgelöst worden. Die Safenummern dieser Kunden, die «möglicherweise gestorben oder den Wirren des Zweiten Weltkrieges zum Opfer gefallen waren» (eine kaltschnäuzig elegante Definition des Holocaust), diese verwaisten Nummern also wurden damals, also 1985, neu registriert; die Safeeinlagen in versiegelten Kartons in neuer Nummernfolge geordnet und in einem Großraumsafe deponiert.

Dem kann man so weit folgen, denke ich und höre Punkt drei, der besagt: Nach dem Ablauf von weiteren zehn Jahren wird wieder ausgesondert, nach nochmaligen fünf Jahren wird anderweitig disponiert.

Im Klartext: Nach 55 Jahren wird der Safeinhalt kassiert. 1945 + 55 = 2000.

Glückwunsch. Wir sind gut in der Zeit. Noch sieben Jahre bis zur Jahrtausendwende. Wenn es mit rechten Dingen zugeht, muss der von William 1945 deponierte Inhalt des Safes vorhanden sein.

Herr Sander, Gebieter über alle toten Akten, über totgeschwiegene Konten anscheinend auch, greift nach meinen Händen, schüttelt sie, küsst Miryam beide Hände, und wir reden nicht darüber, ob damals, als das Konto von William Emsby auf Elisabeth Rothmann übertragen wurde, die Bank verpflichtet gewesen wäre, Kenntnis zu geben von der Existenz des Safes.

Es wird nur davon gesprochen, ob die Öffnung des Großraumsafes in kurzer Zeit anberaumt werden kann und ob die Termine aller dazu erforderlichen Begleitpersonen so kurzfristig unter einen Hut gebracht werden können.

Sie können. «Alles wird möglich gemacht, gnädige Frau. Bis nachher, Frau Journalistin.»

Herr Sander und Herr Raumeli verabschieden sich in die Mittagspause. Miryam und ich werden in ein elegantes Besprechungszimmer mit Alpenblick und kleinem Imbiss geführt, was Miryam an ihr kurzes Frühstück im Baur au Lac erinnert, wo Bastian neben ihr am Frühstücksbuffet stand.

Rein zufällig – wollte er sie zumindest glauben machen – hatte er noch keinen Platz, war äußerst charmant, nur interessiert an ihrer Arbeit und an ihrem Tagesablauf, um sie vielleicht wiederzutreffen. So hat er es tatsächlich geschafft, von ihrem wichtigen Termin bei der Bank und später beim Arzt zu erfahren. Zum Schluss habe er ihr gesagt, er könne gut verstehen, dass sie glühende Verehrer unterschiedlichsten Alters habe. In ihm habe sie ein neues Opfer gefunden. Wer denn der entzückende Junge vom Vorabend gewesen sei?

Sie antwortete, ich sei ein brandjunger Homosexueller, den sie unterstützen müsse, damit er wieder auf den richtigen Weg komme.

«Dann sehen Sie den jungen Mann natürlich wieder?», folgerte Bastian.

«Unbedingt. Er ist jede Mühe wert», war ihre unbesonnene Reaktion.

«Ich würde ihn gerne kennen lernen», sagte Bastian.

«Das ist mehr als schrecklich», sage ich jetzt. «Denn dann hat er wahrscheinlich Verdacht geschöpft.»

«Sie müssen nichts befürchten, Marie. Heute Morgen habe ich das Gespräch mit ihm leider nicht ganz im Griff gehabt, aber das passiert mir nicht noch einmal.»

Große Bewunderung für Bastians Talent. Er ist mir dicht auf den Fersen.

Drei Stunden später folgen wir drei Herren in die Tiefen der Bank, durchqueren Flure und Hallen, gehen breite und immer schmalere Treppen hinunter, passieren Tresortüren, die so scharf hinter uns schließen, als könnten sie ein einziges Haar durchtrennen.

Ich habe meine Sneakers geschnürt, laufe jetzt lautlos neben Miryams eleganten Stiefeletten und überlege mir die ganze Zeit, warum die Herren von der Credito Helvetia nicht einen Nachweis darüber verlangt haben, dass Elisabeth Rothmann alle Konten von William Emsby beerben sollte. Alle – und nicht nur die Nummer 03071916. Nach meinem juristischen Laienverstand hätten sie das tun müssen.

Als wir vor dem Großraumtresor stehen, wird der Code eingegeben, und Herr Sander betritt den Tresor, in dem es aussieht wie im Vorratsraum eines Schuhladens: Regale, vom Boden bis zur Decke voll gestopft mit verschiedenfarbigen Kartons. Drei Minuten später halte ich in beiden Händen einen weißen Karton mit der Nummer: 071185290645030719I6.

Das ist der Trick, mit dem sie sich und lästige Frager betrügen, schießt es mir durch den Kopf. Das Einrichtungsdatum des Safes, der 29. Juni 1945, sowie das Auslagerungsdatum vom 7. November 1985, sind der ursprünglichen Kontonummer vorangestellt worden; das Taufdatum von William Emsby ist immer die Basis gewesen. Die Erklärungen von Herrn Raumeli schreien nach Erklärung.

«Warum machen Sie nicht auf, Marie?»

Miryam hat ihre Handtasche schon auf dem Tisch abgesetzt, Herr Dr. Bröder, Justitiar der Bank, glatt und braun wie fabrikneue Herrenseife, sitzt bereit mit einer notariellen Urkunde, Herr Sander strahlt, als hätte er eine Gruppe von Alpinisten heil zum Berggipfel gebracht, und Herr Raumeli hat die Arme vor der Brust verschränkt, seine Finger trommeln auf den breiten Nadelstreifen.

Herr Dr. Bröder liest jetzt laut die Vereinbarung vor: «Vor der Öffnung des Objekts Nummer 07118529064503071916 habe ich als eingetragener Notar der Stadt Zürich – im Auftrage der Credito Helvetia, Paradeplatz, Zürich – festzustellen, dass die zwei anwesenden Parteien, verkörpert durch die Journalistin Miryam Laronne (Jerusalem) und die Journalistin Marie Zacharias (Hamburg), sich auf Folgendes geeinigt haben:

Erbin des verschlossenen Objekts war Elisabeth Rothmann alias Delia Laronne (Jerusalem), verstorben 1985 daselbst, nachgefolgt als Erbin von ihrer Tochter Miryam Laronne. Falls das zu öffnende Objekt einen roten Lederkoffer enthält, hat Miryam Laronne zu Protokoll gegeben, dass dieser in den Besitz der 1945 verstorbenen Marie von Ewald gehörte und in den Besitz ihrer Enkelin Marie Zacharias übergehen solle.

Weitere Inhalte des Objektes der oben genannten Nummer gehen in den Besitz der Miryam Laronne über.»

Wir unterschreiben.

Alle sehen auf mich, wie ich den weißen Karton auf den Tisch stelle, den weißen Klebestreifen abziehe und damit das rote Siegel breche, den Klappdeckel öffne, in den Karton greife und einen rotledernen Puppenkoffer heraushebe. Nichts sonst ist darin.

Keiner besteht darauf, dass ich den Koffer öffne, obwohl nach wie vor erwartungsvoll geschwiegen wird. Neugierde nagt an uns allen. An mir am heftigsten. Warum nicht die zwei Messingscharniere hochklappen, den Kofferdeckel heben, ein weißes Spitzenkissen herausnehmen und endlich das Bild im schweren vergoldeten Rahmen in der Hand halten? Die «Weiden am Fluss», gemalt von Camille Corot, gekauft von einem Dauvignac, geklaut von meinem Großvater, aus dem Feuer gerettet von Verena Klinger, geliebt von meiner Großmutter Marie.

Gare de l’Est

Keiner darf von dem Bild wissen. Miryam am allerwenigsten, denn in der nächsten Viertelstunde wird ihr Bastian über den Weg laufen.

Ich spüre seine Präsenz inzwischen durch Marmor und Stahl. Ich weiß, dass er da draußen auf mich wartet. Überall arbeiten Frauen für ihn, auch wenn sie es selbst nicht wissen. Hier Miryam, in Hamburg Änne, und sicher hat er inzwischen unter dem freundlichsten Vorwand der Welt mit Dr. Raumelis Sekretärin gesprochen. Er hat mich eingekreist. Die Credito Helvetia ist seit dem Anruf in Hamburg eine gigantische Falle.

Unter den Augen der Anwesenden nehme ich meinen schrillen gelben Plastikrucksack und schiebe den schweren Puppenkoffer hinein, ziehe den Reißverschluss zu, beherrscht von dem Gedanken: Wie komme ich hier hinaus und zum Bahnhof?

«Es gibt ein Problem, das ich gerne noch mit Ihnen besprechen würde», sagt Dr. Raumeli, als ich den Rucksack auf den Rücken schnalle und meine wattierte XXL-Jacke darüber ziehe.

«Ganz unmöglich», erklärt Miryam. Sie habe um fünf einen sehr wichtigen Arzttermin, der nicht aufschiebbar sei, und vorher müsse sie noch zurück ins Hotel. Außerdem könne sie sich nicht vorstellen, was es jetzt noch zu besprechen gebe.

Dr. Raumeli beruhigt sie.

«Wenn Frau Zacharias noch einen Moment erübrigen könnte, wäre das sehr gut und auch ausreichend.»

Es ist 16.03 Uhr. Um 17 geht ein Zug nach Basel. Die Zugverbindung der nächsten sieben Stunden zwischen Zürich und Paris habe ich im Kopf. Während ich zögere, versichert Dr. Raumeli, dass er selbst um 17 zu Hause erwartet werde. Es handele sich um maximal zehn Minuten.

«So lang stehe ich Ihnen gerne zur Verfügung», sage ich, weil ich von dieser Sekunde an meine eigenen Pläne mit ihm habe.

Miryam möchte gleich die Bank verlassen, sie soll von Dr. Sander begleitet werden. Wir verabschieden uns vor dem Aufzug, ich verspreche, sie anzurufen, bitte die Herren, sich eine Sekunde zu gedulden – die sollen denken, was sie wollen –, dann rede ich beschwörend auf sie ein.

«Wer sollte sich dafür interessieren, ob Sie noch in der Bank sind, Marie?», flüstert sie.

«Bastian», flüstere ich zurück. «Ich ahne, dass er draußen auf Sie wartet, und er weiß längst, dass ich auch hier war.»

Sie macht eine abwehrende Handbewegung.

«Natürlich nicht von Ihnen, sondern wegen des Telefongesprächs mit Hamburg. Also, wenn er Sie anspricht, sagen Sie die Wahrheit, sagen Sie, Sie hätten mir bei einem finanziellen Problem geholfen, bleiben Sie bei der Homo-Version und sagen Sie, dass ich noch wegen einer Unterschrift zurückgehalten worden sei. Die Bank schließt um fünf. Das muss er glauben.»

«Aber, das ist gefährlich. Warum sage ich nicht, dass ich nichts von Ihnen weiß?»

«Weil er heute herausgefunden hat, dass wir zusammen bei Dr. Raumeli waren. Es wäre gefährlich für Sie, das abzustreiten. Bitte Miryam: Falls er Sie darauf anspricht, bleiben Sie bei der Version, dass Sie mir helfen wollen, auf den richtigen Weg zu kommen, dass Sie mich zum Abendessen wieder sehen und dass ich noch hier drin bin. Wenn er Sie darüber aufklärt, wer ich wirklich bin, tun Sie überrascht. Das können Sie perfekt.»

«Gut. Was wird mit Ihnen? Wohin werden Sie jetzt gehen? Ich kann nicht schlafen, wenn ich Sie nicht in Sicherheit weiß.»

«Keine Sorge. Ich nehme den Nachtzug nach Paris und werde erwartet.»

«Wir telefonieren nächste Woche in Jerusalem.»
«Ja. Nächste Woche in Jerusalem.»
«Shalom, Marie!»

Herr Dr. Raumeli sieht gerade ungehalten auf seine Armbanduhr, als ich zu ihm trete.

«Es war eine wichtige Absprache über unsere Arbeit. Wir müssen unsere Artikel koordinieren. Tut mir Leid, dass ich Sie habe warten lassen.»

Seit seinem Anruf im Verlag müsste er im höchsten Maß beunruhigt sein. Worüber sollte er sonst mit mir reden wollen, wenn nicht über seine merkwürdige Rolle am Vormittag?

«Um ganz ehrlich zu sein, Frau Zacharias, meine jüngste Tochter wird heut großjährig. Sie ist um fünf am Nachmittag geboren worden und in der Sekunde wollen wir alle zusammen sein. Die ganze große Familie. Ich hatte vor, sofort von hier in die Garage zu gehen, da wartet schon mein Fahrer. Haben Sie etwas dagegen, wenn ich Ihnen mein Anliegen hier quasi informell mitteile?»

«Nein», sage ich und zeige mich gerührt von dem stolzen Familienvaterlächeln in seinem Kastengesicht. «Ich kann das sehr gut verstehen. Ich muss nämlich um fünf den Zug am Hauptbahnhof bekommen, sonst verpasse ich die Geburtstagsfeier meiner Schwester in Hamburg.»

«Darf ich Sie bis zum Hauptbahnhof im Wagen mitnehmen? Auf dem Weg könnten wir alles Notwendige leicht besprechen, wenn es Ihnen recht ist?»

In diesem Moment entpuppt sich Dr. Raumeli als Geschöpf der Vorsehung. Er schlägt genau das vor, was ich erreichen wollte: Bastian entwischen durch die Tiefgarage der Bank in einem Managerwagen mit verdunkelten Scheiben.

«Ich habe nur eine Bitte», ich gaukele Herrn Raumeli noch ein Zögern vor, obwohl ich am liebsten schon im Wagen säße. «Wenn Sie jetzt gleich Ihrer Sekretärin sagen, dass Sie nicht mehr nach oben kommen, erwähnen Sie bitte nicht, dass ich mit Ihnen fahre. Das könnte vielleicht unangenehm für mich werden.»

«Sehr richtig», sagt er. «Man weiß nie, wie einem was ausgelegt wird.»

«Ihr Sicherheitsdienst hat bestimmt eine Übertragungskamera aus der Tiefgarage. Wo steht sie?»

«Die Übertragung und Schaltstelle für die Garage ist im zweiten Stock. Nur der Parkplatz wird von der Pforte kontrolliert.»

«Wandert die Kamera, oder überwacht sie die gesamte Anlage?»

«Sie sind sehr vorsichtig, Frau Zacharias.»

«Ich weiß, wie es bei uns im Verlag zugeht.»

«Die Kamera, zeigt ununterbrochen die ganze Garage mit Aufzug und Ausfahrt. Das lässt sich nicht ändern.»

«Auch gut. Lassen Sie mir vor Ihrem Fahrer bitte mein Inkognito.» Ich setze mir mein himbeerrotes Käppi wieder auf.

«Kein Problem! Aber meine Sekretärin rufe ich erst an, wenn ich zu Hause bin. Sonst hält sie mich mit irgendeiner Dringlichkeit wieder auf», sagt er, und nun lachen wir verschwörerisch.

Er drückt die Taste 3, der Aufzug fährt noch tiefer in den Bauch der Bank, genau vor dem Ausgang hält sein Fahrer, hat die Tür zum Fond schon geöffnet, und nach Herrn Raumeli rutsche ich auf den Rücksitz. Fünfzehn Sekunden später verlassen wir die Garagenausfahrt und biegen nach rechts in die Talstraße. Aus dämmrigem Himmel schneit es, und ich hoffe, dass Bastian auf dem imposanten Paradeplatz vor dem angestrahlten Prachtportal der Bank auf mich wartet, bis er unterm Schnee schwarz wird vor Wut, weil er sich eingestehen muss, dass ich ihn gelinkt habe.

«Wunderbar eingerichtet, Herr Käppli. So bin ich entwischt wie geplant und komm doch rechtzeitig zur Feier», lobt Raumeli.

«Ich weiß, wie wichtig es ist für den Herrn Direktor.»

«Können wir diesen jungen Herrn am Bahnhof absetzen, oder ist wieder alles gesperrt?»

«Die Route über die Gessnerallee ist passierbar, genau die wollte ich fahren, Herr Direktor, dann sind wir allesamt pünktlich an Ort und Stelle. Am Bahnhof, am Zürichberg und wieder zurück in der Bank.»

«Gut, Herr Käppli. Dann zum Bahnhof.» Dr. Raumeli pocht auf einen Kasten, beide nicken etwas hölzern, tauschen ein knappes Lächeln, zwischen Fond und Fahrer fährt geräuschlos eine Glaswand hoch und der Herr Direktor kommt zu dem Thema, das ihm Sorgen macht.

Wie ich diese «unangenehme Sache» vermarkten will, das interessiert ihn, nachdem er gefragt hat, ob ich ein Tonband habe mitlaufen lassen.

Ich ahnte es. Seine Rolle als Verhinderungstaktiker quält ihn. Er weiß, dass ich ihn nicht nur vorführen kann, sondern es tun muss, wenn ich meinen Beruf ernst nehme.

«Sehen Sie keine Chance, unser Institut in besseres Licht zu rücken, als es heute in Ihren Augen erschienen ist?», fragt er mich.

«Sehen Sie eine?»

«Unbedingt! Die Chance sehe ich darin, die erste halbe Stunde unserer Konversation in der Reportage auszulassen, ich war etwas befangen, das räume ich ein. Dann wären wir bei der Ankunft Dr. Sanders im Konferenzraum. Man muss es doch so darstellen können, dass die Credito Helvetia es zu ihrem vorrangigen Anliegen erklärt hat, so genannte verwaiste Konten aufzudecken, um die rechtmäßigen Erben verstorbener Eigentümer zu ermitteln. Ja, dass wir mit Hilfe modernster Technologien ein Programm entwickelt haben, so schnell wie möglich eventuelle Unklarheiten zu beseitigen.»

«Das ist wirklich eine wunderschöne Geschichte, Herr Dr. Raumeli.»

«Sie haben heute Ihre negativen Annahmen bestätigt gesehen. Aber es ist doch noch nicht zu spät? Frau Zacharias! Wenn ich zusammen mit Dr. Sander eine veränderte Strategie im Vorstand zur Debatte stelle, eine, die unserer Verantwortung als Verwalter des Vermögens in Wegfall geratener Personen näher kommt? Wäre eine solche Darstellung nicht denkbar?»

Juristische Terminologie ist besonders peinigend, wenn es um Tod geht und Sterben. Dieser Raumeli ist allerdings nur von der Idee gepeinigt, seine Bank könnte Objekt peinlicher Fragen und kritischer Berichterstattung werden. Die Vorstellung setzt ihm derart zu, dass er meine Rolle falsch einschätzt.

«Wie kriegt Ihr Blatt es nur fertig, solche Menschen wie diese Frau Laronne aufzutreiben?», fragt er fast empört. Natürlich werde ich seine Einschätzung der Lage nicht berichtigen. Dass ich bei der Credito Helvetia rein zufällig in einen moralischen Sumpf getreten bin, kann sich dieser ehrenwerte Mann nicht vorstellen. Nach seinem Gespräch mit Richi am Telefon muss dieser Herr Direktor denken, ich sei die Vorhut einer journalistischen Attacke.

«Ich werde es mit Frau Laronne und meinem Chef besprechen, Herr Raumeli. Mehr kann ich nicht sagen.»

«Frau Zacharias, lassen Sie uns in der nächsten Woche telefonieren. Am Dienstag? Ich werde dann Termine vereinbart haben, bei denen ich eine andere Behandlung solcher Konten einfordern werde. Eines müssen Sie mir glauben, Frau Zacharias: Seit dem heutigen Tag bin ich davon überzeugt, ernsthaft davon überzeugt, dass wir eine Verpflichtung übersehen haben und anders auftreten werden.»

«Die Credito Helvetia als Vorreiter des Guten, der ausgleichenden Gerechtigkeit?»

«Warum nicht?»

Ich verspreche, dass ich seinen Anruf abwarten werde, und glaube Herrn Raumeli kein Wort.

Der Bahnhofsplatz ist erreicht, und sein Abschiedslächeln würde Miryams Herz erfreuen.

Mein Zug verlässt den Bahnhof pünktlich. Der große Zeiger der Uhr rutscht präzise auf die Zwölf, als der erste Ruck durch den Zug geht.

Mit Glück könnte ich einen Vorsprung von sechs Stunden herausgeholt haben. Knapp genug war es. Ich habe mich in dem gigantischen Bahnhof verlaufen und mein Schließfach nicht mehr gefunden. Jetzt habe ich kein Notebook, keine Handtasche und nichts zum Anziehen in Paris.

Deprimierender ist allerdings der Fehler, den ich in der Bank gemacht habe. Warum habe ich Miryam gesagt, was ich vorhabe? Wie konnte mir das passieren? Bastian wird aus Miryam genug Informationen ziehen, und mit dem letzten Zug wird er nach Paris fahren. Seinen Spürsinn hat er in den letzten Tagen nachhaltig bewiesen.

Mein Handicap ist der Aufenthalt in Basel. Zweiundzwanzig Minuten sind genug, um aufzufallen, und zu wenig, um sich durch neue Klamotten zu verwandeln. Davon abgesehen gibt es im Basler Bahnhof nicht die richtigen Geschäfte.

Also: Das himbeerrote Glitzerkäppi wegstecken, dann bleibt von mir der Eindruck eines schmächtigen Wesens in schwarzledernen Röhrenhosen, schwarzen Sneakers, schwarzer Nylon-Nietenjacke, blass mit Sonnenbrille bei Dunkelheit im Schneetreiben. Mütter und distinguierte Herren lächeln mich mitleidig an, einige abschätzend, andere auffordernd. Ein interessierter Schöner kommt so nah, dass ich sein Eau de Cologne riechen muss, aber er verzieht sich, als ich die Worte zische, die mir Urs in Zürich beigebracht hat.

Der Puppenkoffer hängt mir schwer im Rücken, ich habe Hunger, Durst, friere und warte in einer Ecke des Bahnsteigs auf den Zug nach Paris. 18:30 Uhr ab Basel, 23:44 Uhr Ankunft in Paris. Ich habe vom öffentlichen Fernsprecher am Bahnsteig versucht, Maurice zu erreichen. Keine Verbindung. Wir haben uns seit Montagmittag verabredungsgemäß nicht gesprochen. Wo er steckt, ob er aus Korsika zurück ist und ob mit oder ohne Bild, das werde ich morgen früh am Gare de l'Est erfahren, wo er mich um 6:45 Uhr vom Nachtzug aus Zürich abholen will. Jetzt wird Bastian in dem Nachtzug sein, also muss ich Maurice auf dem Bahnsteig abfangen, bevor der Zug eintrifft.

Im Gare de l'Est versuche ich gar nicht erst zu telefonieren. In meiner Aufmachung kurz vor Mitternacht in einem Großstadtbahnhof am öffentlichen Telefon stehen – das wäre erstens eine Einladung für die verschiedenartigsten Idioten, mich anzuquatschen. Zweitens, und das ist viel schlimmer: Ich habe kein französisches Geld. Meine Kreditkarte ist im gelben Rucksack unter meiner Jacke, sie herauszuholen und an einem Geldautomaten zu zücken wäre sträflich dumm. Während der Bahnfahrt habe ich nichts abgelegt, gerade einmal den Reißverschluss wenige Zentimeter geöffnet, gesessen habe ich wie ein Schraubstock mit dem Koffer im Rücken. Ich bemühe mich, meine verkrampften Glieder in einem zielstrebigen Gang zu koordinieren, verlasse den Bahnsteig, suche und finde den Wegweiser zur Bahnhofsmission.

Eine Klingel. Barmherzigkeit ist um diese Zeit nicht mehr öffentlich. Durchs Fenster werde ich gemustert, wie ich es verdiene in meinem bizarren Outfit.

Eine robuste Schwester in Rote-Kreuz-Tracht öffnet mir misstrauisch und will mich gleich wieder wegschicken, sagt, sie böten keine Hilfe für Süchtige, aber gerne würde sie mir mit einer Adresse weiterhelfen.

Als ich mich fünf Minuten später in einem Spiegel sehe, kann ich ihre Reaktion verstehen: ein gequälter junger Mensch, ausgemergelter Fixer, handtellergroßes Augen-Make-up im blutleeren Gesicht. Zum Gotterbarmen. Aber ich kann kaum noch lachen über mich. Die Schwester war so beeindruckt von meinem übermüdeten Anblick und der Geschichte, die ich für sie erfunden habe, dass sie mir eine kleine Schlafzelle gegeben hat. Dort wage ich es, den Rucksack abzunehmen. Sie bringt mir Tee und eine Decke, verspricht, mich um sechs zu wecken. Dann bin ich zum ersten Mal allein.

Einschlafen kann ich lange nicht, als ich wieder aufwache, ist es 4.15 Uhr. Zu lesen habe ich nichts, die schwache Nachttischlampe schalte ich aber nicht wieder aus. Ich schaue hoch zur Decke und sehe einen gebräunten, weit verästelten Wasserfleck, der mich an mein Krankenzimmer in Avignon erinnert. Aber meine Phantasie hat keine Kinderkräfte mehr, um Länder und Ozeane, Gebirge und Fabelwesen dort oben lebendig werden zu lassen.

Meine Phantasie beschäftigt sich vielmehr mit dem gelben Rucksack in meinem Rücken, mit dem roten Puppenkoffer und seinen zwei Messingschlössern. Es ist schließlich der Koffer meiner Mutter. Mein Koffer, Almas Koffer. Egal. Wenn ich jetzt nachsehen würde, ob er zu öffnen ist, ob das Bild wirklich drin ist – wäre das unrecht?

Ich entscheide mich dafür, dass es sogar gut wäre, wenn ich wüsste, was ich Maurice nachher überreichen werde.

Es könnte doch etwas im Koffer sein, was mit dem Bild der Dauvignacs nichts zu tun hat. Schmuck oder Briefe meiner Großmutter. Irgendetwas, in dem ich jetzt lesen könnte zum Beispiel.

Meine Finger sind längst an den Klettverschlüssen, dem Reißverschluss, ziehen den roten Koffer aus dem Rucksack. Vorsichtig setze ich ihn seitlich neben mich, sodass der schwache Lichtkegel auf das rote Leder fällt. In zierlichen Goldbuchstaben sind die Initialen meiner Mutter auf dem Deckel eingraviert. Als meine Zeigefinger an den Messingschlössern liegen, bemerke ich meine schwarzen Fingernägel. Dagegen werde ich später etwas unternehmen. Die Neugierde ist stärker. Ich klappe die beiden Schlösser gleichzeitig auf, sie sind nicht abgeschlossen. Ich hebe den Deckel, sehe und taste ein weißes, spitzenbesetztes Daunenkissen, wieder mit den eingestickten Initialen meiner Mutter. Vorsichtig nehme ich es hoch und da liegt das Bild im breiten, vergoldeten Rahmen: die Weiden am Fluss.

Eine wunderbare Ruhe geht von dem Bild aus. Wasser, Weiden, Wolken und zarte Nebel, perlmuttfarbener Schimmer, ich stelle es aufrecht in den Koffer, knie vor dem Bett, um es in gleicher Höhe zu betrachten, und möchte Tränen weinen, die so schön, so klar und ruhig sein müssten wie die Seele dieses Bildes.

Dann halte ich es in den Händen, es ist so schwer, als wäre der Rahmen nicht aus Holz, sondern aus massivem Metall. Stundenlang habe ich das Gewicht am Körper leibhaftig gespürt. Ich inspiziere die Rückseite, sehe die gleichmäßige Kiefernholzmaserung und entdecke auf dem oberen Querholz mit schwarzer Tinte auf das Holz geschriebene Worte:

A l'usage de Frédéric Dauvignac par Camille Corot avec affection. 1860.

Merkwürdige Widmung für ein Bild, finde ich. A l'usage – zum Gebrauch. Was gibt es handgreiflich Brauchbares an einem Bild?

Ich rieche das alte Holz, halte mein Gesicht ganz dicht daran. Den Geruch habe ich immer gemocht, dabei streift meine Wange etwas Kaltes. Kurz nur, aber eindeutig kalt und glatt.

Ich halte die Rückseite des Bildes unter den Lichtstrahl: In die symmetrisch verarbeitete Holzmaserung, genau genommen in zwei Astschnitte, sind Messingplättchen von der Größe eines Pfennigs eingesetzt, die ebenso dunkelgoldbraun schimmern wie zwei andere, hölzerne Astschnitte in dem alten Kiefernholz.

Das Bahnhofsgebäude vibriert kurz. Das ist jedes Mal so, wenn ein Zug einfährt. Ich habe es auch im Schlaf gespürt.

Vorsichtig lege ich das Bild – die Rückseite nach oben – in den Koffer zurück. Wie im Tagebuch beschrieben, liegt auch auf dem Kofferboden ein Kinderkopfkissen, dieses mit den eingestickten Mädcheninitialen meiner Großmutter. Ich will mich zwingen, die beiden Messingplatten nicht zu berühren. Damit habe ich nichts zu tun, es geht mich nichts an, aber ich widerspreche mir selbst und fürchte, ahne, weiß: Diese kühlen Metallscheiben sind der Schlüssel zu dem Geheimnis, das mich seit Wochen umtreibt. Wenn ich sie berühre, werde ich wissen, warum ich mich in dieser kläglichen Abseite verstecke, warum meine Eltern sterben mussten, warum Maurice schweigt, wenn ich ihn danach frage, warum Bastian mich verfolgt. Es ist nicht die Schönheit des Bildes, schon gar nicht sein Wert. Corots dieser Art gibt es zu viele. Die Auktionspreise sind nicht überwältigend. Hinter diesen Metallscheiben ist die Antwort. Ich berühre sie wie Kippschalter. Beide Scheiben klappen herum, sind wie kleine Ringe, die ich ergreife, an denen ich ziehe. Nichts rührt sich. Aber sie lassen sich drehen, der rechte Ring nach links, der linke nach rechts. Ich bewege beide gleichzeitig, ganz langsam. Auf der Position von 10.10 Uhr höre ich metallisches Klicken, und die Holzplatte lässt sich aus dem Rahmen heben. Darunter verbirgt sich eine Messingplatte, die sich als Deckel eines eingebauten Kastens entpuppt und mit der gleichen Mechanik zu öffnen ist. Uhrzeigerposition 9.15 Uhr. Dann stoße ich auf einen dritten Deckel aus tiefblauen Samt. In meiner Aufregung meine ich draußen dunkle, gleichmäßige Schritte zu hören, aber es ist nur mein Herz. Ich hebe den letzten Deckel an einer kleinen Satinschlaufe, und vor mir liegt gleißender Diamantschmuck auf blauem Samtboden: zwei Ohrstecker, ein Armband, ein zierliches Collier, ein schmales Diadem.

Es ist 4.50 Uhr, als ich den verpackten Koffer wieder neben mir habe, und meine müden Augen brennen und starren sich wund in der Dunkelheit, die vor mir liegt.

Der Gare de l'Est ist ein Kopfbahnhof. Um halb sieben stehe ich vor dem Gleis 6 am Zeitungsstand. Ich habe mir alles zurechtgelegt. In fünf Minuten, spätestens zehn Minuten, muss Maurice hier erscheinen, denn auf dem gegenüber liegenden Bahnsteig wird der Nachtzug aus Zürich erwartet.

Ich werde ihm den gelben Rucksack übergeben, um 6.55 Uhr am Nachbarbahnsteig in einen Zug steigen und zu Alma und Richard fahren. Egal wie ich aussehe und mich fühle. Am frühen Nachmittag kann Alma mich in Düsseldorf abholen. Ich muss dreimal umsteigen, aber ich will nach Hause. Mit Bastian können sie sich hier allein herumschlagen, ich mache nicht mehr mit, gehöre nicht zu ihnen, fühle mich ausgenutzt und leer gebrannt. Ich will Maurice nicht wieder sehen.

Von dem Croissant- und Cafégeruch am Nachbarstand wird mir ganz schlecht. Der Verkäufer schmeißt ein zerfleddertes Croissantstück auf den Boden, eine fette Taube pickt es auf. Im Zug bekomme ich sicher auch Frühstück, spätestens in Luxemburg, wo ich umsteigen muss.

Ich habe Diamanten im Wert von Millionen Franc durch halb Europa geschleppt! Bastian im Rücken, der mich kühl erschießen würde, um sie in seine Gewalt zu bekommen! Genauso gut hätte ich mit einer gezündeten Handgranate im Rucksack herumlaufen können. Warum hat Maurice mir nichts gesagt? Hat er gedacht, ich würde ihm nicht helfen, wenn ich es wüsste? Wusste er selbst nichts von dem Schmuck? Dachte er, ich würde falsch reagieren, wenn ich es wüsste? Dass meine Geistesgegenwart beeinträchtigt wäre? Ich weiß nicht, welche Fragen ich stellen soll. Und keine Antwort könnte an meiner Wut etwas ändern.

6.40 Uhr. Langsam müsste er auftauchen. Was haben wir verabredet für den Fall, dass wir uns verpassen? Zehn Minuten vor dem Bahnsteig, danach im Bistro gegenüber vom Bahnhof warten. Chez Jacques, es ist nicht zu verfehlen. Er kennt Jacques, den Besitzer, notfalls kann man über ihn auch Nachrichten austauschen. Alles gut geplant. Falls ich auf ihn warten muss, fahre ich zwei Stunden später.

Jetzt wird der Zug aus Zürich angekündigt. Keine Spur von Maurice. Draußen vor dem Bahnhof ist der erste Morgenschimmer am Himmel. Der Zug läuft ein. So weit wie möglich trete ich seitlich hinter den Zeitungsstand. Unbemerkt kann ich jeden sehen, der vom Bahnsteig kommt. Bastian müsste, wenn ich ihn richtig einschätze, unter den Fahrgästen sein, die jetzt langsam aus den Wagen treten, dann immer zügiger. Im Nu ist der Bahnsteig unübersichtlich voll.

Mitten im Menschenstrom erkenne ich das glänzend zurückgekämmte Haar. Bastians breite, hohe Gestalt überragt die anderen. Sein Gang ist langsam, merkwürdig vorsichtig, als würde irgendetwas ihn behindern, dann erkenne ich neben ihm Maurice. Angezogen fürs Büro, Anzug, Schlips und Kragen, dunkler Wollmantel. Bastian im Trench. Zwei Geschäftsleute mit Aktenkoffern auf ihrem Weg in irgendein Büro der Stadt. Als sie sich dem Ausgang nähern, merke ich, dass sie eng nebeneinander gehen, Bastian sagt etwas, Maurice' Gesicht ist unbeweglich, wie vereist, nur seine Augen zeigen Bewegung, durchsuchen die Menge. Er sucht mich. Sie gehen durch die schmale Öffnung des Absperrgitters, passen nicht nebeneinander, Bastian bleibt einen halben Schritt hinter Maurice und dabei sehe ich es: Bastian hält mit seiner linken Hand Maurice am Oberarm fest, die rechte ist in der Innentasche seines offenen Mantels verschwunden. Sie umfasst offensichtlich eine Pistole. Wofür die Durchgreiftaschen eines Burberry nicht gut sind! Vermutlich war der Erfinder dieser Mäntel ein Gangster und hat ihn für seine Kumpel vervielfältigt. Nur eine Sekunde war der Pistolenlauf zu sehen, dann gehen sie wieder nebeneinander, und sollte jemand sich wundern, könnte er denken, dass da einer dem anderen hilft, ihn stützt, ihn zum nächsten Taxi bringt.

Nicht vergessen zu atmen, nicht erstarren, nicht aufgeben.

Was soll ich nur tun? Wie konnte das passieren?

Wenn ich Maurice lebend wiedersehe, werde ich es erfahren, aber dass ich ihn lebend wiederhaben muss, dass weiß ich im Moment ganz genau. Ich werde nicht wegfahren, ich will nicht zu Alma, ich will nur wieder dieses blasse, verschlossene Gesicht und sein Lachen, seine Stimme und seine Hände, ich will, dass wir zusammen sind, weil wir zusammengehören und zusammenpassen. So sicher wie eine Kugel auf ihn wartet, wenn er nur eine falsche Bewegung macht.

Ich folge ihnen. Darf sie nicht verlieren. Das ist jetzt meine Aufgabe, gleichzeitig muss ich einkalkulieren, dass Bastian sich nach allen Seiten sichert, sich plötzlich umdrehen kann. Ich sehe es seinem Hinterkopf an.

Den gelben Rucksack habe ich mir heute unter der Jacke vor den

Bauch geschnallt – um ihn Maurice ohne viel Aufhebens übergeben zu können und dann in meinen Zug zu steigen. Dabei war er in Zürich, wollte mich treffen, mich nicht allein lassen. Das war die ungeschützte Stelle, das aufgenähte Zeichen am Kettenhemd des Helden. Der entscheidende Fehler.

Bastian führt Maurice aus dem Bahnhofsgebäude hinaus, schiebt sich wie ein Eisbrecher durch den hupenden Berufsverkehr über die regennasse Straße und ins Chez Jacques. Das bedeutet, dass Maurice ihm von unserer Verabredung dort erzählt hat, dass Bastian mich erwartet. Also muss ich vorsichtiger sein, als bei der Rettung eines Schlafwandlers vom Dach. Ich weiß nur nicht, was ich machen soll. Vom Bahnhofseingang aus beobachte ich durch den Regenschleier und die beschlagenen Scheiben, wie Bastian und Maurice an einem Fenstertisch Platz nehmen, beide im Mantel. Sie sitzen einander gegenüber, Maurice hat beide Hände auf dem Tisch liegen, Bastians rechte Hand kann ich nicht sehen, vermutlich ist sie in der Manteltasche am Abzug der Waffe, bedroht Maurice unter dem schmalen Tisch aus nächster Nähe.

Wenn ich zu ihnen ginge, vor ihrem Tisch stünde, würde er das Bild fordern und drohen, auf Maurice zu schießen. Mir muss etwas einfallen. Soll ich zu Jacques gehen, Café au lait an der Bar bestellen, die Tasse fallen lassen und sehen, was sich in der kurzen Aufregung machen lässt?

Aber Bastian ist ein Profi. Er wird sich nicht einmal umsehen.

Ich könnte in das Bistro gehen und so tun, als kennte ich weder Maurice noch Bastian, mich provokativ an den Nachbartisch setzen und dann den heißen, frisch servierten Kaffee Bastian ins Gesicht schütten. Könnte Maurice sich in dem Moment befreien und selbst seine Waffe ziehen? Oder könnte Bastian auch noch schießen? Das wäre unausdenkbar.

Zwei Männer bleiben vor mir stehen, und bevor ich die Beschwörungsformel von Urs zischen kann, erkenne ich ihre Uniformen.

«Carte d'identité, s'il vous plaît!»

«Bahnhofspolizei», sagt der andere. «Wir beobachten Sie seit einer Stunde.»

Einer hält mich fest, der andere schiebt blitzschnell meine Jackenärmel hoch über den Ellbogen.

An ihren Blicken und Worten erkenne ich, wofür sie mich halten. Mit dem vorgeschnallten Rucksack unter der Jacke wirke ich offenbar wie eine heroinsüchtige Schwangere.

Fast sehen sie enttäuscht aus, als keine Einstiche in meiner Haut zu sehen sind. Ich muss jetzt jede Sekunde nutzen. Während ich meinen Ausweis präsentiere, sehen sie, dass ein Rucksack und kein schwangerer Bauch unter meiner Jacke ist. Sie begreifen, dass ich volljährig, Ausländerin und Journalistin bin, und ich beginne ihnen die Lage gegenüber im Bistro zu erklären.

Die Heizungen bei Jacques sind glücklicherweise so gut, dass die Fenster jetzt nicht mehr beschlagen sind. Den beiden Gendarmen sage ich, dass die Männer am zweiten Tisch von links auf mich warten, dass der Mann im Regenmantel den im dunklen Mantel mit der Pistole bedroht und dass es meinetwegen zu einer Schießerei aus Eifersucht kommen werde. Beide, behaupte ich, wollten mich unbedingt heiraten.

Der abschätzende Blick des jüngeren Gendarmen sagt mir, dass er sich meinetwegen nicht erschießen lassen würde, was ich verstehen kann.

«Was denkst du, Albert? Sollen wir uns einmischen?», fragt er, und Albert antwortet: «Natürlich. Müssen wir. Unterlassene Hilfeleistung, wenn jemand mit der Waffe bedroht wird und wir nicht eingreifen.»

«Und wie willst du es machen?»

«Erst einmal holen wir Jean und Robert dazu.» Er spricht etwas in sein Funktelefon. «Sieh dir diesen Bullen da drüben an. Den schaffen wir nur mit Jean zusammen.»

«Und dann?»

«Dann fragen wir nach ihrem Pass, was sonst? Dann müssen die Hände auf den Tisch. Dann sagen wir Routinekontrolle, Drogenalarm, ganz einfach. Wir durchsuchen beide, finden die Waffe. Alles Routine. Wenn nichts zutrifft, können sie sich beschweren, oder?»

Jean und Robert erscheinen, entpuppen sich als Polizisten in Zivil.

«Na, werdet ihr mit Babys nicht mehr allein fertig?», fragt Jean, als er mich sieht. Ich denke, dass Bastian in diesem Hünen seinen Meister gefunden haben könnte. Jean sieht mit einem kleinen Fernrohr hinüber ins Bistro und erkennt Bastian. «Tiger» nennen sie ihn im Revier, sagt er. Man habe ihm aber nie etwas nachweisen können, er hätte immer Frauen, die ihn deckten, sei zu schnell, zu leise, zu schlau, zu stark.

«Vorm Frühstück ist keiner so gut wie nachts», sagt Albert. «Also – wie machen wir's?»

Es regnet nach wie vor, wird aber heller. Einige Autos fahren schon ohne Licht, als die vier Polizisten die Straße überqueren. Aus zwei toten Winkeln kommend, weit genug getrennt voneinander, treffen sie vor dem Bistro zusammen. Es gibt nur einen Eingang, das wissen sie.

Und dann geht alles sehr schnell. Ich sehe von außen zu, wie die Uniformierten an den Tisch herantreten und die Ausweise fordern. Maurice nimmt die Chance sofort wahr und entfernt sich, sodass ein Beamter zwischen ihm und Bastian ist. Ich atme einmal tief durch. Beide zeigen ihre Ausweise. Dann sollen sie ihre Taschen leeren. Bastian gelingt eine blitzschnelle Flanke über die Sitzbank, aber auf dem Weg zur Tür begegnet er Jean und Robert, denen es gelingt, ihn festzuhalten. Die beiden Beamten in Uniform durchsuchen zuerst Maurice, finden nichts. Er muss seinen Koffer öffnen. Nichts. Er kann gehen. Der Ältere, Albert, ruft noch etwas hinter ihm her und salutiert. Maurice fragt zurück, der Gendarm sagt etwas. Für mich sieht es so aus, als würde er durchs Fenster auf mich zeigen, als sollte ich kommen, als würde er mich hereinwinken. Ich öffne die Tür des Bistros und gehe auf Maurice zu, der mich ungläubig anstarrt. Eine Schrecksekunde lang sehen alle auf mich, dann brüllt Bastian den Namen von Maurice und unzusammenhängende Beschimpfungen, reißt sich los, alle starren auf ihn, Jean reißt Bastians Arm zur Seite, der Schuss trifft wie ein Bombenschlag in die Spiegelwand der Bar.

Quai Voltaire

Das Einschussloch war auf der Höhe meines Kopfes.»

«Sechzig Zentimeter von dir entfernt, mon cœur. Aber wir haben Glück gehabt.»

«Es war meine Schuld. Warum bin ich reingegangen?»

«Du hast gedacht, es wäre vorbei.»

«Ich hätte es besser wissen müssen.»

Ich frage, sobald ich die Augen ein bisschen öffnen kann. Er ist da, antwortet, küsst, streichelt, dann schlafe und träume ich wieder. Das geht so stundenlang.

Im Ambulanzwagen, der zum Bistro kam, müssen sie mir eine Beruhigungsspritze verpasst haben, mit der sie auch einen Ochsen hätten einschläfern können. Ich hatte nicht aufhören können zu zittern. Irgendetwas musste mit mir passieren. Aber auch Ärzte könnten fragen, wie viel Chemokeule man verträgt. Ich schlafe schon von Kamillentee ein. Die Ärztin hat erst allein mit Maurice gesprochen und gesagt, wenn ich wirklich seine Braut sei, hätte er besser auf mich aufpassen sollen, und sie könne es nicht verantworten, mich mit ihm fahren zu lassen. Ich müsse ins Krankenhaus.

Er hat ihr zwar zugestimmt, sich aber durchgesetzt. Sie musste schließlich meinen Papieren und der Geschichte vom Eifersuchtsdrama glauben, will aber einen Kontrollbesuch machen. Mir hat sie noch zugeflüstert, ich solle so bald wie möglich ein Baby bekommen oder mich neurologisch untersuchen lassen. Die Vortäuschung der Schwangerschaft durch Rucksäcke unter weiten Jacken lasse auf psychotische Schwangerschaftssehnsucht schließen.

Kein Mensch hat an diesem Morgen nach dem Inhalt des Rucksacks gefragt. Maurice hat mich von ihm befreit und ihn wortlos in seinen Safe geschoben. Mir war alles einerlei. Ich war schon im Taxi und im Aufzug neben ihm eingeschlafen.

Diese Spritze hat mich um eine wache Wiedergeburt betrogen: die furchtbaren Kleidungsstücke ausziehen, den schwarzen Haarlack vom Kopf waschen, Lidstriche und Lidschatten wegwischen, in eine Badewanne tauchen, warm und wieder trocken werden, zwischen Kissen und Decken liegen, auf Bücher und Bilder sehen, das alles habe ich nur verschwommen erlebt, umsorgt von Maurice wie ein fieberndes Kind. Den ganzen Tag zwischen Fragen, Antworten, Schlaf und Traum.

Erst in der Nacht, als er neben mir war, wurde ich ruhig, traumlos und schwer, und als der nächste Morgen grau vor den Fenstern stand, zog er seinen rechten Arm unter meinem Kopf weg; davon wurden wir beide wach. Dann, in der Dämmerung, haben wir miteinander geschlafen. L'amour au ralenti – Maurice hat es so genannt, weil meine Betäubung noch immer wirkt. L'amour au ralenti – nicht schlecht.

Seine Wohnung liegt am Quai Voltaire, vier Stockwerke über der Seine. Er holt Milch und Baguette. Ich laufe von Fenster zu Fenster, Fluss und Himmel, Häuser, Bäume, Straße sind verschiedene Graus und Blaus, ähnlich den Farben der Wohnung. Manche Wände wie die hinter dem Bett sieht man nicht vor Büchern. Ich verschwinde wieder zwischen Kissen und Decken, greife hinter mich ins Regal und bin zu Hause: «Krieg und Frieden». In französischer Übersetzung habe ich es noch nicht gelesen. Ich schlage blind auf und bin an der Stelle, wo Pierre in Gefangenschaft gerät, beim großen Brand von Moskau, wie er darunter leidet, nicht schlafen, baden und lesen zu können – das kann ich zum ersten Mal nachempfinden –, wie er einer Hinrichtung zusehen muss und am Bösen in der Welt zu ersticken droht und dann Freundschaft schließt mit dem schmutzigen, verlausten Platon Karatajew, der gütig und ehrfürchtig sein Leben lebt und Pierres Seele heilen kann mit seinem tiefen Glauben und seiner Liebe zum Leben.

Nach drei Seiten schweifen meine Gedanken ab, begleiten die Gefühle Pierres und die Erzählungen und Lieder Platons von einer anderen Ebene aus. Es ist wie Lesen, Wahrnehmen und Denken in einem. Passiert mir manchmal. Eigene Gedanken umkreisen und erweitern das, was ich lese, blenden ferne Erlebnisse und Erfahrungen, Momente und Orte ein.

Maurice ist zurück, fragt, was ich mache.

«Kennst du das», frage ich ihn, «dass du liest und gleichzeitig nachdenkst und dich erinnerst und Neues denkst?»

«Ja, das kenne ich gut», sagte er und kommt zu mir.

Ich lese ihm einen Satz vor, den Platon zu Pierre sagt, und erzähle ihm, was gleichzeitig in meinem Kopf war: der Nachmittag in Ewaldsleben, als ich ihn zum ersten Mal sah. Ich oben im Dachfenster, er unten mit dem Gastwirt und den Lodenmänteln.

«Und? Was hast du gedacht und beobachtet, als du mich gesehen hast?»

«Dass du arrogant bist, frech. Dass keiner dir böse war. Merkwürdigerweise.»

«Ich wusste, dass du oben im Giebel warst.»

«Hatte das Einfluss auf dich?»

«Von Anfang an.» Er streicht meine Haare zurück. «Ich wollte von Anfang an dein Gesicht in den Händen halten, so wie jetzt, deine Schläfen berühren, sie küssen.»

Stumm und begierig bewege ich mich in seinen Händen und Augen, bade in seiner Stimme wie ein Tier in der Sonne. Möchte mich strecken und schlafen und wach sein. Will nicht versäumen, was er schnell und präzise sagt.

«Marie! Woran hast du dich eben erinnert? Was war in Ewaldsleben?»

«Bin ich eingeschlafen?»

«Fast.»

Ich lege meine Arme um seinen Hals, um mich vor süchtigem Schlaf zu bewahren, spreche über seine Schulter.

«An dem Nachmittag hatte ich gerade das Tagebuch gefunden, darüber die Zeit vergessen, und dann seid ihr hochgekommen, ich musste mich verstecken, habe mich gelangweilt, fror, wurde steif und dachte, man müsste eine Art Notausgabe ‹Krieg und Frieden› immer bei sich haben, um zu überleben. Das Tagebuch hatte ich in meine Jeans gesteckt, es war auch zu verklebt vom Ruß. Ich hätte es nicht lesen können. Aber nach den wenigen Sätzen, die ich schon kannte, ahnte ich, dass in Ewaldsleben etwas geschehen war, das schön und furchtbar war und Einfluss auf mich haben würde, irgendetwas enträtseln würde.»

«Du hast zu viele Romane gelesen.»

«Still! Jetzt kommt es. Ein Satz von Tolstoi fiel mir ein, der heute merkwürdig passt.»

«Wie heißt er?»

«Gott sieht die Wahrheit, auch wenn er lange Jahre schweigt.»

«Der Satz stimmt, wenn es um die Bilder geht, aber ich würde Tolstoi noch variieren.»

«Wie?»

«Gott sieht die Wahrheit, und darum schweigt er lange Jahre.»

«Jetzt soll ich raten?»

«Ja.»

«Wahrheit, ist mehr als die Aufdeckung eines Verbrechens, es ist …?»

«Die Wahrheit ist, dass wir uns sonst nie getroffen hätten.»

«Also sind wir die Wahrheit.»

Wir lachen schon, umarmen uns, werden wieder ernst und stillen unsere Begeisterung an uns selbst, wie man Hunger und Durst stillt.

«Maurice?»

«Ja?»

Ich halte meinen Café au lait in beiden Händen, habe Boxershorts, einen Pullover und Socken von ihm an; bin satt, warm, weiß, dass es viel zu bedenken gibt, und verweigere mich, werde schon wieder müde, möchte hier bleiben, aus dieser Wohnung eine Höhle machen – zum Winterschlaf.

«Dein Kaffee ist das Größte.»

«Du siehst langsam wieder lebendig aus, mon cœur.»

«Warum hat der Polizist im Bistro vor dir salutiert?»

«Er hat mir Grüße an meinen Vater aufgetragen.»

«Woher kennt er ihn?»

«Viele kennen meinen Vater. Die meisten aus der Zeitung.»

«War er Politiker?»

«Ja.»

Maurice sieht aus dem Fenster. Ich frage nicht weiter, trinke meinen Milchkaffee, warte.

«Alle meine Sachen sind in Zürich. Ich habe meine Israelreportage in einem Schließfach in Zürich», sage ich schließlich.

«Unsinniger geht es nicht.» Er lacht wieder.

«Wie komme ich an das Schließfach jetzt dran?»

«Wollen wir nicht erst einmal mein Schließfach öffnen und dein Bild ansehen?»

«Hast du mir auch einen Koffer mitgebracht aus Korsika?»

«Willst du ihn nicht sehen?»

Ich habe eher den Wunsch, in meinem Leben keinen Corot mehr zu sehen. Ich will im Augenblick etwas anderes, gehe zu ihm, küsse ihn. Ich will nichts anderes als diesen großen empfindlichen Mund küssen und am liebsten dabei einschlafen. Die Spritze sitzt mir immer noch in den Knochen.

Als er mir später unseren Corot zeigt, rührt mich der Koffer am meisten. Der Aluminiumkoffer, um den meine Eltern kurz vor dem Unfall gestritten haben. Der Adressanhänger zeigt die Handschrift meines Vaters. Ich betaste die Ecke, die Bastian mir damals gegen den

Kopf geschlagen hat, und Maurice küsst die Narbe über meinem linken Ohr. Das Bild ist wunderschön, natürlich ist es wunderschön. Wir werden es zu Sotheby's geben und – vor den großen Winterauktionen wird in der Zeitung stehen, dass die «Paysage» Nr. X von Corot, die seit 1977 dem Art Lost Register gemeldet war, gefunden und der Familie zurückgegeben wurde. Der nächste Satz wird hoffentlich lauten, dass das Bild mit großer Wahrscheinlichkeit einen spektakulären Gewinn einspielen wird. Die Geldspritze stopft dann endlich die Löcher, die der unaufgeklärte Diebstahl damals gerissen hat. Ich rufe Alma an, verschiebe meinen Besuch auf Sonntagmittag. Von meinen Neuigkeiten erzähle ich nichts am Telefon.

«Du klingst müde, aber ganz zufrieden, Mini. Geht es dir gut in Zürich?»

Es tut gut, sie zu hören, Kindergejohle, Hundegebell, weil der Postbote kommt, Cello-Übungsstunde im Hintergrund. Richard und Adrian sind beim Tennisspielen. Ein normaler Samstagmorgen bei normalen Menschen.

«Marie?» Sein Ton ist geschäftsmäßig, als ich den Hörer aufgelegt habe.

«Ja?»

«Kannst du mir ein Opfer bringen?» Er steht am Fenster.

«Wie soll das aussehen?»

«Kannst du morgen Vormittag mit mir kommen und meinen Vater sehen?»

Ich kenne seinen Gesichtsausdruck, wenn er von seinem Vater spricht.

«Warum soll das ein Opfer für mich sein, Maurice?»

«Weil du dich auf deine Schwester freust. Kinder, Hunde, dein Zuhause. Mein Vater ist krank.»

«Ist es schlimm?»

«Alzheimer.»

Ich gehe zu ihm, stelle mich vor ihn, er umarmt mich, versteckt sein Gesicht an meinem Hals. So nah haben wir uns zum ersten Mal auf dem jüdischen Friedhof in Halberstadt gespürt und dann auf dem Balkon im Schnee.

«Ich möchte, dass er dich sieht.»

«Wie lange ist er schon krank?»

«Zwei Jahre, zweieinhalb ungefähr.»

«Wie weit ist es?»

«Er erkennt mich noch. Bis jetzt. Jedes Mal. Aber es gibt anderes. Er verläuft sich, findet nicht zurück ins Haus, kauft sich ein neues Auto, weil er seines nicht findet. Solche Sachen. Letzten Monat hat er sich einen Porsche gekauft, als ich in Chicago war, ein Pferd. Wenn es so weitergeht, müssen wir seine Geschäfte rückgängig machen, seine Konten sperren, ihn entmündigen. Es wird furchtbar. Er war ein wunderbarer Mann.»

Das ist es also. Die Dringlichkeit. Der Hochzeitstermin seiner Schwester. Die Angst, er könnte zu spät kommen.

«In der Nacht, als ich bei der Bahnhofsmission war, habe ich den Koffer ausgepackt, Maurice.»

«Hast du gesehen, was hinter dem Bild ist?»

«Ja.»

«Ich begreife nicht mehr, dass ich dich allein lassen konnte, Marie.»

«Ich habe dir zugeredet zu fahren.»

«Aber du wusstest nichts von dem Schmuck. Ich habe der Sache mit Miryam Laronne am Anfang keine große Chance eingeräumt. Dann, als du in Zürich warst, bin ich fast verrückt geworden vor Angst um dich und habe es noch schlimmer gemacht. Er hätte dich fast umgebracht.»

Wir stehen wie am Anfang, als könnten wir uns nicht wieder trennen, sehen durch den Regen hinüber zum Louvre. Aus dieser Perspektive wirkt das Schloss wie ein verirrter Ozeandampfer auf der Seine.

«Du bist wichtiger für mich als mein Vater. Viel wichtiger als sein letzter großer Wunsch.»

«Was ist das für ein Wunsch?»

«Noch einmal das ganz große Fest zu geben. Er liebt alles, was schön, edel und teuer ist. Meine Schwester groß zu verheiraten mit den Hochzeitsdiamanten der Dauvignacs, das wäre die Erfüllung seines Traums.»

«Warum sind die Diamanten in einem Bild und nicht im Safe?»

Er lacht, und ich drehe mich um, weil ich ihn sehen will.

«Wie konnte mein Großvater nur an dieses Bild kommen?», insistiere ich. «So etwas kann doch nicht in irgendeiner Abseite herumhängen.»

«Der Kasten war aus dem Safe geholt worden, weil der Schmuck vor der Hochzeit meiner Tante zum Juwelier sollte! Zum Reinigen, Sichern, wie zum TÜV. Dann kam etwas dazwischen, und mein Großvater hat das Bild an irgendeinen freien Nagel gehängt, als eine Art Zwischenlagerung. Er kam gar nicht darauf, dass jemand an dem Bild interessiert sein könnte. Der Corot war für ihn Camouflage. Nicht mehr.»

«Gab es mehrere solcher Kästen?»

«Es gibt sie noch.»

«Weißt du, was du da gerade sagst?»

«Was?»

«Das in eurer Familie Corots im Safe aufbewahrt werden, nicht weil es Corots sind, sondern weil sie Deckel von einem Schmuckkasten sind.»

«Deckel über einer Diamantensammlung immerhin.»

«Die Bilder sind nie aufgehängt worden?»

«Doch, aber das ist eine alte Geschichte.»

Ich entlocke sie ihm. Sitze in einer tiefen Ecke seines dunkelblauen Sofas, draußen zieht Regen graue Schleier vor die Fenster, Maurice kommt zu mir. Märchenstunde am Quai Voltaire.

Abstrus ist die Geschichte und einfach zugleich:

Es gab Streit ums Erbe wie in vielen Familien. 1860 kämpften die

Zwillingsbrüder Frédéric und Louis Dauvignac um den Familienvorsitz, wie viele Zwillingsbrüder in vielen Schauerromanen. Frédéric war der Erstgeborene und Gute, gewann den Kampf, wie sich das gehört, beschloss folgerichtig, Schmuck, wichtige Papiere und Siegel vor seinem Bruder zu verstecken. Sechs Bilder mit Spezialrahmen gab er bei Corot in Auftrag, nicht weil er den Maler besonders schätzte, sondern weil sein Bruder Louis Corots Kunst verachtete. Wenn er Bäume, Wiesen und Wasser sehen wolle, könne er ebenso gut aus dem Fenster schauen, soll er gesagt haben. Er liebte und verehrte die Kunst der Renaissance, galt als feinsinnig, aber charakterlich haltlos und ohne Maß, war ständig in Geldnot und schlechter Gesellschaft. Frédéric meinte, sich vor ihm schützen zu müssen, und war überzeugt, dass sein Bruder den Schmuck nie stehlen könnte, solange der unter einem Bild von Corot versteckt wäre. Bis zum unrühmlichen Tod Louis' hingen die Pretiosen im Studierzimmer Frédérics an einer Wand. Da also, wo Bilder üblicherweise hingehören. Unter den Dingen, die er vor seinem Bruder schützen musste, war, aus den reinsten Diamanten geschliffen, das Ensemble de Mariage, der Brautschmuck der Dauvignacs. Nach Generationen musste eine Braut im September 1941 erstmalig ohne die Diamanten heiraten.

«Zu der Zeit hingen sie – wie wir nun wissen – im grauen Zimmer meiner Großmutter Marie.»

«Korrekt», sagt Maurice. «Das ist die Wahrheit.»

Eine zweite Hochzeit ohne das traditionelle Geschmeide – im Juni 1963 – wurde schon in der Presse kommentiert, und die bevorstehende Vermählung von Maurice' Schwester wird jetzt bereits mit der Frage angekündigt, ob die schöne Braut mit den berühmten Diamanten der Familie zum Altar geführt werden wird oder nicht.

Maurice zeigt mir Bilder in einem Hochglanzmagazin der vorletzten Woche. Seine Schwester Catherine ist dort auf vielen Bildern zu sehen: sehr hübsch, blond und sportlich. Sie steht in der Gemäldegalerie der Dauvignacs, bei einer Reitjagd, auf einer Gartenparty, im elterlichen Salon ihres Bräutigams David, der in Ordnung zu sein scheint, was die Familie angeht, den Beruf, das Geld und alles, was man sonst noch an Qualitäten von einem Schwiegersohn erwartet.

Es gibt auch ein Bild der Mutter von Maurice, die seiner Schwester ähnlich war. Sie kam beim Skilaufen in einer Lavine ums Leben. Er erinnert sich kaum an sie.

Ein Bild seines Vaters erschreckt mich, weil Maurice ihm gespuckt ähnlich sieht. Maurice mit grauen Haaren, blauen Augen, Augensäcken, roten Bäckchen. Dass er krank ist, ahnt man nicht.

Ich blättere durch die Dauvignac-Reportage und frage Maurice, ob wir in dieses barocke Prachtgebäude kommen, wenn wir seinen Vater besuchen.

«Ja, klar», sagt er. «Du kannst alles sehen, was dich erwartet. Wir werden durch die Einfahrt kommen, sehen das Haus, gehen durch die Tür, diese Treppe hoch. Hier, in dem Sessel vor dem Gobelin am Fenster, wird er sitzen und auf uns warten. Da sitzt er jetzt immer. Das ist die Galerie, der Blick von der Terrasse.»

«Ist dir schon aufgefallen, dass ich außer meinem Schwulen-Outfit nichts anzuziehen habe?»

«Höchste Zeit, dich neu zu verkleiden, mon cœur.»

«Und wie?»

«Macht es dir etwas aus, dich so zu verkleiden, wie er es liebt?»

«Wenn du es auch magst.»

«Unbedingt. Er hat einen tadellosen Geschmack.»

«Also?»

«Er mag Yves Saint-Laurent. Er sieht so etwas sofort. Magst du Saint-Laurent?»

«Gute Frage an eine gesperrte Kreditkarte.»

«Nehmen wir an, du lässt dir von mir Geld leihen?»

«Ich habe zwei gute Reportagen laufen, davon kann ich mir bei Saint-Laurent vielleicht eine Mütze kaufen.»

«Bitte, Marie. Bitte.»

Es gibt vermutlich Samstagnachmittage im Februar und im Leben einer Verkäuferin, die ziehen sich gähnend lang hin. Auch in einer Saint-Laurent-Boutique in der Rue St. Honoré. Draußen regnet es, die einschlägigen Kunden fahren andernorts Ski, und sie beobachtet die Zeiger ihrer Armbanduhr, um Bewegung in den verblassenden Tag zu bringen. Dann, kurz vor vier, sie hat die Abrechnung schon fertig vorbereitet, öffnet und schließt sich die Tür hinter einer Kreatur in indiskutabler Garderobe. Die hat sich aber nicht etwa in der Adresse, in der Straße, auch nicht im Stadtteil geirrt. Nein, sie möchte anders eingekleidet werden. Von Kopf bis Fuß neu, für drei verschiedene Anlässe. Ein Märchen, ein Kassenschlager, ein absolut gelungener Samstagnachmittag.

Ich begegne mir in zahllosen Spiegeln. In gelbem Cashmere-Blazer, in schwarzem Seidensamt, in Designerjeans und Leder, auf bleistifthohen Stöckelschuhen, in Stiefeln und Wildlederpumps. Die Verkäuferin versteht ihr Geschäft, lobt und lehnt ab, knöpft und schnürt, beendet jede positive Entscheidung mit demselben Satz:

«Wirklich! Es ist wie für Sie geschaffen, Mademoiselle. Das ist die Wahrheit.»

Die Wahrheit. C'est la vérité. Bravo, Mademoiselle. Und zum Schluss noch ein Satin-Blazer? Rosa und weiß gestreift? Stark heruntergesetzt wegen der kleinen Größe, passt wie angegossen, genau die richtigen Farben für Ihren Teint, eine Sünde, ihn nicht mitzunehmen. Vraiment – la vérité. Möchten Sie ein Glas Champagner, oder Wasser, Mademoiselle?

Sie hat Recht. Er steht mir. Drei hohe Spiegel werfen mein Bild zurück. Die Wahrheit in goldenem Rahmen. Ich drehe und wende mich. Feinster Nadelstreifen, rosa und weiß. Sie bringt mir ein Glas Wasser, es rutscht vom Tablett, stürzt auf Marmor. Sie schreit. Kurz und schrill. Glas zerspringt. Ein kalter, betäubender Knall. Eine unsichtbare Kamera in mir surrt, dreht, spult zurück, zerfetzt lieb gewonnene Aufnahmen, zerstört Zukunft, frisst Vergangenheit.

Durch den Spiegel sehe ich wie durch ein Fenster ein kleines Mädchen auf dem Rücksitz eines großen Autos. Blut im Gesicht, in den Haaren, Blutflecken auf der rosa und weiß gestreiften Latzhose, einen Aluminiumkoffer neben sich.

Das ist die Wahrheit. Nichts anderes.

Ich kaufe hier Designerklamotten wie andere Leute Tennissocken im Zehnerpack. Lasse mich kaufen von einem Mann, dessen Familie den Tod meiner Eltern verschuldet und verschwiegen hat. Mache mich schön für den Verkauf meines Gewissens. Wiege mich in Begierde und Selbstbetrug. Das ist die Wahrheit.

Was ist in mich gefahren? Wohin soll das führen? In das Barockpalais im siebten Arrondissement? Zu dem alten, kranken Granden, in dessen Auftrag Bastian damals meine Eltern überfallen hat? Vor den Altar? Mit seinem Sohn, dem Mann, den ich will wie niemanden zuvor. Marie Zacharias, gekrönt von den Diamanten der Dauvignacs, für die ihre Eltern sterben mussten?

Ich habe mein Leben riskiert in einer Familienfehde, die mich nichts angeht. Habe einer monströs reichen Familie geholfen, ihren Besitzanspruch auf illegale Weise durchzusetzen. Dabei habe ich unseren Besitz zurückerhalten. Zugegeben. Das Bild ist eine Chance, ein Auftrag; ein Pfandstück, das eingelöst werden muss, um die Wahrheit ans Licht zu bringen. Es geht um die Ehre meiner Eltern und um eine Menge Geld. Nicht mehr, nicht weniger.

Wo war mein Gewissen in den letzten Wochen? Geschmolzen in den Händen von Maurice wie Schnee in der Märzsonne? Überflüssige Frage. Natürlich ist es so. Und nach jeder einzelnen Sekunde dieser Tage werde ich mich sehnen.

Ich werde ihn nicht wieder sehen, keinen Champagner mit denen trinken, die den Tod meiner Eltern leichtfertig hingenommen haben. Kein Lächeln werde ich ihrem Sieg schenken, der meine Niederlage ist und bleiben wird. Es ist die moralische Niederlage meiner Familie. Damit fing alles an. Mit der Niederlage und Schande meines Großvaters, der aus Liebe stahl. So viel meine ich inzwischen zu verstehen. Er war schuldig aus der Arroganz des Siegers und schuldig aus blinder, unerwiderter, schmerzhafter Liebe. Er hat geraubt, um ein Lächeln zu erbeuten und fälschlicherweise auf sich zu beziehen. Ein strahlendes Lächeln aus den Augen meiner Großmutter Marie, die auf der Welt war, um William zu begegnen – einem amerikanischen Offizier.

«Marie Zacharias» – gebe ich eine halbe Stunde später zu Protokoll. Geburtsdatum, Nationalität, Beruf etc. Das runde Gesicht des Beamten wirkt im grünlichen Wiederschein des Bildschirms wie ein alter Camembert.

Das Anliegen von Mademoiselle Zacharias?

Strafanzeige gegen Bastian Breuer, momentan in Untersuchungshaft hier in Paris wegen versuchten Mordes an mir.

Der Beamte mustert mich ungläubig.

Ich erkläre ihm den Vorfall des gestrigen Morgens mit Referenztelefonnummer der Gendarmerie und der Notärztin. Er telefoniert und inspiziert mich in meinem rosa und weißen Nadelstreifensatin. Ich sitze in der Polizeipräfektur im vierten Arrondissement vor erdnussbraunem Schreibtisch und unverhängten dunklen Fenstern und stelle Antrag auf Wiederaufnahme der Untersuchung zur Aufklärung des Autounfalls meiner Eltern am 23. Mai 1977 auf der Straße zwischen dem Pont du Gard und Uzes. Gleichzeitig beantrage ich die Aufdeckung des Raubüberfalls mit Todesfolge.

Zeugin und überlebende Insassin des Unfallautos die anwesende Antragstellerin Marie Zacharias. Wieder mustert er mich etwas ratlos, und ich betrachte angelegentlich meine neuen Lackschuhe, als wäre mein Auftritt an diesem Ort zu dieser Zeit alltäglich wie der Gang zum Bäcker. Ein T-Shirt, Jeans, die Jacke, die Schuhe. Mehr habe ich der abgrundtief enttäuschten Verkäuferin leider nicht abkaufen können. Beschämend nach einer Stunde Gigantomanie, aber gegenwärtig mein geringstes Problem. In der noblen Saint-

Laurent-Tüte neben mir liegen die unsäglichen schwarzen Lederhosen, die Turnschuhe, der Nietenanorak. Der Beamte kann das nicht wissen, löst seinen forschenden Blick nicht von der Tüte, als er nach dem akuten Anlass meiner Anzeige fragt.

Als Begründung für die Wiederaufnahme der Untersuchung notiert er:

«Wiederauftauchen des geraubten Bildes aus dem Besitz der Eheleute Zacharias auf Korsika im Haus des Yves Conte Dauvignac, damaliger und gegenwärtiger Arbeitgeber des angeklagten Bastian Breuer.»

«Aktueller Standort des Bildes, Mademoiselle?»

«Bei dem Neffen des genannten Yves Dauvignac, bei Maurice Dauvignac, Quai Voltaire, hier in Paris.»

«Kennen Sie Monsieur Dauvignac?»

«Ja.»

«Weiß er, dass Sie hier sind?»

«Nein. Natürlich nicht.»

«Weiß er, dass Sie in Paris sind?»

«Ja.»

«Wo wohnen Sie in der Stadt?»

«Ich wohne bei ihm am Quai Voltaire.»

«Wie ist Ihre Beziehung?»

«Wir wollen heiraten.» Ich verbessere den Satz: «Wir wollten heiraten.»

Bis jetzt war ich kalt, aus Stein. Nach der Preisgabe seines Namens bin ich taub und stumm wie nasses Holz.

Ich nenne meine Adressen in Deutschland, privat und Büro. Will gehen.

Der Beamte hält mich zurück, telefoniert mit verschiedenen Stellen, teilt mir mit, dass ich die Polizeipräfektur nicht verlassen dürfe, da eine sofortige Hausdurchsuchung bei Maurice Dauvignac angeordnet werden würde.

«Haben Sie ein Mobiltelefon?»

«Ja.»

«Haben Sie es bei sich?»

«Natürlich.»

«Wann haben Sie es zuletzt benutzt?»

«Gestern. Nein, vorgestern in Zürich.»

«Darf ich es sehen?»

«Natürlich.»

«Ich muss es Ihnen abnehmen. Sie verstehen das?»

Ich hole das Gerät aus dem Nietenanorak in der Saint-Laurent-Tüte. Der Beamte beobachtet mich scharf.

In seinen Händen offenbart das Handy seine Geheimnisse und dass ich nicht gelogen habe.

«Monsieur, können Sie so nett sein und es aufladen, während Sie es beschlagnahmen?», frage ich.

«Oui i i –i –i –i –ii.» Seine gestotterte Antwort klingt wie ein defekter Wecker.

Wahrscheinlich ist die Bitte ungewöhnlich, vielleicht impertinent. Es ist mir gleichgültig. Ich fühle nichts.

«Wann kann ich fahren?»

«Wenn meine Kollegen zurück sind, Mademoiselle.»

«Merci.»

Um halb zwei nachts besteige ich den Zug nach Zürich. Ich muss arbeiten, meine Reportage abgeben, die im Züricher Bahnhofsschließfach auf mich wartet. Das Abteil ist halb dunkel. Ich liege in der Mitte, starre ins Leere wie schon Stunden zuvor im Wartezimmer der Polizei.

Er wird mich verachten für den Verrat. Er wird mich hassen. Nur das kann ich denken, mehr nicht, und mich krümmen, einem einzigen Gedanken nachhängen, einem Wunsch, der mich aushöhlt, der nie mehr und von niemandem erfüllt werden kann.

Du hast getan, was du tun musstest, werden Alma und Richard

sagen. Du kommst darüber hinweg, Mini. Er hat versucht, dich einzuwickeln. Er wusste, dass du für seine Familie gefährlich werden kannst.

Ich werde nie herausbekommen, wie es wirklich ist. Und was nützt Wahrheit, wenn sie Jahrzehnte auf sich warten lässt. Ich will sie jetzt. Das Leben ist so furchtbar, wie es schön ist – das hat Ben Monar am Strand von Tel Aviv gesagt. Du wirst es noch erfahren, meine junge Dame.

Ich werde arbeiten und unterwegs sein, nirgendwo lange bleiben, allein sein. Selbstmitleid habe ich immer schon produzieren können wie Spinnen ihre Fäden. Wut wäre besser, produktiver. Ich versuche zu schlafen im rasenden Rhythmus des Zuges.

Irgendwann klingelt mein Handy. Der Ton gehört nicht in meinen konfusen Traum. In der ersten Aufregung drücke ich einen falschen Knopf, habe das Gespräch abgebrochen.

Es klingelt wieder.

«Marie!»

«Ja.»

«Wann kommst du zurück?» Sein unverschämtester Geschäftston.

«Nicht – ich komme nicht wieder.»

«Ich will dich heiraten.»

«Ich habe euch angezeigt, Maurice.»

«Ebendeshalb, mon cœur.»

Inhalt